《易·无妄》象曰:"天下雷行,物与无妄。"

孔颖达注疏:"今天下雷行,震动万物,物皆惊肃,无敢虚妄。"

《列子·汤问》："天地亦物也，物有不足，故昔者女娲氏炼五色石以补其阙；断鳌之足以立四极。"

天漏邑

Lost Town

赵本夫 —— 著

人民文学出版社

图书在版编目(CIP)数据

天漏邑/赵本夫著.—北京:人民文学出版社,2016
ISBN 978-7-02-012242-4

Ⅰ.①天… Ⅱ.①赵… Ⅲ.①长篇小说—中国—当代 Ⅳ.①I247.5

中国版本图书馆 CIP 数据核字(2016)第 312269 号

责任编辑　刘　稚
装帧设计　刘　静
责任印制　苏文强

出版发行　人民文学出版社
社　　址　北京市朝内大街166号
邮政编码　100705
网　　址　http://www.rw-cn.com

印　　刷　三河市鑫金马印装有限公司
经　　销　全国新华书店等

字　　数　311千字
开　　本　890毫米×1290毫米　1/32
印　　张　12.5　插页3
版　　次　2017年1月北京第1版
印　　次　2017年1月第1次印刷

书　　号　978-7-02-012242-4
定　　价　38.00元

如有印装质量问题,请与本社图书销售中心调换。电话:010-65233595

我们的世界大得足以容纳许多真理。

————茨威格:《异端的权利》

第一章

《列子·汤问》:"天地亦物也。物有不足,故昔者女娲氏炼五色石以补其阙;断鳌之足以立四极。"

是说,任何东西都是有破绽的。

天,也有破绽。

天大的破绽。

天漏村就是天空的一个破绽。

在同一时间里,别的地方晴空万里,艳阳高照,天漏村则可能是另一番景象:浓云密布,电闪雷鸣。那雷电也来得猛,如一架状如枯枝的外星轰炸机,突然就出现了,白光闪闪,炮声隆隆,对着天漏村狂轰滥炸,一时间惊天动地,火球乱窜。瞬间,有房屋起火了,山墙轰塌了,紧接着暴雨倾泻而下,轰轰哗哗,如江河崩堤。那雨量大得吓人,每一座房前都是一挂飞瀑,每一条村道都是一条激流。如果从九龙山顶望下去,半山窝的天漏村正在被毁灭之中。

突然间,雷电暴雨戛然而止。

一只山鹰盘旋而来。

天空碧蓝如洗,就像什么事都不曾发生过。

但,还是出事了。哪里传来一声悠长的叫喊:"胡三爷让雷劈了！……"

又一声凄厉的哭叫:"俺娘的头让雷炸了!……"

这样的情景,每年不知重复多少次。

并不是每次都会死人。但一年里总会有几个人被雷劈死。或三五个,或七八个。

最多的一年,劈死过一百零一人。那是明朝正德九年的事。

据统计,在三千多年历史上,天漏村死于雷劈的已有一万八千多人。这对一个村庄来说,无疑是一个巨大的灾难。

最早的记载是刻在一枚竹简上的。

专家祢五常钻进九龙洞,发现竹简一捆捆排放井然,编号齐整,且都做过烫蜡处理。村里人告诉他,这是几十年前一个姓柳的先生带人做的。他们说这位柳先生还活着,已经一百多岁,平日住山上,偶尔到天漏村来一趟。柳先生高高瘦瘦,似乎还很硬朗,每次下山,都用竹杖挑一些草药,到药铺里换些钱,再用钱买些米面,依旧用竹杖挑上山去。

柳先生挺拔的身材,不像一百多岁的人。

村里人常目送他挑着竹杖消失在山林里。

找到第一枚竹简没费太大的事。

祢五常发现那枚珍贵的竹简已经朽烂,字迹也有缺损,但还能读出大体意思:"宋鳌公元年×月七日周×闲步村道天雷突×项颅倏飞尸身×步而仆。"说春秋宋鳌公某年月日,一个叫周什么的人正在村道上闲逛,突然被天雷打飞了脑袋,身子还在走路,走出几步才仆倒在地。显然,这是个很不幸的人。

可是从文字记载上看,并无悲痛的意思,倒是有点小戏谑,至少也只是轻松记述。这种文字风格一直延续了近三千年,全像记流水账。内容也大同小异，无非某人被击飞脑袋，击穿心窝，打瞎眼睛，打断胳膊，或全身燃烧、肌肤流油。当然也有更离奇的，如"女阴洞穿""男根焦黑"之类。即使这样，还是文字简洁、冷静，并无刻意渲染，只是如实记录在案。似乎在一代代秉笔者看来，天漏村都是些该死的家伙，任何人被雷劈死都不值得大惊小怪。

天漏村除了被雷劈死的人，被雷电击伤致残的人还有更多。走在天漏村，时不时会看到一些残人，或少一条胳膊，或瘸腿走路，或脖梗僵硬，或半边脸乌青，这些人多半遭过天雷。

宋源鼻子左边乌青一大块，几乎遮住半个脸，据说就和雷劈有关。

当年，宋王氏上山砍柴，突然被雷击倒。之前有人见到她上山的，不久看见山上突现一道火光，接着一个追身雷，十分恐怖。这是一个干雷，并没有下雨，只是山上有湿气，平日也会打个雷，很小，村里人称为草雷。但这个雷有点大，事前无任何征兆，突然咣当就响了。村里人忙往山上跑。这也是村里传统，救助意识很强，遇有天雷袭击，不顾生死往前闯。大伙跑上山去，四处搜寻呼喊，猛然听到一阵婴儿啼哭，急忙循声赶去，发现宋王氏已经倒在一块岩石上，手里那把柴刀已被打弯，黑黢黢的，还冒着一股硫磺味。身旁的石头被击成许多碎块。那时宋王氏满嘴流血，头发衣服全烧焦了，一碰即成灰烬，显见人已毙命。可她裆里什么东西一拱一拱的，婴儿的哭声正从那里传来，且十分洪亮。这让大伙很是诧异，这女人丈夫已经死去六年，平日又呆，怎么怀了孩子？且之前根本没看出她肚子有什么光景。众人顾不得许多，三下两下撸开她裤子，发现是个男婴，正拼命哭喊挣动。有人捡一块碎石片割断脐带，把婴儿血糊糊抱出来，稍一擦拭，见婴儿半边脸乌青发紫。大伙又一阵惊叹，说这小子有种，隔着娘肚皮打成这模样，又被炸雷从水门里崩出来，还能没命哭喊，日后肯定是个狠角色。

　　二十年后,宋源成为九龙山一代的游击队长,亲手射杀过七十多个鬼子,手刃过一百多个汉奸、伪军和叛徒。他恨那些汉奸、伪军和叛徒甚于鬼子。对他们能用刀时,决不用枪,挥起大刀,大吼一声:"嚓!"一腔血喷出来,人头落地,滚几滚,仍然大张着嘴,二目圆睁,可见死前的恐惧。这场面太血腥。副队长千张子曾劝他,说以后还是用枪吧。宋源说你害怕了?千张子说我怕什么?又不是砍我。宋源哈哈大笑,说但愿我不会砍你。千张子顿觉脖子一阵冰凉。

　　宋源的名字让敌人闻风丧胆。他那张阴阳脸其实很容易辨别,说话时嗓子有些沙哑,但敌人就是拿不住他。

　　宋源手黑,也太鬼。

　　鬼脸宋源像一个黑煞。

　　他的画像被到处张贴,脑袋值八千大洋。

　　宋源很生气,揭下一张布告抖了抖,说,操!老子才值这么点钱?

　　几天后一个夜间,山下彭城日军司令部大门前,一个血糊糊的包袱从黑暗中扔到日本哨兵脚下,扑通一声,把日本哨兵吓了一跳,忙捡起来送进司令部,打开一看,是一颗伪军人头,还有一张悬赏捉拿宋源的布告,布告下方被人添了两个血迹大字:"加钱!"

　　日本人猜到是宋源干的。

　　第二天,新的悬赏布告贴出来了,赏金:八千零一元。

　　日本人加了一块大洋。他们想激怒他。激怒他就好捉他了。

　　过几天,又一颗人头扔到司令部大门外。这次是一颗日本人头,布告上还是添了两个血字:"加钱!"

　　日本人又加了一块:八千零二元。

　　但大门外树林里设了伏兵。

　　过几天,第三个包袱被扔进后门,这次还是日本人的脑袋。布告上添加的还是那两个血字:"加钱!"

鬼子的新布告上又加了一元:八千零三元。

宋源像一个顽强的追债者,日本人像一个吝啬的老财主,谁都不肯罢手。这时候,日本人的愤怒已超过宋源。他们本想调戏宋源的,却付出了三条人命。宋源虽然还是生气,但有点想开了,自己人头值八千大洋,日本人一条命才值一块钱,这买卖划算。

他打算继续和日本人玩下去。

这是个有趣的游戏。

日本人有点沉不住气了,满城搜捕,没有结果。又派重兵进剿九龙山,不仅要捉拿宋源,还要消灭游击队。在整个中国战场,他们最讨厌的就是各种各样的游击队。因为你永远不知道他们是些什么人,更不知道他们怎么出牌。

九龙山不是那么好进的,方圆几百里,森林莽莽,沟壑纵横,石洞密布,撒一千人进去,像大海里撒一把沙子。最主要的是,从密林石洞中不时有冷枪射出,进山不到八里,已经伤亡三十多人。

日本人知道不能蛮干了,只好撤兵。撤兵前对着九龙山轰了很多炮,炸断很多树木,也炸死一些野猪。

日本人的恼怒可想而知。

其实,那次在九龙山指挥伏击日本人和伪军的,并不是宋源,而是代理游击队长千张子。

日本人进剿前两天,宋源已经离开九龙山。他突然接到一个特殊任务,单枪匹马护送一个高级干部去延安。这样便于伪装,不会太招摇。宋源本不想去的,他正和日本人玩得性起。但军令如山,何况是护送一个高级干部去延安。延安是所有革命者向往的地方,他当然想去看一看。

从九龙山到延安三千多里,来回四五个月足够。事前说好的,把人送到就回。他却一去三年,重回九龙山时,已是一九四二年冬天。

这三年,宋源干什么去了?他的护送任务完成了没有?如果完成了,为什么没有及时回来?如果没完成任务,这三年去了哪里?其实,战争年代什么意外都可能发生,回来说清楚就行了。但宋源从来不说。不知是不能说、不敢说,还是不屑说、不让说。上级也没有人解释什么,就让他重新当上了九龙山游击队长。

这同样很正常。

那时候有太多的秘密,并不需要什么事都公开解释。该让你知道的,自然会告诉你;不该让你知道的,你最好还是别知道。

但人天生是有好奇心的。宋源三年未归,还是引起许多人私下猜测,不久就有了传闻。一种说法是,宋源根本就没有完成任务。由于他过于大胆自负,那个高级干部被敌人半途截获了。宋源单枪匹马和敌人周旋多日,身上挨了两枪,也没能把人抢回来,只好只身去延安报告,结果被关了两年多,差一点被枪毙。后来,因为爱惜他打仗有一套,前方急需人手,才把他放回,让他戴罪立功。另一种传闻是,两人在去延安的路上,一天晚上借宿山区人家,这家人只有一个年轻寡妇带个孩子,住得极为偏僻。宋源夜里强奸了这个寡妇。那位高级干部被女人的哭声惊醒,可他没去制止,事后也没有训斥他,只装作不知道,天明继续赶路。一个多月后到达延安,宋源没有进城,远远看到宝塔山,转身走了。那位高级干部连忙喊他:"宋源,你回来!"但宋源头也不扭,眨眼间消失得无影无踪。之后去了哪里,再没人知道。

事实上,在宋源没回来之前,这些传言就有了。后一种传言还很具体,有鼻子有眼的,很容易让人相信。如果传言属实,按照共产党的规矩,宋源应当被枪毙。强奸妇女,了得?

但宋源回来了,别说枪毙,连处分也没有,那些传言便不攻自破。大敌当前,小鬼子还在山下的彭城盘踞着,时不时四处扫荡,没人顾得上深究。何况宋源是那样一位威震敌胆的英雄！

所有关于宋源的传说，最终成为一个宋源之谜。

在宋源离开的三年间，千张子一直是游击队代理队长。

千张子同样了得。

他带兵的方式和宋源有很大不同。宋源素以胆大包天闻名，无章可循，敢出险招，经常出奇制胜。但有时也会失手，损失惨重。有一次，他带人下山，藏在彭城北门外九里山上，准备伏击日本人。在离城这么近的地方设伏，的确太冒险了。傍晚去埋伏时，碰到一个老百姓，就没在意。谁知那人是个伪军小军官，换上百姓服装回家探望老婆孩子的，擦身而过时，认出了宋源，急忙回城向日本人报告。当晚，日本人派出大批人马，迂回向游击队设伏的九里山包围，突然发动袭击。游击队猝不及防，死伤三十多人才冲出包围。那一仗，几乎让游击队员损失了三分之一。宋源最后一个撤退，身中三枪，滚下山去，藏在灌木丛里很久，才趁黑夜狼狈逃出。

那个伪军军官因此得了一大笔赏金。

一个月后，宋源潜进彭城，终于在一家小酒馆里堵住那个伪军官。伪军军官认出宋源，霎时魂飞魄散，跪倒在地哭求说，宋队长我错了，家里还有老婆孩子，您饶了我吧！宋源说家里是不是还有七十岁的老娘？那人一听有门，赶忙磕头，说对对对！家里还有七十多岁的老娘，两只眼睛全瞎了。宋源鼻子里哼了一声，说我替你娘害臊！扬起刀，从他肩膀劈了下去。

宋源和他的游击队，有好多次吃亏，都是因为中国人自己的出卖，其中有特务、汉奸、叛徒、伪军，也有普通老百姓。九龙山下有一个小商贩，是从外地来这里做药材生意的，就曾出卖过游击队。宋源抓住他后，没有马上杀他，坐在石头上拄着砍刀审问："知道吗？因为你的出卖，我三个兄弟让日本人杀了。"

那个商贩浑身哆嗦,"我没想出卖他们的。"
"你还是出卖了。"
"我的药材让日本人抢了。"
"那你该去找日本人要。"
"我去要了,日本人不给,还把我打了一顿。"
"那你为啥出卖游击队呢?"
"他们说我整日在山上收购药材,肯定见过游击队,如果能提供游击队行踪,不仅还我药材,还有一笔赏金。"
"就为这?"
"就为这。我是……生意人。"
宋源摇摇头,"你这买卖肯定亏了!"朝他脸上吐了一口,扬起刀将他劈了。

宋源就因为这些事才特别恨他们的。这些都是中国人,为了一碗饭、一个差事、一笔赏金,或者为了保住自己的命,帮日本人残害同胞,如此麻木如此丑陋如此胆怯,让他无法容忍,一枪崩了都不能解恨。

所以,他要用刀。

上级说,要争取那些人,共同抗敌。这叫统一战线。但宋源说,屁!要争取你们去争取,那不是老子干的事。

他不原谅。

他瞧不起那些下贱的生命。

当他挥刀砍杀他们的时候,一点都不会可惜。

千张子和宋源不同,他是个十分谨慎的人,打仗前侦察摸底,敌人的兵力、装备、布置、厕所、食堂、作息时间、环境、天气、风向、撤退路线,一切都弄清楚了,他才下手。甚至一群鸟飞过头顶,他也得弄清这群鸟从哪里来,为什么朝这边飞,而不是朝那边飞。他的消息不仅来自侦察员,也有些来自敌伪军。他接手游击队不久,很快就在敌伪军中建立了一些联系,逐渐发展成内线,成为他的耳目,彭城的鬼子有什么大的动静,他很快就能知道。

在游击队里有个评价,说宋源的长处在战时指挥,身先士卒;千张子的长处在战前侦察,事无巨细。跟着宋源打仗,像夜战狼群,痛快、刺激,但风险大。跟千张子打仗,像看女人绣花织布,无趣,但风险小。的确,在三年时间里,千张子带领游击队打了大小上百仗,极少伤亡。他从来不做赔本买卖,如果敌人进攻,好打就打,不好打就跑。九龙山到处深山密林,哪里都能躲起来。一次趁日本人搜山时,他带人乘虚化装成鬼子进城,把鬼子窝巢搅得昏天黑地。以前宋源也会化装进城,但多是独自行动。千张子那次带了二三十人进城,动静就大了。那天,他还顺便在燕子楼附近活捉一个日本少佐,装进麻袋带走,然后交给上级。听说那个少佐后来成了反战同盟的一员。这让日本人特别恼火,因为日本人以武士道为荣,从来不承认日本人也会投降变节,而投降变节的事,只有中国人才会有。所以他们对那些投降变节加入反战同盟的日本人,只要抓到了,会毫不犹豫地杀掉。

自从加入游击队,千张子身经百战,居然一次伤都没受过。一天下河洗澡,战士们从林子里偷窥,见他一身洁白光滑,如同女辈,皆叹为奇迹。

千张子洗澡,从来都是避人的。

而且,一定是选在上游。

鬼子很快知道了千张子。这个白面书生样的游击队长,很让日本人抓狂。

在日本人看来,那个宋源长得恶煞一样,凶狠残暴,天生就是一个战神,和这样一个敌人作战,算是一个好对手。而千张子却像个娘们,甚至有传说,千张子根本就是个女儿身,只是女扮男装,屡次被他算计,就显得没面子了。日本人大男子主义严重,被这个传说为女人的千张子伤了自尊。很快,告示贴出来了,有能提供线索捉住千张子的,赏两万大洋,大大高于捉拿宋源的赏金。

之后,日本人又派出许多便衣特务,乔扮成猎人、樵夫、采药人,潜入九龙山区,企图搜寻到千张子,将他干掉。还有两个杀手混入游击队,夜间一左一右睡在千张子身旁。千张子浑然不觉,正是他亲自安排他们和自己挨着睡的,说他们初来乍到,挨着队长睡会踏实一些。第四天夜晚,他们决定动手了。千张子正在沉睡,发出轻微的鼾声。当两个杀手几乎同时跃起扑到千张子身上,要将他掐死时,两声沉闷的枪声响了。

事后,千张子说,不是我想杀他们,是枪走火了。他并没有吹嘘说自己早知道他们是杀手。但却有了一个更离奇的传说,说千张子每晚睡觉时,他的两把枪都是醒着的。

对那批潜进九龙山区的便衣特务,千张子也派人扮成猎人、樵夫、采药人,一个一个将他们收拾了。

捉拿千张子,同样不易。

但宋源回来了,就只能是宋源继续当游击队长。

他是一面旗帜。

在战争年代,一支军队是需要旗帜的。

千张子虽也屡立战功,却不具有宋源那样的领袖气质。

宋源复任,还因为是他亲手创建了这支游击队,加上他霸气的性格,在游击队里,只能他说了算。千张子在宋源那里,从来只是个跟屁虫的角色。

俩人都是天漏村人,千张子小宋源两岁。

千张子从小就喜欢跟着宋源到处跑,尽管宋源从来不喜欢有人跟着。他喜欢独来独往,正所谓猛兽不群,鸷鸟无双。但他赶不走千张子。千张子太能黏人。其实,天漏村的小伙伴都喜欢宋源,喜欢到崇拜的程度,只是没有谁会像千张子那么痴迷。小伙伴们崇拜宋源,是从同情宋源是个孤儿,羡慕他无人管束开始,到宋源烧了家中房屋,独自到村外山洞里居住时,小伙伴们对他已是崇拜了。孩子的崇拜很简单,并不需要多少理由。

当年,宋源被村里人从山上抱下来,就把他交给一个孤老太太了。这个孤老太太有点意思,经常叼着一杆铜烟袋读《周易》《春秋》,又读《左传》《公羊》《穀梁》,及于《鬼谷子》《金瓶梅》《石头记》诸杂书。平日古怪冷淡,不与人来往。村里人认为这老女人就是因为没个孩子才这样的。当几个人簇拥着把宋源送到她家门外时,还有些忐忑,以为她会拒绝。没想到老太太隔着墙在院子里喊:"进来吧,是个男娃吗?"众人吃一惊,好像通灵一样,她已预知一切。老太太不仅没有拒绝的意思,还未曾见面就知是个男娃。慌忙进门递上。孤老太太接过血糊糊的婴儿,到处摸摸捏捏,连声称道:"奇!奇!奇!"就这么把宋源收下了。

这事在天漏村传开,大伙都觉得救了两个人。

孤老太太用米汤把宋源养活了。

孤老太太自从收养宋源,果然性情大变,一天到晚侍弄孩子,也不看那些烂书了。有人串门,她也家长里短叙谈,只是说不几句就会夸她收养的孩子,怎么骨骼奇伟,怎么相貌不凡。听得人捂嘴笑。天漏村人都知道这孩子丑得像一头小猪崽,却被她夸得国色天香。

有人小心问她:"您老人家说这孩子奇,怎么个奇法?"

老女人说,你看,先是奇在脸上,左边脸乌青一块,像个熊脸,那不是天雷打的,是一大块痣,从娘胎里带来的,看着难看是吧?其实是个熊相。《诗经》里说,维熊维罴,男子之祥。他出生头天夜里,我睡到黎明时,熊罴入梦,把我惊醒了。就知次日会有个男孩子送到我这里来。果然。还有他嘴里有四颗奶牙，也是在娘肚子里就长出来的。带着牙出生的孩子，万里不挑一。这种人长大了，咬住一件事会咬一辈子。再者，你看他骨架开阔，宽肩狼腰，也是不同常人。这小子心冷命硬，日后刀光剑影，可操生杀大权。只是，做事没个规矩，如果一辈子在天漏村，就不会有事。出了天漏村，就会有大麻烦。可惜，天漏村容不下他。他终要出去。

大伙听得一愣一愣的。

宋源长到十四岁时，孤老太太不知犯了什么邪，好好的，一根绳把自己吊死了。宋源从此彻底成了孤儿。其实在这之前，宋源早知自己是个孤儿了。还是在他六岁时，孤老太太亲口告诉他的。老太太说，你爹娘早死了，都是让雷劈死的。是我把你养活的。我能把你养活，不能把你养大，往后一切要靠你自己。那时宋源似懂非懂，只是噙着泪一言不发，但他的泪水到底没掉下来。

村里人听说后，都说这老女人变态，孩子这么小，咋能告诉他身世？人家瞒还来不及呢。

宋源从此沉默寡言。七八岁时，就经常腰里插一把砍刀上山砍柴、放羊。宋源上山砍柴时，千张子等一群小伙伴会尾随上山，他们想帮他。可他们捡拾的干柴，宋源从来不要。他们想要和他玩耍，他也不理。越是这样，小伙伴就越是敬畏他。

孤老太太死后不久，少年宋源一把火烧了她的小院、草房，一个人搬到村外一个小山洞里去住了。他在山洞门口搭了个茅草庵棚，这个庵棚是他的灶房、羊圈，也是他坐着发呆的地方。千张子和一群小伙伴也时常坐在旁边的山坡上，陪着他发呆。他们不敢大声吵闹，也不敢靠得太近，唯恐宋源赶他们走。

但待久了，也觉无趣。小伙伴们便渐渐散去。只有千张子不走。每次，他都坚持到最后。他会一直陪在附近。有时候，他会拔些草，猫着腰悄悄接近庵棚，蹲在地上喂他的几只山羊。宋源转头看见了，也不阻止他,只是表情有些嘲讽。他不知道千张子为什么讨好自己。可他不喜欢他那副胆怯的样子。

他一向都不喜欢胆怯的人。

千张子已经很满足,他已经可以接近宋源的山羊了。

他喜欢宋源。就是不知为什么。

天黑了,宋源已经回到洞里睡觉。洞口有个木栅栏,很结实。山上有黑熊、豹子和狼,关上栅栏就安全了。关上栅栏前,他没忘记把自己的几头山羊赶进洞里。但对愣在一旁的千张子,连正眼都没有看一眼。

经常有这样的场景:一个女人呼唤着寻上山坡,是千张子的母亲。她牵着千张子的手下山了。那时,千张子眼里会流出泪来,一步三回头。

母亲一声叹息,把儿子的手攥得更紧。她有点可怜儿子。她不知道这个像女孩的儿子心里在想什么,怎么会这么执拗?那个野小子宋源心冷得像九龙山的石头,你能把他焐热吗?

天漏村是宽容的。这个奇怪的村庄容得下各种各样的人,人们见怪不怪。每个人都可以按照自己的活法活着,任何人都不会因此受到责难。

宋源也是。

宋源无拘无束地在天漏村长成了一个大小伙子。

有时,他也会到村里转一转,身后总跟着一只公山羊。那只公山羊大盘角,青色,很厉害,经常和狗打架,一次用单角挑破一条狗的肚子,狗肠子都出来了。从此,村里狗看见他的公山羊,再不敢上前挑战,只追着狂吠。

他依然孤僻。可他和所有天漏村人一样,热爱自己的村庄。因为这个村庄给了他足够的空间。即使他的公山羊挑破了狗肚子,也没人怪他,只嘻嘻哈哈围着看热闹。

但世界上并没有无边无际的宽容。当有人威胁到天漏村生存的时候，他们会同仇敌忾，以命相搏。这是唯一的底线。在天漏村历史上，曾无数次发生过这样惨烈的故事。

一九三八年五月二十日傍晚，一股日本军队突然闯进天漏村。天漏村的百姓吃了一惊，他们不知道这些荷枪实弹的日本人怎么会找到天漏村的。在这之前，他们是知道日本人打进中国的，也隐隐约约听到过炮声，但那很遥远，他们只偶尔议论一下，却没想到日本人到了眼前。日本人也吃一惊，他们没想到在这深山老林里会藏着这么大一个村庄。按这个村庄的规模，估计应有二三千人。

后来的史料证实，几个月来，中国军队和日军在这一带进行了一次空前惨烈的大会战。中国投入近六十万军队，而当年日本在华共约十五个师团中，有十个师团被调来参战，双方以彭城为中心，在数百里范围内反复绞杀肉搏，到处尸山血海。由于中国军队的装备处于绝对劣势，整个会战中伤亡十多万人，而日本人也付出三万二千多人的代价。虽然中国军人伤亡是日本军队伤亡的数倍，但在日本人看来是不合算的。这是日军侵略中国以来，损失最惨重的一次。其中仅就台儿庄一战，日军第10师团、第5师团这两支号称精锐的部队，在中国军队的包围攻击下，伤亡就达七千多人，最后舍弃大批尸体和重型武器，狼狈逃窜。后来，日军第10师团第33旅团第63联队第4大队的涩谷，在日记中写道："我方死伤益见惨重，全不分昼夜严加防守，各中队人数只剩六七十人……大队部无法支持……牺牲数百人生命占领的场所又被敌方夺去，我队士兵含着泪随大队部后撤，退却时向战死者哭着告别。"对于中国军队的这次胜利，英、美、法、苏等许多国家的报纸都以大字标题进行了报道。美国人毫不客气地说，台儿庄战斗"是日本建立现代化军队以来遭受的第一次引人注目的大惨败"。但日本陆军却轻描淡写,对外仅说是中国军队"破坏了日军的传统"。什么传统?说白了就是他们侵华以来所谓战无不胜的传统,只是把话说得有些朦胧。其实,何必呢?心里痛就说痛,不是舒服一点吗?但日本人硬撑着不说痛,就那么憋着,憋得脸发青。这和中国人很不一样。中国人痛了是要喊的。喊出来就舒服了,一舒服就忘了,所以中国人什么都想得开,日本人就老是想不开。

后来,随着战局的发展,中国军队撤出了这一地区。进入天漏村的这一股日军,好像并不知道他们的军队已经在头天晚上占领彭城。这股日军大约有七十人,是在和中国军队追逐作战时迷失在九龙山的,已经三天三夜没有休息,也没有吃饭。意外发现天漏村,让他们欣喜若狂,立即进村找吃的,又是扒粮食,又是捉猪抓羊,一村子鸡飞狗跳。村长出面交涉阻拦,被一刀扎死。全村人不干了,拿起猎枪、棍棒奋起反击。宋源、千张子和一帮年轻人冲在前头,利用街巷房屋和日本人肉搏。一场混战,打到半夜,日本人被打死四十多,天漏村却付出三百多条人命的代价。进行肉搏战,日本人不占便宜,因为他们已经几天没吃饭。只是他们手中的枪太厉害了。但日本人还是决定撤退。混战中,他们边打边撤,最终退出村子,消失在夜色里。宋源率四十多个年轻人,不肯罢手,拿着猎枪和砍刀又追杀很远才回来。在追杀途中,起码又杀死七八个日本人。

日本人一夜惊魂,剩余不到三十人,借助夜色和山林,终于逃了出去。心里却十分悗惶和沮丧。这是一个可怕的村庄。如果再打下去,凭借手中的枪,固然可以杀死更多中国人,但他们自己也会全军覆没。这个村庄传递给他们的信息,远比一支军队还要可怕得多,因为他们只是一些隐居在山林中的老百姓。很多年后,他们中一个叫渡边的士兵在回忆录中说:"就是从那天夜间,从那个隐藏在九龙山的村庄撤出后,我突然意识到,中国是一个汪洋大海,这场战争是没有前途的。"

宋源的游击队，就是那天夜晚成立的。他宣布成立游击队之后的第一件事，就是为三百多乡亲收尸和出殡。全村男女老少，第二天全部披麻戴孝。

这支游击队很快接受了共产党地下组织的领导。彭城大会战之后，国民党军队和各级政府官员，几乎全部撤出这一地区。共产党趁此良机，很快组建了各级地下政府和多支游击队，填补了这个空白。几个月的大战，漫山遍野都是尸首和双方军队丢弃的枪支弹药。地下党熟悉情况，带领游击队偷偷到处捡拾武器，收获极大。宋源的游击队甚至还捡到了一些大炮和重机枪。这些重武器，游击队员不会使用，有人主张放弃。但宋源舍不得，他几乎是个天生的军人，直觉告诉他，这些都是好东西，终有一天会派上用场。宋源带人全部拉回，藏进九龙山里，只把冲锋枪、三八大盖之类轻武器随身携带。

宋源的游击队全部日式装备，弹药也很充足。他们在九龙山区一个隐蔽的地方，仅接受了一个星期的训练，就熟练掌握了这些轻武器的使用方法。宋源和不少游击队员本来都是猎手，有的还是神枪手，对枪支的喜爱和熟悉，让他们很快成为合格的游击队员。

千张子也是神枪手。千张子爱上枪，和宋源有关。宋源从十五岁就有了猎枪，到十八岁时，已是天漏村的神枪手，打黑熊、野猪、狼、豹子、山兔，包括树上的小鸟，几乎弹无虚发。少年千张子亭亭玉立，更加痴迷地喜欢宋源。他知道走近宋源的唯一途径，就是也拿起猎枪。他本来并不喜欢枪的，更不喜欢杀戮。就是在有了猎枪之后，他也从不猎杀动物。他喜欢那些动物，他觉得每一种动物都是那么奇特、那么美丽。他会潜伏在山林里，久久端详一只熊、一只豹、一只鸟，他会想它们为什么会长成这样，因为它们的存在，九龙山才显得生机盎然。

千张子在山林里练枪,多是以树叶为靶,或者捡一块石头放在山崖上当靶子。后来,他练到扔石为靶,枪枪命中。他和宋源一样,对射击都有惊人的天赋。他常常尾随宋源进山,却不打猎。他只是跟着他看他打猎。当宋源枪响,一只动物倒地时,千张子会心疼得皱一下眉头。这又是宋源不喜欢他的一个缘由。他知道千张子在跟着自己,却从来不打猎物,就觉得这家伙太娘,太假。这些熊豹狐兔,有啥好怜惜的?不就是给人吃的吗?宋源停下脚步训斥他:"你又不打猎,老跟着我干什么?"千张子腼腆地笑笑,还是跟着他。宋源转身就跑,千张子也跟着跑。宋源攀崖跳溪,钻进一片老林子,以为摆脱他了,可是喘息稍定,回头看时,却发现千张子正在不远处伸头探脑。宋源几乎崩溃。

但也有例外的时候。

一次进山打猎,一路没见千张子跟来,宋源心里特别放松。后来独自走得累了,就在一条溪流边睡觉了。但这时从林子里走出一头大母熊,差不多有五百斤。它大概想去溪边喝水,或者捉鱼,却意外发现睡在溪边的宋源,立刻愤怒地冲了过去。它认得他。三个月前,宋源曾杀死一头小熊,正是它的孩子。它一直在寻找他报复,它记住了宋源的气味。而这时,宋源正在酣睡,秋日的太阳暖洋洋的,从林间空隙照到身上,他睡得香甜极了。大母熊一路冲过来,在距宋源三步远的地方,已经吼叫着直立起来,扬起巴掌,准备对宋源进行致命一击。

但这时,骤然一声枪响,击中大母熊的心脏。母熊大吼一声,像一堵墙倒了下去。正是千张子从林子里开的枪。他这次本想和宋源捉迷藏的,事前隐蔽好了,没让宋源看到,其实一路尾随着,只是离得远一些。千张子发现大黑熊要袭击宋源时,已到最危急关头,他来不及多想,举枪就打。他知道这一枪肯定击中了母熊要害。当大母熊中枪倒下时,千张子还是惊出一身冷汗,因为它庞大的身躯如果砸在

17

睡梦中的宋源身上，宋源也是必死无疑。但就在这时，宋源一个翻滚急速躲开，又一个鲤鱼打挺站了起来。

千张子看到，宋源手里正握着一把明晃晃的匕首。原来，宋源在母熊距他七八步远时一下醒来，是母熊的气味和喘息声让他惊醒的。逃跑已来不及，他迅速拔出匕首，决定一动不动，想等它扑上来时，用匕首刺它心脏，他相信这把匕首能把它干掉。

但他没想到，千张子的枪响了。虽然没看到千张子，但他肯定是千张子干的。

这让宋源感到失了脸面，就有点恼怒。

千张子能猜到宋源的心理。他没有现身，很知趣地转身走了。他不需要宋源对他说感谢的话，他也清楚宋源不会向他表示感谢。他开枪只是一种本能的反应，做了自己该做的事。而且为了救他，自己破了杀戒。千张子心里有点委屈和难过，甚至还有些悲壮。我杀了那么大一头母熊！

但他走了。走得很有尊严。

这让宋源有点尴尬了。

他似乎第一次发现这家伙原来也是有尊严的。从小到大，这小子几乎没有任何尊严地黏着自己，这么多年，自己加起来也没和他说过几句话，任何无视、冷落、白眼、嘲讽，他都能忍受，只为了一个目的，就是讨好自己。这不仅要厚着脸皮，也需要韧性和超强的承受力，这种承受力是一般人都没有的。而且，为了这个目的，他可以改变自己，毅然向母熊开枪。就是说，这家伙其实并不是一个胆怯的人。该出手时，他下得了杀手。

几天后，宋源再次上山。

千张子依然跟着。

这次，宋源没有自顾往前走，在一个山坡上停下来等他。

千张子在距他十几步远的地方站住了。他感到宋源是在等他，心里一阵高兴。

宋源看着他,好久,说了一句话:"你那一枪,打中了黑熊的心脏。"

千张子像听到圣旨旌表一样,激动得浑身发抖。他凑前几步,语无伦次地说:"宋哥……你没生我的气?当时,我不知道……你醒着,我就是……不开枪,你也能对付那头母熊的,对吧?"

宋源心里舒坦了。这小子。

他决定和他好好谈一谈。老不理他也不是办法。就指指对面的一块石头,说:"你过来,坐下。"

千张子挪着步子坐下了,只坐了半个屁股,把手中的猎枪倚在石头上。那一刻,他的眼睛里有一点泪光,呼吸也有些急促。这个自己追随了多年的人终于接受了自己。

宋源打量着他,目光里都是疑惑,很久很久。

千张子又忐忑起来。

终于,宋源问:"你为啥老是黏着我?你又不是个姑娘!"

千张子脸红了,嗫嚅道:"我……觉得……我就是个姑娘……"

"啥!"宋源呼地站起来,大叫一声,"你……没有鸡巴?!"

千张子被宋源惊得也站起来,却低着头,惶然道:"不是……我……我……有。"仿佛那是个错误。

宋源生气了,"那你为啥说你就是个姑娘?"

千张子:"我……也不知道,我从小……就是这么觉得的。"

宋源不懂了,有鸡巴,还觉得自己是个姑娘?什么乱七八糟的!他重新打量千张子,像打量一个怪物。

这小子细皮嫩肉,眉清目秀,连嘴唇都是红润的,身上呢?

宋源用目光剥去他全身的衣裳,朦胧中露出一身白肉,嫩得能掐出水来,细细的腰,肚脐圆圆的十分精致,分明一个曼妙的少女体态。宋源觉得浑身一阵燥热。可是再往下看,千张子两腿间却吊着一根棒槌!

突然,宋源哇一声呕吐起来。这太恶心了!

千张子面红耳赤,一时手足无措,想过来搀扶他,却被宋源飞起一脚,将他踢出几步远,摔倒石头上。

宋源摸起枪,指着千张子磕破的嘴唇,"小子,记住了!往下敢再跟着我,我会一枪打碎你脑袋!你信不信?"

说罢扬长而去。他是愤怒极了,这小子不仅让他恶心,还让他感到莫大的侮辱。

王八蛋!你把我当什么了?

其实,天漏村自古以来就有同性恋者,男人女人都有,男叫"断袖",女叫"分桃"。但在宋源看来,这是个很荒唐的事,他断然不能接受。

果然,此后很长时间,千张子再也不敢黏着宋源了。他知道,他是个说得出做得出的人。

可他从此开始怨他,恨他。他总想发泄,心里憋着太多的屈辱。他时常一个人在山林里大声喊叫。

日本人来天漏村那天傍晚,他是第一个开枪的人。如果不是在宋源那里受了太多的气,千张子无论如何都不可能成为天漏村第一个开枪的人。当时村长被日本人一刀扎进胸口时,千张子就在旁边,一时血往上涌,返家拿出枪来,寻找那个日本兵。此时日本兵已经分散在村子里到处抓猪逮羊,一片混乱。天已见黑,千张子已分辨不出是哪个日本人干的。正好看到一个日本军官样的家伙正一脚踹倒一个老妇人。千张子冲上去,迎头就是一枪。

那一枪很过瘾,日本人的脸被打成蜂窝,惨叫一声就倒地了。当时一瞬间,千张子有点恍惚,觉得他打碎的是宋源的头,还把自己吓了一跳。

那天晚上,宋源从村外的山洞赶来时,村子里已是枪声一片。千张子的那一枪像信号弹,全村人都拿起猎枪、砍柴刀、棍棒、铡刀,在家门口,在村道上,在屋子里,在一切有日本人的地方,展开了肉搏。那一晚,宋源用他的猎枪和砍柴刀杀红了眼。他碰上同样杀红了眼的千张子。此时的千张子已经欲罢不能,看到宋源时,他几乎进入癫狂状态,连宋源看了也很吃惊。之后两人并肩作战,又聚拢不少年轻人,在黑暗中如一阵狂风,和日本人展开一场血战。他们仗着地形熟悉,屡屡得手,居然伤亡很小。但那些老弱妇孺就惨了,日本人疯狂报复,看到人就开枪,一村子枪声、喊杀声、叫声、哭声,响成一片,像是沸腾了一样,这个几千年的古村遭受了几百年未遇的劫难。

鬼子撤走后,宋源带一帮年轻人又追杀了一程,回来后立即宣布成立游击队。他们知道,世上已没有净地,他们不能置身于国难之外了。这天晚上,宋源杀鬼子最多。大家都没想到,这个平日看起来冷漠无情的家伙,在天漏村遭遇危难时,会如此奋不顾身。他理所当然被推举为游击队长。千张子同样让村里人吃惊,这个平素走路像猫一样轻巧,看起来如姑娘般柔弱的年轻人,却原来也有血性,而且正是他开了第一枪。

千张子被大伙推举为游击队副队长。

那晚打走日本人后,如何处理鬼子丢下的四十多具尸体,天漏村发生了激烈的争吵。这时天色很晚了,又下起雨来,山上的林子里传来狼的叫声。有人主张扔到山林里喂豹子喂狼和野狗,有人主张吊到林子里风干。大伙太恨他们了,无缘无故跑到天漏村杀了三百多口人,他们凭什么?他们就是强盗,就是畜生!温和一点的人主张堆起来烧掉完事。也有人主张埋了,说还是埋了吧,人死都死了。因为没了村长,大伙吵成一团,一直无法统一意见。

这时,天漏村最老的老人孟祥福拄着拐杖走来了。孟祥福老人一百零一岁了,他咳嗽一声,争吵停了下来。老人环顾一圈村民,缓缓说道:"他们已经遭了报应。人一死,就结账了。咱们天漏村,几千年就是个收留妖孽的地方。这些东洋恶人,死在咱天漏村,也是前世孽缘。他们离家挺远的。一人一口薄棺,埋了吧。"

历来的规矩,长者为尊,死者为大。尽管许多人感情上接受不了,但孟祥福老人遵守的是天漏村的古训,不能忤逆。四十多具日本人的尸体,还是按照孟祥福老人的意思埋葬了。在坟墓前,孟祥福老人颤抖着手,还为他们烧了几串纸钱,嘴里念叨着:"你们不该来这里的,带上这点路费,回家吧,回家吧……"

在整理他们的尸体时,发现每个日本兵身上都有姓名、籍贯、军衔、部队编号。这些都一一记在天漏村的"乍册"上。

天漏村有个几千年的传统,凡是发生过的大事,都会有专人记录下来,就像村史、村志一类的东西,但他们叫"乍册",是古语。天漏村保留了很多古语。他们在"乍册"上标明每个日本人坟墓的位置。他们都是普通士兵,只有一个是中佐,大概就是千张子头一枪打死的那个。

坟场在山林中一个僻静的山坳里,远离天漏村三华里,这里可以听到鸟语,闻到花香。当然,也会有黑熊、狼群、野狗出没。

另外,还有三个日本伤兵。他们没能逃走。

孟祥福老人本以为这是件最难处理的事。但当他问谁愿意收留这三个日本伤兵时,大伙只是愣了一瞬,立即有几十个人伸手报名:

"我要!"

"我愿意收留!"

"给我一个!"

……

大伙意外的举动,让孟祥福老人很高兴。老人还没来得及再叮嘱几句,三个日本伤兵已被村民们又扛又抬弄走了。但回到家,他渐渐觉得不对,村民过分的热情让人生疑。孟祥福老人有一种不祥的预感。当夜四更多天,他就拄着拐杖出门了。他先去看伤势最重的那个日本兵,这个日本兵伤了内脏,是被钢叉穿透了胸膛,嘴里一直在冒血。孟祥福老人去看望时,那家人请来天漏村药铺的王掌柜,还在为他做手术,一宿都没合眼,此刻正在缝合伤口。日本兵仍在昏迷中。孟祥福老人小心地问:"王掌柜,他……能活过来不?"

王掌柜擦擦额头的汗,"看他造化了。他只有十七八岁,血气方刚的年龄,兴许能醒过来。"

这让孟祥福老人心里宽慰了许多。又出门去看望另两个日本伤兵。这两个日本兵一个三十多岁,一个四十多岁,伤得不重,一个腿断了,一个屁股上被扎了几个洞,都不是要命的伤,救活应该没问题。但出乎意料的是,当他深一脚浅一脚赶到时,这两个日本兵已经死了。是被收留他们的村民拉回家勒死的。这两户人家有五口人被日本人杀死了。孟祥福老人说,你们答应收留他们的呀!他们说孟爷,天漏村被他们杀死三百多口,光孩子就有七十三个。您老是菩萨,俺们不是。如果救活这两个畜生,他们还会拿起枪来杀人。那个伤重的日本兵不一样,他还是个孩子,已经废了,咱们留他一条命。一个户主还告诉他,那个四十多岁的日本兵脖子很硬,一根绳子勒断了还没有勒死,又换了一根绳子,还是勒不死,后来才发现他憋着一口气,就冲他裆里猛踢一脚,那家伙惨叫一声,一口气泄了,这才把他勒死。

孟祥福老人目瞪口呆,一时无语,捣捣拐杖,转身走了。

他不知道说什么好。

天漏村游击队成立十多天后,正不知如何打游击时,地下党就找上门来。不久,那个十七八岁的日本伤兵,也被地下党派人接走了。他们说怕出现意外,要送到一个什么同盟去,说那里医疗条件要好一些。

当初,日本人留下四十多具尸体,也丢下四十多条枪,都被宋源收拢来。加上后来他们在战场上到处捡拾的枪支弹药,游击队从一开始就是一流的装备。

宋源重回九龙山续任游击队长后,权威依旧。队里有很多他的死党。那些关于他离开三年的流言,他很快都听说了。他还知道,鬼子悬赏捉拿千张子的价码,已经远远超过他。

说来奇怪。千张子在三年时间里,带领游击队以极小的代价打了那么多胜仗,还把队伍扩大了。宋源离开时,游击队只有八十多人,三年后千张子交给他的是一支二百多人的队伍。

但千张子竟然没有死党。

要说人缘,千张子的人缘比宋源好多了。千张子平日爱和大伙打闹,特别爱挠人痒,冷不防他会在你胳肢窝挠一下,让你大笑不止。那一刻,游击队的气氛会格外活跃。而最让人吃惊的是,千张子居然还挠了宋源。自从参加游击队并担任副队长后,千张子自信多了。在天漏村那场和鬼子的血战中,又是他开了第一枪。他有资本自信。这种自信成为潜意识里和宋源对抗的资本。但他依然不敢和他公开叫板。可是他在游击队里营造出一种夸张的氛围,和所有人勾肩搭背,和这个人互相挠几下,和那个人笑闹一阵,他要让宋源知道,你不喜欢我没关系,你看,大伙都喜欢我呢。但宋源似乎并不懂得他的用意。当千张子在游击队营地嬉笑打闹的时候,他只是像一只兀鹰蹲在一旁,或干脆起身去检查岗哨。他从来不参与其中。当大伙都在嬉笑的时候,他也从来不笑。这有什么好笑的?相反,他更加讨厌千张子女人家家的举止,讨厌他那张白白净净的脸和水蛇腰。他的表情毫不掩饰对他的厌恶。有时,他会突然大声训斥:"别闹啦!"全场立刻安静下来。

这时,最尴尬的自然是千张子。

有一次,他实在忍不下这口气,冲到宋源面前,大声说:"咋的啦？你那张黑脸给谁看？我就是要挠！我还要挠你呢！"说着突然伸出手去，在宋源胳肢窝里挠了一把。谁都没想到，宋源像遭电击一样，猛地缩成一团，哈哈狂笑着倒地翻滚。千张子先是一愣，突然弯下腰继续抓挠，像是疯了一样。他终于无意间找到了治他的手段。宋源已经失态变形，完全没有了平日的威严，他笑得鼻歪眼斜，口吐白沫，泪流满面，浑身抽搐。一旁观看的游击队员们开始还跟着起哄，但渐渐发觉不对了。他们没见过一个人怕痒会怕到这种程度。宋源狂笑而痛苦的样子，让人心惊肉跳。他们意识到千张子惹下大麻烦了，赶忙冲上去，七手八脚把千张子拉开，千张子却挣扎着还要去挠。

宋源躺在地上，大口喘着气，低着头也不说话，他半边脸上黑痣一跳一跳的像在痉挛。所有人都吓呆了，知道一场暴风骤雨即将来临。千张子开始也有些不安，似乎意识到自己有些过头了。但他很快就换了一副满不在乎的表情，他觉得自己终于跨过了一道坎，终于敢以攻击者的姿态，把宋源折磨得狼狈不堪。就像两军对峙，他必须守住这条线，稍一胆怯，就会失守。他准备迎接宋源的任何报复。

但出乎所有人预料，宋源并没有报复，甚至没有任何愤怒的表示。他只是站起身，拍拍身上的泥土，抹抹嘴，转身走了。

大家一脸纳闷，却都长长地呼出一口气。是嘛，不就是闹着玩嘛。这么多年，他们都知道千张子和宋源的关系有些奇奇怪怪的，但他们之间到底怎么回事，没人说得清。宋源不说，千张子也不说。事实上，他们也没什么好说的。只是在外人看来有些不懂，若说他们关系密切，却从未有人见他们有过任何亲密的举动；若说关系冷淡，两人从小又几乎形影不离。后来，无论是那夜在天漏村杀鬼子，还是在游击队里打游击，一直配合默契。平时，宋源主内，负责掌控游击队；千张子主外，负责侦察敌情。由此看来，他们的关系还是非同一般人。那么，千张子和宋源开些没轻没重的玩笑，也就算不得什么了。

而且在游击队里,大概也只有他敢把宋源挠得满地翻滚。

宋源没有发怒,并且从此只要看到千张子靠过来,就缩头缩脑的,有意躲开。千张子越发得意,原来你也有一怕啊。他变得有些得意了。偷袭宋源的胳肢窝成了他最快乐的消遣。宋源防范再严,总有疏忽的时候,何况游击队有那么多事要处理。于是隔不两天,就会被千张子逮住机会挠一次,每一次都会让他哈哈狂笑,吐着白沫在地上翻滚。甚至夜间正在睡觉,千张子也会偷袭,弄得宋源神经兮兮,经常一夜夜睡不安稳,有时就坐在那里发呆。这时,大伙都觉得千张子过分了。这已不像闹着玩,更像是在有意折磨宋源。挠痒能把人挠得如此痛苦,如此失魂落魄,实在闻所未闻。就有人偷偷劝千张子,说别闹了,你看宋队长都傻了。但千张子根本不听,说我就是要挠他!

终于有一天出事了。在一次千张子挠过宋源后,宋源挣扎着从地上爬起来,突然拔枪就打,子弹沿着千张子头皮打过去,一缕白烟伴着焦糊味,把千张子的头发打出一道沟,头皮上出现一道血槽。

那时,宋源一嘴白沫还没擦去,两眼血红血红的,那块黑痣像趴在脸上的一只蝙蝠,正在抖动。

所有人都吓坏了。

一个人会因为被人挠痒而杀人吗?

那天在场的所有游击队员会告诉你:会!

千张子呆若木鸡。

他明白,自己终究不是宋源的对手。而且更让他沮丧的是,从众人的脸上,他没有看到一点同情,好像都在说:千张子,你活该。

事后,宋源受到地下党严厉批评,并被记大过一次。千张子也受到批评,但没给处分。大敌当前,要他们不要因小事影响团结。地下党人手很少,只派了一个人跟随游击队活动,也不担任什么职务,只相当于一个联络员。有什么重要的事要处理,区长会来。

区长叫檀黛云，是个年轻的女性。据说是留洋回来的，很有学问。人长得也秀美，只是皮肤有点黑，像一朵黑玫瑰。一说话总带着笑意。当初收编宋源的游击队，就是檀黛云来的。那时宋源还不懂什么共产党、国民党，但他只看檀黛云一眼，就怦然心动，决定要服从这个人了。那一刻，他突然记起孤老太上吊自杀前一晚的情景。当时，孤老太吸着长杆烟袋，火光在黑暗中闪烁。那晚没有点灯。宋源要去点时，被孤老太阻止了，她说别点灯了，我的灯里没油了。宋源又坐下了，他没听懂孤老太的话。孤老太吸空一袋烟，又抖抖索索装上第二袋，说，小子，你说人一辈子是有人管着好，还是没人管着好？十四岁的宋源有点摸不着头脑，他不知道孤老太问这话的意思，他只知道孤老太从来不管他的，他想干什么就干什么，这也是让村里小伙伴最羡慕他的地方。孤老太看出他犹豫，又说道，没事，你咋想的就咋说。宋源说，没人管着好。孤老太太又沉默了，只是吧嗒吧嗒抽烟，直到又抽空一袋烟，才缓缓说道，其实，人还是要有人管着好。宋源心想奶奶真是老糊涂了，你平日怎么就不管我呢？孤老太似乎猜到他在想什么，又似乎自说自话，中国自古都讲对孩子要从小管束，什么《三字经》《弟子规》，什么孟母三迁、孔融让梨，什么子不教、父之过，都是讲这个的。其实错了，小孩子不要管，不要有那么多规矩，大人才要管。宋源还是不懂，孤老太并没有说为什么小孩子不要管，大人才要管。但宋源感到了孤老太少有的温情。她起身挪过来，摸了摸他的头，记住了，小子，以后一定要找一个能管住你的人。睡吧。

当晚，宋源很快就睡着了，他没有任何不祥的预感。但第二天醒来时，发现孤老太已吊死在门板上，舌头伸出老长。宋源哭了，哭得很厉害。那是他长这么大第一次这么哭。少年宋源感到了真正的孤单。他懊悔自己太粗心，头天晚上，孤老太太是在向自己作生死离别，咋就没听出来呢？平日里，孤老太都是让宋源叫她奶奶，但宋源很少叫,孤老太也不生气。他像一匹独狼到处游荡,看起来很不合群,拒绝和人来往,但他内心其实是恓惶的,也因此比同龄的孩子成熟得更早。他没有归属感,没有安全感,也没有家的感觉。孤老太的家,在他只是一个客栈。现在,这个客栈也没有了。

次年春天,他烧掉孤老太的草房和小院,独自去山洞里居住,就是因为彻底的绝望。他知道一切都要靠自己了。有时,他会想起孤老太死前晚上给他说的话:记住了,小子,以后一定要找一个能管住你的人。他记住了她的话,那是孤老太太留在这个世界上的最后一句话,是留给他的。他相信这句话里有对他深深的牵挂,但他不相信真会找到一个能管住他的人。而且,找一个人管住自己,不是犯傻吗?宋源搬来山洞里居住后,天漏村曾有不少老人,包括千张子的父母,都要接他去家里住,可他不肯。他不想让别人把他当成一个孤儿,一个需要女人管教和同情的小孩子。他认为自己已经长大,是个男人了。为了向村里人证明这一点,那年春天的一个黄昏,他牵着一只山羊,大摇大摆去了七女的家。这时他刚满十五岁。十五岁的宋源已经长成了个儿,宽肩细腰,虎虎实实,加上他脸上那块蝙蝠样的黑痣,看上去很像一回事了,尽管还有些稚气。

七女三十岁刚出头,皮肤白皙,风韵十足,是天漏村头牌女闾。女闾其实就是妓女。但天漏村从来不叫妓女,只称女闾,就像把村志叫"乍册"一样,是自古以来的叫法,村里人也不知源起何朝何代,只知女闾原是官娼。还是专家祢五常后来告诉大家,女闾最早是由春秋时齐国管仲创设的官娼名称。但天漏村的女闾都是单干的,独门独院,独家独户,就像其他百姓一样,有猎户,有农户,有商户,有铁匠、铜匠、石匠、药铺,女闾也并无特别之处。村里做女闾的还有一些女人,但都不如七女出色。有的已经五六十岁了,偶尔还会接客,客人也多是些老年人。他们在一起时,并不一定要行男女之事,只是搂搂抱抱,有些肌肤之亲,或者只是泡一壶茶,在一起说说话儿。但一样要付钱。在天漏村,女间和其他行当一样,是个受人尊重的职业,没人瞧不起。如果有人恶意拖欠嫖资,倒是会被人鄙视,就像去店铺里买东西不付钱一样,是不能被允许的。如果有人欠了嫖资,超过十天,村长就会出面帮着讨要。如果还不给钱,村长会牵走你的羊。一只羊的价钱肯定是超过嫖资的。正常情况下,嫖一次一只鸡或十个鸡蛋就够了。但村长去满地追着抓鸡,那太有失威严。村长就是牵羊,算罚。打开木栅栏,抓一只羊随便用绳子一拴,牵上就走,气宇轩昂的样子。那时,村邻们会围着看热闹,对拖欠嫖资的男人指指戳戳,弄得那人很没脸面。当然,这种情况极少发生。天漏村向来嫖风淳朴。

  天漏村男人很多十五六岁就成亲了。也有更小的,只有十二三岁。女子一般会大几岁,这和旧时其他地方差不多。天漏村的不同之处在于,男孩子在成亲前,一般会由母亲送到女间那里过一夜。同时要牵去一头羊送给女间,这比一般嫖资要贵很多。送给女间的羊不叫嫖资,叫谢礼。因为这一夜女间要教给男孩很多男女之事,以免新婚之夜手足无措。有的男孩子因为年龄太小,不懂房事,以致成亲后几年都不生孩子,弄得双方父母都着急,妻子也抱怨,所以才有婚前把男孩子送到女间处调教的风俗。据说,这也是古风。这在带来家庭夫妻美满的同时,也让天漏村的男人和女间建立了不同寻常的关系。因为第一次是和女间在一起的,女间又是如此尽心尽力,百般温柔,万般体贴,变着花样教他种种房术,所以男人会惊心动魄,刻骨铭心,终生迷恋女间。在他们心中,女间就是教母。他们不仅贪恋她的身体,而且满怀感激和敬重。

  那些男孩的家庭选谁做教母,也是有讲究的,不会选太年轻的,也不会选太老的,会选择三十岁左右的熟女。他们认为这是一个女人的黄金季节,不仅身子饱满滋润,而且解风情、懂人事,除了能教儿子行男女大道,而且会教儿子怎么做人,既疼媳妇,又孝父母,如何在婆媳之间充当和事佬，比如"聪明两头瞒，傻瓜两头传"之类口诀，是一定要记住的。有一首儿歌："麻嘎子（喜鹊）尾巴长，娶了媳妇忘了娘。"父母担心儿子娶了媳妇会只听媳妇的，忘了父母养育之恩，多少不孝子都是恶媳带坏的。当然，也有恶婆婆不能善待媳妇的。但女间会告诉男孩子应当怎么做。这整个过程是仪式化的。男孩被母亲送到女间家时，会发现小院和房间早已收拾得干干净净，里外还散发出一种淡淡的香味，是用几种山草熏出来的，比如野兰、野桂、野菊等。女间已在院子里恭候，长裙拖地，古衣盛妆，无论仪容还是穿着，都透着端庄，和新娘子一样打扮，一点也不轻佻。男孩子进院前，多会有些紧张，甚至害怕。但由母亲牵着手领进院子后，看到女间形态，会变得害羞，也有撒腿就跑的，当然会被母亲追回来。进入房间后，又是一番景象，青幔红烛，喜庆而不张扬，人在其中，影影绰绰，如处梦境。这时，女间早已准备好茶点。落座后，母亲会和女间一块饮茶叙话，无非家常，多会谈到儿子婚事，女方家庭、年龄、性情等。这让女间在调教儿子时会更有针对性。这时，男孩会在一旁偷偷四处张望，当他目光再次落到女间身上时，已经有了朦胧的期待。他有些紧张，在猜想会发生什么事，接下来会做什么，但并不知道究竟做什么。这时，母亲告辞了。男孩子又会有些忐忑，甚至想跟母亲一起走，但已不那么明确，正犹豫间，已被女间捉住手，轻轻拉回房间。然后就是沐浴了。女间已烧好一锅热汤，拎到木盆里，撒上一些花瓣，滴上几滴香精。先由女间把男孩子衣服脱光，再让男孩子把女间衣裙褪去。这个过程，男孩子会十分害羞，左遮右挡，但已由不得他了。女间会极其温柔而又坚决地拿起他的手，为自己宽衣解带。当一个丰润的裸体呈现在他面前时，男孩子就彻底投降了。他们是同浴，然后上床，之后的一切事，都在女间掌握之中。这时的男孩子紧张得喘不过气，百依百顺，女间说什么，他都会点头答应，要他怎么做，他就会怎么做。后来，就成了一头疯狂的小兽。到天亮时，女间已把一个小男孩变成了一个小男人。

平日，天漏村的女间接客，并不是都在家里。事实上多数是在山上野合。他们觉得这才畅快。《易经》里说："天地氤氲，万物化醇；男女构精，万物化生。"在天地间交合，是再自然再美好不过的事。但少年除外，因为他们还魂魄不全，在荒山野岭上交合，会失魂落魄。

当初，十五岁的宋源是在七女家里，度过了失去童贞的夜晚。只是他没有母亲带去，是他一个人去的。七女以她全部的温柔和美丽，让宋源食髓知味，再也不能忘记。之后每隔几天，他都会去七女那里过夜。他迷上了七女光滑柔软的身子和沉甸甸的乳房。躺在七女的怀抱里，宋源睡得很香。那时山风如涛，间或有几声狼叫，但宋源听不到了。七女喜欢这个野小子，他不像那些男孩那么拘谨胆怯，他第一次走进她的院子时，像个大爷，把手里的羊往桩上一拴，对呆在那里的七女说，给我弄饭吃，我今夜要睡你这里。七女笑了，逗他说，你想睡我这里？你小鸡长成了吗？脱下裤子让我看看。宋源一下愣了，脸红红的摸起头来。让他脱裤子给她看，还是把他当小孩子看了。七女咯咯大笑起来，笑得两个乳房乱颤。宋源突然蹿过去，拦腰抱起七女冲进屋里扔在床上，像个小狼一样按住她又撕又扯，不一时把她的衣裙扯了个稀巴烂。当她一身光洁的皮肉若隐若现地呈现在他面前时，宋源却慌神了，他从没见过一个女人的裸体，更不知道下面该做什么，只是呆在那里，脸上的黑痣一直在抽搐。后来，还是七女上前把他揽在怀里，一点点脱掉他的衣服……

在后来的几年里，宋源长成了一个真正强悍的后生。去七女那里，他不需要像别的男人那样拎一只鸡或包上十个鸡蛋。七女不要。七女喜欢他，甘心情愿伺候他。她喜欢这个沉默而强悍的男人。她在他那里，同样获得了一个女人应有的快乐。对这个小她十几岁的男人，她却一天比一天小女人。她为他做衣服，为他做饭，为他洗澡，在床上百般逢迎。宋源也像个真正的男人一样，十分慷慨。他时常会把打来的山羊拎到七女家,或者把一张豹皮扔她院子里,有时也会把出卖猎物得来的钱,一把交给七女。七女总是推辞不要,她说我不需要那么多钱。但宋源还是放下就走。每次宋源给她钱走后,七女都很难过。她觉得他仍然把她看成一个外人,一个女间,他只是个经常光顾的嫖客,不管她怎么做,都无法真正征服他,抓住他。可宋源是在她身边长大的,这一点还是很让七女骄傲。

但能征服他的那个人终于出现了。

当檀黛云第一次站在他面前时,宋源有点慌神。他在心里说,你慌什么?可他还是心里慌慌乱跳,他第一次知道了什么叫敬畏。原来一个女人也可以呼风唤雨,指挥那么多人血拼沙场。她仿佛带来一个更大的世界,她的洒脱大方、她的真诚的笑意、她的神秘和陌生,都让宋源觉得她简直就是一位天外来客,带着千军万马飘然而至。在天漏村,在千张子面前,在七女的怀里,他始终是强者。但在檀黛云面前,他感到自己的渺小无知和畏缩。那一刻,他忽然意识到,她就是那个能够管住自己的人。他内心热热的想要服从她,这在他二十年的生命中是从来没有过的。对孤老太太临终前的嘱咐,他一直认为自己是抗拒的,现在才发现,自己其实一直在等待那个人。他曾以为七女会是那个人,后来发现七女只能给他一个热乎乎的肉体,却从来不敢管他,也没打算管他。她是个永远的服从者。住在山洞时的那些漫漫长夜里,听到狼叫,有时会突然醒来,然后胡思乱想。他承认,自己曾猜想过那个人究竟会是什么人,一个强悍的山大王?一个威风凛凛的官员?一个阴险狠毒的老江湖?宋源在黑暗中摇摇头,他想他不会服从这些人,他只能是他们的对头。但他确实没有想到过,一个陌生的女子会突然出现在面前并在瞬间让他臣服。这几乎是一件毫无道理的事。

同样,檀黛云第一次接触宋源,也让她兴奋不已。这是一支山民自发成立的游击队,他们对日本人都有深仇大恨。看得出,宋源对这支游击队有绝对的掌控力,他有凌厉的目光和简短得不能再简短的训话。但他不是山大王,他没有山匪的戾气和油滑。他粗犷倔强而又质朴。在她向游击队讲话时,她看到了他求知若渴的眼神,他脸上那块蝙蝠样的黑痣一动不动。檀黛云很快就确信,这是个值得信赖的家伙,自己不能管得太多。对这支游击队,她后来基本是放手的。她给了宋源充分的权力和行动自由。这让宋源感觉很舒服。檀黛云很少到游击队来,反而让宋源盼着她多来几趟。她每次来,都能感受到宋源的兴奋和对她的亲近。檀黛云只要来游击队,肯定有了非来不可的事情。

宋源因为挠痒的事向千张子开了一枪,这事有点严重了。而且他们一个是队长,一个是副队长。宣布处分前,她分别找他们谈了话。千张子还有点不以为然,不就是挠了几下痒吗?但檀黛云告诉他,别以为小事不能引发大祸,一点小事引发一场战争、一个玩笑造成亡国都实实在在发生过——烽火戏诸侯的故事听说过吗?千张子不吱声了。千张子读过私塾,自然知道。他咂咂嘴,有点后怕了。

檀黛云找宋源谈话时,宋源没有争辩,只是说:"我服从处理。"然后诡异地咧咧嘴,似笑非笑。这一笑,让檀黛云很不放心。但她那天还有急事,宣布完处分决定后就匆匆下山,去了山东根据地。

宋源没有把处分当回事。带领游击队接连下山,和日伪军打了几仗,全是偷袭得手,缴获很多。紧接着又发生因日军悬赏事件宋源和日本人斗气的事。但檀黛云一直放不下心来。她那天下山后匆匆赶往山东根据地,是领受一个紧急任务,就是找人护送一个高级干部途经九龙山区去延安。她回来后立即就把这个任务交给了宋源。宋源忠诚胆大而且枪法好,应当能胜任。另外还有一个原因,就是想让他离开游击队一段时间,有利于缓和他与千张子的关系。但不料宋源三年后才回到九龙山。而这时,檀黛云已经是共产党地下县长。

全县已有十三支游击队,九龙山游击队是其中最大的一支。

宋源回来后,很快就听说了有关他的所有传言,而且弄清楚这些传言都是千张子散布的。但他很沉得住气,没有表示什么。反而在一次游击队开会时,表扬了千张子。他先是讲了一通全国的形势,都是大伙闻所未闻的。说抗日战争仍在相持阶段,很快就要转入反攻阶段,日本鬼子蹦跶不了几天了。然后话题一转,说咱们游击队这几年打得不孬,千张子作为代理游击队长,功不可没,打了那么多仗,牺牲的人少,还扩大了队伍,应当表扬。这些话一讲出来,让所有人都吃了一惊。因为这有点像"官"话,他好像见过很大的世面,学了一些什么东西,尽管还有些生硬。这在以前是根本不可能的。三年前,他还只是一个脖子硬僵僵的山民,一天也说不上几句话,除了"出发!""趴好!""我操你娘小鬼子!""开枪!""往死里打!"等一些指挥打仗的简短命令,几乎不会说别的什么。但现在真是不一样了。他一番讲话也让千张子悬着的心放了下来。这之前,他知道他散布的那些话,很快会传到宋源耳朵里,一直担心他会报复。现在看来不会了,要么是他真的很大度,要么是他心虚。他散布的那些话也是听来的,也许他真的在去延安的路上弄丢了那个高级干部,真的强奸过女人。真闹僵了对他宋源同样没有好处。

千张子依然保持着对宋源的心理优势。

但千张子过于乐观了。

一天,宋源和几个游击队员正在山上休息,突然身后百十步的树丛里有异样的声音,很微弱。别人都没有发觉有什么不同,因为山上永远是有动静的,或者是水,或者是风,或者是一只野兽蹿过。但宋源听出来了。宋源回来后,大伙明显发现,他的警惕性更高了,疑心也加重了。一点风吹草动,他都会突然拔枪。那天,他反手就是一枪。正常情况下,这一枪过去,不管是人是兽,中枪无疑。可这一次怪了,几乎在宋源开枪的同时,那边树林里也响了一枪,两颗子弹好像在半路相撞,发出噼啪一声混沌的音响。千张子从树林里走出,手里提着他的短枪,气冲冲大声说:"宋源,你真想要我的命啊?"

原来是千张子化装侦察回来了。他穿了一身女人的衣裳,打扮成一个村妇的模样。这是他最擅长也最喜欢的化装方式。

众人都惊得站了起来,面面相觑。

宋源绷着脸:"现在还不会。"

这话藏着杀机。

千张子知道他在游击队待不下去了。

事后大伙悄悄议论,庆幸千张子躲过一劫。不过,他那一枪实在诡异,怎么能拦得住宋源的子弹?都知千张子枪法好,甚至好过宋源,但也不至于好到这种程度。那么,就只能是碰巧了。如果再打一万枪,他也未必能拦住一枪。但这一枪,他的确拦住了。

不久,千张子被调出九龙山游击队。

调千张子去哪里,檀黛云县长并没有公开宣布,连宋源也不知道。她只告诉宋源,千张子另有任务。

当天夜间,千张子就下山了。

檀黛云临走前,和宋源单独谈了一下。两人在游击队驻地附近并肩走着,檀黛云说,你就这么恨他?

宋源沉默良久,说,我只是讨厌他。

你心胸太狭窄了。

檀县长,你把我看低了。

不是个人恩怨?

我只是感到这个人不靠谱。男人不像男人,女人不像女人。有时候还会翘兰花指。

那也不至于开枪杀他吧?檀黛云笑了,要学会尊重别人。

我没想杀他。那一枪我胡乱打的。

那又为什么开枪呢?

他躲在那里好一会了。我不喜欢他鬼头鬼脑的。

也许,他只是恶作剧。我听说他喜欢开玩笑。

现在是战争时期,这种玩笑开不得。

檀黛云点点头,也是啊,以后我会和他谈谈。

宋源说,檀县长,你不该把他调走。

你不是讨厌他吗?

我宁愿他在我眼皮底下。

为什么?

宋源咂咂嘴,算了,甭说了。我说也说不清,你也听不明白。也许,以后你会知道的。

檀黛云狐疑地看着宋源,你没什么事瞒着我吧?

宋源赶忙说,那倒没有!反正你已经把他调走了。实话说,千张子在许多方面比我强,比如侦察能力、用兵方法,我都不如他。用其所长吧。

檀黛云笑了,说,看来,你比我想象的大度。能这样评价一个你讨厌的人,不容易。好了,九龙山游击队就靠你了,地方上有啥情报,我会及时传给你。保重!说着伸出手来。

宋源紧紧握住她的手,檀县长,你也保重!

檀黛云下山去了。宋源一直送她很远,最后看着她消失在一片树林里。那一刻,宋源突然觉得心里发慌,有一种大祸临头的感觉。过去一切都在掌控之中,但现在他忽然觉得他没法掌控了,接下来不知道会发生什么事。

当天晚上,宋源带领游击队下山打了一仗。他是根据千张子留下的情报,去山下偷袭了一支由伪军押送的运输队,缴获了大批粮食和枪支弹药。这一次,他没有砍杀那些投降的伪军,甚至都没有在他们面前露面，只派手下人去训话，然后把他们放了。而且释放时，让手下人特别向伪军训话，说是奉了千张子队长的命令，希望他们改邪归正，看清大形势，不要再跟着日本人干坏事。那些伪军千恩万谢走了。游击队员们却不懂了，纷纷向宋源说，宋队长，明明是你领着干的，为啥说是千队长的命令？他不是已经调走了吗？宋源说，大伙记住了，千队长调走的事要绝对保密！以后再有行动，还是打着千张子的旗号，违反者以叛徒罪论处！

大伙呆住了。谁也不知道他葫芦里装的什么药。是为了让日本人更恨千张子吗？这一招有点阴。

第二天夜间，宋源独自一人回到天漏村，悄悄翻进七女的小院。他心里憋得慌，他想要发泄。

他已经很多天没到七女这里来了。

檀黛云知道他和七女的关系，在宋源去延安之前就知道。重回九龙山后，宋源去得少了一些，但他还是会去。檀黛云似乎很宽容，从来没有为此批评过他，只是提醒他，你现在是游击队长，不是普通山民了，一个人外出，要当心一点。还有，不要误了游击队的工作。这让宋源很是羞愧，对檀黛云也就愈加敬重。他感到这个留过洋的女上级，好像特别能理解人。她不像别的共产党，对这种事要求特别严，几乎实行禁欲主义。他曾经想问檀黛云，怎么不见你男人？可他没敢问。事实上，她有没有结婚，有没有恋人，所有人都不知道。她只告诉过宋源，她是从美国回来的，原本在一个什么大学读书，七七事变后，她放下学业回到了国内，就是为了参战，辗转几个月后去了延安。她说，那时海内外所有进步青年，几乎都希望去延安，延安代表了民主进步，代表了中国的希望。她在延安住了一年，就待不住了，要求到抗战第一线。她告诉宋源，自己并不是共产党员，等把侵略者赶出中国，自己还准备回美国念书，完成自己的学业。共产党很信任她，她也绝对服从共产党领导。而且她还劝宋源说，你要争取加入共产党,将来共产党能干成惊天动地的大事。你参加进去,能有所作为。当她告诉宋源这些时,很让宋源吃了一惊。她居然不是共产党!她的淡定、从容和自信,让宋源感到,这是一个多么奇怪、多么有主意的女子。一方面,她让你感到那么容易亲近,她永远整洁的穿戴、她的笑容、她身上散发的若有若无的芳香,都让你想和她亲近,你可以和她说任何话,什么都不想瞒着她。但同时,她又那么遥远,那么神秘,你根本不懂得她,那是个真正见过世面的人。宋源感到自己和她的距离,就是一个在地上,一个在天上,一个是凡夫俗子,一个是渺渺仙子。她只是下凡来到人间。这让他想起董永和七仙女的故事,檀黛云就是七仙女,可是董永是谁呢?是自己吗?宋源每次这么想,都会给自己一巴掌。这念头太荒唐、太下流了,你怎么敢有这样的念头。可他还是忍不住经常想,甚至想过檀黛云的身子,那一定是极富弹性的,从她走路时耸动的乳房就能想到。而七女的身子虽然很白,却是松软的。然后他又给自己两巴掌。他就这样在干干净净的崇拜、尊敬和下流的期待中,等待檀黛云每一次到游击队来。檀黛云出现在面前时,似乎有一个气场逼住宋源,让他只有崇拜、尊敬和不折不扣的服从。当檀黛云离开时,他又会冒出那些肮脏的念头。他觉得自己既是人又是鬼。每次檀黛云离开游击队,他都会偷偷回一趟天漏村,找七女发泄一通。这和以前去七女那里不一样了。以前就是贪恋七女丰满润滑的身子,以为七女是世界上最好的女人。但现在找七女只是把她当作一个替代品。七女明显感觉到了,他时常心不在焉,搂着她时像搂着另一个女人,冲撞她时慌张而又冒失。以前可不是这样的。在以前的那么多年,他已经和她太熟悉了,在床上总是很从容地和她做爱,已经是一个老练的男人。但现在又变得和最初和她上床时一样手足无措毛手毛脚了,而且每次都这样。凭着女人的直觉,她相信在宋源心里,一定有了另外一个女人。那个女人一定是高不可攀的,一定比自己好不知多少倍,宋源一定还没有得到那个女人,宋源在她面前肯定是卑微的。当她清醒地意识到这些的时候,虽然有些失落,但也并没有多少悲哀。在她身上停留过的男人太多了,但最终一个也没留下。她不是一次也没动过心,可她没有动过情。她并不想建立一个家庭,真的不想,她觉得这样很好,比那些有家有室的女人幸运多了,因为她没有牵挂,没有负担,还因为她尝到了那么多男人的滋味,这就够了。宋源是她唯一动过情的人,但也从未指望和他成立一个家庭,他比自己小十几岁,不可能留住他的。她只是真心喜欢他,甚至心甘情愿供着他。她有很多钱,存那么多钱有什么用呢?养着一个小男人会让她有成就感,有母性的感觉。但很显然,宋源不是能养得住的人,他也绝不会让人养着。现在他心里有了别的女人再正常不过了。他那么年轻,日后还会碰到各种各样的女人,现在还能到这里来就很好了。她愿意享受当下。宋源的确是来泻火的,可哪个男人不是来泻火的?宋源的火好像特别大,他一向都是个欲望很强的家伙,一夜可以和她做好几次,每次都让她浑身颤抖,大呼小叫,整个身子像要飞起来。和其他男人做的时候,她不会这样投入。通常,她都会睁着眼睛,看着那些男人进入,看着他们起伏,看着他们一泄如注,看着他们在那个瞬间狰狞丑陋的表情。他们在她紧盯的目光下,常常很快就会结束,就像一个贼在人眼皮底下偷东西,怎么都无法从容。七女这样做是要了一点小心眼,就是要他们尽快结束。几乎每天都会有男人找她,有时在家,有时拉她上山,有时白天黑夜连轴转,她经常处在疲惫的应付中。只有宋源来时,她才会精心打扮,倾心相待。从宋源搂抱她开始,她就把眼睛闭上了,是那种轻轻的蒙眬的样子,浑身软得像水,一切由他摆布了。

那天晚上,宋源在七女那里折腾一夜。临走时,七女一歪头,笑着问了一句:"她是谁?"

宋源直直地看着她,脸上那块黑痣勃勃乱跳。

这个冰雪聪明的女人,到底看出了他心底的秘密,这让他十分恼怒。

七女吓坏了,连忙捂上嘴。

宋源横了她一眼,转身就走。

七女追到院子里,在后头叫了一声:"你等等!我还有一件事要告诉你。"

宋源站住了,但没有回头。

七女说:"昨天夜里,千张子到我这里来了。"

宋源猛转回身,大张着嘴愣了半天。他知道千张子从来对女人没兴趣的,家里人几次给他介绍姑娘,让他成亲,他看也不看一眼的。平时更不会去找女间。这次是怎么啦?他要证明自己也是个男人吗?……

宋源似乎比先前还要恼怒,盯着七女,"为啥告诉我?"

七女胆怯地看着地上,喃喃道:"是……千张子让我告诉你的。他还让我告诉你,他一夜要了我五次。"

宋源脸上的黑痣猛地跳了一下,转身出了院子。

七女呆呆地站在院子里,看着宋源消失的背影,两行泪流出来。她知道,他再也不会来了。

第二章

按时下的话说,天漏村并不是一个适合人居的地方。每年暴雨成灾,房倒屋塌,被雷劈死那么多人,经年累月,早就应当毁灭了。即使不毁灭,幸存的人也早应搬迁到别处。

奇怪的是,这个村子不仅没有毁灭,没有搬迁消失,倒是历朝历代不断有人来天漏村定居,有的甚至来自几千里外。好像这是一块风水宝地。其中包括达官贵人、文人隐士、商贾捐客、奸夫淫妇、匪盗囚徒、巫婆神觋。还有一些根本不知来路、不明身份的人。天漏村也是特别,居然来者不拒,要来就来,要走就走。你可以在此定居,成为永久的居民。但天漏村毕竟寡淡,如果依然迷恋世上功名利禄,也可以把这里当驿站,住些日子随时离开。三千年下来,尽管被雷劈死过一万八千多人,天漏村还是由最初的一个原始部落,发展成现在一个七千多人的大山寨。

天漏村虽然隐藏在深山老林里,一如化外之地,但从古至今,都是名声在外,是一个和桃花源对应齐名的地方,而且比桃花源的传说还古老。只是外界不叫天漏村,而叫天漏邑。

世上有许多关于天漏邑的传说,有说是远古遗民部落,有说是一个古代小国的都城,有说是古代囚徒流放处,有说是一个罪恶的渊薮,有说是一个自由的天堂,从没有什么外力干涉它。当然还有一个传说是,天漏邑根本就不存在,是世人按照自己的想象臆造的一个地方,就像桃花源的传说一样。只不过,桃花源是美的传说,天漏村是恶的传说。历史上各个朝代,都有人像寻找桃花源一样寻找天漏邑,或因好奇探访,或想来此定居,但还是有很多人历尽艰辛,终是没有找到。

天漏邑就成了一个谜。

其实,那些没找到的人,是太拘泥于天漏邑这个名字了。有些脑子很灵光的人,找到天漏村来,并且认定传说中的天漏邑,就是天漏村。专家祢五常经过多年考察论证,也很肯定地说,天漏村就是天漏邑。天漏村丰富的资料和信息能够证明这个事实。

在天漏村,最早的传说和女娲补天有关。故事有点老旧,也有点俗套,因为关于女娲补天的传说已经太久、太多了,史书上多有记载。比如《淮南子·览冥训》《史记·补三皇本纪》《尹子·盘古篇》《癸巳存稿》等等,上头都有记载。天漏村关于女娲补天的传说是记在乍册竹简上的,但内容和上述史籍的记载有很大不同,这就有了价值。所有史籍上都说,女娲补天补得很好,把天补得严丝合缝,所谓"苍天补,四极正,淫水涸……"有的地方志还说,不仅补好了,补天的五色石还有富余,说这个县哪里有块巨石就叫女娲石,是女娲补天时剩下的。走遍九州,叫女娲石的石头其实不止一块,可见女娲补天的故事广为流传,而且都很肯定也很称颂女娲把天补好了,从此天下太平。

但天漏村的竹简上说,不是那回事。女娲补天并没有补干净:"……天意,补而存隙,是为天漏,惩罪也……"竹简上的记载很长,大体意思是说,女娲补天时,天皇说,以前风雨晦暝,天下滔滔,死的人确实太多了,而且善恶不分。现在你要补天,很好。但世上还是有很多有罪的人,要留个缝隙,以泄风雨雷电,警示惩罚他们。于是女娲补天时就留了个缝隙。这缝隙就在天漏村上空,所以天漏村老是突现风雨雷电。

似乎和这个记载暗合,在另一些竹简上,还有一个记载说,天漏村原是一个部落,后来这个部落以天漏为都城,建立了一个小国叫"舒鸠"。为什么叫舒鸠,竹简上没有解释,也许和原始崇拜有关,比如这个部落的人崇拜鸠。他们崇拜鸠什么呢?《禽经》上说:"鸠拙而安。"《诗·召南·鹊巢》里说:"维鹊有巢,维鸠居之",是说鸠性拙,不善筑巢,常常强占鹊巢而居。如果按这个说法,可知天漏村的先民崇尚那种马马虎虎的生活,随便占个地方就过日子了,没有经营家园的概念,这种随遇而安的生活方式倒也洒脱。这和后来天漏村人的生活状态很相符合。天漏村有几千年的历史,确实没留下过任何精美的建筑,有的只是茅房石屋土石残垣。他们的确不怎么经营家园,一辈辈住了那么多年,仍然是一种临时观念,得过且过,好像随时准备被雷劈死。既然这样,建那么精美的房屋,或者积累那么多财产,又有什么意义呢?

但这个舒鸠的"鸠"字,也有另外的解释。专家称五常说,古时百亩为夫,九夫为鸠,夫和鸠都是土地计量单位。如果以此解释,这个叫舒鸠的小国,只有九百亩田地,显然国力不逮。

乍册上还记载,当时除了舒鸠,这一带还有几个小国,分别叫"舒蓼""舒庸""舒龚"等,也都很弱小。值得注意的是,这些小国的名字前头都带个"舒"字,也许证明这些小国或是同宗同源,或是都享受这种被人世遗忘的缓慢生活。这些小国没什么大的志向,就是过过小日子。

大家一直相安无事。

可是这种平静慵懒的日子并没有持续太久。这附近有个国家叫"徐国",徐国为徐戎人所建,在这一带是最强大的,虽说不是万乘之国,也是兵强马壮,对舒鸠一类蕞尔小国虎视眈眈,常有吞并之心。舒鸠等一众小国终日机杼,到底还是逐一被徐国所灭。舒鸠国没有了,但天漏村曾做过都城,是确凿无疑的,这大概就是天漏邑的由来。

天漏邑曾作为舒鸠国都城的辉煌一页,很快就翻过去了。但天漏村依然存在,还是经常遭受天雷暴雨袭击,是个凶险的地方。乍册记载,徐国灭舒鸠时,正赶上一场天雷暴雨,军士在雷电中"状如爆豆",死亡无数。所以徐国对这个地方印象深刻,简直就是个地狱。后来就把天漏村作为流放犯人歹徒的地方,让他们在这里忏悔,让他们接受上天的裁决,自生自灭。如果上天认为你罪无可赦,就会被天雷劈死;如果认为你尚可宽宥,就会留你一条小命。总之让你战战兢兢,生不如死。这有点恶作剧的味道。

祢五常说,这就是竹简上对死亡的记载,何以会如此冷静乃至戏谑的原因。在秉笔者看来,被天雷击死的人,本来就是些该死的家伙,没什么好同情的。

被流放到这里的人,都是有罪的。被流放到这个鬼地方,不知天雷哪天落你头上。可以想到,他们在刚开始时,一定是惶惶不安的,而且会时常在出门时先抬头看天,然后再迈出家门。后来世上几乎所有人出门时,都爱往天上望一眼。据说这个习惯就是由天漏邑慢慢传出去的。按照天漏村的说法,这个习惯所以成为所有人的习惯,是因为不光天漏村的人有罪,世上所有人都干过一些不为人知的错事、坏事、丑事。人在做,天在看,出门看天,其实是心里虚着呢。不同的是,天漏村的人坦然承认自己有罪,而世上人都呈正人君子状。

祢五常感叹,这个不同,是根本上的不同。

后来时间久了,流放天漏村的人就不那么害怕了。这里并不像传说中那么恐怖,一年也就劈死六七个人,多时不过十个八个,摊谁头上还不一定呢。只要出门小心,常抬头望天,机灵一点,就未必会有事。像明代正德年间,一年劈死一百多人,也是特例。真要让雷劈死了,那就拉倒,劈不死就好好活着。他们一旦把命交给上天,一下就释然了。死不死是上天的事,怎么活才是自己的事。于是这里人就活得随心所欲,不受外头世界的制约,老子是待死的人,管他呢!外头人也懒得管他们,也是同样的理由。

更重要的是,渐渐来了一些外地人,男女老少,五花八门,什么人都有。他们并不是被强制流放来的,而是自以为罪孽深重,自己跑来的。这让那些被强制流放来的人,心里更加平衡。你看人家,千里迢迢还自己跑来呢。这些自愿跑来的人中,不少还是有身份的人,比如做官的、经商的、为文的,当然也有些下九流。这些人因是自愿来的,刚到天漏村时,情绪饱满,悔罪意识很重,根本不怕死。原先强制流放的人,遇有暴雨雷电还躲躲藏藏的;而那些自愿来的人则不然,遇有暴雨雷电,不仅不躲,还有意往外跑,巴不得让雷劈死。有的人果然如愿,出门就让雷劈死了。但大部分人还是有惊无险,在雷电暴雨中穿梭几趟,除了淋得像落汤鸡,并没有丢命。至多就是受些伤。日子长了,这些人也就顺其自然了,雷电暴雨突降时,该躲的也躲一躲。毕竟,冷静下来,没几个真想死的。而且他们也学会了自我解脱,该劈死的躲也躲不过去,每年被劈死的人就是明证。不该死时往雷电暴雨里钻,也不会死。那么就听老天安排吧。

专家祢五常对他的学生们说,表面看起来,天漏村一代代人都在消极等死,但我们仍要佩服他们直面灵魂和生死的勇气,他们没有逃离,这是需要勇气的。这有点像现在的人,用左轮枪赌命,你不知道哪个槽里压着子弹,但你没有胆怯,一辈辈赌下去。这其实是大勇敢。

多年前,一个姓裴的瘸腿气象专家,带了一群学生,带了很多器材,前来天漏村考察。这个村庄每年都有那么多人被雷劈死劈伤,是个严重的问题,究竟是什么原因造成的,需要实地考察,需要一个科学的解释。他们在村前村后,山上山下看了很多天,又是测湿,又是走访,又是讨论。最后,瘸腿专家得出结论:天漏村处在山窝窝里,四面环山,云气不畅,湿度太大,很容易形成暴雨雷电,四面山上任何一块云飘过来,都可能造成灾难。有人吼一嗓子,说不定就能引发雷电暴雨。就是说,天漏村的特殊气象是由九龙山特殊地理环境造成的一种小气候。这种现象在世界上别的地方也有,不足为奇。

这个解释索然无味。

就像科学家说,月亮只是地球的一颗卫星,上头全是岩石沙粒一样,什么嫦娥奔月、吴刚伐桂那些美好的故事全没有了,古往今来那些关于月亮的美丽诗篇也全没有了,你说可气不可气?

姓裴的瘸腿专家在解释天漏村气象时,确实有点居高临下,甚至有些不耐烦,因为他觉得这么小儿科的常识还要他这个大科学家亲自解释。当时好多百姓都在场,天漏村的百姓对外来的客人从来都是热情的、尊重的,他们从不排外。但在听了裴专家关于小气候的解释后,全场足有十几秒的寂静,然后突然爆发出一阵哄笑:"哈哈哈哈哈哈!……嘎嘎嘎嘎!……嘻嘻嘻嘻嘻!……"这老专家太荒唐了,雷电暴雨明明是天漏造成的,而天漏是女娲遵照上天的旨意故意留下的,几千年都这么说,乍册上也记载得清清楚楚,怎么就扯上小气候了呢?小气候是个啥劳什子?这瘸子太无知了。

裴专家从百姓的哄笑中,感到了大家对他的不屑,这让他同样很意外。他并不了解天漏村的历史和文化,但气象是一门科学,而科学是不能亵渎的。于是他压住气恼,抬抬手让大家安静下来,重又把天漏村的雷电暴雨成因解释了一遍。这下没人笑了,所有人都用愤怒的目光盯着他,这么说,这个狗屁专家不是开玩笑了。

这时,一个六十多岁样子有点干巴一脸疙瘩两条腿都瘸的老汉,不声不响艰难地走向瘸子专家,他的两道眉拧紧了,目光里喷着火焰,一步一挪,把手中的拐杖拎起来,又掂了掂。

全场鸦雀无声,气氛有点紧张。

裴专家的几个学生赶忙围上来护住老师。

裴专家推开学生,他不相信对方会打人。

村长老车喊了一声:"老疙瘩叔!你要干啥?"就要上前拉他,却被老疙瘩扬起棍子打在肩上,速度之快出乎想象。

全场依然静着。

裴专家很勇敢地走到他跟前,说:"老哥,你是要打我吗?"

老疙瘩看着他,"你以为我不敢?"

裴专家一脸纳闷,"我想弄明白为甚?"听口音裴专家像陕西人或者山西人。

老疙瘩厉声道:"为甚?你的小气候是扒了天漏村的祖坟!"

裴专家一脸不解,"甚祖坟?"

老疙瘩用手中的拐杖往远处一指,"九龙洞有几千年的竹简、乍册、文书,那就是祖坟!"

裴专家大张了嘴巴,关于九龙洞的竹简文书,在和百姓的座谈中,他是听说过的,可他没去看过,他虽然很吃惊这个偏僻的村庄居然会保留下来这么多竹简文书,但他认为也不过就是村史风俗一类,里头会有一些暴雨雷电的记载,但他不是来做历史研究的,他只是受市里邀请,临时来考察当下,破解风雨雷电之谜。他只有半个月的时间,下个月还要去瑞典出席一个会议,时间不允许他去翻检那些浩瀚的竹简。村民们的激烈反应,让他内心有点后悔,对那一洞竹简文书缺少了一点敬意。那是他们的历史和文化,那是他们的祖宗。之前他并没有意识到,科学不能亵渎,他们的历史和文化更不能亵渎,即便是些荒唐的东西。

现在面对老疙瘩因愤怒而扭曲的面孔,裴专家不那么理直气壮了。他真诚地对老疙瘩说:"对不起,因为时间关系,那些竹简文书我没来得及看。"

老疙瘩不依不饶,"没看你就胡呦?"

裴专家说:"我没有胡呦,我说的是科学,天漏村的雷电暴雨确实是小气候造成的,你即使打我,我也得这么说!"

"那我就打你个王八瘸子!"老疙瘩举棍要打,被村长老车拦腰抱住了,"老疙瘩叔,使不得!裴专家是彭城市市长请来的贵宾。再说,人家腿还瘸着,千万不能打。"

老疙瘩挣扎着说:"你以为你腿瘸就能胡呦?天漏村的瘸子多了去啦!你看我两条腿,看到啦?都是让雷电劈的!我看你呀,也该留在天漏村,经经天漏村的雷电,你就后悔你说的话了!"

老疙瘩的话没头没脑,裴专家说:"老哥,我不明白你的话。"

老疙瘩大声说:"那是你脑袋让驴踢了!"

众人大笑。

裴专家摇摇头,他没想到这里人会这么愚昧,这么简单的科学道理会引起众怒。在这前一天,他曾和村长老车谈过,说每年都有人被雷电劈死,都是小气候造成的。他还强烈建议,天漏村应当尽快搬迁,这不是一个适合人居的地方,人命关天哪!当时看村长老车一脸愕然,裴专家拍拍他的肩膀,说村长你放心,天漏村搬迁不是一件小事,六七千口人呢,需要一大笔资金,还要找一个更适合的地方,困难一定很大,我会向你们彭城市市长建议,也会向更上一级写专题报告,为你们争取一笔搬迁费,再划一块地皮。

村长老车当时就急了,一把捂住他的嘴,压低了声音,说裴专家,这话千万甭再说了,也甭打啥报告要钱,赶明儿带上你的学生,快走!

当时裴专家看他紧张的样子,还觉得好笑,拿开他的手说,村长,这有甚不能说的?这是科学,大家会相信科学的。裴专家是国内著名气象专家,曾在联合国气象大会上做过专题演讲,他听到的从来都是掌声。对自己说话的分量,他有足够的自信。他对老车说,我估计你们这里有些迷信思想,把雷电神秘化了。不要担心,这话由我亲自向大家说。"

老车一再劝阻,裴专家还是坚持要向村民做一次科普教育。

他没想到,村民们根本就听不进他的话。幸好,他还未来得及说天漏村不宜人居,必须要整体搬迁的话,不然,说不定早就被村民们用石头砸死了。

村长老车看场面尴尬,把老疙瘩交给别人拉住,凑到裴专家面前,低声说:"裴专家,我看你们还是先回去吧,小气候的事,咱们以后再商量。"

裴专家的学生们忍不住捂嘴笑了起来,这事怎么可以商量呢?科学就是科学,小气候就是小气候。

裴专家斩钉截铁地说:"这事没甚可商量的!"

老疙瘩很生气,突然冲他吼道:"你就该遭雷劈!"

可是,这一嗓子却出事了。

咣当一声,一个炸雷摔在地上,火光四溅,接着暴雨骤然而至。只是这次暴雨面积极小,刚好落在裴专家和他的学生头上,几步远的村民都没淋到,而且雷声巨大,炸雷一个接一个,几乎贴着头皮。一群学生猝不及防,一阵惊叫,都吓得趴下了。

裴专家到底沉着,他那条瘸腿只是抖了一下,还是站住了。这暴雨雷电来得太快了,他开始还以为被人背后袭击,谁弄了一桶水浇他头上。可是转一圈看看,并没有人袭击他,再抬头看天,才知确实是暴雨。这也叫暴雨吗?只有一张席子大的面积!但它确实应当叫暴雨,雨量之大,就像一只桶口粗的水炮,正从高空向下喷射,劈头盖脑浇下来,瞬间已是浑身透湿。

专家被科学袭击了。

老疙瘩和村民们在一旁哈哈大笑。看样子,对这样的场景,他们显然都经历过。

村长老车急忙伸手,一把将裴专家拉出雨区,连连道歉,说:"裴专家,对不住您,今儿让您赶上了,这个……这个……大概就是您说的那个……小气候,不对,是……小小气候。"

裴专家撸了一把脸上的水珠子,冲他的学生一挥手:"和村长结账,咱们回!"

村长老车忙说:"不用结账,这点饭钱……"

裴专家说:"不能白吃白喝,饭钱是一定要结的。不过,这个地方,我也会再来的。"语气已十分平静,好像并没有发生过什么不愉快的事。

老疙瘩一听又跳出来,"你还来啊?"

裴专家笑着对他说:"老哥,我得承认,我脑袋让驴踢了。"

几千年过去了,世间多少兴亡事,一个一个朝代建立了,又灭亡了。天漏村依然在这个山窝窝里静静地躺着,鸡鸣犬吠,人语兮兮。

正如桃花源中人,天漏村也是不知有汉,无论魏晋。

天漏村是个活化石。

一个人类社会的活化石。

不知从什么时候开始,天漏村陆续来了一些专家或专家小组,专门研究这个老态龙钟而又极富生命力的独特村落。

也许历朝历代都有人研究。他们只是悄悄来,隐藏在那些来此悔罪的人中,做他们想做的事,反正也没人多管闲事。对此,乍册上有一些模糊的记载,说他们是些"闲人",从不向人说原来是干什么的,做过什么坏事。他们平日不为生计发愁,这里走走,那里看看。有人聚堆聊天时,爱坐一旁闷听,一言不发。有时又出重金给村长,要求去九龙洞里翻看乍册。这种时候,村长一般不会拒绝,但会派人全程监视,不能损坏,更不能拿走竹简文书。乍册是几千年来村里最重要的遗产,平时不会轻易示人。但能出一笔重金,还是好的。村长会把重金用作村里公益,比如救助老人,帮最困难的家庭修缮房屋。对于这笔钱的使用,村长是绝对公平的,大伙也都绝对相信他。

那些"闲人"在村里住不长久,或三月五月,或一年半载,就悄悄走了。谁也不知道他们是干什么的。专家祢五常后来猜测,这些人可能就是些古代的研究者。他们来天漏村研究什么,得出些什么结论,就无从知晓了。

民国三十四年,抗战刚一结束,又有一行人风尘仆仆来到天漏村,从此住了下来。后来大家得知,这些人大有来头,是国民政府中央历史研究所的。为首的是一个不到四十岁的人,姓柳,大家都叫他柳先生,个子高高的,身穿长袍,戴一副玳瑁框深度眼镜,文质彬彬,很少说话,但见人总会微笑着点点头,很和蔼的样子。因为眼神不太好,有时碰到一头驴子,也会微笑着点点头,"您好。"

再往后,大伙终于知道,柳先生是来研究天漏村的。研究什么,没有人去深究。但天漏村的人很自豪,不管研究什么,天漏村够得上被人研究,而且是中央派来的研究人员,就足以说明天漏村的重要。

柳先生带人来的前三年,可以说专心致志,不仅对天漏村的山川、民居、气候、物产做田野调查,还和村里人亲切交谈,都是些家长里短。最主要的是,他们对存放在山洞里的竹简文书,进行了系统整理。对那些破损的竹简还进行了保护处理。后来,祢五常看到那些竹简做了烫蜡保护措施,就是当时柳先生带人做的。这是个浩大的工程,因为工作量实在太大,研究人员曾一再增加,最多时有五十多人,安扎在很多座帐篷里,是那种很结实的帆布帐篷,一捆捆竹简文书被搬出来,先是烫蜡保护,然后翻阅,抄写,照相,几乎日夜工作。为了夜间照明方便,他们还弄来一台小发电机,帐篷里全部装上电灯泡,引得天漏村男女老少来看西洋景。大伙看到,柳先生像一位将军,进进出出,往来指挥,表情严肃,手里时常拿个放大镜,仔细研读那些竹简文书,这和他平日微笑着和人点头招呼的神情大不相同。那些竹简文书用过后,又被仔细捆扎好,小心搬进洞里。他们对这些东西的珍爱程度,一点也不比天漏村的百姓低。这让大伙很受感动,对柳先生更是肃然起敬。

头三年,柳先生中间曾离开过几次,但十天半月就回来了,很急迫的样子。他和他的团队一直在进行研究工作,经常会伏案到深夜。大伙看到,柳先生实在累了困了,就步出帐篷,在山坡上走一走。或长时间伫立在山坡上,谁也不知他在思考什么。但看得出他心情的变化,有时严肃,有时兴奋,有时困惑,有时发愁,有时无奈,有时厌倦,有时摇头叹息,有时欣喜若狂,有时痛苦不堪。

在大家的感觉里,这并不是一件好玩的事情,柳先生似乎承载了太多的东西,担负着太大的责任。

民国三十七年秋天,研究似乎告一段落。柳先生和他的团队从天漏村全部撤走了,说是要回南京。但两个月后,柳先生又回来了。这次回来的只有五六个人,还是他最初来时带的那几个人。这次回来,他们好像都很沮丧的样子,也不做什么事了,只是每日在一起闲聊枯坐,有一句没一句的。有时也会去九龙山上转一转。很快已到冬天,九龙山被大雪覆盖,到处银装素裹,很多动物已蛰伏起来,大黑熊也在山洞里进入冬眠期,山林里十分安静。但如果侧耳细听,九龙山下很远的地方,不时会有隐隐的炮声。柳先生会侧耳伫立,听上很长时间,然后一声长叹。三年前进山时,日本人刚投降,那时普天同庆,国民党中央政府还稳固地统治着全国。他就在那时奉命带人到天漏村来做一个秘密研究的。可三年后出山,却发现中央政府已是大厦将倾,共产党的军队已经势不可当。这让他有隔世之感。

柳先生本带了一个收音机的,可这山里没有讯号,什么也听不到。就时常派人去山外打听消息,每次带回来的都是国民党军队战败的消息。他知道，眼下的九龙山下，正进行一场徐蚌会战，国共双方投入上百万军队，正在进行一场殊死较量。这一仗将决定中国的命运，也决定国民党政权的成败。他手下的人都忧心忡忡，惶惶不可终日。柳先生倒还沉着，什么也不说。他其实已经料定这场战争的结局，只是静观其变。

终于消息传来，九龙山下的这场徐蚌会战，虽然共产党的军队也是损失惨重，但最后失败的仍是国民党军队。长江以北很快被共产党占有。柳先生那几个助手，决定离开天漏村回南京了。柳先生却决定留下来。临别头晚，那几个助手都喝得酩酊大醉。柳先生没有喝酒，他平生滴酒不沾，此刻异常清醒。他对他们说，你们都有家小，赶快走吧。我孤身一人，了无牵挂，就准备在天漏村终老一生了。那几个助手都大哭起来。柳先生始终没掉一滴眼泪，第二天一大早，送他们出了村口，挥挥手转身就回来了。

那一刻，他显得很冷漠。

在这个天崩地裂改朝换代的时局下，柳先生居然心如止水。

但一个月后的一个夜间，突然一架直升机降落在天漏村，是南京派来接柳先生的，让他务必回去。由此可见，柳先生在上层眼中的地位是很高的。但柳先生执意不肯。就在机上几个武装人员强行把柳先生往飞机上绑架时，宋源忽然带人来到。他拔出枪来，大喝一声："住手！"他不仅制止了他们的绑架行为，而且扣留了这架直升机，机上所有人员都成了宋源的俘虏。那些人吓坏了，看宋源一脸凶相，以为要没命了。

对宋源扣留直升机，柳先生很是生气，大声抗议。他出面和宋源交涉，说两军交战，不斩来使，一切和他们无关，他们只是执行任务，你应当放他们回去。宋源说我不会杀他们，扣下他们是为他们好，蒋介石政权快垮台了，你要他们做殉葬品吗？柳先生，你是个明白人，不也选择了留下吗？

柳先生说,宋县长,我留下是隐居山林,不会投靠你们共产党!

宋源哈哈大笑,说,柳先生,我们不会强迫你。天漏村山高林密,的确是个隐居的好地方,你尽管安心待着。

其实,宋源和柳先生是老相识了。

三年多前,柳先生带人来天漏村时,九龙山区早已是共产党的根据地了。柳先生带人来这里,宋源不可能不知道。

早在日本投降的前一年,宋源已经担任县长。他的前任檀黛云因为叛徒出卖,已经牺牲。当时,柳先生带人一进入九龙山区,就被游击队查扣了。这帮人是南京派来的,南京可是国民党的老巢,他们来干什么?这件事非同小可。宋源闻讯赶来,第一次见到柳先生。柳先生不卑不亢,说是去天漏村研究民俗村史,还有其他学术项目。宋源不懂,但让人搜查了他们的行李装备,没有武器,也没有发报机之类的东西。这些人看上去也全像些书呆子。宋源拿不准该不该放他们去天漏村,就请示上级。这时抗战刚刚胜利,国共两党还在大联合时期,既然他们是搞学术研究的,就让他们去吧。上级还嘱咐宋源,不要为难他们,要尽可能提供一些方便,同时也不能放松警惕,派人暗中监视他们,但不要让他们觉察出来。

第一次进天漏村,是宋源亲自带他们来的。不然,他们还很难找到这个村子。宋源为他们派了一个做饭的,这个做饭的就是七女。宋源让她不要再接客了,就为柳先生一行做饭。她真是高兴坏了。对于接客,她早已麻木和厌倦了,日复一日,年复一年做那同一件事,只是苦中作乐。现在,她要换一种生活了。更让她高兴的是,说明宋源心里还有她,能为宋源做点事,是她最乐意的。她认为自己是在为宋源做事。宋源告诉她,要留点神,看他们是不是有什么异常举动。七女阅人无数,自然一点就通。自从那次宋源生气离开她家,已经两年多没找过她了。她不知道这家伙是怎么忍住的,她知道他一向性欲很强。她也很想忘掉他,可就是忘不掉,任何男人在她身上,她都把他当成宋源,不然就承受不住了。以前,和那些男人在一起做爱时,她都恶作剧般睁开眼,让他们局促不安,让他们尽快结束。后来她不那么做了,她都像和宋源在一起时一样,把眼微微闭上,娇声喘息,享受不一样的宋源。闭上眼睛,他们全是宋源。两年来,她其实每天都在和宋源做爱。

柳先生一行入住天漏村后,宋源时不时会来看望一下。他不懂他们的事,但他十分崇拜他们。那么古旧的竹简,他们不仅爱惜而且还能辨识,实在了不起。一般情况下,他不会打扰他们,只是礼节性的探望,每次都带些饼干、罐头之类的食品,这些东西都是他的战利品。有时,他也会打一头野猪,让手下战士抬来,为他们改善伙食。柳先生对宋源的印象也好起来。有时会让七女冲一杯他们带来的咖啡给他喝,宋源喝不习惯,又苦又涩,可他强忍着,像喝中药一样,咕咚一气喝光。柳先生和他手下都笑。七女会悄悄扯他衣襟,小声告诉他,柳先生他们不是这样喝咖啡的,一点点品咂,一杯咖啡能喝一下午。宋源摆摆手,说我哪有那闲工夫。一副带理不理的样子。

宋源每次来,柳先生都感到七女特别高兴,连眼神、说话的语气都变了。有时还悄悄塞给宋源一双鞋或一双布袜,宋源就很不高兴,但最后还是勉强收下了。他们便觉得两人之间有些什么瓜葛。后来,他们知道了七女是个妓女,在天漏村叫女间,和七女一样的女人,在天漏村还有一些,而且并不受人鄙视,和铁匠、石匠、小炉匠、药铺掌柜、伙计一样,都是一门职业。他们觉得特别新鲜,这和山外的风气太不一样,反倒对天漏村引起更大的兴趣。

后来,柳先生他们在和村民的接触中,渐渐知道宋源是一位抗日英雄,也知道了那次日本人闯入天漏村造成的血案,更对他刮目相看。当然,也听说了宋源和七女的事情,宋源当游击队长时,还经常到七女那里去,直到后来宋源当上了县长,才不和七女来往了。现在看来,他们之间还是有感情的,不然,宋源不会派七女来做这个公差,七女也不会那么关心宋源。但宋源显然又是有顾虑的,不知是因为共产党的规矩在起作用,还是因为知道了山外的文明,嫖娼是一件很丢人的事。在行动上,已经断绝了和七女的来往,可在心里还藏着七女的影子,于是就有了现在的局面,似乎牵挂她,又排斥她。

柳先生很能理解。心里还在想,这个共产党并不像宣传的那样,也有七情六欲嘛。对宋源的印象,竟越发好起来。这个共产党的县长,和布衣百姓没什么两样。

宋源对柳先生,一直尊敬有加。他自己没有文化,只是参加革命后才识了一些字,就特别尊敬崇拜有文化的人,就像当初尊敬檀黛云一样。对柳先生一行人,他也一直认为他们就是来天漏村研究民俗村史的,并没有往别处想过,几十年都没有怀疑过。

直到很多年后,祢五常来到天漏村,才渐渐发现这个隐居山上的老人,并不是一个简单的民俗村史研究者,在他身上,可能藏着一个惊天秘密。

祢五常带着他的团队到天漏村时,天漏村早就有了不少的研究团队。

这些研究者有官方的,也有民间的;有中国的,也有外国的;有长期,也有短期;还有一些个人凭兴趣来这里搞研究的。

天漏村有太多的东西值得研究。毕竟,一个有三千多年历史的村庄,不要说在中国,在全世界也不多见。这个村庄的起源、演变,三千年来,这个村庄是怎么管理的,人们的生存状态、婚丧礼俗、竹简书法、文字演变、气象天文、居民构成、人种繁衍、衣食住行,有什么特点,有什么变化,都大可研究。

比如这个村村长的产生就很有意思。自古以来,天漏村村长实行的都是禅让制,村长必得是贤者、有德之人。村长可以干很多年,如果中途发现有徇私不公,或有违公德良俗之事,村民可以弹劾,但天漏村不叫弹劾,叫"纠弹",也是沿袭古时的叫法,即可以追究罢免。村长老了,干不动了,就要禅让,禅让得越早,就越受人尊敬。如果老得只剩下一颗牙才禅让,会让大伙瞧不起。村长平时的职责,除了管理村务,从一上任,就是培养和发现继任者,到禅让时,这个继任者已经初定,由老村长提名,但还要经过村民"投豆",才能最终决定。如果大伙不同意,老村长提名也没用。"投豆"很庄严。在老村长家里有一个供坛,上头放着一只粗糙的黑陶罐,投豆时,村民排队在外等候,一个一个进去,投豆前要先向陶罐鞠一躬,表示敬畏。然后开始投豆。同意的投一颗红豆,不同意的投一颗黑豆。一个人投完豆出来,另一个人才能进去。整个过程中,老村长要守着黑陶罐,但要在三步远的地方,看不到村民投了什么豆。投豆结束后,老村长当着大伙的面捧出黑陶罐,在门前空地上当众清点,红豆要占到三分之二以上,被提名人才能继任。

  新老村长交接仪式当即进行,由老村长杀一只黑公鸡,把鸡血注入一碗酒里,亲手把鸡血端给继任者,由继任者一饮而尽,算作宣誓。这和别处举行仪式杀红公鸡有所不同,天漏村是杀黑公鸡。为什么杀黑公鸡,村里有种种说法,有说黑代表邪恶,杀黑公鸡是提示村长要弘扬正义,惩治恶人恶事。有说黑代表权力,杀黑是淡化村长权力。在他们眼里,权力只是个令人敬畏的东西,不是日常用品。这和供奉黑陶罐的意思是一致的,权力像陶罐,只能供起来,平日根本无用,一用就容易打碎。还有一种说法是,远古时代,徐国灭亡舒鸠国时,来的军士全都穿着黑衣,从此舒鸠国的遗民对黑色既恐怖又痛恨,杀黑公鸡是对仇恨的宣泄,也是对死亡的记忆。可见天漏村人在骨子里一直是有危机感的。专家祢五常说,从杀黑公鸡这件事,可以说天漏村的文化基因是很复杂的,有时统一,有时又矛盾,就连这个村子留下的古语，也是各朝各代都有，非常杂乱。

在老村长把投豆用的黑陶罐交给继任者时，七杆三铳炮依次点燃，连响二十一炮，震天动地，这和古时国王登基的级别是一样的。这显然和天漏村做过舒鸠国都城有关。每放一炮，村民们就顿脚欢呼一次："噢——嗨——！"

这天晚上，全村要彻夜庆祝，在村中一片空地上燃起篝火，且歌且舞，老村长用沙哑而老迈的嗓子唱道：

娲皇补天兮，存天漏，

星月流转兮，九龙山，

远祖安魂兮，莫忧伤，

山中遗民兮，自逍遥，

……

至明方散。

新村长把那只黑陶罐请回家中，恭恭敬敬置放在已准备好的供坛上。这只黑陶罐不知传了多少年代，也许已有几千年，是一件远古的东西，上面有一层厚厚的岁月包浆。它是天漏村唯一的权力象征，其实很容易破碎，稍不小心就打烂了。但令人惊叹的是，除了沿口处有半个瓜子大一处破损，居然整体完整。

可见一代代保管者多么珍惜，多么小心。

直到一九四九年新中国建立后，天漏村还是这么推选村长。不管外头的世界发生了多少事，天漏村还是像什么事都没有发生。这里没搞过阶级斗争，也没搞过路线斗争，像是一个被世人遗忘的地方。后来有专家研究天漏村这段历史，完全不相信天漏村会置身世外。说倾巢之下，安有完卵？以中国政治风暴之猛烈，任何一个角落都会刮到。其实，这也是一种主观臆断。以中国之大，在一些深山老林极为偏远的地方，还真是有些漏网之鱼。那位不相信的专家进入天漏村第三天，去一户人家走动，屋里坐着一个九十多岁的孤老太太。她有些耳聋,腰也弯了,见一个陌生人进来,有点警惕的样子。专家一直笑着冲她点头,问了她一些家常话,无非吃住行。老太太不知是耳聋听不清,还是不想说话,半天也没有搭理,只抱着一只狸猫打盹。但专家起身要走时,孤老太太突然睁开眼,冲他招招手,示意他坐近一点。专家意识到老太太有话要说,忙高兴地凑近了,大声说:"老人家,你说吧!"孤老太附他耳朵上小声问道:"山外头,那些日本人还在不?"专家一愣,一时没回过神来,但他很快就意识到她问的是什么了,于是大声说:"老人家,你说的是日本鬼子吧?"孤老太太点点头,有点紧张地紧紧盯着他。专家忙说:"打跑啦!早就打跑了。那都是六七十年前的事了!"孤老太太吃惊地张大了空洞的嘴巴,"打跑了?"

回到驻地,专家相信了。他只能相信事实。

这个专家就是祢五常。

祢五常是北京一个大学的教授。五短身材,圆脸小眼睛,下巴长一些乱糟糟的胡须。走路很快,像一只球在地上滚动;说话也很快,像打机关枪。听人说话时,老是一副惊奇的神态,像是什么都不懂。看他这样子,怎么都不像个学者。但他恰恰是当今国内最了不起的历史学家,在国际上极有名望。祢五常业余爱好很多,琴棋书画样样都行。此外,还喜欢户外运动,长跑、爬山、踢足球。刚到天漏村时,有一天独自外出,跟他带来的几个学生说,想去山上看看。却很久没有回来。大家赶紧分头寻找,罗玄、柁嘉几个男生捡起木棍,慌慌张张往山上跑。他们已听说九龙山上有狼、熊、野猪,都会伤人的。村长老车听说了,也喊了一些村民上山。可是几十个人在山上找了半天也没找到,眼看快天黑了,只好下山。大家心里都很紧张,担心祢五常会出意外。村长老车原本打算回村取些照明灯火,再组织村民连夜上山,如果这个专家被困在山上过夜,危险就更大。他还吩咐人找几面锣,带到山上敲打,一是可以让祢专家听到,二是可以吓唬野兽。但他们急慌慌回到村里,却听说祢五常已经回到了驻地。原来是他的两个女学生汪鱼儿和乔惠找回来的。男同学上山后,汪鱼儿和乔惠守在驻地坐卧不宁,她们一直在想老师能去哪里,除了上山,会不会去别的地方?老师是个贪玩的人,而天漏村可玩的地方很多,比如有几家茶馆,他会不会在茶馆和人聊天或者下棋?天漏村有个药铺,祢五常会不会倚着柜台和王掌柜谈谈川芎、白药什么的?这老先生是个对什么都感兴趣的人。于是她们离开驻地,在村里转来转去。药铺里很冷清,王掌柜正一个人望着外头出神。几家茶馆都去了,确有不少人在喝茶闲聊,也有人在下棋围观,却没发现祢五常踪影。汪鱼儿和乔惠在村里没找到人,去山上寻找的人也没回来,真是急了。她们不甘心,就继续在村里转悠。远远看到一条巷子里,有一群孩子在玩什么,大呼小叫的。汪鱼儿二人开始并没有在意,不过一群孩子在玩耍罢了。正欲转身,突然从孩子们的喧嚣中,听到一阵粗犷的大笑。这笑声太熟悉了!二人急忙快步赶去,果然是祢五常!原来他从山上回来,发现一群孩子在玩泥丸弹子,就掏出一把零钱,让他们买糖吃,要求参加。孩子们很爽快地答应了。可孩子们弹技高超,祢五常一直在输,他不服气,就趴在地上一直和他们斗弹,把什么都忘了。刚才终于赢了一把,于是坐在地上拍地大笑起来。汪鱼儿一向很文静,此时却失态了,冲上去使劲将他拎起来,大声说道:"为找你都翻天啦,你倒玩得开心!"祢五常一头一脸全是土,抬头看汪鱼儿噙着泪水,忙不迭道歉:"对不起,对不起!"一脸惶恐。

当天晚上,祢五常遭到学生们的严厉批判,说老师你无组织无纪律,自由散漫;说老师你吊儿郎当,玩心不退;说老师你灰头土脸,有失体统;说老师你屡教不改,冥顽不化;说老师你简直弱智,和一群孩子斗弹……祢五常自知理亏,任由他的学生们数落。祢五常是带着一个庞大的课题来天漏村的,跟来的七个学生都是他最得意的门生。

这帮学生在祢五常面前十分放肆,有时称他老师,有时称他老祢,有时称他老板,勾肩搭背,全无顾忌。有一次,柁嘉说:"祢老师,你就像个杀猪的。"祢五常哈哈大笑,说:"你别说,没准我杀猪也行。"学生们经常用最恶毒的话埋汰他,其实他是他们心中最敬爱的导师。这是一个绝对高智商的天才,也是一个最讨厌俗礼的人。他平日不像一般教授、学者,有没有学问先做出一副学者的样子,比如有一副深度眼镜,衣冠楚楚,面色苍白,四肢无力,不苟言笑,比如失眠、头晕、便秘、痔疮、肠胃不适,包里永远放一小瓶或几小瓶药片;比如桌上有一柄放大镜,墙上挂袋里插很多小卡片;等等。一般教授学者的上述做派,祢五常全都没有。他的视力2.0,既不近视,也不花眼。他有农民的睡眠质量,有搬运工的胃口和力气,有流浪汉的衣着,有帕瓦罗蒂的歌喉,有电脑一样的记忆力,有拳击手的敏捷反应,有对一切事物的好奇心和充沛精力。

本来,祢五常主业是研究两汉历史,属于断代史,但他把研究领域扩展到通史,从旧石器时代研究到当代。又从中国通史扩展到世界历史。他认为只有在更广阔的历史坐标中,才能真正看清一个朝代的位置。别人研究历史,只是研究历史,但祢五常又扩展到别的学科,比如文学、文字学、文献学、钱币学、金石学、社会学、民俗学、军事学、人类学、考古学、天文学等等,这些都和历史有关。多数专家研究面窄,主要还是精力所限,人一生几十年,专心干一件事就够了。但祢五常实在是个精力过剩的人,在研究历史的过程中,对碰到的任何问题都不愿放过,这就让他的研究领域越来越宏阔。而且他平日几乎不做卡片,全凭脑袋储存。很多人惊叹于他超常的记忆力。说他简直就不是人类,祢五常却哈哈大笑,说我主要是能吃能睡。

祢五常身体好,缘于他心胸豁达,缘于他喜爱活动。他并不是那种学究,一天到晚伏案做学问。他有多动症,坐在书桌前,两小时内会起身数次,倒茶、如厕或吃点什么东西,或吹着口哨逗弄一下窗外的小鸟,或看一会电视。在他看书时,电视通常都是开着的,对他没有任何影响。可电视上的节目特别一些历史题材的电视剧,常让他不满意,于是一阵骂骂咧咧,又坐到书桌前,继续他的研究。平日,除了通常的运动,他最拿手也最得意的活动其实是打架子鼓,可惜这次到天漏村没有带来。祢五常是山东临邑人,自称是汉末名士祢衡的后裔。当年祢衡性刚傲物,击鼓骂曹,传为千古佳话。但祢五常却对他的学生们说,祢衡和历史上其他士子,并无本质区别,就是都在寻找认同感,希望能有一个明君赏识自己,并辅佐他成就一番事业。祢五常说,想成就一番事业并无错,寻找认同也符合常态,毕竟成就一番大事业,不能单枪匹马,但把自己的抱负完全寄托在别人身上就靠不住了。中国知识分子牢骚多,胆子小,缺乏做带头人的勇气,只能依附别人。被人赏识了,欢天喜地,会心生感激,士为知己者死,情感会代替理智,容易迷失自己,成为他人的工具;不被赏识时,又会心生悲愤,行为过激,或哭哭啼啼,或跳江投河,或被杀掉,愤而隐居算是明白人了。你看我的祖上祢衡,就是不明白才丢了性命的。他先是恃才傲物,希望被重用,却被曹操召为鼓吏,大会宾客,命他击鼓取乐,当众羞辱,被祢衡一通击鼓大骂。曹操大怒,本想杀他,又不愿背杀士之名,就把他送到刘表处,欲借刀杀人。刘表滑头,又把他转送江夏太守黄祖,两人互不相容,终被黄祖所杀。被人送来送去,多屈辱啊,他就不该去,不是丢份吗?心里还是想被重用,又不肯屈服,命也丢了,可悲啊!

罗玄、柁嘉几个学生笑起来,说老师你这是对祖上大不敬啊。祢五常道,没有大不敬,你看我爱击鼓,就是传承了他的基因。只是我击鼓没有什么想法,就是为了出一身臭汗,说罢哈哈大笑。

在几个男生七嘴八舌批判祢五常时,两个女生没有参与。乔惠坐在一个角落里,看着老师诚惶诚恐的样子,一直在偷笑,又十分诧异。这个胖乎乎的姑娘刚考上大学第二年,也是头一回跟老师外出。她没有见过这样的老师,也没有见过这样的师生关系,觉得好玩极了。她相信师兄们对老师一本正经的批判中,一定有真正的关爱,他们是真的怕他出什么事情。但她不会参与其中。她年龄最小,资历最浅,只能是个旁观者。

汪鱼儿的态度则完全不同,她不断打岔,说又来了,你们说够了没有?她看着老师可怜的样子,老大不忍,眼里噙着泪水。汪鱼儿已经读完祢五常的博士,留在导师的工作室,她和罗玄、柁嘉等七八个在读博士一样,已经成为祢五常最得力的助手。汪鱼儿历来不赞成罗玄、柁嘉他们这样对待老师,这也太没有规矩了。她曾经和他们争吵过无数次,但没有用。何况,她并不是个会和人吵架的人,只会说:又来了!你们说够了没有?他们说,没说够。她就没词了,眼泪就扑簌簌掉下来。她一次次被他们气哭。他们太不把师道尊严当回事,汪鱼儿又太当回事。或者准确地说,他们太不把尊师的形式当回事,她则认为任何内容都是通过形式表达的,没有形式就没有内容。她说罗玄,你们这样就是不尊师。自己的学生都不尊师,别人怎么尊敬自己的老师?罗玄说,你看老师不是誉满天下吗?汪鱼儿说不过他,说你们这样反正不对,就是不把老师当回事。罗玄说,你信不信?如果祢老板挨黑枪,为他挡子弹的肯定是我们,而不是你!汪鱼儿连忙呸呸往地上吐了几下,说你乱说,老师怎么会挨黑枪?这样不吉利的话,你也说得出口。罗玄耸耸肩,说这有什么,不就是打个比方吗?汪鱼儿说,有这么打比方的吗?说着又红了眼圈。罗玄根本不把她的哭当回事,因为她哭得太多了,就说汪鱼儿,你都二十七八岁了,早该嫁人了,不嫁人倒也算了,别整天林黛玉似的,我可不是贾宝玉,会怜香惜玉陪你哄你。汪鱼儿就红了脸,说你想得美!转身走了。心里却憋屈得慌,转过身时泪珠子又扑簌簌掉下来。

一次,汪鱼儿向祢五常告状,祢五常不仅没有安慰汪鱼儿,还说小鱼儿,你别找我,这事和我无关。汪鱼儿就更加委屈,说怎么和你无关?都是因为你,我才和他们争吵的。祢五常小声说,那你就别和他们吵,那些家伙全像小流氓一样,你吵不过他们的。汪鱼儿说,你怎么收了这么一群学生?祢五常笑道,有教无类。再说,他们都有才,我喜欢他们。汪鱼儿抱怨说,我看都是你惯坏的。祢五常说,人和人相处是一件最累人的事,我不想在这上头花力气,也不想让他们花力气,你每天向所有人致敬,还是会有人对你有意见,省点精力做正经事吧,他们爱怎么样就怎么样,无拘无束,快乐就好。我劝你也别太在意那些表面的形式。

汪鱼儿两头不落好,心里就郁闷,一郁闷就拼命喝水,感觉就像喝酒一样,但水喝多了,又要不停上厕所,出出进进,忙得什么似的,把很忧郁的气氛也破坏了。乔惠就劝她,说鱼儿姐,你还是少喝点水吧,那么多尿。汪鱼儿不好意思,笑着说,真是的。乔惠说,鱼儿姐,会不会是罗玄喜欢你,才有意气你的?汪鱼儿居然红了脸,说你瞎说。

那晚罗玄、柁嘉等七八个男生对祢五常进行严肃的批判后,照例让祢五常做检讨。祢五常冲他们点点头,很沉痛地说,你们说得都很好,很对。我身材不好,我检讨!

男生们一下就绝望了。每次批判后,他都是这几句检讨的话,好像除了身材不好,他就没啥不好的了。大家说了半天白说。

汪鱼儿和乔惠都忍不住大笑起来。

祢五常板起脸,这好笑吗?

祢五常带着学生来天漏村,确实有个很大的研究课题。第一趟来时,本打算做一次一般的田野调查,但来了以后,却发现天漏村没那么简单,真的是名不虚传,光是那一洞竹简文书就让他目瞪口呆了。祢五常知道,中国近代文书史上有个四大发现,一是殷墟甲骨文,二是居延汉简,三是敦煌遗书,四是大内档案。这个天漏村的竹简文书当之无愧应称为第五大发现!在这之前,他当然也知道世上有个天漏村,自古以来和桃花源齐名,不然也不会到天漏村搞田野调查。他当初并没指望天漏村真会有什么东西传承和遗存,桃花源不也就是个传说吗?但天漏村这一洞竹简文书,是实实在在从远古传下来的,这让他几乎难以接受。可它们就整整齐齐码在九龙洞里。这一洞竹简文书得藏着多少历史信息,多少生命留痕,多少人间秘密?

向来没个正经的祢五常,面对这一洞文书出了一头大汗,我的天!

第一次来时,他只带了罗玄、柁嘉两个学生。但他带他们很快回到北京,用半个月时间做了一些准备,然后带上他工作室全部助手,风风火火重又回到天漏村,在客栈租了七八间房驻扎下来。他对学生们说,我的余生就泡在这里了。当时,柁嘉冲罗玄挤挤眼说,老祢拼了!罗玄说,我也拼了!柁嘉爱看书,来时足足带了两纸箱书籍,说在这种地方看书,入味!

开始工作后,祢五常除了在村里做些一般调查,重点还是放在九龙洞竹简上。接触后才发现,九龙洞竹简文书早被人整理得井然有序,而且非常专业。当然,他很快知道了柳先生这个人。天漏村没有人知道柳先生的名字,只是都叫他柳先生,而且居然还活着,这让祢五常激动不已。

他决定拜访这位老人。尽管他不知道当年柳先生来这里研究什么,但听一位百岁老人的话,总是有益的,说不定他会为自己提一些建议,比如研究方向什么的。

那天,他独自一人进了山,没带学生。事前,村长老车告诉他,柳先生是个极安静的人,不喜欢任何人打扰。祢五常相信村长的话,决定一个人去，他也许会见。按照老车指定的方位，祢五常翻过三座山峰，大约走了四个小时，忽然发现一片林子里隐现一座茅庐，不由一阵惊喜，大概就是这里了。不知为什么，祢五常突然有点胆怯，这是从未有过的感觉。这位一百多岁的老人会用怎样的目光看待他这个不速之客？他会接见自己吗？也许会。他会和自己讨论一些问题吗？比如你当初研究天漏村竹简文书的目的，得出了什么结论……但一瞬间，祢五常没有自信了。他大概不会和自己讨论任何话题。因为任何问题在他这里也许都已不是问题。不然，他怎么能在寂静的山林里独自生活这么多年？一个人独处几十年，光靠意志强迫是不可能做到的，如果是那样，他会压抑、难过、狂躁，也根本不可能长寿。他只能是放下了世上的所有问题，把自己变成一块石头，一弯山溪，一棵树木，一株野草，成为九龙山的一部分。从某种意义上说，他差不多已经不再是人类。

那么，这次拜访，对他、对自己，还有什么……意义吗？

祢五常遥望林中的茅庐，渐渐站住了。

对面林子里，一派静谧，只听到一阵黄鹂的叫声。反让林子显得更加寂静。茅庐前面的空地上，只有一方石桌，一只石凳，想来是他平日闲坐的，此外并没有第二个石凳。看来，他的确没打算有客人来。或者说，他用门前的一桌一凳礼貌地告诉来访者：请回吧。

祢五常庆幸自己没有造次。

但也隐隐有点失望。起码，能看到他的身影也是好的。如果这么回去，他的那帮学生不知又会怎么嘲笑自己。

可他并不后悔来这一趟。

祢五常静静地注视着对面林子里的茅庐，他觉得自己和柳先生已经有了一次对话，一次世俗之人和世外之人的对话。他依然不了解对方，但他相信柳先生是一位真正的隐士。不像历史上一些号称隐士的人，是因为官场失意才退隐山林的，他们觉得很委屈，常常抱怨怀才不遇，人在山林，心里其实并不安静。还有一些人并未经历过官场沉浮，但他们一直在观察外头的世界，自认可以经天纬地，治世疗人，时刻准备出世。他们只是做隐士状，伸头探脑，待价而沽，比如姜子牙、诸葛亮。柳先生则完全不同，当年国民政府派专机来接他都不走，在这座寂静的山林里隐居几十年，无妻无子无欲无求，粗茶淡饭，与山林为伍，与鸟兽为邻，目不斜视，心如止水，这是真正的世外之人。他不知道柳先生是怎么做到的。

但祢五常并不赞成这种修为。

他倒更喜欢那些待价而沽的隐士。待价而沽没什么不好，他只是想要一个合适的身份和位置，能够发挥自己的作用。他们想做事。

想做事总比不想做事好。

做事可能会做错事，就像打碎盘子的人都是洗盘子的人。

但想做事还是比不想做事好，盘子打烂了还可以再买。

祢五常想做事。

他知道自己做不了隐士。人活着，就得做点事，为自己，为社会，为历史。活着，却闲着，那活着干什么？

他来拜访柳先生的目的，其实是想讨教。但现在，他打消了这个念头。道不同不相为谋。他不会与自己谈任何事情，自己也没必要刻意谦卑。一切还是随缘。

祢五常向着茅庐的方向鞠了一躬，心里默默地说，柳先生，祝您老长寿。我得干活去了。

祢五常要干的活很大。

当他第一次来天漏村，了解到这个村有三千多年历史，并有一洞竹简文书后，很自然吃了一惊，乖乖，这个村庄的历史怎么会这么长？比中外任何一个朝代的历史都要长！

那天晚饭后,祢五常带着罗玄和柁嘉在村外的山坡上散步。山坡上许多树都是断头树,只留半截树桩,且都戗着茬,明显有雷劈的痕迹。祢五常一直走在前头,反常地沉默着,什么话也不说。跟他说什么话,他也听不到。

两个学生很觉奇怪。

平常,他们陪老师散步时,总是说说笑笑,打打闹闹,这次是怎么啦?

突然,祢五常身子抖动起来,抖动了一阵子,猛地转过身,两手攥拳,双目眦裂,直瞪着他们,一步步逼过来。

两个学生吓坏了,以为老师中了邪,一步步朝后退,说:老祢,你别乱搞!老祢,咱们有话好好说……

祢五常收住脚步,双手做了一个激烈的甩手姿势,跳起来一连大吼几声:为什么?……为什么?……为什么?

柁嘉小声对罗玄说:老祢真疯了。

祢五常大声说:"小子们,我没疯!我突然想到一个问题,一个村庄的历史为什么会长过一个朝代?为什么?这是一个重大课题,在世界范围内都有重大意义。小子们,你们知道吗?光是提出这个问题就足够了不起,因为没人想过这件事!"

罗玄和柁嘉都愣住了。

研究历史的人,不论研究断代史还是通史,不论研究中国历史,还是世界历史,都是一个朝代一个朝代地研究,至多拿一个朝代和别的朝代对比研究,从来没有人拿一个朝代和一个村庄进行过比较研究。如果说朝代是殿堂,那么村庄就是乡野,这么比较研究,是一个崭新的方向和角度!你们说呢?

罗玄眨眨眼:老祢,你发了!

柁嘉说,祢老师,我学你,这辈子都不娶媳妇了。

祢五常好像没听到他们的话,仍然沉醉在自己的思想中,但他已不再大喊大叫,而是喃喃自语:其实,在中国,在世界上,古老的村子很多,如果我们去京郊,去乡下,去山区,去平原,随便问一个村庄的历史,都会有几百上千年了,只是像天漏村三千年历史的,还是第一次见到,它是所有村庄的代表。问题是,它们的历史怎么会这么长,比任何一个朝代都长。而每一个朝代都曾那么强大,它们有政权,有军队,有律令,有密探,有监狱,有刽子手,有断头台,有庞大的官僚队伍,有能征善战的将军,有足智多谋的文官,有当时最杰出的人才,有选拔人才的机制,甚至有当时最英明的君主,可那个朝代说完就完了,或二百年,或一百年,甚至只有几十年十几年,说完就完了。比如中国的秦朝、西汉、唐朝、蒙古帝国、外国的亚历山大帝国、罗马帝国、阿拉伯帝国、奥斯曼帝国、彼得大帝的俄罗斯帝国、拿破仑的法兰西第一帝国,希特勒的德意志帝国……太多了,太多了。一个朝代垮台了,又一个朝代兴起,接着又垮台了……可这些散落在山区、平原的村庄有什么呢?什么都没有!有的只是日出而作、日落而息,白天干活、夜里操屄,左邻右舍、猪羊狗鸡,五谷杂粮、糠菜树皮,风雨雷电、寒热四季,可它们却几百年几千年地存活着,一代代繁衍,生生不息,而且看样子,还会安安静静地存在下去。为什么?为什么?你们不觉得大大值得研究吗?

罗玄、柁嘉对视一眼,摇摇头。

祢五常说,你们摇什么头?我说的不对吗?有屁就放!

柁嘉说,老师,你的身材真的不是问题!

祢五常立即高兴得像个孩子,真的?

罗玄说,老祢,你别轻信他,他是拍你马屁。无事献殷勤,非奸即盗,你得小心了。至于你的身材,还是有问题的,太短了,咱们得实事求是,这也是你一贯教导的。

柁嘉反驳他:五短身材有什么不好?多少杰出人物都是五短,齐国的晏子、法国的拿破仑、英国的卓别林、德国的希特勒、苏联的斯大林、中国的邓小平……

罗玄打断他:陈词滥调。你怎么不说武大郎呢?你这是偷换概念。我说的是身材本身,你能说五短是好身材吗?

柁嘉说,这得看谁说,以及从哪方面说。

罗玄说,没有客观标准?

柁嘉笑道,这和研究历史一样,历史观不同,写出来的历史也就不同。历史书从来都是书写者的历史!

罗玄说,你又扯!我们还是说身材本身。比如我这身材和祢老师比较,你说女性更喜欢谁?罗玄对自己的身材向来骄傲。

柁嘉说,这得看哪个女性,不能一概而论。比如你身高一米八二,身材挺拔,皮肤白净,你也自信得很,但在汪鱼儿眼里,你仍然是个讨厌的人,你的身材在她眼里归零。

罗玄说,我没那么惨吧?她难道会喜欢祢老师的身材?

柁嘉说,你还是不明白。祢老师在汪鱼儿眼里,就是圣人,她喜欢祢老板,祢老板是什么身材根本不重要。

罗玄吃一惊,你说汪鱼儿喜欢祢老师?

柁嘉斜了他一眼:为什么不可以?师姐变师母,挺好的。

罗玄一副诧异的表情:怎么可能?

柁嘉说,怎么不可能?师生恋从来都是一件很美的事。

罗玄不以为然,你这纯粹是男人视角,变态。女人就不会认为美了。她们会认为很恶心。

柁嘉说,错!不信你调查一下,会有一半以上的女人在学生时代,有过爱恋老师的经历,只不过大部分是暗恋,有些甚至当时都没意识到,现在回想起来,还会觉得很羞涩、很美好,因为那是她们的初恋。

罗玄张大了嘴:你这家伙,看不出来啊。

柁嘉:你的问题就出在看不出来上,你通常过于自恋,只注重自我欣赏,很少去观察和体会别人的感受。

罗玄说,柁嘉,咄咄逼人不好。

柁嘉说,比如汪鱼儿,你就根本看不出她喜欢谁,你也从来不顾及她的感受,只是一味刺激她、打击她。其实你是喜欢她,只是想用这种方式引起她的注意。

罗玄一下不自然起来:你瞎说!

柁嘉说,别打断我!你总想用你的道理和咄咄逼人压倒她而让她佩服你。可你错了,女人从来不服从道理,女人只服从感觉。汪鱼儿就是个只服从感觉的人。按说,她并不适合研究历史,研究历史需要高度的理性,可祢老师为什么会收她做博士,为什么会在她博士毕业后把她留在他的工作室?这正是祢老师的不同常人之处。因为历史留下的都是残片,谁都不可能真正复原历史,在残片和残片之间需要一种东西黏合,才能把历史串联对接,这种黏合的东西就是感觉。祢老师需要的正是汪鱼儿这种能力。

罗玄不屑道:什么黏合的东西?你干脆说汪鱼儿就是一盆糨糊不就得了?

柁嘉说,也可以这么说。汪鱼儿就是一盆糨糊。

罗玄说,我会喜欢一盆糨糊吗?你太可笑了。

柁嘉正色道:你这一点很不好,喜欢她不敢承认。老实说,正因为汪鱼儿是一盆糨糊,你才喜欢她的,这样才能显出你的高明。不光是你,男人都喜欢这类女人。你看汪鱼儿,漂亮,性感,有一个凸凹有致的成熟女人的身材,浑身充满了弹性,又单纯得有点傻气,在她的单纯和傻气里,蕴含着一种天生迷人的气质,那是一种暗物质,或叫无意识挑逗,不断释放着一种波或香气,让男人失魂落魄。说真的,连我都想把她搂到怀里。

罗玄生气了:柁嘉,你太下流了!

柁嘉摇摇头:我不是下流,我只是喜欢说实话,这一点和你不同。

老祢喜欢汪鱼儿,是因为她是一盆糨糊,喜欢你是因为你聪明灵活,喜欢我是因为我爱说实话。不过你放心,我说过了,我会学老祢,这辈子不娶媳妇,不会去追求任何一个女人,起码,我不会追求汪鱼儿。

罗玄愣愣地看着他:你说的是真的?

柁嘉说,当然是真的。

罗玄试探着:你说老祢呢?比如他会不会有一天,忽然对女人感兴趣?

柁嘉笑道,这事你得亲口问老祢。转脸就喊,老祢,老祢!……

但老祢不见了。

刚才,两个人只顾争执,完全没注意到他何时离开的。

就在两人准备回去时,突然一声炸雷在上空响起,白色的闪电瞬间把昏暗的山坡照耀得如同白昼,紧接着暴雨倾泻而下。两人猝不及防,都吓坏了。罗玄到底机灵,很快发现山坡旁有一个山洞,推着柁嘉就往山洞跑。钻进去时,两人衣服都已湿透。

山洞并不大,只能低头伏在壁上,也不深,大约只能容得下三四个人。外头的雷电一个接一个,如同炮火连天的战场,雨水如瀑布般密匝匝的,被风刮得摇来摆去。突然又一个炸雷,好像就在洞口,两人在看见火光听到炸雷的同时,感觉身体被猛击了一下,弹向石洞后壁,然后就昏死过去了。

雷电暴雨过后,祢五常带几个学生匆匆找来,找到这个小山洞时,发现洞口被炸塌半拉,碎石落了一地。祢五常心脏咚的一下,预感不妙,急忙打着手电爬进洞里,发现罗玄和柁嘉一动不动,好像已经死亡。汪鱼儿和乔惠当时就哭出声来。祢五常忙指挥几个男生把二人抬出,手电照射下,见二人血头血脸。正在这时,村长老车也带人赶来,亲自背上罗玄,又让人背上柁嘉,一行人急慌慌往村里跑。

药铺里乱哄哄的,有人哭有人叫,王掌柜正忙得不可开交。这个药铺不知开了几百上千年，因为主人姓王，所以掌门人都叫王掌柜，一代传一代。刚才一阵电闪雷鸣，天漏村有十几个人被雷击中，其中三个已经当场死亡。王掌柜和两个药铺伙计正对受伤的十多个人包扎施救，地上躺了一片。王掌柜见村长老车等背着受伤的学生来，急忙过来察看，发现两人受伤很重，都已经没有呼吸，立即大喊道："快！人工呼吸！"俯下身对着柁嘉的嘴就吹起来。祢五常见状，也跪下身子要对罗玄进行人工呼吸。这时，汪鱼儿一把拉开祢五常，说："我来！"俯下身子，捧住罗玄的脑袋，稍一犹豫，立即嘴对嘴大口吹气，连续几次后，又转脸学着王掌柜的样子按压罗玄胸部。王掌柜一边对柁嘉施救，一边对汪鱼儿投来赞许的目光。

祢五常急坏了，不时擦拭头上的汗水，一时手足无措。他不知道自己的两个学生还能不能活过来。他一会帮王掌柜按压柁嘉胸部，一会帮汪鱼儿按压罗玄胸部。

乔惠和另外几个男生都吓坏了，他们没想到生离死别竟是这么简单。村长老车一直安慰他们，说别担心，王掌柜医术高明，说不定能把他们救活。

果然，大约半个小时后，柁嘉"哼"了一声，缓过气来，接着手指也动弹了一下。王掌柜抹抹头上的汗水，说这孩子没事了。大家一阵高兴，祢五常盼咐几个男生说：快把柁嘉扶起来！王掌柜赶忙制止，说千万别动！就让他在地上继续躺着，这样接地气，让他慢慢恢复。乔惠忙走过去，就蹲他旁边看着，眼里都是泪水。

王掌柜过来看罗玄，还是没一点动静，汪鱼儿已经快要体力不支。王掌柜说，姑娘你歇歇，让我来吧。汪鱼儿看王掌柜已是近六十岁的人，刚才为救柁嘉，已经累得够呛，就说王伯伯你休息一会吧，我能行。说罢继续进行人工呼吸。

之后，祢五常和几个男生轮番上阵，王掌柜又给罗玄打强心针，似乎全然不起作用。

一个小时过去了。

两个小时过去了。

罗玄到底没能醒过来。

几个学生哭着，还是不肯放弃，一直在为他做人工呼吸。

王掌柜站起身，把祢五常拉到一旁说，祢先生，这孩子不行了，放弃吧。

祢五常回头看他的学生们仍在施救，没吭声，眼泪却默默流出来。这之前，他已预感到了，一直强忍悲痛，怕影响学生们。现在，他终于忍不住了。

村长老车也走过来，拍拍他的肩膀，说祢先生，你想开一点，天漏村经常这样死人的，今天让雷劈死的三个人中，有一个小女孩只有十二岁。没法子，没法子。

祢五常点点头，走回去对几个学生说，放弃吧，两个多小时，早已过了抢救时间。

学生们全都哭了。汪鱼儿擦一把泪，扑下身子还要救，被祢五常拉住了。他看柁嘉躺在那里，已经睁开眼，只是还不能说话，就说把柁嘉留在药铺继续治疗，又让乔惠和一个男生留下陪着。指指另两个男生：咱们把罗玄抬走吧。

现在，祢五常的脑子里很乱，还没想好下一步该怎么处理，但现在必须把罗玄抬回驻地。

驻地安在九龙客栈，一个相对独立的小院里。平时，祢五常和罗玄、柁嘉住在下层，其余学生都住楼上。学生们要把罗玄抬进屋时，祢五常忽然说，别往屋里抬，就把他放在院子里吧！

学生们有些不解，一个学生说，老师，这……不妥吧？

客栈掌柜姓马，从罗玄被抬进客栈就一直跟着，他知道罗玄已经死亡，非常惋惜，见祢五常不让学生把罗玄抬进屋，忙对祢五常说，祢先生，我知道你是为客栈好，不让死人进屋，怕影响我日后的生意。

不过我不在乎,这孩子怪可怜的,就让他进屋吧。说着上前帮忙。这时,村长老车在简单安排好柽嘉后续治疗事宜后,也随后赶到,帮着要把罗玄的尸体往屋里抬。但谁也没想到,祢五常突然发了脾气,大喝一声,把他放外头地上!

众人都愣了,不知他为什么发这么大火。

祢五常是罗玄的老师,马掌柜和老车只好遵从他的意见。

但刚下过暴雨,地上虽铺了一层石头,还是湿漉漉的。

祢五常一言不发,进到罗玄住的屋子里,从他铺上抽出一张破烂的竹席,拿到院子里铺到石头上,从学生背上抱过罗玄尸体,小心放了上去,又让学生拿了罗玄一条薄被盖他身上。一切做好了,才对大伙说,你们都去休息吧,我守着罗玄就行了。说着就坐在席子一角,紧靠罗玄的脑袋。他用手摸摸罗玄的脸,喃喃道,罗玄,今夜,老师陪你数星星。

村长老车拉着马掌柜离开小院,悄悄嘱咐说,我看祢先生受了刺激,有点不正常,你先别忙睡觉,过会再去看看,别再出啥事了。上级嘱咐过,祢先生可是国宝级的专家。马掌柜点点头,让村长放心。

老车匆匆走了。村里死伤那么多人,他有很多事情要做。这个学生娃的后事怎么料理,只能等明天再说了。他能理解祢先生的心情,他想陪陪他的学生,就让他陪一夜吧。

汪鱼儿一直在哭,她老觉得是自己害了罗玄,肯定是自己施救的方法不对,罗玄才死掉的。他是和柽嘉在同一个山洞里受伤的,柽嘉不是救活了吗?一个活鲜鲜的生命啊!从自己手上消失了。汪鱼儿越想越难过,她勉强支撑着极度疲倦和颤抖的身体,爬上二楼,走进自己的房间,一下扑在床上,忍不住号啕大哭起来。

另外两个男生坐在隔壁自己的房间里发呆,眼角都有泪痕。他们听到了汪鱼儿的哭声,却没有动。他们知道这时候说什么都劝不住她,她必须哭出声来。

祢五常坐在院子里肯定听到了，也没有动。

他静静地坐在那里，眼睛看着远处，周围是黑森森的山林，没有月亮，上空是满天的繁星。雷电暴雨过后，这个被肆虐的山村安静得出奇，就连隐约的哭声也听不到了。他知道村里被雷劈死三个人，他们的亲人刚开始哭了一阵子，现在不哭了。整个天漏村静得像消失了一样。没有没完没了的痛哭，没有谩骂，没有激愤，没有诅咒，甚至没有抱怨。几千年都没抱怨过。他们在无数次被雷击、死掉成千上万人之后，依然在这里居住，不肯离开，仿佛受虐是这个村庄的本分。

祢五常很自责，带着学生们到天漏村住下来是有生命危险的，他们也会像村里人一样，不定何时就会被雷电袭击。说实话，在这之前他竟然没有这个思想准备，他没想到他的学生连同自己在内，随时可能会在此丧命。傍晚时，如果不是自己提前离开，说不定死的会是自己。直到此刻，他才非常明确地意识到，他的团队不再是局外人，他们的科研项目，他们的生命，都已和天漏村融为一体。

半夜时分，马掌柜悄悄走来，弯腰对祢五常悄声说，祢先生，要不你去睡一会，我替你守着？

祢五常摇摇头。

马掌柜带了一件羊皮袄来，披在祢五常身上，说，虽说是初秋，夜里阴凉呢，又刚下过雨，祢先生，你千万保重。

祢五常没动。

马掌柜叹息一声走了。

汪鱼儿站在二楼廊厢里，手扶着栏杆，一直看着楼下的祢老师和罗玄。她睡不着，也不敢一个人在屋里睡。另两个男生想替换祢老师看护罗玄尸体，可祢五常不同意。他们放心不下桄嘉，又到药铺去了。临走前，他们叮嘱汪鱼儿陪着祢老师。可汪鱼儿胆子小，不敢下楼，她怕看到罗玄的尸体。其实，傍晚抢救罗玄时，罗玄已经死了，她嘴对嘴为他吹气，就是在为一具尸体吹气。当时没顾上那么多，现在回想起来,实在后怕。她一点点回忆那个过程,刚开始做人工呼吸时,自己有过两三秒钟的犹豫,但很快被抢救罗玄的紧迫感冲散了。她记得自己深吸一口气,俯下身时是闭着眼睛的,她用嘴唇寻找并抿开他的嘴唇,向他喉咙里吹出第一口气。那时,全部的念头只剩下一个:罗玄,你不能死,师姐要把你救活!她记得罗玄的嘴唇开始还有点温热,还能触碰到他毛茸茸的小胡须。那时她想,罗玄只是被雷震昏了,他只是差一口气,很快就能救活。但不知过了多久,她感觉到罗玄的嘴唇渐渐变凉了。按压他的胸口时,感到他的身体也在变凉。汪鱼儿急得满身大汗,几乎是疯狂地吹气、按压,按压、吹气,罗玄正走向无底深渊,她必须一步紧一步追上去拉住他。

可她到底没能拉住他。

罗玄死了。

汪鱼儿扶着栏杆,看着罗玄躺在院子里一张冰凉的席子上,泪水不停地往外流。过去,罗玄一次次埋汰她,不把她当回事,曾让她很受伤。可她并没有恨过他。她只是觉得这个学弟有点夸张,过分利用祢老师对学生的宽容,把自己打扮成祢老师的铁哥们。男孩子大概都是这样的。可她真的不喜欢他们这样,在表面看起来的亲密无间中,隐约感到一种庸俗。她一直认为,在老师和学生之间,还是应当有点距离的。弄成现在这种关系,祢老师是有责任的。他的无心放纵和过分溺爱,是造成这种师生关系的根本原因。汪鱼儿也知道,她根本无法改变祢老师。而且,改变真的有意义吗?也许罗玄他们是对的,自己是太注重形式了。

现在,她看着星光下祢老师的身影,心疼得不得了。已经大半夜了,他一直坐在席子一角,坐在罗玄的身边,一只手握住罗玄的手,一直都没松开过。他的身边还放了一只茶壶一只茶碗,是傍晚时马掌柜放在那里的。祢老师一直没碰那只茶壶。

汪鱼儿壮起胆子,决定下楼去,给祢老师倒碗水喝。

汪鱼儿抬头看看星光,有些稀了。山上传来风声,风声如涛,显得很有力量,一波一波的,撞在身上。她想,如果傍晚时,能有这样的风直接灌进罗玄口中,一定能让他闭合的肺重新鼓荡起来。可惜自己气息不够,没能救活师弟。

罗玄还是死了。

汪鱼儿望一眼躺在地上的罗玄的尸体,泪水又流出来。大半夜过去,罗玄的尸体肯定已经僵硬了。无论如何,自己得下楼去,陪陪祢老师还在其次,陪陪罗玄是最重要的。罗玄,我是师姐,你不会吓我的,对吗?

汪鱼儿深吸一口气,终于抬脚向楼下走去。

但就时,院子里突然响起一声瘆人的吼叫:罗玄活啦!!!

这一声叫如一声炸雷,惊得汪鱼儿头发都竖起来了。她转脸看到祢老师已从席子上跳起来,正在声嘶力竭地抡臂吼喊,罗玄活了!罗玄活过来啦!……

汪鱼儿一时又呆住了,她想祢老师守了一夜尸体,肯定是神经错乱了,这怎么可能!

这时她看到,马掌柜正一边披衣裳,一边匆匆跑来。

活了?

罗玄真的又活了?

汪鱼儿浑身又抖起来,牙巴骨在打战,上下牙碰得咯咯响。她无论如何都迈不动脚步,她觉得自己的腿骨没有了,身体支撑不住。她想下楼看看,罗玄是真的活过来了,还是祢老师精神错乱了。终于,她倒在楼梯上失声痛哭起来……

罗玄真的活过来了。

事后,王掌柜分析说,这本来是不可能的事。这是个奇迹。罗玄能活过来,可能得益于祢先生的固执。他一直把罗玄放在院子里,让他睡在地上,上有山风,下有地气,强大的自然力重新激活了他的生命。再说,他又那么年轻,祢先生希望他活过来的强烈意念,通过他一直紧握的手,像电波一样传给他。所以,奇迹发生了。

其实,王掌柜并不知道,真正救了罗玄的还是他无意间的一句话。头天晚上,柁嘉被救活时,祢五常吩咐他的学生快将柁嘉扶起来。当时王掌柜说别动,让他躺在地上,好接地气,利于柁嘉的恢复。祢五常记住了。当罗玄被确定死亡抬回客栈后,他心里抱着一线希望,也许只有天地之气能救罗玄了,所以他坚持让罗玄睡在院子里,睡在石头上,一整夜陪着他,在绝望中坚守那一点渺茫的希望。

没想到,他居然真的救了他的学生。

第三章

　　人一生会经历很多事,绝大部分事情包括一些很痛苦的事情,都会随着时间流逝而风轻云淡,但总会有一件事刻骨铭心,永远都不能忘记。

　　檀黛云之死,就是宋源一辈子都不能放下的一件事。

　　她是被叛徒出卖才被日本人抓住的。

　　关于这件事曾有种种说法,一直未能定论。但宋源还是坚定地认为,檀黛云一定是被叛徒出卖的。

　　檀黛云之死和她惨死的过程,都超出了宋源的容忍度。

　　他要弄清檀黛云究竟怎么被日本人抓走的。

　　他要知道是谁出卖了檀黛云。

　　他要亲手抓到那个叛徒。

　　他要亲手为檀黛云报仇。

　　他曾以为,找到那个叛徒并不是一件太难的事。直觉告诉他,叛徒就在眼前,伸手就可以抓住。但很多年过去了,他还是两手空空。

　　宋源没有放弃。

　　他要用一生追杀那个叛徒。

　　一九四二年深秋的一个夜晚,风雨交加,一百多名日伪军潜进一片山区,翻过几座山头,悄悄包围了一个沉睡的小山村。

这是一次诡秘的行动。也许是风雨太大,连村子里的狗都没有察觉。

在对村子完成合围后,二十多个鬼子伪军直扑一座小院。这座小院靠近村后,院后就是山林,从山坡上可以通往连绵的深山。檀黛云选择住在这户人家,就是防止万一有危险,可以方便撤离。

但敌人显然事先弄清了这里的一切,他们在院后的山坡上设了重兵,完全堵住了檀黛云的退路。

当二十多个鬼子伪军扑向小院时,村子里狗叫了。它们终于从风雨声中听到了异常的声音。先是一只狗叫起来,紧接着所有狗都叫了,叫得急且凶。汪!汪汪汪!汪汪汪汪!……

这个偏远的小山村,从未遇到过这样的凶险。

二十多个敌人在全村狗的狂吠声中奔跑起来,他们必须以最快的速度冲进那个院子。院子是用石块垒成的矮墙,他们从院后绕过来,立即翻墙而过,扑向房门。

但这时,枪响了。

三枪,撂倒三个敌人。

枪又响了。

三枪,又撂倒三个敌人。

剩下的日伪军蒙了一下,立刻有人伏在地上,有人转身就逃,重又翻墙而出。

紧接着,三颗手榴弹扔出来,在院子里轰然爆炸。

一阵鬼哭狼嚎,院子里的敌人差不多全报销了。

更多的日伪军包围了这个院子,只是不敢贸然往院子里冲了。他们的任务是活捉檀黛云,万不得已才能打死她。日本人对檀黛云充满了好奇。这个不是共产党的共产党县长,手下有十三支游击队。十三支游击队环绕彭城和日伪军打游击,双方已对峙多年。开始那几年,日伪军经常出城围剿,到处建炮楼,打得游击队四处躲藏。有很多次,游击队死伤惨重,差不多要完了。但一眨巴眼,游击队又活过来了。檀黛云有七次差一点被他们打死或活捉,结果还是让她跑了。这女人有无穷的魅力,十三支游击队在她调度下,分分合合,联合作战,互为呼应,让日本人顾此失彼。随着战局的发展,日本人在广大乡镇的炮楼,一个个被游击队摧毁,他们被迫龟缩彭城,但还是经常外出扫荡,双方一次次交火。日本人最想捉拿或打死的就是檀黛云,因为她是所有游击队的灵魂。

现在,他们终于把她围住了。日本人想活捉她。

日伪军从枪声听出来,檀黛云和她的警卫是用手枪发射的。大概还有一些手榴弹。只是手榴弹不是游击队常用的土造手榴弹,而是日本手榴弹,杀伤力很大。不管怎么说,他们手中没有长武器,离得远一点就可以了,慢慢消耗她。

日本人不急。他们事先已得到可靠情报,五十里以内没有游击队,何况又下着这么大的雨,零星枪声会被风雨掩盖,檀黛云不会有援兵。天亮前把她捉住就行,到时彭城会派出七八辆卡车在山下接应,以快速返回彭城,防止游击队阻劫。

但日本人算得不准,就在他们撤出手枪和手榴弹威胁范围,在较远地方团团围住小院不久,小院里又开枪了,是步枪,日本三八式步枪。

一阵枪响,日伪军又倒下几个。

这让日本指挥官大为恼火,立即命令反击,一时枪声大作。日伪军仗着人多势众,一阵密集射击后,院子里枪声停了,不知是被火力压住了,还是檀黛云和她的警卫被打死了。

一片沉寂。只有风声雨声。

日本指挥官还真是有点担心,如果这么简单打死她,不能算完成任务。于是他派出十几个伪军前去察看。这种有风险的活,向来由伪军承担。

十几个伪军端着枪一步步逼近,已蹲到院墙外头。院子里没有动静。

日本军官在远处大声吼喊,让他们站起身往院子里去。伪军不敢抗命,胆战心惊站起身,扶着矮墙翻进院子,立刻趴在地上。

还是没有动静。

一个伪军小官朝屋门开了三枪,没人反击。又大着胆子上前拍拍门,仍然没动静。

看来,檀黛云他们非死即伤,的确已经失去了抵抗能力。

那个伪军站起身,回头冲日本军官挥了一下手,示意日本人前来。捉住檀黛云是一件大功劳,不管是死是活,应当由日本人亲自动手。伪军懂得规矩,全都站起身排好队,打开院门,恭候在那里。

大批日军拥过来,拥进院子,面对屋门张望。他们都有些兴奋,也有点紧张,谁也不知道,他们面对的将是几具尸体,还是几个半死不活的人。那个女县长什么样子?真像传说中那么美貌吗?她会像日本女人一样温柔吗?她是怎样指挥十三支游击队和皇军对抗的?

这个女县长是个美丽的谜。

日伪军五六十人站在院子里,齐刷刷把目光对准屋门,充满了期待。

一个伪军抹了一把脸,低下了头。他有点不安,还有点内疚。

大雨仍在哗哗下。远处传来山洪暴发的沉闷声响,似有千军万马在奔腾。

这时,两个日本兵持枪走到屋门前,齐声喊了一句什么,同时抬脚踹开屋门。一声惊雷伴着闪电,院子里照耀得如同白昼。一刹那间,所有日伪军几乎都惊得张大了嘴巴。因为他们几乎同时都看到了,屋当门一挺机关枪架在一张破桌上,黑洞洞的枪口正对着他们。

机枪后面,是两个村夫打扮的游击队员,在他们身后,正站着一个村姑打扮的美貌女子。她就是那个女县长吗?

她就是檀黛云。

日伪军没想到,她和手下毫发无损,都还活着。

他们更没想到,对方不仅有手枪、步枪,还有一挺机枪!

檀黛云的两个警卫是宋源从他的游击队挑选出来的,都是神枪手。宋源不仅为他们每人配发了手枪、步枪和充足的子弹,还配了一挺机枪和五百发子弹。他要确保檀黛云的安全。檀黛云当时不想要机枪,说太笨重,还笑他太夸张了,没想到还真有用上的一天。

这是第一次使用机枪,也可能是最后一次。

这一次比历次都险。

敌人雨夜前来,直扑山村,完全是定点奔袭。看来,一定是有叛徒出卖。她住的这个小山村,连游击队都不知道,是哪里出了问题?

当时,她来不及多想,只想着怎么应付眼前的情况。

院子前头的敌人,都能看得清清楚楚。从前头突围显然不可能。屋后呢?几个人从一个墙洞往屋后的山坡上看,闪电中看得到,山坡上也站满了日伪军,全副武装,而且还有两门迫击炮。他们好像唯恐檀黛云看不到,十几支手电不时照过来,晃来晃去,似乎在说,我们在这里等你呢,你出不去了。

檀黛云知道,这次很难脱险了。

一个游击队员说:"檀县长,俺俩用机枪打先锋,你跟在后头,咱们从前头冲出去!"

檀黛云看着院外乌压压的日伪军,摇摇头,"敌人太多了,冲不出去的。"

另一个游击队员说:"敌人有多少?我看前后加起来不会超过一百五十人,咱们机枪有五百发子弹,足够了!"

檀黛云笑了,"傻瓜,你以为敌人排着队等你打呀?"

两人一时没了主意。

檀黛云说:"咱们别慌,要想办法多打死一些敌人,等把敌人消耗得差不多了,再往外冲!"

于是就有了先前的迷惑阵,终于把大批敌人引诱到院子里。

这期间,檀黛云已把一些重要的文件全烧掉了。

面对黑洞洞的机枪口,院子里日伪军一瞬间真的蒙了。一些人伸长脖子,还在忙着观看村姑打扮的檀黛云。她真的美极了,而且,她还冲他们笑着,笑得温柔而甜美。有几个日伪军也痴痴地冲她笑起来。

但骤然间机枪响了:"哒哒哒哒哒哒!……"

枪弹像冰雹般密集飞出,凉凉的,呈扇面,日伪军一片片倒下去。

一片惨叫声,中弹倒地的在努力爬起,没有中弹的转身就逃。机枪子弹呼啸着追过去,又有许多敌人倒下。

这一阵打得酣畅淋漓,两个游击队员杀红了眼,还要继续机枪扫射,却被檀黛云按住了,说:"快!收拾东西,从院子里冲出去!"

可是,还没等他们准备好,突然,从院后的山坡上传来连续的迫击炮声。日军最高指挥官一直在山坡上等待观望,当机枪响起的时候,他知道坏了。机枪只在大规模作战时用得上,以为这次行动用不上的,所以并没有携带机枪来,现在机枪响了,一定是檀黛云的人手上有机枪,而且他听得出,这机枪也是日式的,九六式轻机枪。从前头一阵的沉寂,到机枪骤然响起,他猜到日伪军肯定是中了计。这一阵,机枪起码打出三百发子弹,自己的人伤亡不会小。紧接着,檀黛云和她的手下一定要趁机突围了。于是,他不等前头的人赶来相告,就下令开炮了。他所以带了迫击炮来,就是防止万一突击不顺利,檀黛云利用建筑物作掩护负隅顽抗,炮弹可以摧毁建筑物。这有可能将檀黛云打死,但他此时已没有别的选择。打死虽比不得活捉,但总比让她逃了好。

几发炮弹就将房屋轰塌了。

在炮声响起的瞬间,从日军人群中闪出一个黑影,纵身一跃,滚下山坡一侧,消失了。日本人注意力都在前头,没人发觉。

日军是从废墟中扒出檀黛云的。她被砸在屋梁底下动弹不得。另两个游击队员一死一伤。两个人全部被日伪军抓住,迅速带走了。

从日伪军进村到他们撤离,前后不超过一个小时。

宋源是第二天中午才得到消息的,傍晚带队赶到小山村时,已有六支游击队赶到这里。但一切都晚了。

游击队员们群情激愤,要求集合十三支游击队全部人马,连夜攻打彭城,救出檀黛云。

地下党领导不同意,说这会招致更大的损失。何况,以现在的兵力和武器,也根本打不下彭城。但游击队员们不听劝阻,各游击队长也都咽不下这口气,一定要带队前往,说打不下彭城,也要搞个鱼死网破。正吵闹间,又有几支游击队先后赶来。大家的意见出现了分歧。有的说要打,有的说不能打,小山村吵成一锅粥了。

地下党负责人当即决定,大家先驻扎下来,夜间召开各游击队长会议,最终决定下一步行动。

宋源出奇地冷静。

他带领游击队来到小山村后,一直一言未发,只是脸色铁青,蹲在檀黛云曾经藏身的那个院落旁,直瞪瞪地看着眼前的废墟,又似乎什么也没有看,两眼迷蒙。有人和他说话,他也不搭理。其他游击队长都围上来,希望他说点什么,表示个态度。宋源在所有游击队长中,威望最高,脾气也最火暴。大家也都知道,他是县长檀黛云最忠实的崇拜者,檀黛云被日本人抓走,宋源根本无法接受。如果他说去攻打彭城,肯定会一呼百应,所有意见都会统一起来。

但宋源没有就这一事件表示任何态度。

他起身走到院后的山坡上，往四处的群山察看，久久未动，似乎在紧张思索什么。这时，天已渐渐暗下来。地下党负责人也和其他游击队长一样，跟着他来到山坡上，这时凑到宋源旁边小声说："宋源同志，你要冷静，你的表态事关全局呀！"

这时，宋源终于发话了。

他把大家召集到一起，低声说了一阵什么。所有人都露出惊愕的表情，然后连连点头。

之后，各游击队长迅速下山，带领各自的游击队走了。

这时，天已大黑。

不久前还喧闹无比的小山村，顿时沉寂下来。一千多游击队员，突然间就消失了。

小山村的百姓不知道发生了什么变故。

这天夜间，这一带山区，发生了一场惨烈的战斗。

两千多日伪军趁夜色向小山村进发，准备全歼游击队。他们估计到檀黛云被抓后，各游击队一定都会赶来，他们一定会被愤怒所包围，也一定会争吵不休，一时很难做出什么决定。那么，各游击队至少会在小山村住一夜，这一夜，他们将决定怎么报复。

应当说，到此为止，彭城日军指挥官的判断都是准确的。为此，他们除留下守城所必需的部队，所有日伪军都出动了。这将是两年多来发动的一场最大的战斗。之前，他们一直想和游击队决战，但游击队总是分散活动，不和他们正面对决。游击队城里城外神出鬼没，让日伪军屡屡吃亏，这一次终于可以做个了断了。

根据情报，至少有十二支游击队都去了小山村。这几乎是游击队的全部武装了，应在一千五百人左右。如果能够消灭，整个彭城地区将从此太平。

但他们没想到，自己反而中了游击队的埋伏。

是宋源拯救了所有的游击队。

白天到小山村之后,他一直在小院的废墟旁蹲着,他在想怎么会出这么大的差错,是谁出卖了檀黛云,在想檀黛云被抓走之后,正经受怎样的凌辱和灾难,她一个女子怎么能够承受。想到这些,宋源的心像被门板挤了一下,一大口血涌出来,一股腥味直冲鼻腔,但他硬是憋住了,那一大口血涌到喉咙,又被他咕咚吞了下去。

他比任何人都想立即杀入彭城救出檀黛云。但他知道这是不可能做到的事,冲动只能造成更多的牺牲。自从几年前从延安回来后,宋源变得沉稳了,也变得机警多了,他知道自己不能再像从前那样鲁莽行事,抗战打到今天,九死一生,每一个游击队员都是宝贝,不能再做无谓的牺牲。他承认,在千张子带队期间,他比自己要爱惜战士的生命,没有把握的仗,千张子绝对不打,所以在他带队的三年间,游击队牺牲的人最少。现在,自己也必须对每个战士的生命负责,明知不可为的事不能再去做。

日本人抓走檀黛云,肯定是高兴极了。但他们抓走檀黛云不是最终目的,最终目的还是瓦解游击队,消灭游击队。他们应当想到各路游击队今天会闻讯赶来小山村。宋源突然想到一个问题,如果我是日军指挥官,会怎么做?

会杀个回马枪!

宋源想到这里,惊得浑身一颤。当他傍晚站在山坡上环顾群山的时候,更坚定了自己的猜测。在那些山头上,说不定就有日军留下的暗探,在监视小山村的一切动静。

当宋源在山坡上召集各游击队长说出自己的猜测时,大伙都一愣,但很快相信了他的话。宋源的鬼是出了名的,他的预测很有说服力。也有人提出如果是这样,何不趁彭城空虚去夜袭鬼子窝巢?但被宋源否定了。他说敌人会留下足够的兵力固守彭城。彭城自古是兵家必争之地,所以城墙也特别坚固高大。而且他们有那么多重武器，强攻彭城会被敌人大面积杀伤，这样的仗不能打。如果今夜敌人来，就是报仇的好时机，各位带队趁黑悄悄撤离村子，先派人上山侦察一下，如果有敌人暗哨，先把他们控制起来，然后把队伍悄悄埋伏在山头，等我开炮为号！

三更天时，日伪军两千多人果然来了。他们的确白天在周围山头上设了暗哨，并让他们带了电台。果然发现各游击队源源不断拥进小山村，直到天黑还在那里争吵。一切正如日军指挥官所料，于是在接到报告后，悄无声息杀奔小山村而来。

当他们进入伏击圈后，宋源亲自打响了第一炮。宋源的游击队装备齐整，多年前在檀黛云带领下打扫战场，捡来的轻重武器先是藏在山洞里，后来都派上了用场。特别在打敌人炮楼的时候，更是发挥了巨大作用。宋源有两门山炮，他常常带人夜间潜至敌人炮楼附近，突然连开数炮。敌人还在梦中，就和炮楼一块炸飞了。这种毫无征兆的突袭，让日伪军防不胜防，心惊胆战。他们怎么也想不明白，宋源从哪里弄来的这些重武器。游击队一般喜欢轻武器，携带方便，宋源却喜欢重武器，山炮、重机枪，全玩得熟练，打起来过瘾。他夜间出行时，会把山炮拆开，让几个战士分别扛着，在旷野里潜行，除了打预定的炮楼，也会打偶然碰上的敌人。一天夜间，快靠近敌人据点时，看到一个伪军官，那家伙大概在哪里喝了不少酒，正在月光下东倒西歪向据点走。宋源很生气，一炮将他炸得没了踪影。

这天晚上，宋源以山炮为信号，各游击队从各个山头一齐开火，进入包围圈的日伪军猝不及防，顿时大乱，匆忙组织反击。但游击队的火力太猛了，他们来小山村时，几乎带上了自己的全部轻重武器，他们是来为檀县长报仇的，此时一腔腔怒火全部化为炮弹子弹，如飞蝗般密集泻向山谷。宋源居然还有照明弹！他冲山谷上空打出一发，霎时山谷如同白昼，两千多日伪军暴露无遗，有的正东奔西窜，有的伏地反击。宋源和手下紧接着发出数枚炮弹，其他游击队也都亮出自己拿手的家伙，机枪、步枪、手榴弹一齐向山谷倾泻。敌人一片片倒下去。日军指挥官没想到聪明反被聪明误，被游击队将计就计。他知道在这样的黑夜，在这样的位置，无法组织有效反击，只能下令原路撤退。好在游击队并没有追击，这让日军指挥官暗自庆幸，看来，游击队还是底气不足。但就在他们沿山谷后撤四五里路的时候，突然发生了一连串的爆炸。原来，有一支游击队最拿手的本领是使用地雷，就像宋源善于使炮一样。宋源就让这支游击队事先埋伏在这里的山头上，等日伪军来时，放他们进伏击圈，然后快速冲到山谷里布雷，有埋雷，有挂雷，有触雷，有串雷……五花八门的雷弄了一山谷。当日伪军溃退到这里时，一阵惊天动地的爆炸，让这里成了一条死亡之谷。

这一仗，日伪军死亡四百多人，其中日军一百三十多人，尸体全丢在山谷里。伤了多少没法统计，大部分伤员都被他们抬走了，但游击队还是抓了一百多俘虏。这是六七年来游击队空前的大捷。当然，也是日伪军近几年一次最大的伤亡。

这天夜间，在日伪军被伏击往回逃窜的时候，游击队并没有追赶，却有十几个黑影迅速从山上下到山谷。在一片混乱中，他们各自扒了一套伪军尸体的服装穿在身上，各捡一支枪拿在手里，又往脸上抹了几把血，悄悄尾随在日伪军溃逃的队伍后头。不久，他们亲眼看到，前头的山谷又响起地雷一连串的爆炸声。这一次，日伪军又被严重杀伤。十几个黑影这才加快脚步，混进更加混乱的日伪军队伍。

十几个黑影，都是九龙山游击队的人，领头的正是宋源。

当天夜间，他们轻而易举地混进了彭城。

这次行动，是宋源事先预谋好的。他必须尽快进城，打探檀黛云的消息。他知道，这次檀黛云被敌人抓去，很难营救，连百分之一的希望都没有。可他不想放弃，他必须想办法去救她。那是他的魂，也是他的神!

这十几个人,都是他游击队的骨干,勇敢、机警而且枪法好。按宋源的设想,这是一支侦察队,也是一支战斗队。如果有机会营救檀黛云,这支十几人的小分队也有相当的战斗力,拼死也要把檀黛云救出来。他当然知道,这种机会极小,毕竟在敌人的窝巢里。如果救不出来,他准备和敌人同归于尽。而在死之前,最重要的是把檀黛云打死。

是的,要把檀黛云打死!

一次,游击队和敌人发生遭遇战,敌人兵力三倍于游击队,眼看被敌人包围,宋源不像以前那么硬拼了,急忙下令分散突围。这一次,檀黛云正在游击队里。她平时很少随他的游击队活动的,她认为宋源的游击队力量最强,一直比较放心。那天她来宋源的游击队有事,正赶上队伍要出发,一时来了兴致要一同去。宋源本不想让她去的,怕出危险,可又想让她见识一下他游击队的本领,却没想到打了场遭遇战,让檀黛云看到了游击队的狼狈相。撤退时,他拉着檀黛云一阵猛跑,终于摆脱了敌人。但有两个和他们一块撤退的游击队员,因为负伤被敌人捉去了。宋源和檀黛云是眼睁睁看着他们被敌人捉住的,当时相距有一百多米,大批敌人正拥上来,檀黛云还想冲回去救他们,但被宋源死死抓住了。他拉起檀黛云反身钻进一片山林藏了起来。这里是九龙山余脉,宋源很熟悉。檀黛云早已泪流满面。这几年,她先是当区长,后是县长,组织领导有声有色,在全县建立十几支游击队,有的几十人,有的上百人,有的几百人,大家各自为战,有时也打配合。每次战斗过后,各游击队都会向她汇报战果,打死打伤多少敌人,其中日军多少,伪军多少,游击队伤亡多少,缴获枪支弹药多少,等等。檀黛云看到的大都是些数字。她虽然也参加过一些战斗,但毕竟不多。这一次,她亲眼看到两个游击队员负伤后被敌人追上按倒在地，一阵拳打脚踢，然后架起来往回走，她看到了他们挣扎回头求助时绝望的表情。她知道等待他们的将是什么。她有点怨恨宋源没去救他们，却又知道这事怨不得宋源，战场上这样的生死离别是没有办法的，也许宋源见得多了，心也就硬了。

两人藏在几块乱石后头，周围有很深的灌木丛，还有高大的乔木。敌人并没有撤退，紧跟着他们上了山，隐隐能听到敌人搜山的喊叫声，似乎越来越近了。两人背靠背坐在那里，监视着两个不同的方向，彼此能感到对方温热的身体。檀黛云感受到一个厚实而温暖的背，像一堵被太阳晒得暖洋洋的墙，踏实而安全。她信任这堵墙。这是个一直让她信任的男人，更是一个忠诚的游击队长。虽然这时身处险境，她却没有害怕的感觉，哪怕战死在这里，也不会觉得孤单。有这个家伙做伴，黄泉路上也不会寂寞了。是的，这是个可以相伴去任何地方的人。黄泉路上，只有他们两个人时，她就可以敞开心扉，和他说说话了——宋源，我知道你是个孤僻的男人，我也知道你喜欢我，每次见面，从你慌张的眼神里，我都能感觉到，甚至当我离开时，也能感到你灼热的目光在盯着我的身体。我当然知道你想干什么，你想把我抱在怀里，你想把我压在地上。可你不敢。你的目光里除了欲望，更多的是羞怯和敬畏。我并没有觉得你肮脏，一个年轻的男人对一个心仪的女人有欲望是一件正常的事。我在闲暇时，也会有那种欲望，尽管我还是个处女，可那种朦胧的欲望来自身体，来自生命的本能。我听说过你很多事，比如有人说，你在去延安的路上，曾强奸过一个年轻寡妇，你从未向我说过，组织上也没有追查，我不知道真相到底是怎样的，那也许只是一次艳遇，两相情愿。如果真是强奸，当然是很恶劣的。这种事你干得出来吗？也许干得出来。我不懂男人，不知道男人是怎么回事，是男人的性具决定了男人都有攻击性吗？况且有人说过，你是个性欲很强的家伙，几天不做那事就会烦躁不安。你是在不能控制时强奸了那个寡妇吗？你知道不知道你伤害了人家？你到底是一个怎样的人？性欲很强和革命立场很坚定，是矛盾的吗？甚至，一面去强奸一个寡妇，和日本人没什么两样，一面又毫不动摇地打鬼子，做一个出色的游击队长，这都是真实的你吗？你一面是邪恶，一面是正义，就像你的一张阴阳脸，这到底是怎么回事？当然，这些都还是传言，无法证实。我希望这些传言都是假的。你和那个寡妇如果两相情愿，就是另外一回事了，我情愿相信后者。还有，你和天漏村那个叫七女的女人，一直保持着肉体关系，我没有责怪过你吧？我只嘱咐过你要注意安全，毕竟你是游击队长，一个人外出会情人，如果被敌人知道了，会有危险的。但我不会因此把你看成一个坏人。你们天漏村的民风，也许更大地影响了我，甚至让我震撼。在中国一个偏僻的山村里，依然保存着古老的民风，他们对性的宽容是古老的，这真是个奇妙的地方。你活得很真实，不掩饰，不造作，就凭这一点，我欣赏你。你对女人的迷恋，并没有影响你对事业的忠诚，在抗敌战场上，你是个英雄，我看重的只有这一点，别的，我不管。

　　檀黛云正胡思乱想时，一阵枪响将她惊醒。

　　宋源低声说："别动！敌人是在试探，并没有发现咱们。"

　　檀黛云通过灌木丛，似乎看到了敌人的影子，正慢慢走过来。

　　一个鬼子正解开裤子，站在那里撒尿。然后又有几个鬼子也效仿他站在那里撒尿。

　　檀黛云赶忙转回头。

　　忽然，檀黛云低声说："宋源，求你一件事。"

　　"檀县长，你说。"

　　"如果我被敌人抓住，请你一枪打死我。"

　　宋源的背颤抖了一下，檀黛云感觉到了。

　　檀黛云说："我不怕死，但不能被敌人俘虏，你明白吗？"

　　宋源犹豫了一下，低声说："我不会让敌人俘虏你的！"

檀黛云有点急了，用背撞了他一下，"我是说如果！"

宋源又说了一遍："我不会让敌人俘虏你的！"

檀黛云突然转身抱住他的脖子，把头埋在他肩膀上，好久没动。

那一刻，宋源第一次感到了檀黛云作为一个女人的脆弱，她在这一刻，不再是县长，而是一个需要保护的女人。

宋源没敢回头，就那么静静地由她伏在肩上，心里却是一阵阵狂跳，血气在往上涌动。为了这个女人，他可以去做任何事。

檀黛云似乎意识到自己的失态，把头抬起来，抽回双手摇摇他的肩："有些事不能一厢情愿。宋源，现在就咱们俩，敌人那么多，真要被他们发现了，咱们逃不脱的。"

宋源说："那也不能束手就擒！"

檀黛云说："我还有三十多发子弹，你呢？"

宋源说："不多了，大概还有十多发。"

檀黛云伸手拔出枪递到他面前："你枪法好，用我这把枪，子弹都给你！"

宋源推开了："檀县长，你收好，我有办法！"

檀黛云说："你能有什么办法？你看，敌人好像围上来了！"

宋源早看见了，隔着灌木缝隙，他早已看到敌人的身影，正一点点逼近，大约还有五十米远。

宋源低声说："檀县长，你藏在这里，千万别动！"说着弓腰起身。

檀黛云一把拉住他，"宋源，你要干什么？"

宋源拿开她的手，低声说："去天漏村，到七女那里等我！"突然像一头潜行的豹子，从灌木丛蹿了出去。檀黛云已经明白，他是要想法引开敌人，掩护自己。

宋源在离开檀黛云藏身处百十米的地方，突然冲敌人方向开了一枪，然后向另一个方向跑去。敌人被吸引过去，大批人马开着枪向宋源追去。

94

枪声渐渐远了。

檀黛云悄悄从灌木丛探出头,望着枪响的方向,心揪得更紧了。

宋源一个人和敌人周旋,利索多了。他知道敌人已经跟上来,檀县长安全了。他本可以迅速摆脱敌人,但又担心敌人返回去,就一直不紧不慢在前头跑,利用树木山石做掩护,间或回头开一枪,每一枪都会撂倒一个敌人。敌人被他激怒了,一直紧追不舍。

宋源辨认了一下方位、地形,心里有底了。

现在,他希望有更多的敌人追上来。

他现在不仅要吸引敌人,让檀黛云脱险,还要更多地消灭敌人。他已经认出来这个地方叫野羊岭,以前这一带常有很多野山羊吃草栖息,后来因为打猎,野山羊渐渐少了,但宋源也曾在这里见过三五成群的野山羊。野羊岭有几个山洞,其中一个洞叫蝼蛄洞。所以叫它蝼蛄洞,是因为这个洞分成几节,又互相连通,有三里多长,而且两头都可以进出。这个洞很隐蔽,有很密的灌木丛挡着,不熟悉的人根本发现不了。当初宋源为了彻底弄清九龙山脉的地形,曾花了很长时间在山里转,特别注意寻找那些隐秘的山洞,并在很多山洞里放置了武器,有大炮、重机枪、轻机枪,也有一些轻武器和手榴弹之类,为的是和敌人打游击时,随时可以藏身,又随时可以补充武器弹药。宋源一向重视武器弹药的储备,他从未在这方面吃过亏。宋源当时发现这个蝼蛄洞时,真是高兴坏了,这是个天然的军事坑道,有入口也有出口,可以随时撤退。有些洞只有入口,没有出口,虽然也能躲藏,但万一被敌人发现了堵在里头,就无处逃生。蝼蛄洞除了有进出口,里头还层层叠叠有许多石岩隔挡,形成天然工事。当时宋源钻进去后,并无人留下的痕迹,却有一堆堆羊粪,臭气熏人,显见是野山羊栖居躲避风雨留下的。后来,宋源就带人往蝼蛄洞送了一些武器弹药,擦好油,用木箱装好,置放在高处。

现在,宋源知道蝼蛄洞就在前方几百米的地方。他需要吸引更多的敌人过来。就冲敌人方向打出三发子弹,又击倒三个敌人,然后大声喊起来:"喂!小鬼子,我是宋源!你们不是一直要捉我吗?我就在这里,老子和你们拼了!"说着,把最后一颗子弹打了出去。

敌人听到是宋源,果然又调来大批人马,小心围了上去。既然知道是宋源,就不会轻易放过,同样,既然知道是宋源,就不可不小心了。先前,他发射十三枪,就打倒十二个人,还隔着那么多树木,可见这人真有可能是宋源。他们当然知道宋源鬼得很,这么大叫着说自己是宋源,一定是有阴谋的,但也无非是引导我们追赶他。引导我们追赶他的目的不外两个,一是前头有陷阱,可是他的队伍已经被打散了,现在就他一个人,能有多大能耐?无非一个人一支枪,即便是神枪手,又能怎样?另一个可能是他在转移视线,掩护什么人撤离?日军指挥官很快明白过来,这后一种可能性更大,而且宋源要掩护的人比他更重要!那人会是谁?日军指挥官想明白后,激动不已,立即兵分两路,一边派出一百多日伪军回头紧急搜索,一边命令剩下的一百多日伪军加快追击宋源。现在,力量对比是决定性的,他两头都不肯放过,两边抓住任何一个人,都是巨大的战果。

宋源看敌人上当了,就继续和敌人在山林里捉迷藏。他不断现身,又不断消失,一直牵着敌人绕来绕去。鬼子想捉住他,也显出足够的耐心,一直如影随形,紧紧跟随着。他们不相信他一个人能耍出多大花招。倒是宋源累了,就找到蝼蛄洞口钻了进去。他手中的枪已没有子弹,必须尽快到山洞里找到以前置放的武器。他很快在洞内一块隐蔽的岩石上找到一个木箱,急忙打开,却是空的!这让他吃了一惊,谁把武器取走了?宋源来不及多想,又赶忙去下一个放置点,下一个木箱也是空的!这让他急出汗来,怎么会这样?这时,他听到洞中传来嘈杂声,接着是一阵枪响,枪是往山洞里打的,有回声。显然,敌人已经发现蝼蛄洞并追了进来。

宋源急忙赶往第三个放置点。前两个放置点,一处是一门迫击炮,一处是机枪和步枪,都不见了。第三个放置点是手榴弹,他记得的,好像是五十颗,宋源急忙打开,还好,还剩下三颗。宋源来不及细想,手头总算有了武器。他定定神,抹了抹头上的汗水,躲在一块岩石后头,回头等敌人追上来。很快,喊叫声伴着枪声临近了,敌人是打着枪追来的,追追躲躲,可以看出来,在这样一个山洞里,他们是十分小心的。宋源一动不动,渐渐看到七八个敌人的身影,宋源扬手甩出一颗手榴弹,一声巨响之后,转身就跑。他不想和敌人玩了。

宋源很快穿越蛴螬洞,从另一个出口逃了出去。

当夜四更天时,宋源回到了天漏村。檀黛云已在七女那里等他。两个女人一宿未眠,一个比一个心焦,都怕宋源出意外。当宋源出现在门前时,七女一声号啕,扑过来就搂住他的腰,又腾出一只手不断抚摩他的脸。檀黛云有点尴尬,却也松了一口气。宋源总算回来了。

宋源推开七女,看着檀黛云的背影:"檀……县长,你没事吧?"檀黛云转回身,笑笑,"我这不好好的吗?"七女说:"都把人吓死了!"

宋源更尴尬,他不想让檀黛云看到七女和他亲热的样子。檀黛云却喜欢上了七女。这个毫不掩饰自己情感的女人,让她强烈感到这个山野女子的纯净,完全没有世俗社会的造作,她表达的既是情人的思念,又是母性的疼爱。其实,檀黛云早就想来天漏村见识一下七女了,只是一直没有机会。这次随游击队活动,宋源事前就告诉她,万一打散了,让她去天漏村找七女,她是个绝对可靠的人。当檀黛云傍晚找来时,七女表现出来的热情,出乎她的想象。她为她烧水洗脚,为她做饭,铺好被褥让她睡觉休息。可檀黛云哪里睡得着,一颗心都在宋源那里。于是两人聊起来。七女已猜到檀黛云就是宋源心里藏着的那个女人。她一直在猜测那个女人是谁,那是一个怎样出色的女人,让宋源那么痴迷,那么心慌意乱。现在这个女人就在面前,七女终于明白宋源为什么会丢魂,为什么因得不到而跑她这里发泄了。檀黛云不仅是一个年轻美丽的女人,还是个气质高贵的女县长,乖乖,这得多大的官啊!七女在心里一惊一乍,宋源你小子也太胆大包天了,这样的女人你也敢想,这不是癞蛤蟆想吃天鹅肉吗?你在我身上,想吃哪块肉都给你,可人家是女县长,怕是碰也碰不得的,看一眼也只能偷偷的,你还敢脱人家裤子!现在,七女反而放心了,尽管她知道宋源的心已不在她这里,但这有什么关系呢?只要你人在,只要你到我这里来,能让我搂着你,你就属于我。你把我当成檀县长的替代品,我乐意!因为我享受到的快乐是实实在在的。而且那一刻,你两眼一闭,我还成了檀县长!你折腾多长时间,我就当多长时间的檀县长,这不赚大发了吗?每次完了事,你都拍拍屁股走路,那就走嘛!我知道你在干大事,你和檀县长都在干大事,那可是提着脑袋在干的,我敬佩你们,我不能扯你们的后腿,我唯一盼望的是你们都能活着。

当夜,她和檀黛云有一段对话:

"檀县长,你知道宋源喜欢你吗?"

"知道。我也是女人,还能看不出来。"

"那你……喜欢他吗?"

"喜欢呀!不过,我喜欢的是他的忠诚和勇敢,可能和你不一样。"

"是呀是呀,我喜欢的是他这个人。他从十五岁就跟我在一起了,是我把他变成一个男人的。"

"现在,他跟着我,你不恨我吗?"

"不恨不恨,你们是在打日本人。"

"可他喜欢我呀。"

"喜欢就喜欢呗。"

"你真的不生他气?"

"真的不生他气。"

"也不生我气?"

"不生你气。"

"要是有一天,我也像你喜欢他那样喜欢他呢?"

七女叹口气,"他早晚会跟一个女人走的。"

檀黛云逗她,"也许是我呢。"

七女张大了嘴,"你这么大官!……"

檀黛云笑起来,"可我也是女人啊。"

七女想了想,一时不知如何回答,却有些尴尬地笑了。

檀黛云忙笑道:"七姐,我逗你玩呢……说真的,我还没接触过男人呢。"

七女吃惊道:"你还是黄花闺女?"

檀黛云点点头。

七女忙说:"那你更要小心了,那家伙可厉害了!你受不了的……"

檀黛云一时没明白,"你……说什么?"

七女说:"就是……就是那个事,他每次和我在一起,都是……"

檀黛云忙打断她:"好了好了,别说了!"却羞得脸上发热。掩饰地起身走到院子里。

此时夜已深,凉凉的山风漫过来,让她发烫的脸庞一下清冷了。宋源生死未卜,自己在这里和七女扯些什么!

现在宋源脱险,檀黛云终于可以放下心了。

但檀黛云没想到,自己会这么快陷入绝境,而且是被敌人活捉。

这是她一直最担心的事。

被日本人抓住,想活下去是不可能了。她并不怕死。她早就告诉过宋源,如果自己被日本人抓住,一定要开枪打死她。她不怕死,但她害怕受辱。她还不知道日本人会怎样侮辱她,但她相信日本人什么都干得出来。

那天夜间,从山村到彭城一路押解的路上,她一直在回想,是谁出卖了她。这个隐身的地方才住了不到十天,除了一个交通员邹大爷,没有第二个人知道她在这个村里。邹大爷六十多岁,是个货郎,平时就是利用货郎的身份做掩护当交通员的。从自己做区长,邹大爷就跟她做交通员,人非常可靠。邹大爷一家七口人都被日本人杀害了,两个女儿被日本人强奸后被送去做慰安妇,不久都上吊自杀了。邹大爷和日本人有血海深仇。他把檀黛云看做自己的女儿一样,每次送情报来,都会给她带些好吃的,有一次甚至还带来一只烧鸡,硬是看着檀黛云把半只烧鸡吃完。檀黛云从他沉默的目光里,看到的都是父爱,那是大山一样深沉的爱。这样一个老人,是永远不可能出卖她的,她相信真有危险来临,他可以为她挡刀,挡皮鞭,挡子弹,眉头都不会皱一下。

那么,问题出在哪里呢?

显然,敌人是得到准确情报才直奔山村,直奔她住的院子,将她包围的。

就是说,一定是有人出卖了自己!

于是问题又回到原点,到底是谁把自己出卖了?

当夜,敌人把她带进彭城,关到一个地方以后,檀黛云对叛徒的猜测戛然而止了,因为这已经没有意义。现在她要面对的是自己将受到怎样的折磨。浸水的皮鞭、竹签、老虎凳、辣椒水、烧红的烙铁等等,这是施刑者常用的刑具,一定会很疼很疼,自己能忍受吗?自己会因为忍受不了而叛变吗?这是她最害怕的。以前在延安时,她和所有的革命者都是最恨叛徒的,她曾经认为自己万一有一天被捕,一定会经受住各种敌人的刑罚,经受各种考验,不会叛变,不会出卖同志。但现在,她真的没底了。因为这不是一死了之的事,如果敌人一刀砍下自己的头,或一枪把自己崩了,她会从容就义。问题是敌人不会这么轻易让你死去,他们会用种种想不到的手段折磨你、摧残你,让你生不如死。

现在,她被日本人丢在一间屋子里,全身被紧紧捆绑着固定在一根木桩上,想自杀都没有可能。她觉得血液在束缚中努力奔突着,一鼓一鼓的,像要窒息,像要爆炸,浑身难受极了。这一刻,她真正体会到了什么叫孤独,什么叫无助,什么叫绝望,忍不住流下泪来。这时候,她是那么想念亲人、同志、战友,想念在延河边散步、出操的快乐日子,甚至想念在美国念书时的同学。同学们曾劝她不要回国,说你一个弱女子做不了什么。但檀黛云还是回来了,她对同学们说,我的祖国在受难,我在教室里坐不住,我必须回去,那里总有我能做的事。

在她的同学中,有一个叫木村的日本学生。他一直爱恋着檀黛云,极力反对檀黛云回国。他说你不要回去,你一个弱女子能做什么?檀黛云说,我什么都能做,上战场,当护士,都可以。木村说那只是无谓的牺牲,我们大日本帝国要不多久,就会灭了你们中国,你回去只能做殉葬人。檀黛云说是吗?那我更要回去了。我不相信日本人能灭了中国,只要中国人每人都出一份力,这个国家就不会灭亡。中国有五千年的文明史,历史上没有谁能灭亡中国。木村笑道,历史是没用的。历史上中国是日本的老师,但现在中国太烂了。檀黛云说,中国烂的永远只是表皮,它的核心精神永远不会烂。木村说你们中国的核心精神是什么?檀黛云说就是一个字:和。木村哈哈大笑,都什么时候了,还讲和?怪不得那么多军队没人抵抗。据说,两个日本兵端着刺刀进村,一村人都会吓跑。你们真是要亡国灭种了。檀黛云冷笑道,和是天地宇宙,你们永远不会懂得和的含义和力量。日本人学了中国一两千年,学的都是皮毛,然后张牙舞爪。凡是张牙舞爪的国家,都是力量不够,人也一样。木村又一次哈哈大笑,说好了好了,咱们不争论了。黛云,我真的很爱你,我不想让你去做无谓的牺牲。我会帮你取得日本国籍,等毕业后,咱们去日本生活,留在美国也行,好吗?檀黛云说,我有自己的祖国,我不会嫁给你。木村抓住她的肩膀叫起来:"为什么?"檀黛云说:"拿开你的爪子。"

檀黛云终于回来了。

连她自己也没想到,她能做很多事,能做到一个独当一面的县长,领导十几支游击队和日本人斗了几年。想到这些,檀黛云心里涌出一股豪情,她为自己骄傲,也为她的游击队骄傲。她想到宋源、千张子和那些熟悉的游击队员,他们出生入死,一次次和敌人浴血奋战,很多人牺牲了,但有更多的人仍在战斗!

宋源、千张子他们在哪里?

现在,他们也许知道了自己被捕的消息。他们会怎样?会来救自己吗?会!他们一定会想办法救自己。但难度太大了,彭城在日本人手里仍然固若金汤,把全县游击队集合起来,也无法打下。他们不会蛮干强攻吧?按千张子的性格,他不会同意这么干。宋源以前会,但这几年沉稳了许多,他不会拿游击队员的性命来赌博的。即使他们要来攻打彭城,地下党也不会同意。此时的檀黛云当然十分渴望能有人来救她,但她又绝不想因为她牺牲更多的人。

事已至此,她必须独自承担了。

一宿未眠,檀黛云终于想明白,现在是自己经受考验的时候了。

她在心里给自己打气:檀黛云,你要相信自己!

宋源带着十几个游击队员,跟随日伪军混进城里,没遇到任何麻烦。之后很快趁乱离开大队人马,钻进一条巷子,七拐八拐,来到一座高大院墙附近,隐蔽观察。

这是一座独院,门外有两个警卫日夜站岗,还有两棵大榆树长在大门两旁。门外有一片杂木林子，宋源等人就藏在里头。

这是彭城警备司令侯本太的家。

宋源曾来过两次。

侯本太原是苏鲁豫皖交界处一个普通山民，有一年因为土地纠纷和邻家发生械斗，这个邻家是当地界首乡乡长的亲戚，侯本太的爹被乡长派人抓去活活打死了。侯本太在一个夜晚，用柳条拧门，烧死了乡长全家，从此逃进芒砀山做了土匪，渐渐拉起一帮人马。芒砀山地处苏鲁豫皖四省交界处，是个无人认真管的地方，就是官府围捕也是敷衍了事。如果江苏派人围捕，只要一脚跳过田埂到山东地界，就没事了。山东围捕，一脚跨过一条小沟进河南地界就安全了。河南围捕，一转身到一棵大树后进了安徽地界，也没事了。有时，侯本太的队伍和官府隔着一个小河沟或者一条田埂对峙，一口唾沫能吐到对方脸上，但官府就是不能过界去抓。地方割据，各有各的地盘，越界抓人，会被认为是藐视对方势力，弄不好能引发大麻烦。各方都明白，犯不着为一个山匪伤了和气。最主要的是，有个山匪在芒砀山，各方都能以剿匪名义向地方派捐，向上级要钱，大家都有好处。所以侯本太的日子很快活，打家劫舍，呼啸山林，队伍越来越大。

但这家伙有点不明事理，随着势力扩大，他的兴趣已不光在钱财上，开始有了另外的念头。芒砀山正是当年陈胜、吴广起义和汉高祖刘邦斩蛇起义的地方，后来刘邦还开创了四百年汉室江山。侯本太没那么大野心，但在山里转悠久了，有点心痒，也想弄个一官半职。就派人四下和官府暗中疏通，想弄个乡长当当。因为在他的感觉里，乡长是最牛×的官。但派出去的人回来说，四省各方都不答应，说好好当你的土匪吧。侯本太问手下，你们带去的银子呢？回答说银子他们都收了。侯本太说放屁！不给官当敢收银子？肯定是你们私下吞了！几个人都喊冤，连收银子的人名都报出来了。侯本太就很郁闷,说这些王八蛋是贪赃不枉法,连个乡长都不给干,老子有一天非要弄个乡长干给你们看看不可!

侯本太的乡长情结,让他烦躁不安。

他把怒火迁移到四省边界的土豪身上,更加疯狂地抢劫、杀人、放火。他想逼迫官府封他个乡长。

可他打错了算盘。

侯本太越是闹腾,他们越是高兴。反正他不敢针对官府。这也是侯本太的聪明之处,除了上山前杀过的那个乡长,当土匪后的确没有杀过官府的人。这是红线。他知道官府的大巴掌留给他的只有一尺高的空间,在一尺高的空间里,他可以随便蹦跶,越过一尺高碰到掌心,那个大巴掌会立刻将他拍死。不得罪官府,他以为这是他得以生存的原因。他并不明白是地方官府需要他的存在,才是他得以生存的根本原因。他想当乡长被招安,是个破坏规矩的事。

四路派出的手下捎回来的话大同小异,都是让他好好当土匪。这让侯本太犯晕。他没读过书,也没见过世面,更不懂历史和政治,完全不能明白这中间的玄奥。过去当老百姓时,只知道杀人犯法,杀人偿命,可是乡长打死他爹,不算犯法。他把乡长一家烧死,却犯了法。地方也曾通缉捉拿他。可他当了土匪拉出几百人马,又杀了很多土豪后,又不犯法了,官府的人还让他好好当土匪。自古说官匪一家,还真是的。侯本太原来只是一个山民,在杀乡长全家之前,从没想过要杀人。他也知道,那些土豪富家并没有招惹自己,无冤无仇,为啥要抢人家杀人家?可上山后,一个叫老猫的土匪告诉他,当土匪就得干这个,所有的土匪都是干这个的,你侯本太既然上山了,也得干这个。这个老猫已经八十多岁,在芒砀山快七十年了。芒砀山曾出现过很多土匪,有大有小,盘踞在山上占山为王。但每一股土匪队伍都不长久,多则三年五载,少则几个月就完蛋了。完蛋的主因并不是官府围剿,多是因为分赃不均,帮派内讧,自相残杀,剩余的作鸟兽散。这个老猫是个做饭的,特别懂得自保,有时那边杀得尸横山野,他眼皮也不抬一下,只专心在锅里炖肉,不时用勺子舀一点汤水,尝尝咸淡味道。一股股土匪队伍就这么在他眼前消失了,空荡荡的山寨只剩下他一个人。但他守着这个破烂的山寨。有时一守就是几年,不论酷暑天还是风雪夜。他知道还会有土匪上山,他还会为他们做饭。

其实,老猫小时候是读过几年私塾的,那时家境还算宽裕。后来一场瘟疫,家财耗空,全家死得就剩他一个人,老猫从此到处流浪,十几岁就上了山。从前清到民国,芒砀山的土匪聚了又散,散了又聚,老猫从一个十几岁的少年变成了一个老人,也成了芒砀山的元老,任何一股土匪上山,都很尊敬他、崇拜他。因为读过几年私塾,老猫也算有点见识,甚至还想过像张良辅佐刘邦、姜子牙辅佐周文王一样,干一番大事业。但几十年看下来,这些土匪全是些鸡鸣狗盗之徒,没啥出息,什么事也成不了,也就渐渐打消了成大事的念头,只埋头烧火做饭,混日子过。但有时厌了,也会使点小坏,不露痕迹搞点挑拨离间,让他们尽快火并、尽快完蛋。然后,等待下一拨土匪出现。他把这当成一个游戏、乐子,也是唯一能体现自己才能的地方。

侯本太上山后,老猫同样很失望。这家伙呆头呆脑,胆子也不大,杀了乡长一家上山后,一直惊魂不定,一天晚上,他敲开老猫的门,突然跪倒在地,请他给指条生路。老猫扶起他拉进屋,问过他上山的原因后说,你如果只想在山上藏起来,是藏不过去的,官府早晚会拿住你。但你如果真当了土匪,拉起一杆人马,杀人放火,反倒安全了。说芒砀山已空了三年,官府巴不得有一股土匪出现,并讲了其中的道理。侯本太似懂非懂,但他一下开了眼界,长了见识,从此尊崇老猫,并按他说的干。之后凡事都向老猫讨教。老猫看他倒还可教,也就不时点拨一二,比如怎么和官府相处,怎么善待手下兄弟。

好在侯本太不怎么爱财,抢了钱财自己很少要,除了分给弟兄们,剩余的都存起来。所以多年下来不仅队伍没散没内斗,还积蓄了雄厚的资本。

对于侯本太想当乡长一事,老猫表示理解。比之那些只知杀人放火抢劫钱财的家伙,他总算还有点志向,尽管他的志向是一个小小的乡长。但野心是可以培养的,说不定他日后会有更大的志向呢?侯本太向四省各方送钱讨一个乡长做没有成功,老猫说笨蛋!你干吗要向人乞讨呢?自己封自己一个乡长不就完了吗?一文钱不用花!历朝开国皇帝都是自封的,眼下天下大乱,到处是司令,也都是自封的,你为啥不能自封一个乡长?屁大的官还向人买,你不混蛋吗?侯本太茅塞顿开,第二天就自封了一个界首乡乡长。之后外出打家劫舍,也是自称"乡长侯本太"。一开始,从官家到百姓,全都云里雾里,不知道侯本太啥时成了乡长,后来才弄清是他自封的,也就哈哈一笑。之后,侯本太又听从老猫的建议,让他以后要少杀人了,不仅劫富,而且要济贫,以争取人心。侯本太一律照办,经常打开富户粮库,向贫苦百姓发放。之后,他又听从老猫的建议,一方面招兵买马,一方面秘密置办武器弹药,制作军装,请人训练列队、步操、格斗、射击,俨然成了一支军队。等四省地方官府醒过神来时,侯本太已经成了一方军阀。侯本太不愁兵源,一是百姓太穷,饿死人的事每天都在发生,上山就有饭吃,多好的事。二是两千年前陈胜一句"王侯将相宁有种乎",深刻影响了这一带百姓,造反说不定真能造出个名堂来,刘邦在这里斩蛇起义,不就成功了吗?啥事你得去试试,不成功算鸡巴屎,混几天饱饭吃,成功了说不定算个开国功臣,反正怎么都比在家饿死合算。

侯本太仍以芒砀山为老巢,但他已经可以带兵自由出入周围各县城,经常作为各县长的座上宾了。

他仍然自称"乡长"。

边境几个县都想请他做保安司令,侯本太都没答应。

他告诉他们说:"我是乡长。"

县长们劝他说:司令比乡长大多了!

侯本太面无表情,说你们烦不烦?

他们不知道该怎么劝他了。他们摸不清这家伙是真的夹生,还是装傻。他们本来想利用他的,看来并不那么容易。手里有一支军队,又不想当更大的官,只想当个乡长,啥意思?

其实,侯本太也弄不清他日后到底想干什么,能干什么,他起码没想过打天下,那太累也太麻烦,想想头都大。他拒绝他们,完全是因为讨厌这些当官的,当了保安司令,还是要归他们管,恶心。他记仇。当初,曾送那么多银子给他们,想讨个乡长干干,愣是不给,还让他安心当土匪。现在求着他了,他偏不干。时不时带人到县衙走一走,完全是为了出一口恶气,意思说,咋样?我当上乡长了。他们称他侯司令,他马上纠正说,我是乡长!他觉得乡长这职务很好,老猫就说过,当年刘邦一开始也就是个泗水亭长,还不如乡长大。

于是,他们都称他乡长。

现在轮到他派捐了。

侯本太听老猫的话,很少带人抢劫了。他只派人去大户人家,让他们送钱送粮送猪送羊。那些大户人家虽然不乐意,但也没办法,这总比他上门杀人放火强,好歹不会死人。有时,侯本太也向几个县衙要钱要粮,官府更不乐意。可他们单独对付侯本太力量不够,只好送银两给他,心里又感窝囊,丢脸面不说,如果这事被上头知道了,就是私通土匪,肯定会撤职查办。边境各县长私下商量,准备把他做掉,这家伙有点失控了。想存在下去,就得可控,失控不是找死吗?

但做掉他并不容易,派兵攻打芒砀山是不可能的,今非昔比,几个边境县保安团加起来,还不如侯本太的几千人马,何况他在山上,壁垒重重,山寨牢固,根本不可能攻破。最好的办法还是请他赴宴,来县城弄死他。

不久，侯本太接到请柬，说四个边境县长一块请他喝酒，商量边境治安的事。前一段时间，各地确实不断出现一些饥民暴动、拦路打劫或入户抢劫杀人的案子。请柬上说希望侯乡长能以苍生为念，出手维护地方治安。侯本太欣然前往，带了一个连的护卫进了砀山县城。宴请时，请一百多护兵另席吃饭，侯本太只带两个贴身侍卫入席，四个县长陪同。厢房里已埋伏了三十多保安团丁，只等外头掷盏为号，就可动手。这是自古以来的老路数了。侯本太离开芒砀山时，老猫就提醒他，此次宴请由四个县长同时出面，给你恁大面子，怕是藏着大阴谋，还是不去为好。侯本太笑笑说无妨，我有数。

当天酒过三巡，当主事县长掷盏为号，三十多团丁端着枪刀冲出来时，侯本太和两个贴身护卫已解开衣襟，三个人身上绑的全是炸药！侯本太一把将主事县长勒住脖子，说，都别动！四个县长和团丁全呆住了。他们没想到侯本太早有防备。

其实，在这之前，侯本太每次进城，身上都绑着炸药的。当土匪第一要防备的就是被人暗算。这是老猫以前教过的。这么多年，侯本太经历过很多生死，已由一个懵懂的农民，变成一个狡猾的山匪。他知道那些县长没什么好东西，只是慑于他的势力，每次才会笑脸相迎。但他没想到他们会合起伙来暗算他。侯本太一怒之下，让一个护卫解开身上的炸药，绑到主谋的县长身上，拉到院子里当场引爆，炸得尸骨粉碎。然后让手下一百多护卫，押着剩下的三个县长走了。县里团丁们没一个敢动，眼睁睁看着一行人出城去了。

侯本太炸死一个县长，又挟持三个县长去了芒砀山，这件事非同小可，一下传得沸沸扬扬，成了一个惊天新闻。老猫说你把天捅了个窟窿，这事闹大了。侯本太也觉得没底，说猫爷，你看这事咋办？老猫说赶紧把人放了。侯本太想了想，说不能放，万一官军来围剿，我得把他们当人质。老猫说不是万一官军来围剿，而是一定来围剿，这次来围剿的不是几个县的保安团,起码会是彭城派军队来,你这几千人马无法对抗正规军,芒砀山怕守不住了。

侯本太忙派人去彭城暗中打听,果然彭城正集结部队,准备一举荡平芒砀山。丰、沛、肖、砀四县皆属彭城市管辖,这件事已惊动国民政府,严令彭城市尽快消灭这股土匪,解救几位县长。芒砀山危如累卵,侯本太也慌了。

但就在这个节骨眼上,日本人打过来了,一场恶战之后,很快占领了彭城。

侯本太免于一劫。他在心里感激日本人救了他一命。

很快,日本人找上门来,请他做彭城保安司令。

侯本太吓了一跳,会有这种事?但他没怎么推辞就答应了,只提出一个条件,他还要继续当界首乡乡长。

日本人先是莫名其妙,了解原委后,哈哈大笑,欣然同意了。这根本不算条件。日本人需要这种无脑的帮手。

侯本太打算把扣押的三个县长交给日本人作为礼物,他恨透了这些官府的人,中国的官府从上到下没一个好东西。还不如日本人,还没见面就给个彭城保安司令,这可比一个县的保安司令大多了。侯本太开始有点野心了。更重要的是,日本人还同意他继续当乡长。

老猫把他叫到伙房,做了几样菜,放一壶酒,说你真要给日本人做事?

侯本太说是的。

老猫说这事做不得,咱是中国人,他们是日本人。

侯本太说啥中国人日本人?我都是中国人害的,没日本人我就没命了。

老猫说看样子日本人想强占咱们国家。

侯本太说这个国家是咱们的吗?是从上到下官府的国家,跟咱老百姓没啥关系。

老猫一连喝下三杯酒,他觉得侯本太说的也有道理,可他还是觉得不能给日本人做事,就说你要去就去,但你要记住一句话,你是中国人,不能帮日本人杀中国人。

侯本太哈哈大笑,说猫爷,从我一开始干土匪,你就一直教我杀人放火,我以前杀的不都是中国人吗?

老猫说那是两回事。

侯本太说怎么是两回事,不都是杀人吗?

老猫说以前杀人,你叫土匪。以后杀人,你叫汉奸。当土匪还会有人同情你,会有人说你好,当汉奸所有中国人都会骂你,骂你是狗屎、王八蛋、卖国贼。

侯本太挠挠头说,还有这么多讲究?

侯本太也喝下三杯酒,说,猫爷,要不我就不去彭城了,还在芒砀山当土匪不快活吗?

猫爷说还是去吧。芒砀山待不住了。日本人既然盯上你,你不去都不行。政府那么多军队都没扛住日本人,你能扛住?你去了日本人那里,说不定还能帮中国人做点事。

侯本太说我才不帮中国人做事。

猫爷看了他一眼,他知道无法给他说明白。就问他,那三个县长你打算咋处理?

侯本太说,送给日本人当见面礼,人家封我当司令,咱也不能空手去呀。

老猫说,送去日本人那里,他们就没命了。

侯本太说,他们活该!全是些贪官赃官,中国就毁在这些人手里。

老猫说那也不能送给日本人杀。要不,你把他们杀了吧。

侯本太摇摇头,说猫爷,那天在县城,我用炸药炸死一个县长,也是在气头上。这会你让我杀这三个县长,我还真有点怵,他们可都是一县之长,官太大。我也就是个自封的乡长,乡长杀县长,怎么说也有点那个……

老猫说,要我说,你还是把他们放了。他们都有家,上有老下有小的……

没想到侯本太一下子火了,说家破人亡的多了去了,很多弟兄都是家破人亡,他们管过吗?我也家破人亡,他们可怜过我吗?还想把我害死!猫爷你别说了,这次我不能听你的!这几个贪官赃官,我不能放。明天我就押着他们去彭城!

当晚不欢而散。

他这是第一次和猫爷翻脸。

次日一早,侯本太醒来,正要集合队伍,手下匆匆跑来向他报告,说那三个县长昨夜都逃走了。侯本太大惊,咋逃走的?手下说,是猫爷放走的,弟兄们差不多有一半也下山逃走了。

侯本太大怒,把猫爷捆起来!

手下说咱们还是先去灶房看看吧。

侯本太率众急奔灶房,却发现猫爷上吊死了,仍在梁上吊着,舌头伸出老长。

侯本太几乎瘫倒。

三个县长和一半的弟兄逃走,猫爷吊死,都在一夜之间发生,这打击实在太大,严重动摇了他去彭城的心气。他并没有太恨猫爷,但猫爷的选择让他迷失了方向,也许自己真的做了一个错误的决定。侯本太本来就是一个不太有主见和志向的人,他只是随波逐流走到今天。如今猫爷死了,他一下觉得没有了主心骨。

但他已没有选择的余地。

又有手下报告说,日军一个中队已到山下来接他,要他赶快带队下山。

侯本太一身汗都出来了。

他命人把猫爷从梁上卸下来,蹲在他尸体旁说,猫爷,你把我坑苦了。你放走三个县长,又捣鼓走我一千多人马,我怎么跟日本人交代呀?你这一死,芒砀山就断了根,彻底熄了烟火,我再也回不来了。

侯本太还在念叨,日本中队长带人亲自上山来催促了。

侯本太忙出门迎接。谁知日本中队长上来就是一耳光!

这一耳光打得响,打得狠,打得结实。

侯本太心头火猛地蹿上来,这么多兄弟看着,也太没面子了。可他到底没敢发作。日本中队长目光凌厉,在他身后,是一大群荷枪实弹的日本兵,他们手中的枪支铮亮,全都上了膛对着他。

侯本太捂着脸没敢吭气。

日本翻译告诉他,他动作太慢,而且已经听说,原先说好的三千多人已经跑了一半,这是欺骗,要他赶快集合剩余人马下山!

侯本太诚惶诚恐,当即集合队伍跟日本人下山去了。

从芒砀山到彭城二百多里路,走了三天,一路上又跑了几百人,到达彭城时,侯本太的队伍仅剩一千多人了。

彭城日军最高指挥官未松少将接见了他,见面礼又是三记耳光。打得侯本太眼冒金星,赶忙捂脸弯腰。翻译忙告诉他,你这样子长官还要打,挨耳光时要越打越挺直身体,皇军都是这样的。侯本太觉得这翻译人不错,忙放下手站直了。未松少将抡圆了又是一耳光。侯本太满嘴流血,可他硬是站着没动。

未松少将笑了。

他并没有说为什么打他,侯本太当然也不敢问。

他已经知道,为日本人当差,不是一件容易的事。日本人见面就抽耳光,这叫杀威棒。

但日本人也并不是光抽他耳光,把他的队伍都安顿好后,又为他单独安置了一个院落,还派了一个叫千代子的日本女人来伺候他。此外还有厨子、下人、警卫。一切安置妥当,日本人又帮助训练他的队伍,半个月之后,俨然成了一支真正的警备队。日本人在训练的过程中,没少甩耳光,还枪毙了七个人。训练结束,日本人又拨出三百条三八大盖,装备了警备队两个加强中队。当然,这两个加强中队的中队长,都是日本人委派的。侯本太不知这两人什么来头,可他知道没法抗拒。他感到自己像个木偶,做警备司令只是挂个名,一切都是日本人说了算,自己多年拉起的队伍,一枪未放都归日本人了。不过这样也好,他既不懂警备队该怎么干,也不想管那么多事。日本人同时还委派了一个参谋长,警备司令部大小事都由参谋长处置。侯本太只每天由人伺候着,无所事事。但一些场面上的活动,比如宴会、迎送、阅兵等活动,还是要参加的,而且有时还要他讲话。侯本太不会讲话,这些场合过去见也没见过,因此就很紧张,但他记得从来不突出他的警备司令身份,从来都是说:本乡长……之类的话。常引来一片哄笑声,连日本人也觉得他憨得好玩。

侯本太却整日像在做梦一样,云里雾里。

宋源来彭城找过侯本太两次,找他是想争取他。第一次在一个晚上,宋源向门岗通报了姓名,两个门岗早听说过宋源的大名,当时就吓得腿软了,赶忙通报。侯本太自然更知道日本人一直在通缉宋源,他知道宋源神出鬼没,是个杀人不眨眼的家伙。忙请宋源进了院子,亲自迎出大厅。两人坐定,宋源给他讲了许多大道理,什么中国人、日本人、侵略、屠杀、强奸、放火、爱国、良心等等,但讲着讲着,宋源发现侯本太直打瞌睡,伸个懒腰要睡觉的样子,好像这些事都和他无关,一句也没听进去。宋源就招招手让他过来,侯本太就起身走了过来,以为他要说什么秘密的事,不料宋源甩手就是一巴掌,侯本太嘴巴瞬间歪到一边,明显是脱臼了。宋源这一巴掌比日本人打得都重。侯本太忙托住歪了的嘴巴,惊恐地盯着宋源那张阴森森的鬼脸,张口结舌说不出话来。他真是不懂,自己的脸到底怎么了,怎么谁都可以扇一巴掌。

那晚宋源走前冲他说了一句,这一巴掌是让你醒醒。

宋源第二次找侯本太是大白天,打扮成一个乞丐的样子,一脸脏得不见面目,头发像乱草又臭又长,手里拿个要饭棍,弯着腰一步一挪。那天侯本太参加完一个应酬,刚出门正要上车,被宋源拦住了。卫兵以为就是个乞丐,上前猛推一把,却没推动,倒把自己别了个趔趄,正要发作时,被侯本太阻止了。那会侯本太并没有认出宋源,也以为是个乞丐,就掏出几个铜板递上来,说赶快走吧!宋源接过铜板,在手里掂了掂,说侯乡长你还算有点人味。侯本太有点疑惑了,因为他听出乞丐嗓音沙哑,好像有点记忆,就猛地想起宋源。第一次见面,宋源留给他的记忆太深了,打个机灵,忙凑过脸说你是谁?宋源低声说,侯乡长你已经猜到我是谁了,说着从怀里掏出一枚鹅卵石,轻轻放到侯本太手上,说你把它埋到燕子楼西南角墙下去。你要亲自去,三天后有人来取。宋源说罢就拄着棍走了。侯本太却呆了。他不知道宋源是什么意思,一枚鹅卵石,埋到燕子楼西南角墙下,三天后有人来取?怎么像共产党地下联络的勾当?这事还让我亲自去做,你把我当啥人了?我是你的联络员?你也不问问我肯不肯干?小跟班?呸!想着就要拔枪,却半路停手了。因为他突然发现,在他周围,有几个可疑的人正看着他。其实,他也并没有想好要杀人,只是一时动怒。

侯本太停住了手。他想要是拔出枪来,肯定会被打成马蜂窝。

卫兵仍然不明所以,上前从他手上抓过鹅卵石,随手撂在地上,说侯乡长快上车吧,这乞丐神经病!

侯本太没有理他,走过去又把鹅卵石小心捡起来,冲周边那几个人笑笑,这才上车。

当天晚上,侯本太把鹅卵石拿在手上,翻来覆去看,就是块普通的鹅卵石,鸡蛋大小,任何一条老河道里都能捡到的,甚至路边都能捡到。他想宋源不会平白无故让他把鹅卵石埋到燕子楼下,这上头一定有什么秘密。就一遍遍查看,石头光溜溜,青色泛黄,上头有一点不规则的条状花纹,可这是自然肌理,不是人画上去的,更不是写上的文字,能有什么意思？但侯本太相信,这块鹅卵石一定是有意思的。在燕子楼下埋鹅卵石也是有意思的,大概是向什么人传递什么信息。和宋源有关的事一定都是重要的。他知道日本人最恨的人就是宋源。虽然日本人把他看成草包,并不让他插手那些机密事,可他还是知道宋源在日本人心中的位置,这几乎是公开的秘密。

  侯本太对那枚鹅卵石研究了两天,还是没看出什么名堂,手里像攥了颗定时炸弹。伺候他的那个日本女人千代子看到了,问他拿的是什么,侯本太笑笑,说在路边捡了块鹅卵石,怪好玩的。千代子要过去看了看,的确是一枚鹅卵石,不像什么特别的东西。这个日本女人当然并不是光来伺候侯本太的,日本人没那么好。她另外有监视他的任务。开始几个月,她对侯本太监视很严,后来发现他的确就是个草包,除了闷极了老说回芒砀山,并没有什么特别的不满、反抗,更没有和国共两党秘密联系之类的任何迹象。在整个彭城,侯本太就是个笑话,连老百姓都看不起他,一个土包子,一个窝囊废,一个傻瓜样的家伙。有一次在黄河舞台戏园子,侯本太还被一个七十多岁的老头子扇了一巴掌。那老头是个戏骨,他嫌侯本太听戏打呼噜,此起彼伏的,就走到包厢抬手扇了他一巴掌,说你不懂戏就滚回家搂着日本娘们睡觉去！侯本太居然没有还手,还喝令手下不要和老人计较,起身走了。这件事在彭城传为笑谈,就是谁也没把他当回事。当时,日本女人千代子也陪同听戏的,当然也看到了这一幕。再后来,她发现侯本太特别不喜欢那些场面上的应酬,每次请他去,他都会让千代子去求情,问问能不能不去参加。他不喜欢大酒楼,更不参加什么舞会联谊之类活动,只是在院子里闷极了,就到街头转转。彭城有许多著名的景点,比如云龙山、九里山、子房山、戏马台、亚父墓、石狗湖、饮鹤泉等等,侯本太在人陪同下,只看过一次就不再去了。他对这些东西没兴趣,关于这些景点的传说,他更没兴趣。他认为全是扯淡,听了都头晕。他喜欢去大街小巷人多的地方看热闹,看杂耍卖艺玩猴,喜欢蹲在小吃摊前喝凉粉,喝辣汤,吃煎包。有时,也会一个人在小酒馆里炒两个菜,独自喝几杯。这时,他当然会换上便服,很少有人会认出来。偶被人认出,喊一声,那不是侯乡长吗?他会撒腿就跑。时间久了,彭城百姓反对他生出几分怜悯,说这家伙没心没肺,当这个警备司令也是枉担了个汉奸的罪名。

但日本人对他的监视放松了。千代子很多时候并不和侯本太住在一起,有时十天八天不来一趟。除了认为他只是一具行尸走肉,不再需要监视他之外,作为女人的千代子,实在受不了他的肮脏。他身上永远有一股难闻的酸臭味,即使洗了澡也没用,何况他并不经常洗澡。千代子每天为他弄好洗澡水会让他生气,生气了也不说,就是不吭气,坐在那里不动。他认为日本女人嫌他脏才要求他每天洗澡的。他承认自己脏,可他不能容忍嫌他脏。过去在芒砀山,一年也洗不了几次澡,只有夏天,在下山经过河流时才顺便洗个澡。可他不敢对千代子发脾气,他知道这个日本女人的身份。偶尔,侯本太也会洗澡,但不是在家里,而是去外头澡堂子,和老百姓一起泡澡堂,那种漂浮了一层油的热水,那种水雾蒸腾的池屋,让他放松,让他自在。那里有搓背的,有卖脆萝卜的,有卖咸水花生的,有卖烟卷的。这些都让他感到亲切。这个日本女人却让他感到做作,感到陌生,感到虚假,感到害羞,感到恐惧。倒是日本女人千代子比他洒脱,她白天点头哈腰,晚上点头哈腰,脱光了衣服也点头哈腰,弄得侯本太不知所措。他从来就没在千代子面前脱光过衣服,他真的是害羞。他真不知这个日本娘们怎么这么不要脸的。他从来就没和她做过男女之事,他没有冲动,一点都没有。千代子钻他被窝里,他会把她推出去,一个人蒙头大睡。他喜欢蒙头睡觉。千代子告诉他蒙头睡觉空气不好。

可他根本不听。他对千代子没有任何欲望,他几乎无视她的存在。千代子试了多次都没用。她原以为这个乡巴佬这个土匪头子这个看起来粗壮的汉子,看见她的裸体会饿虎扑食一样将她扑倒,可他就是毫无反应。而且,不像是装的,不像是憋着。他不仅没有反应,并且还透着厌恶,透着鄙视,透着不耐烦。作为一个漂亮年轻的东洋女人,这大大伤了她的自尊。如果不是上级命令,她才不会主动投怀送抱,光是他身上那股永远存在的酸臭味,他的臭脚丫子,就足以让她窒息了。她真是恶心他,太恶心了。她竭力向未松司令官汇报说,侯本太就是个没脑子的人,一个什么野心、什么想法、什么花招都没有的人。这么汇报,为的就是远离他,不需要天天守着这个臭烘烘的家伙,根本不需要在他身上花这么大工夫。

千代子自由了。

侯本太也自由了。

那天千代子偶然回来,看到他在把玩那颗鹅卵石,要过来看了看,不禁哑然失笑。这家伙真是没品位,要是别人当他这么大的官,一定是玩枪、玩字画、玩玉器、玩女人,他却在马路边捡块鹅卵石玩,真是没有看错他。那一会,侯本太还担着心,怕千代子不把鹅卵石还他了,就冲上去一把抢回来,说这是我捡来的。千代子抿嘴一笑,说好好,你捡来的你玩吧。说罢又走了。

侯本太长舒了一口气,坐在太师椅上,想想还是窝囊,宋源不是欺负人吗?第一次见面扇我嘴巴子,第二次见面让我把鹅卵石埋到燕子楼去,你是我大爷?老子好歹也是彭城警备司令,手下有几千人马,你呢?只不过躲在山沟里一个游击队长,就敢这么支使我?

但第三天一大早,侯本太还是按照宋源的要求,溜溜达达,在人指点下,来到一个叫燕子楼的地方。这里并没有楼,只有一大片瓦砾,楼被日本人炸毁了。侯本太看看四周无人,就把那枚鹅卵石埋在了废墟西南角一蓬野草下。整个过程,他都是心惊胆战的。这是在替宋源做事，如果被日本人发现，脑袋肯定就没有了。可他又有点小兴奋，这和儿时玩游戏捉迷藏一样，虽然这是个十分危险的游戏。因为危险，才有刺激。他已经很久没干过刺激的事了。自从用炸药炸死那个县长，把另三个县长抓到芒砀山后，这日子就过得索然无味。他回想自己这么多年，从最早用柳条拧门烧死界首乡乡长为爹报仇，到上芒砀山当土匪杀人放火，自己还是有把胆量的。可进了彭城这几年，自己好像一直无精打采，成了日本人一个玩物。他早已看明白了，日本人找他来，主要还是为了收编他的队伍，他们兵力不足，顾此失彼，只好用中国人为他们效力。再者，就是利用他欺骗中国人，收买人心。来到彭城后才知道，早在日本人进攻彭城地区之前，他们已派出许多暗探到处打探情况。到芒砀山打探情况的暗探也是中国人，了解到侯本太因为杀死一个县长并绑架了几个县长，正焦头烂额，赶紧向日本人做了汇报。当初侯本太还纳闷日本人怎么会知道他，到彭城后才明白了。他由此才知道，日本人用心很深，真是要灭了中国。他们真要当家，会比中国的政府好吗？屌！

这几年，他和他的警备队主要任务就是维护市区治安，很少跟日本人外出打仗，跟日本人外出打仗的主要是皇协军。但警备队并不是没去过，有时会抽调部分兵力出城。有手下兄弟回来时看望他，悄悄给他说，日本人就是野兽！一个村庄一个村庄地毁灭。有一次去汉王镇扫荡，十几个村庄全烧了，杀死两千多老百姓，光是在两条山沟里堵截逃难的百姓，一次就用机枪突突了一千多人，没死的再用刀扎，不少都是孩童，用刺刀挑起来扔到地上，摔到山岩上。那天奸淫八十多妇女，还割下乳房挂脖子上。他们强奸妇女不避人，光天化日之下，当着老百姓面扒下裤子就扑上去。奸完了，再用刺刀插进下体，猛一挑开膛破肚，肠子就流出来了。

侯本太听得头皮发麻。他们还是人吗？他们不是人，也不把中国人当人。

他知道,这类事在彭城市区也时有发生。年轻一点的妇女根本不敢出门。此外,他还知道,在彭城市里永康路、统一街、户部山、鹤家屋几处地方,还有慰安所,里头多是抓来的中国姑娘,也有一些是五六十岁的妇女,据说有的日本人专门喜欢老女人。里头还有一些日本女人,这些日本女人倒是自愿的。那个来伺候他的日本女人千代子,就是鹤家屋慰安所的。还有一处慰安所里头,是二十三名中国女战俘。为了掩人耳目,日本人把它放在距彭城不远的昭阳湖畔一个隐蔽的地方,专有日军严密看管。日军逼迫她们全部裸体,不能穿衣服。有的女战俘一天要遭到百名日军轮奸。为了寻求刺激,有时会把她们捆绑得奇形怪状,然后再强奸,甚至强奸后还往她们脸上小便。后来,这些女战俘全部染上性病,大批日军也染上性病,这才引起日本华北方面的注意。为了掩盖罪行,日军把这些受尽凌辱的女战俘集体押到一个叫"北大窑"的地方全部枪杀,和衣被床褥一块烧掉。但这些恶行还是传了出来。侯本太都听说了。彭城百姓也都知道。

彭城人历来性烈,可死不可辱,几千年经历战事无数,从刀枪里滚出来的。他们没被日本人吓住,夜间偷袭日本人的事时有发生。这当然会招来日本人报复,日本人被杀死在哪条巷子里,这条巷子里的人就会全部被杀死。有三条巷子已是空巷。但日本人还是会被杀死,杀死后被扔在大街上,扔在日军司令部附近,扔在河道里,或埋在地下,让日本人找不到。这座千年古城从不懂得屈服,他们的复仇行动会招致更惨重的损失,但他们似乎从来不这样算账。

侯本太置身这座城市,感到脚底板都是烫的,好像地下有烈火在燃烧。他常会心生惭愧。他开始意识到自己也是中国人。在进城之前,他几乎没有这种意识。不都是人吗?他记得下山前猫爷对他说的话,猫爷不同意自己为日本人做事,猫爷说咱是中国人,他们是日本人。那时自己还觉得好笑。现在他知道了,世上还有这么残暴的人。他承认自己也很混蛋,当土匪时杀了那么多富人,人家并没有得罪自己。可我也绝不会一杀一个村,一杀一条巷子,不论当官为民,不论男女老幼,不论富贵贫贱,只要是中国人就杀。再说,自己的队伍从来不允许强奸女人,更不要说光天化日之下了。就是中国的官府也没这么坏吧?他记得当初猫爷说过,当土匪还会有人说你一句好话,当汉奸所有中国人都会骂你。不过还好,彭城这地方有点不一样,倒没几个人当面骂他,这里人不喜欢吵闹,喜欢动手,就像那次看戏时,一个老戏骨一声不吭上来就扇巴掌一样。但他知道,彭城人瞧不起他。现在彭城人全部心思都在日本人身上,都在想着怎么防着日本人,怎么对付日本人,自己是不是也应当参加进去?按照宋源的要求埋上这枚鹅卵石,是不是就算参加了?这么说,宋源不是拿我寻开心,是已经相信我了,还把我当自己人。

侯本太埋上鹅卵石并没有走远。他躲到附近一小片树林里,他要看看是什么人取走鹅卵石。可等了好久也没见有人来取,他怕在外待久了会引起日本人怀疑,会坏了宋源的事,赶紧又离开小树林回去了。

这天晚上,侯本太很愉快。

他就着一荷叶包咸花生,独自在家喝了半斤酒。

这天晚上,他真的很愉快!

化装进城后,宋源带着十几个游击队员埋伏在侯本太大门外的一片榆树林里,静静地观察了很久。大门紧闭着,两旁站着两个哨兵,很久没有动静。院子里也黑灯瞎火,不像有人在的样子。

宋源正疑惑间,突然看到侯本太带两个卫兵回来了。侯本太骑着一匹马,两个卫兵跟在后头,都是一副疲惫不堪的样子。在距大门还有几十步的地方,侯本太下了马,把马交给卫兵,挥挥手让他们走了。他本可以把马养在家里的,但他嫌烦。外出有公干,或用车接,或用马接,由他们。他既不要车,也不养马。除了千代子偶尔来一趟,他也不养女人。侯本太什么都不用心。

侯本太一个人渐渐走近大门了,却突然一猫腰钻进了榆树林子。

宋源赶紧挥挥手让手下躲起来。却有些莫名其妙,这家伙在干什么?

原来是侯本太太闲了,也太无聊了,不管白天还是夜晚,他会经常躲到这片小树林里,把自己藏起来,然后伸头探脑,窥视外头的世界。

住在这么大一个院子里,他是极不适应极不舒服的。他早已习惯了山林生活,怀念老猫,怀念他的兄弟们。老猫死了。兄弟们也有大半散去了,一部分还在他的手下,但已不归他指挥,他们偶尔还会来看他。但侯本太让他们少来,被日本人知道了不好。他不想让日本人知道他还有力量,手下还有人听他的。他就是要让日本人相信他屁也不是。他向日本人示弱,并没有什么明确的目的,他只是本能地保护自己,把自己蜷缩起来。

他住的这片宅院有二十多间房子,原是一个富商的,日本人占领彭城之前,主人就举家逃走了。侯本太住在里头,觉得太空旷了,空旷得让他觉得不安全。而门外的小榆树林却让他感到亲切。榆树林靠一条小河,大约有几百棵榆树。这样的小树林在彭城有很多,大多是榆树、槐树、柳树、桑树,都是些家常树。彭城在黄河故道两岸,也属黄泛区,历史上战乱水灾频仍,老百姓都很穷苦,习惯了在家前院后一切空地上栽些树木,这些树木不仅可以遮阴乘凉,成材了可以盖房打家具,灾荒严重时还是食材,榆叶榆钱、槐花槐叶、柳芽桑叶都是可以救命的。侯本太的老家在更上游一点的黄泛区,一条老黄河下来的。他对这些家常树木特别熟悉,从小没少吃这些槐花柳芽之类的东西。这些树木几乎就是家里一口人。靠着这些树木,他有安全感。这片小榆树林,勾起他许多童年的记忆,捉迷藏、做游戏、撸榆钱,回味无穷。

他躲在门前的小树林里,自己给自己制造一点紧张的气氛,自己给自己弄出点小兴奋,自己躲在小树林里安静地想点什么。他想得最多的是自己究竟算个什么东西?一个农民,一个复仇者,一个土匪,一个杀人不眨眼的魔鬼,一个稀里糊涂的汉奸,一个对钱财对女人都没多大兴趣的人,一具行尸走肉……有时候,他想着想着就笑了,他没想到自己会走到这一步,一个啥都不懂的农民,会成为彭城警备司令。这太可笑了。老话说时势造英雄,时势确实玄妙,时势也能造出我这样的人物。侯本太在小树林的胡思冥想中更多的时候是垂头丧气。他不知道自己这么活着有啥意思。他甚至想过在小树林里上吊自杀,但他又下不了这个决心。多年来,他都是随波逐流,随遇而安,无可无不可。这么活着并不是必须这么活着,也不是必须去死。每当在小树林里萌生上吊自杀的念头,他都会想一些别的事,比如澡堂,比如热乎乎的辣汤,比如彭城蜜角、三刀,比如街巷人流,比如人流中的笑声……他会突然想起宋源!宋源让他在燕子楼下埋鹅卵石也有一个月了,一点动静也没有。鹅卵石取走了没有?那件事重要吗?

那天晚上,侯本太带着警备队全上城墙了。日本人带着大队人马出城,其中包括一部分伪军和那两个经过特别武装的警备中队,肯定有什么重要行动。他奉命守护彭城,城里只留下少数日本人和剩余的警备队。末松少将没有去,留在彭城坐镇守候。

但他等来了坏消息。

日伪军和警备队死伤惨重,丢盔弃甲回到彭城。

侯本太在这之前已经听说,共产党的女县长被日本人抓住了。那么指挥伏击日本人、皇协军和警备队的很可能就是宋源。

这让侯本太有点暗自兴奋,仅仅因为他认识宋源,因为宋源找过他,自己还替宋源埋过鹅卵石。说不定那次埋鹅卵石和这次伏击有点什么关系。真说不定呢!

侯本太在城门上看到了日本人、伪军和警备队回城的惨象,也看到了末松少将暴怒的场景。在末松少将的办公室,末松当场就把带队的一个日军中士砍了脑袋。脑袋落地了还在眨巴眼。

侯本太也是杀过很多人的,看了那场面,还是心惊胆寒。特别是脑袋落地还在眨巴眼,让他感到了恐惧。

现在,他要躲在这小树林里平静一下紧张的心情,他还要想一想今后的打算。这是他思考的地方。来彭城六年多了,好像应该走了,待下去没啥好果子吃。在这里,谁都可能掉脑袋。但平心而论,他觉得日本人待他还不错,除了刚来时末松打过他耳光,并没有怎么为难过他。只把他当个摆设放在这里,还时不时让他参加一些宴会和交际活动。末松少将甚至到住处来看望过他。那次,末松少将告诉他,中国人只要不反抗,我们是不会杀人的。那些被烧杀的村庄、街巷,都是因为中国人反抗才造成的。那些女人也是,皇军士兵正是年轻体壮,离家日久,想女人也是应该的,想和女人睡一觉,发泄发泄,你得理解,别反抗不就行了?侯本太听着末松少将的话,怎么觉得都是歪理。占中国人的地方,强奸中国女人,还不叫反抗。这和他当初当土匪时杀人放火说的是一个理。只不过自己是小强盗,日本人是大强盗。宋源他们做的,是把这些大强盗赶走。

侯本太艰难地清理着自己混乱的思想,仍然在一片迷茫之中。

还是趁机逃走吧,他想,离开彭城,躲到一个谁也找不到的地方。他现在最想做的就是把自己藏起来。

这小树林太小了,根本藏不住自己。

但这时,一双有力的手像铁钳一样掐住了他的脖子。侯本太大惊,试图挣脱,但使出全身的力气,还是挣脱不了。他有些喘不过气来。

背后有人低声说:"别动,我是宋源!"

侯本太立刻不动了。

宋源也松开手,让他缓缓气。

侯本太一回头,"宋队长,你……咋在这里?"却看到黑乎乎十几个人,好像都穿着皇协军的衣服,就有些惊慌,"他们是谁?"

宋源说:"他们都是我的人。你别怕。"

侯本太定下心来,"宋队长,你们这是……"

宋源说:"还是到你院子里说吧。"

侯本太院子里只有一个班的警卫,轮流站岗。这些警卫都对侯本太很忠诚,因为侯本太对他们好,他时常用自己的钱为他们买酒买烧鸡,和他们一块喝酒。他还派亲信偷偷回过芒砀山,从一个秘密地方取来银圆,悄悄发给手下这些弟兄。他在芒砀山埋了不少钱,埋了很多处。他记得老猫说过,你要永远对手下人好,他们才会对你好。你才会安全。

侯本太带着宋源十几个人很快进入院子。

宋源说,我们是来救檀县长的,你务必要帮助我们!

侯本太有些紧张,说,我咋帮? 又有些兴奋。

宋源说,我们的檀县长昨天夜里被日本人抓来了。你先帮我们打听一下,檀县长被关在哪里?

侯本太搓搓手,这事我听说了,据说檀县长关在日本人那里,不在大监狱里。

宋源有些意外:不在大监狱里?

侯本太说,不在大监狱里。大监狱都归我们警备司令部管,日本人大概不放心。

宋源知道,要救檀县长,难上加难了。一时眉头紧锁,沉默了。

侯本太说,宋队长容我直言,你们要救檀县长,完全没有可能。日本人戒备森严得很哪,是日本人自己管,中国人根本就不让靠近。

宋源坐在那里,一言不发,忽然眼眶里蓄满泪水。

所有游击队员都吃了一惊。这么多年在一起生生死死,他们还都是第一次看到宋源如此伤情。

侯本太更是吃了一惊,他没想到这个威震敌胆、杀人不眨眼的家伙,也会有泪水。这让侯本太看到宋源也有脆弱的时候。他忽然冲口说道:"宋队长你别难过,咱再想想办法,你说我能帮你做什么?你说!"

侯本太其实并没有想好,他只是在一瞬间觉得有一股气涌上来,他无论如何要帮宋源。

宋源抬头看着他:"你真愿意帮我?"

侯本太点点头,"我愿意!"

宋源说:"这事风险极大,弄不好会丢命!"

侯本太一愣,"会丢命?丢就……丢!老子也活腻了,活够了!"

宋源打量着他,"侯乡长,你觉得我会相信你吗?"

"宋队长,你来找我帮忙,就是已经相信我了!"

"你知道为什么相信你吗?"

"因为上次我帮你传递了情报!"

宋源一时没明白,"情报?啥情报?"

侯本太说:"宋队长你忘了,就是一个月前,你让我把一枚鹅卵石埋到燕子楼下。我按你的吩咐埋在那里了!"

宋源恍然大悟。其实那枚鹅卵石并不是什么情报,只是一枚普通的鹅卵石,是宋源试探侯本太的,看他会不会把它交给日本人,会不会出卖他。在那之后三天,宋源一直派人暗中监视侯本太的,到第三天,终于看到侯本太偷偷把那枚鹅卵石埋到燕子楼下了。他并没有耍什么花招。他肯定犹豫了两天,也纳闷了两天,但他终究还是按宋源说的办了。宋源今夜所以敢带人来找他,就是因为那枚鹅卵石。这当然是一步险棋,侯本太还算不上一个十分可靠的人,他也可能会随时生变,把宋源扣起来交给日本人。但宋源似乎吃准了他的性格,判断他不会那么做。风险肯定是有的,但在这种紧急情况下,也只能冒险一试了。

侯本太愣愣地看着宋源,说,宋队长,你笑什么?

宋源说,笑我忘性大。你上次传递了一个十分重要的情报,不仅保护了我们十几位同志的生命,你还为咱们国家立了大功!今夜伏击日本人,也和你传的情报有关!

侯本太惊喜道:"真的?!"

宋源说:"当然是真的!"

侯本太搓搓手,"你说是为国家……立了功?国家是咱们的了!"

宋源说:"是啊,就是咱们中国!"

侯本太喃喃道:"这么大功!"

宋源看侯本太十分激动的样子,说:"侯乡长,我再交给你个任务。"

"宋队长,你说!"

"你明天想办法去日军司令部偷偷打探一下,檀县长到底关在什么位置,日本人兵力布置情况,回来详细给我说说。咱们再想办法。"

侯本太说:"成!"

后院有几间地下室,堆放着一些杂物。侯本太下去看过,有些潮湿,后来就没再下去过,只想大户人家大概都有这样的地下室,用来存放贵重物品或者躲避危险。当晚,为安全计,宋源等十几个人被安排在地下室藏了起来。宋源为了防止意外,另派了三个游击队员,换上侯本太警卫的服装,在地面活动,监视外头的动静。

侯本太刚刚安排好,没想到千代子带着两个日本兵突然来了。

侯本太吃了一惊,忙迎到院子里,心里有些慌,问:"千代子小姐……这么晚了,你咋……来了?"

千代子说:"我还奇怪呢,都这么晚了,你怎么还不休息?"说着环顾四周。

侯本太忙说:"皇军出了这么大的事,我也睡不着觉呀。"

千代子说:"你把警卫班都集中起来!"

侯本太不敢怠慢,忙把警卫都集中在院子里,心里却十分忐忑。

千代子巡视一遍,指着三个游击队员说:"这三个人,我怎么不认识?"

侯本太已有准备,忙说:"他们是我亲戚,一个是我侄子,另两个是我表弟,前几天来投奔我,想混碗饭吃,我就……留下了。"

千代子狐疑道:"我怎么不知道?"

侯本太说:"这些天,你不是没来吗?"

千代子一把揪住一个警卫班士兵,"他说的是实话吗?"

那个士兵忙回答:"是实话,他们才来了四天!"

千代子放下手,轻蔑地说:"怪不得你们中国军队打仗不行,全是沾亲带故来混饭吃的。"

侯本太心里说,你们日本人打仗行,今晚还不是被中国人打得屁滚尿流。

千代子说:"我来是检查的。皇军回来时,城门大开,太混乱了,皇军担心会有游击队混入,已派人到各处检查。我就是来看看的。"

侯本太说:"皇军连我也不信任吗?"

千代子:"你们中国人谁都不能信。这三个人我要带走讯问!"说着冲两个日本人一挥手,就要带走。

三个游击队员已按住腰里的短枪,情势千钧一发。

侯本太忙上前阻拦,突然大发脾气:"你们太过分了!这都是我的亲戚!连这点面子也不给吗?"

千代子面无表情,厉声说:"带走!"

就在这时,突然一阵剧烈的爆炸声传来,所有人都吓了一跳。循

127

声望去,只见远处一片火光,爆炸声还在连连震响。

千代子抬头大叫一声:"呀!是司令部!快走!"带上两个日本兵火速跑出院子。

这一幕太突然了!

直到千代子带日本兵跑出大院,所有人都还愣在那里。

侯本太完全蒙了,喃喃道:"天啊,这是谁干的?"

宋源突然从黑暗中快步走来,"肯定是我们的人干的!"

侯本太:"宋队长,是你派手下人干的?"

宋源摇摇头,"不是。我的人都在这里。"

侯本太不解地看着他,"炸了皇军司令部,这也太厉害了。"

宋源抬头看看天,估计已近四更天。他来回走了两步,立刻命令两个游击队员:"你们快去看看,到底怎么回事!"

两个游击队员应声而去。

宋源犹豫了一下,说:"不行,我得亲自去看看!"拔腿就走。

侯本太一愣,说:"宋队长,你等等!你们这样去有危险。日本人司令部被炸了,我不能装作不知道,我也得去,你们跟着我,一块去!"

宋源回头说:"好!"心里却仍在疑惑:这是谁干的?谁?

日军司令部的爆炸非常猛烈,也非常诡异。

什么人能潜进司令部安放炸药?

日军司令部是一个三进清代老院,此时一片混乱,无数日军、伪军都在忙着救火,彭城救火队也已赶到,一条条水龙喷向火海。

远处,站着许多围观的百姓,在火光映照下,一个个脸上闪耀着兴奋之情,但没人大声说话,只是静静地观看,似乎都在享受这个场景。

在人群中,有一个人穿着大棉袄,抱着膀子站在前头,冷冷地看着日军司令部的大火,一顶瓜皮帽下,满脸都是仇恨。

侯本太带着宋源等人赶到时,大火仍在燃烧。

侯本太悄悄告诉宋源,让他们不要乱跑。之后,快步冲进救火的人群。这个时候,他必须表现得积极一点,特别希望能碰到末松少将,让他看到自己。但他在救火的日军和伪军里乱找一阵,也没有发现末松,却碰到了千代子,她被烟火熏得满面灰痕,也在忙着救火。侯本太赶紧装着样子,一边大声吆喝指挥伪军士兵,一边亲自动手,弄得一身水淋淋的。

宋源当然不可能按侯本太的要求原地不动。他先是安排几个队员在外接应,然后招呼两个游击队战士,一猫腰也钻进了火海。好在没人认出他来,一来场面混乱,二来他们穿着皇协军服装。三个人穿过火海人群,急急在院子里寻找。他们希望能发现关押檀县长的房间。此时,宋源的心提到了嗓子眼,他希望檀县长不要被炸死烧死。这是个想不到的机会,如果檀县长还活着,一定能趁乱将她救出去。看来爆炸是从前院开始的,前院的东西厢房已成一片废墟,全都倒塌了,大火正往二进院、三进院烧去,一些房屋还挺在那里,浓烟滚滚,火光扑面灼人。宋源三人奔向二进院,又奔向三进院,凡是能进人的房间,三人都闯进去,挨个查看,还有些上了锁的门,他们就强力砸开,还是没有发现任何檀县长的踪迹。后来,他们在三进院左厢房发现一个像是小型监狱的地方,几个门都紧闭着,他们忙挨个砸开,一个人影也没有,只有几副脚镣手铐丢在地上。宋源不甘心地大喘着气,望着四处燃烧的房屋,终于挥挥手,带两个队员退出火场。

宋源和两个队员重新回到大院外,三人已是满身满脸污渍,身上的衣服都烧出几个洞。另外几个游击队员忙围上来,知道他们没有找到檀县长,就没再多问。这时又有一个游击队员匆匆跑来,说:"宋队长,我看到千队长了?"

宋源一愣,"什么?你看到千队长了?"

那个队员说:"刚才我去解手,突然看到千张子从人群里退出来,匆匆走了!"

宋源急问:"你肯定是他?"

那人说:"肯定是他!他走路的样子有点奇怪,有点弓腰,好像哪里受了伤,走路极艰难的样子。"

宋源:"他看到你没有?"

那人说:"好像没有,我解手时转脸看到他的,他戴个瓜皮帽,穿个破棉袄,他没注意到我。"

宋源急道:"你怎么不喊住他!"

那人说:"他一眨巴眼就不见了。我提上裤子就追,追了一阵,也没见影。"

另一个队员一拍巴掌,"这就对了!我先前也看到一个人像他的,就站在人群里看热闹,火光闪闪的,只是没想到是他!"

宋源一跺脚,"嗨!"

另一个队员说:"宋队长,炸掉日军司令部,说不定就是千张子干的!"

另外几个人也都兴奋起来,说:"肯定是他!""千队长真厉害!"……

宋源心里在翻江倒海,这一切都发生得太突然了,让他来不及梳理。檀县长被抓,一定是有人告密。那个告密者是谁?老实说,宋源脑海里首先闪过千张子,这是他一直担心的。从檀县长把他调走,宋源就担心无法再把控他。宋源宁愿让他待在游击队,在自己眼皮子底下。虽然檀县长调走千张子,没说让他干什么,但宋源估计到了,肯定是让他做秘密侦察工作,这是他的长项。从那一天起,宋源就开始担心。他并没有充足的理由说千张子会在关键时刻变节,他只是凭感觉会出事。所以千张子走后很长时间里,他的游击队袭击日伪军,都是打着千张子的旗号。当时还曾有游击队员私下议论,说宋源是为了让日本人更恨千张子,想借刀杀人。宋源听到了,没有辩解。其实他们根本没有理解宋源的良苦用心,他只是放了一次次烟幕弹,为了让敌人以为千张子还在游击队里,以此掩护千张子的秘密侦察工作。他是为了保护他,怕他被敌人抓住。秘密侦察工作,经常要出入彭城,在敌人眼皮底下做事,且是孤军作战,比在游击队里危险得多。他承认,他所以要想尽办法保护千张子,很大成分是为了保护檀县长和游击队。他是因为不信任他才要保护他。檀县长出事后,他首先想到是千张子出事了。他怀疑是千张子出卖了檀县长,因为知道檀县长行踪的人极少,连自己也不知道。千张子是檀县长信任的人,又是她亲自联系的侦察员,他会不会知道檀县长的住处呢?也许知道,也许不知道。可宋源就是怀疑他。但眼前的一切打破了他的猜想,日军司令部被炸,如果是千张子干的,就肯定不是他出卖了檀县长。即使不是他炸的,也不应当是他出卖檀县长,因为他并没有被捕,他还是自由的,而且还那么从容看热闹。炸了日军司令部,是个巨大的战果,几乎是个不可能完成的任务,连自己也做不到,但千张子做到了。他很得意,仿佛一个局外人,站在那里看看热闹,这符合千张子的性格。

宋源由此推断,出卖檀县长真不是千张子干的。他没有被捕就不会无缘无故向日军投降,更不会出卖战友。最起码,他绝不会主动叛变。

会是谁?

他原来以为这件事很容易搞清楚,现在看来,事情没那么简单。

侯本太带宋源等人回到住所时,天已大亮了。这时满大街都是日军和伪军,或巡视或布哨盘查,气氛极为紧张。侯本太不敢让宋源他们大白天乱跑。虽然他们都穿着皇协军服装,但这不是闹着玩的,特别是宋源长相奇特,弄不好就露馅了。

匆匆吃点东西,侯本太还要出去,说夜里救火没看到未松少将,不知是被大火烧死了还是另有情况,他得去看看。

宋源嘱咐他,一定要打听到檀县长的下落。是被日军转移了,还是被烧死了,是死是活都要有个结果。

侯本太答应着,叮嘱他们赶紧到地下室去,匆匆走了。

未松少将并没有被烧死。

日军司令部是个招眼的地方,必定是游击队和彭城百姓的眼中钉。白天,未松会在司令部办公,发号施令,里里外外戒备森严。司令部院子里,也有他的卧室和生活设施。白天,他也会在这里短暂休息。外头所有人都以为未松晚上就是住在这里的。但他戒备心极强,夜晚从来不住司令部,而是住在日军兵营里,周围全是日军士兵,他才觉得安全。昨夜司令部的爆炸,并没有伤着他。爆炸发生后,他除了命令救火外,还同时命令全城戒严,全城搜查。他怀疑是游击队昨夜随着日伪军混了进来。

日军司令部有个小型弹药库,还有个小型监狱。这个小型弹药库是用来保护司令部和小型监狱的。看管小监狱的全是日本人。未松设这个小监狱当然是为了关押最重要的犯人。在整个彭城地区,最重要的犯人是檀黛云、宋源、千张子,以及各游击队队长。但长期以来,这些人神出鬼没,抓到他们真是太难了。檀黛云被抓住,令他欣喜若狂。这个共产党的地下县长,给他制造了无数麻烦,十几支游击队在她手下,一时如狂风,一时如鬼魅。就连彭城城内,他们也是来来去去,让他感到任何地方都是不安全的。他时常半夜惊醒,坐在床上左右乱瞅。他害怕床底下、墙壁里会突然钻出人来。异国他乡,真是没有让他放心的地方。

他并没有把檀黛云关在司令部小监狱里,而是关在了日军驻地的两间屋子里。他住的地方是一座院中小院,十分安静。他要在这里从容审问檀黛云,也从容消遣这个传说中黑牡丹一样漂亮的女子。但对外,只说檀黛云就关在司令部小监狱里,且戒备森严,搞得真像有这么回事。他要确保檀黛云关押地的安全。

侯本太在未松召开的紧急会议上,一直坐在一个角落里。他心里十分紧张,因为宋源一伙人还藏在自己家里,神态就有些不一样,目光躲躲闪闪的。未松很快注意到了。他低声向他身旁的一个军官说几句什么,那个军官马上起身走了。

会场上的气氛像要爆炸,没人敢大声喘气。司令部被炸成一片废墟,未松的暴怒可想而知。

会上,未松一直在发火,一直在怒吼。侯本太却几乎没听进去他在说什么,因为他看到那个日本军官匆匆走出去,并立刻意识到这件事可能和他有关。日本军官会不会带人去搜查他的住处?肯定是的!这一搜查就全完了,宋源他们还在家里。宋源他们会被抓捕,自己也完蛋了。侯本太坐卧不宁,面色蜡黄,汗珠都沁出来了。

未松偶尔向他扫视一眼,侯本太就赶紧低了头。他太缺少经验掩饰自己了。

会议很快就散了,大家匆匆离开。侯本太更想赶快走,他想赶快逃走,尽快回到住处,也许还有一条活路。

但未松把他叫住了,让他坐下别动。

会议室只剩下未松和侯本太,另外还有一个翻译。

未松走过来,直直地看着他,"侯乡长,你没有什么话要对我说吗?"

侯本太慌忙站起来,"对……对不起,我有罪!"

"你有什么罪?"

"我们警备队失职!让敌人炸了司令部,我有责任!"

未松狡猾地笑了笑,"在这件事上你没有责任。本来警备队的事也没让你负责。你只要告诉我,你有什么事瞒着我就行了。"

侯本太慌忙说:"没有没有!我真的没有什么事瞒着你,你知道我是个很无能的人……"

"你们中国人,永远都是琢磨不透的。一个懦弱的外表下,也可能藏着一个险恶强悍的心;一个貌似强悍的人,也许内心又是胆怯的。你大概属于前者吧。"

侯本太连连摇头,"太君,我可真的不是强悍的人。"

末松笑道:"你不强悍?怎么会杀人放火?怎么会当土匪头子?"

侯本太结结巴巴:"那……都是逼的,一步步走出去,就很难回去了。"

末松摇摇头,若有所思,"要是你们中国人认为,是日本侵略了你们的国家,杀人放火,欺人太甚,是不是懦夫也会变成勇士?"

侯本太连忙摇头:"不不,皇军是为了建立大东亚共荣圈。你看,我不就归顺了吗?这几年,我虽说没给皇军出啥力,可我也没惹啥麻烦,是不是?"

末松笑笑,"但愿你说的都是真话。"

侯本太却轻松不起来。他想家里一定出事了,末松留下他不让走,就是在等待消息。他真怕那个日本军官押着宋源他们出现在会议室门口。他不停向门外张望。

末松像一个成竹在胸的猎手,一时看看门外,一时看看侯本太。他断定他一定有事瞒着他,而且一定是大事。这家伙不会装,他的表情早已把他出卖了。

终于,那个日本军官匆匆回来了,刚走到门外,末松就快步迎上去,"有什么情况?"

小军官低声说:"里外都搜遍了,没什么可疑的情况,一切正常!"

末松有些意外，回头看看侯本太，慢慢走回会议室。

侯本太没听懂他们在说什么，他们说的是日语。但他看到末松有些失望的样子，就松了一口气，却也有些意外。

末松重新走到他面前，"侯乡长，你今天好像特别紧张，特别害怕，大冬天出那么多汗，为什么？"

侯本太擦了一把汗，"将军，司令部出这大事，我能……不害怕吗？我怕你会杀了我。"

末松直直地看着他，突然喝一声："滚！"

侯本太赶忙敬个礼，踉跄出去，差点碰翻一把椅子。

侯本太回到住处才知道，日本人确实来搜查了他的住所，连地下室都找了，但他们并没有发现什么可疑的人。

原来，侯本太一大早离开住所不久，宋源也带着他的游击队员全走了。

宋源并没有按侯本太的嘱咐待在家里，他不可能在地下室死等。檀县长生死不明，又出来个千张子。他担心千张子一个人再贸然行事，会有危险不说，弄不好会扰乱对檀县长的营救。他实在想不明白，千张子向来谨慎行事，怎么突然炸了日军司令部？这可是个大行动，难道是檀县长给他单独布置的任务？自己怎么一点也不知道呢？这不可能。这么大的事，一定要有周密布置，要有里应外合。怎么他一个人就干了呢？千张子知道檀县长被捕的事吗？他向来机敏，耳目内线甚多，檀县长被日本人抓捕，肯定在彭城传得沸沸扬扬，千张子应当是知道的。这时候炸了司令部，是为了趁乱营救檀县长吗？如果是，就是一次极大的冒险，弄不好连檀县长也会炸死。如果不是，会给营救檀县长带来什么影响，一时还难以评估，感觉上是增加了难度。檀县长究竟关在哪里？按侯本太的说法，是关在日军司令部，但他和几个游击队员搜查的结果是一无所获，一点迹象也没有。当然，他知道搜查得十分匆忙，也许会有遗漏，但也说不定是关在别的什么地方。宋源面前像出现了一派弥天大雾,一切都弄不清楚,这让他十分烦躁。

这一天,他带着十几个游击队员出了侯本太住处,满城乱转,毫无目标。这么多年,他从来没有这么盲目行动过。他不知道该怎么办。过去,宋源也曾发展了一些关系,但这些关系在这件事上是没有用处的。他们中有的是伪军小军官,有的是生意人,有的是伪政府职员,像檀黛云关在哪里这样的核心机密,他们是无法知道的。他没有去找他们,找到也无用。不知为什么,他总觉得千张子出现在彭城,和檀县长被捕这件事是有关系的。也许,他就是为了救檀县长而来。

就是说,现在唯一的办法就是找到千张子。

可是哪里去找他?

他会不会已经离开彭城?

这么满城晃荡肯定是不行的,他和手下都穿着伪军服装,千张子不会留意他们,即使迎面走来,也只会躲着走。

宋源情急之下突然冒出一个大胆的念头,如果在彭城和日本人打起来会怎么样?千张子如果听到枪声,会不会赶来?他虽然不喜欢千张子,但他相信他闻枪必至,不会袖手旁观。他相信他仍然在彭城。

宋源打定主意,向十几个游击队员说出自己的想法,大家一致赞同。宋源说,如果打散了,大家还去侯乡长家里会齐。

宋源带人走到一个十字路口,这里四通八达,一旦枪声响起,很快会传遍四面八方。这时,正好有一队二十多人的日军排队走来,宋源等人也排队走过去,擦肩而过时,十几个游击队员突然拔出短枪,枪声骤然响起。这么近距离射杀日本人,不仅过瘾,而且枪枪毙命,二十多个日本人根本来不及还击,眨巴眼工夫全倒下了。

宋源带人迅速撤离,钻进不远处一条巷子。

很快,整个彭城像炸了锅。消息像插了翅膀,满城人都在传说游击队打进了彭城,而且肯定是宋源领头干的。宋源在彭城,早就是一个传奇英雄,甚至连他小时候的故事都知道。谁也不知道这些讯息从哪里来的,但凡一些离谱的事,彭城人都会认为是宋源干的。仿佛他什么都敢干,什么都能干。连夜间炸毁司令部,大家也认为是他干的。夜间炸了日军司令部,大白天又在彭城街头袭击日本人,这种事只有宋源干得出。消息传开,整个彭城百姓都高兴坏了。

日伪军大批人马赶到十字路口,除了二十多具日军尸体,游击队影子也没有。

日伪军正在错愕,附近街道又响起枪声。日伪军连忙赶去,又扑了个空。

如此三番五次,未松大为震怒,命令彭城所有街道口构筑工事,架上机枪,设法围堵。同时派出大批人马出动,满城追剿。现在,他相信游击队真的混进来了。而且是一股强悍的队伍,说不定就是宋源带进来的。

游击队的枪声仍在不断响起,且对日伪军杀伤巨大。

彭城百姓素来剽悍,几年来在日军重压屠杀下,从未屈服。此时闻听游击队进城打鬼子来了,顿时群情激动,这对他们的鼓舞比头天夜间炸毁日军司令部还要大。开始,他们只是互相传说着这个激动人心的消息,接着不断有人伸头探脑,想一睹游击队的风采,接着又有人点燃鞭炮扔到大街上,噼里啪啦乱响,一来是宣泄庆贺,二来是制造混乱,让敌人误以为这里也有游击队。彭城百姓似乎心有灵犀,越来越多的人扔出鞭炮,以致满城到处都是炸响,整个彭城仿佛都成了战场。

数千年来,彭城都是古战场,经历的战争太多了,不仅让这里百姓能处变不惊,还让普通百姓都成了军事家和战术大师。满城鞭炮炸响,极大地掩护了宋源和他的游击队。日伪军满城堵截围捕,居然在几个小时内摸不着头脑。宋源他们打一阵换一条街,打一阵钻一条巷,眼看要围住了,却一眨眼又不见了。仅半天时间,他们已经打死一百七十多人,其中大部分是日本人。真是过瘾啊!

侯本太也接到紧急命令,带领他的警卫班上了街。

他知道这是宋源干的,心里那个佩服,真要五体投地!他没想到宋源敢在彭城市里和日本人动手,这人真是胆大包天!昨夜炸毁日军司令部还是有人偷着干的,今天宋源在大街上和日本人动手,就是公开叫板了。侯本太亲眼看到整个彭城已乱成一锅粥。仗也可以这样打吗?身上就有些热血沸腾的感觉。他庆幸接到命令上街寻找宋源,能目睹这个场面,而且关键时刻,自己也许能帮上一把。

现在,他感觉自己不怕什么了。即使死,能和宋源这样的人死在一起,也是一种造化!

但黄昏时分,宋源他们终于被日伪军堵住,先后有四五个游击队员牺牲。宋源等十余人且战且退,最后退到一条河沟里。这条河沟两旁全是槐树、榆树等杂木、灌木、芦苇、茅草,地形较为复杂,平时人迹罕至,偶尔会有人来此钓鱼。黄河故道绕城而过,后屡次决口,洪水破城而入,几次淹没全城,这条小河沟就是老黄河决口留下的一个河汊,常年有水,但水并不深。

这时,越来越多的日伪军已追上来,枪声响成一片。

宋源等人每人都有长短枪,子弹还较为充足。他们利用河岔堤岸,不断回击敌人。但敌人太多了,枪声密集得如暴风骤雨,压得宋源等抬不起头来。

宋源一边和敌人周旋,一面察看地形。他想只能尽可能多地消灭敌人了,想逃出去已断无可能。他现在意识到,用这种方法寻找千张子,是过于鲁莽了。还是自己心太急。如果是千张子,是决不会这么傻干的。他会把一切都想得很细,然后再决定动手。这一刻,他真的非常想念这个他一向讨厌的人。现在看来,千张子应当是出城了,不然,这么大动静,他一定会出现的。现在,自己和十几个弟兄,不仅救不出檀县长,自己连命也要搭进去了。他知道手下没人怕死,只是觉得太对不起他们。

这时几百个日伪军正收缩包围圈,一面疯狂打枪,一面步步紧逼。宋源等十二个人被压在一片芦丛堤岸下动弹不得。一个游击队员忍受不了这么被压制,想举枪还击,刚一动弹,就被一枪爆头。

宋源血红眼,低声命令:"都别动弹!等敌人靠近再打,今天我陪你们上西天!"

但就在这时,背后突然响起清脆的机枪声!

这机枪声太突然了,以至于围上来的日伪军都愣了一下。

就在这片刻的沉寂间,只有宋源背后的那挺机枪声显得那么欢快和清脆:"哒哒哒哒哒哒……"

机枪子弹疾风一样刮向敌人,日伪军一片片倒了。

宋源和游击队员忙回头,见是千张子正趴在一个大堤豁口,一边向敌人扫射,一边朝他们大喊:"快过来!快过来!快!……"

千张子终于出现了!终于出现了!!

宋源等人高兴坏了,而且他手里居然有一挺机枪!他从哪里搞来的机枪?宋源来不及细想,立刻命令:"快!往千张子那里撤!"所有队员立刻滚下河堤,滚入水里。

但就在这时,敌人三发炮弹飞来,连声巨响,所有队员都被炸翻了。不少人被炸成碎块。

宋源头部也受了重伤,一下子昏了过去。

一个负了轻伤的队员,一把抄起宋源就往千张子那里挪动。

千张子撂下机枪,纵身跳进水里,接过宋源,回头大喊一声:"跟我来!"

那个队员看到漂浮的战友尸体,顿时红了眼,大喊一声:"你们快走!我掩护!"跳上河堤豁口,抄起机枪,朝敌人猛烈扫射!"哒哒哒哒哒哒……"

千张子回头大喊:"快走!不要恋战!"

可那个队员根本不听,只把机枪打得像暴风,一边大叫:"你们快走啊!"

千张子知道已无法阻止他,抱起宋源,突然沉入河水中,消失不见了。

那个队员转脸见千张子抱着宋源沉入河中,分明是寻死自杀,立刻大骂:"千张子!我操你娘!"

又一发炮弹飞来,那个游击队员和他的机枪都被炸向半空。

第四章

千张子和宋源并没有死。

新中国刚一建立,宋源就被任命为彭城市公安局局长。

正如当年那个抚养他的孤老太所言,宋源日后会掌生杀大权。

宋源喜欢这个职务。

本来,按照宋源的贡献和能力,新中国建立后,他可以担当更大的领导职务。抗战期间,他和他的游击队打了大小六百多仗,消灭日伪军九千多人,他亲手杀掉的日伪军就有两百多人。解放战争时,他又领导全县游击队或独立战斗,或配合野战军,活跃在彭城内外,搜集情报,组织群众,扒铁路,筹粮草,一次又一次立功。淮海战役结束后,按照上级命令,全县的游击队,全部整编入伍,加入正规部队。因为这一带已经解放,游击队的历史使命已经完成。而经过淮海大战,野战部队伤亡极大,也急需补充兵源。这些游击队员,都是经历过抗战和解放战争严酷考验的忠诚战士,更是部队急需的。华北野战军首长又特别欣赏宋源,认为他的铁血气质天生就应当是个带兵的人,是一个难得的军事人才,准备调他到华野一个师做副师长。

但宋源最终没去。

他说,我还是比较熟悉地方。别看淮海大战打赢了,整个彭城地区还很乱,我想做公安工作。

宋源当然是个合适的人选。

后来有人说,宋源对华野首长任命他做副师长不满意,他这个人是不能做副手的,宁做鸡首,不做牛尾。给他个师长,你看他干不干?

还有人说,让他当公安局局长并不合适,这家伙杀心太重,将来会不会滥杀无辜?

但上级还是相信他。

相信他的忠诚。

刚解放,敌情还很复杂。淮海战役刚结束,就有一个乡的七个乡干部,被暗藏的敌人一夜之间暗杀了。零星的枪声,几乎每夜都会有。潜伏的敌人很多,没有铁的手腕,无法巩固新生的政权。

其实,宋源执意要留在彭城,一个重要原因是他心里还藏着一件事,就是找出当年那个出卖檀县长的叛徒。这个愿望并没有因为时间的推移而淡薄,反而越来越强烈。这个叛徒一天不揪出来,就像有一条蛆虫在心尖上爬,恶心、疼痛、揪心。宋源每想起那个叛徒,脸上那块黑痣就会抖动。有时半夜里也会突然醒来,愣愣地坐到天亮。

千张子残废了。

他不仅失去了双腿,失去一只眼睛,脸部严重毁损,而且脑神经受损,有时会突然头疼,头疼欲裂。

一九四四年秋天,千张子又一次潜进彭城侦察。

他有一条秘密通道。

这条通道在九里山,是他无意间发现的。

九里山是九龙山的一部分,距彭城只有九里路,故名。

千张子通常是悠然的,侦察工作的极端危险并没有让他多紧张。他认为干侦察不仅斗的是勇气,更多的是斗智慧。和日本人斗智,更有成就感。平日在侦察途中,如果碰到有趣的事,他绝不会放过。一次,他在途经九里山时,看到一个牧羊老人正在放一群羊,就上前打探白云洞。白云洞是彭城一个古景点,千张子早就听说过。白云洞古时叫黄池穴,北宋名著《太平寰宇记》中就有记载。宋熙宁十年,苏东坡任彭城太守时,曾游过白云洞,并流传下来两句诗:

"佳处未易识,当有来者知。"

清代乾隆皇帝也曾游过白云洞,还留下一副楹联:

"神迹千秋仰,仙踪万古留。"

白云洞名声很大。

但白云洞的秘密却一直未能破解。

白云洞的神秘之处在于,形状如同龙体,洞壁纹路很像龙的鳞片。洞口常有白云缭绕飘浮,忽隐忽现。入洞不远处有一口方形水井,一旁石壁终年有泉水流入,寒气逼人,水井深不可测,天气晴好时,会有蓝天白云映于水井中。白云洞也因此得名。传说白云洞从九里山通向彭城内。当年楚汉相争时,项羽以彭城为都城,为安全计,在城内修了若干条秘密通道通往城外,以防不测。但白云洞只有进口,往里去不远就是石壁,并无通道通往城里。万一情况紧急,城里人如何从彭城逃出来呢?这成了千古之谜。所以苏轼游览后留下两句话:"佳处未易识,当有来者知。"

苏轼身后已近千年,来者依然未知。

那天千张子按牧羊老人的指点,走过一片荒山野岭,找到白云洞,到处荒草野树,并无人迹。千张子钻进洞里,到处看看,也没看出个名堂,只是云雾缭绕,泉水叮咚。往里走了一段路,已到尽头,的确并无通道。千张子又折回来,蹲在距洞口不远的那方水井旁,纳起闷来。此时,蓝天白云倒映水中,随着泉水滴落水面,似乎天地都在摇晃。千张子渐觉头晕眼花,有些恶心,忙挣扎着起身,不料站立不稳,一头栽进水井,扑通一声不见影了。

井水如冰,寒彻骨髓,千张子一下清醒过来,忙掉转头往上浮,想钻出水面。可是水底却有一股强大的吸力拽住他无法向上。千张子手忙脚乱,在井水中乱蹬乱抓,什么也抓不住,明显感到下面的水域要比井口宽阔得多。他在水里颠三倒四,已经迷失方位,不知哪里是上哪里是下,哪里是东哪里是西,只想尽快找到井口。正当他憋得快要不行时,忽然发现一个宽大的方形口子,他以为这就是井口,于是一头钻进去,猛蹬了几下,却还是没有钻出水面。他想是自己刚才掉落水井太深了,于是憋住最后一口气,又是一阵猛蹬,终于钻出水面,大口大口喘息着,却突然发现不对,这里根本不是井口,而是一条黑乎乎的巷道。千张子一下蒙了,他不知道自己到了哪里,面前怎么会出现一条巷道。一阵恐惧之后,他又强令自己冷静下来,慢慢回想,猜想这是从水中井壁上横向开出的一个口子,而这个口子连通这条巷道。想到这里,千张子又是一阵惊喜,这里莫非就是当年苏轼说的那个"佳处"?莫非这条巷道就是当年项羽派人修建的那条通道?几千年来无人发现,原来它就藏在这口方井里!

我的天!

千张子觉得自己能耐极了,一头栽回两千年。两千年无人知晓的秘密,让自己发现了。苏轼说,佳处未易识,当有来者知。自己就是那个来者?来者,真是太妙了!

千张子兴奋至极,他决定要探访这条巷道,看它是不是真的通向彭城。在慢慢适应了黑暗之后,千张子摸索前行,发现巷道差不多有一丈来宽,两旁全是鳞片样的凿痕,上头湿漉漉的,摸上去全是水珠。脚下倒是平坦,隔一段路就有一条横着的沟槽,巷道两旁也有沟槽,看来是排水用的。巷道里有一股沉沉的霉味,尚能忍受,因为里头隐隐有一股阴风,不知从哪里吹进来的。而且越走越觉得有些光,虽然说不上亮堂,但能辨识巷道,不至于碰壁。这些光也是有些神秘,哪来的光呢?

但在走了很久以后,巷道仍然不见尽头,一路上居然没有堵塞,历经近两千年,尚能完整保存,可见工程质量之高。偶有塌陷,还是能跨过去。千张子渐渐有点害怕了,他不知道这条巷道会通向哪里,自己走下去会不会有更大的危险。后来,他又发现主巷道时常会有分岔,通向两旁。也许沿分巷道还有另外的出口。他试着走了一条,但走了几百步就走不动了,因为前头有大的塌落,完全被石头堵塞。一堆黑乎乎的蛇盘绕在那里,听到动静都昂起头来。千张子惊得浑身都僵硬了,忙小心退回,重又回到主巷道。他坐在那里喘息着,在想自己要不要走下去。他感到自己已走了好几里路,巷道已逐渐向下坡去。再看看巷壁,原先都是从山体上自然凿出来的,现在都已成了很大的条石,一块块垛在那里。就是说,巷道已出了九里山,到了平地上,巷道是用方条石块垛起来的。会是朝进城方向走的吗?这是个巨大的诱惑。

千张子决定继续往前走。

如果沿着这条通道走进彭城,不仅是揭开了一个千年秘密,更重要的是有了一条隐秘的进城通道,免得每次进城都要费尽心思化装了。

那天夜里,千张子终于沿这条秘密巷道进了彭城。出口就在那条干涸的小河道半堤岸。经过近两千年岁月,这条巷道口本来已被淤塞地下,正是几百年来黄河屡次决口,冲出一条河道,才从地下又把巷道口冲了出来。但这个巷道口显露出来的部分并不规则,从外面看,像是被水冲刷出的一个豁口,这类豁口大大小小,在河堤下很多,且有芦棵荒草遮掩,很少有人会注意它。这一带又少有人迹,偶有人来此钓鱼,注意力根本不在此。何况,但凡河中有水的时候,这个出口就被淹没在水中,从外头完全看不到。那一年,宋源带游击队员大闹彭城,最后时刻千张子抱起身受重伤的宋源沉入水中,负责掩护的那个游击队员,还以为是千张子抱着宋源沉水自杀。其实是千张子抱着宋源沉入水中,很快钻进巷道口才逃脱的。日伪军冲上来察看,看到满河道都是炸碎的尸块,根本分不清面目,就以为宋源和所有游击队员全被炮弹炸死炸碎了,也根本想不到水下会有一条秘密通道。但当时,他们还是对那挺救援宋源的机枪感到纳闷。这挺机枪从哪里来的?游击队员胆子再大,也不可能扛一挺机枪进城。这也是当时宋源曾纳闷过的。

宋源受伤醒来后,曾问过千张子。千张子开始不肯说,因为关于这条暗道,他从未告诉过别人。但经不住宋源一再追问,千张子才告诉他发现巷道的全部秘密。至于那挺机枪,就是千张子通过巷道送进城,秘密存放在巷道出口处的。除了机枪,还有步枪、手榴弹,甚至还有一门山炮。那门山炮是他拆开了分几次从九里山白云洞拖进巷道,拖进城的。

宋源目瞪口呆。

这得花多大力气?

宋源疑惑道,那夜日军司令部发生爆炸,是你进去……炸的?

千张子说,不是我进去炸的。

宋源疑惑道,那……怎么会……

千张子说,是我从小河巷道口拖出山炮部件,趁夜组装好,对准日军司令部方向开了三炮!

宋源:"你就打那么准?"

千张子:"我侦察多次了,也测过距离,我那三炮,都打中了日军司令部和弹药库,才引起连环爆炸的。"

宋源大张着嘴,直直地看着千张子,说千张子你都是瞎编的吧?真有一条巷道?

千张子说,信不信由你。当时不是那条巷道,怎么能把你救出来?

宋源没话说了。他听人说起过,彭城除当年项羽在此做都城,两汉以后,这里还是十三代楚王、五位彭城王的都城,城下的暗道机关纵横交错。为王者,从坐上王位,椅子下就会首先修一条暗道,以备万一不测时逃亡之用。当然,王的卧室、王的书房、王经常活动的地方,都会有暗道。只有这样,他才会觉得自己是安全的。千张子无意间发现一条暗道,也就不足为奇了。这条暗道是哪个王修的,还说不定呢。

宋源看着他,你那些枪炮武器哪来的?

千张子不语,却有点诡异地笑了。

宋源想起什么,大叫一声,我知道了!你是不是从野羊岭蝼蛄洞偷来的?那次他和檀黛云被日伪军包围,宋源去蝼蛄洞取枪,发现藏在里头的枪炮都不见了,只剩三颗手榴弹。

千张子有点尴尬,说,是我从那里偷运出来的。当时想,总放在那里也没用,不如从巷道里运进彭城,说不定关键时刻能给敌人突然袭击。

宋源生气地摇摇头,亏你想得出来!我那次和檀县长被包围,进蝼蛄洞取枪不成,差点陷入绝境。

千张子笑道,当初我们一块藏枪的时候侦探过的,蝼蛄洞另有出口,你不会有事的。

宋源忽然又问,刚才你说从巷道里把武器运进城,说不定关键时候,能给敌人突然袭击?

千张子点点头:是啊。

宋源看着他,意味深长地问,那晚你突然炮击日军司令部,是关键时候吗?

千张子一愣:是……是啊。

宋源说,为啥是关键时候?那夜你为啥炮击日军司令部?

千张子说宋源你啥意思?咋像审贼一样?

宋源说,回答我!咋就是关键时候啦?

千张子说,好吧,我实话告诉你,我向日军司令部开炮,是为了炸死檀县长!

宋源吃一惊,你想炸死檀县长?

千张子说,是!

宋源说,你那天已经知道檀县长被抓?

千张子说,檀县长那天夜里被日本人抓来,我天不亮就知道了。

宋源说,你咋知道的?

千张子说,我当时正在彭城,满城人都知道了,我还能不知道?

宋源怒道,你为啥要炸死檀县长?你胆子不小!

千张子说,从我跟她当侦察员,她就跟我说过,如果有一天她被敌人俘虏,就让我开枪打死她,一定不要犹豫。

宋源看着他,他相信千张子说的是真话。因为类似的话,檀县长也跟他说过。

千张子还在解释,听说檀县长被抓走后,就关在日军司令部小监狱里,根本就没有解救的可能。我怕檀县长受辱,情急之下就开炮了……没想到,檀县长根本就没有关在日军司令部。小日本太狡猾了。

宋源还是一脸疑惑。

他看着千张子,日军司令部爆炸后,你又去了现场?

千张子说是啊,我想看看爆炸的情况。

看看檀县长被炸死没有?

千张子说是的。

你倒是很想檀县长死啊。

我不想她死,可我必须炸死她。她是个女人,死了就不会受辱了。

檀黛云被抓二十天后,就被敌人折磨死了。她的头颅挂在彭城西门上。那时,宋源仍在天漏村养伤。那天在彭城那条河沟里,他被炮弹炸开右胸,一直昏迷了七天。幸亏天漏村药铺的王掌柜,为他动了大手术。其实,能把宋源救活,首先还是千张子的功劳。他用命背回一条命。当时他从巷道里把宋源背出城,又翻越九龙山,一路跑得腿都软了。还要不停地呼唤着宋源的名字,让他撑住。开始还大汗淋漓,后来汗都没有了,他几乎是在虚脱和半昏迷状态,一路踉跄把宋源带回天漏村的。那天,他背着宋源摔倒在村口,再也走不动一步,幸亏被村人发现送到王掌柜的药铺。宋源和千张子是天漏村的两个大英雄,在给宋源做手术时,村里上千人都围在外头,焦急地等待。手术过后,一直是七女在伺候,几乎寸步不离。

那次,千张子在沉睡两天后,拖着疲惫的身体又匆匆走了。

他心里很不踏实。虽然他那三炮引爆了日军司令部,到处炸得一塌糊涂,但他并不能确信檀县长被炸死。如果炸死也算好了,免得她受辱。如果没有炸死,他还是要想办法救她出来,尽管希望渺茫。

千张子心急火燎。

那天,他通过巷道重又返回彭城,通过极为复杂的关系终于探听到,檀县长没有死,她被关在日军驻地,日军司令未松也没有被炸死。檀县长由日本宪兵队看管。这个宪兵队长叫松本,十分凶残,深得日军司令未松信任。

这让他极为绝望。

靠自己一个人,根本不可能救出她来。

如果故伎重演,从巷道口拖出那门山炮,轰击日军驻地炸死檀黛云,同样已不可能。因为日军驻地在另一个方向,距离太远,山炮射程不够。即使能打到那里,日军驻地面积很大,不像司令部那么集中,漫无目的地开炮,根本没有作用。而关键的问题还在于,山炮打不到那里。如果能打到那里,盲目开一炮也是好的,说不定能炸到呢。但山炮就是打不到。

千张子知道,他必须找到地下党,尽快汇报情况,尽快想办法了。

千张子找到地下党时,他们只知道宋源带领的游击队员已在彭城全被日军炸死,还不知道宋源被救。千张子说,宋源在天漏村秘密养伤,暂时动不得,能不能活下来还难说。地下党负责人表扬了千张子,不管是他炮击日军司令部,还是救了宋源,都是立了大功、奇功。

千张子听到地下党表扬他的话,号啕大哭。

没有人见到千张子这样哭过。

地下党领导安慰他,说你已经尽力了。只是不要再一个人单独行动,你发现暗道,保密当然重要,但你还是应当告诉组织。好了,这条暗道,咱们继续保守秘密。至于救檀县长的事,咱们另想办法。檀县长受苦是肯定的,但他们不会这么快杀她。他们以这么大损失抓住檀县长,肯定希望得到口供。咱们要相信檀县长,但也要防着点,联络地方、暗号都要改变。你先回天漏村待命,顺便代表组织看一下宋源的情况,及时汇报,不行就送他去山东解放区。

千张子重新回到天漏村,宋源已经苏醒。他昏迷了多日,连王大夫都觉得他挺不过去,可他挺过来了,只是还躺在床上不能动弹。

他的队伍早已闻讯赶来,在九龙山层层布哨,严密护卫,防止敌人偷袭。宋源能活着回来,让游击队员们激动万分。

千张子在天漏村住了三天,就住不下去了。宋源没完没了的盘问,让他几近崩溃。

第四天,千张子走了。

千张子潜回彭城没几天,檀县长就死了。

他听说,檀县长生前受尽了凌辱,死得极惨。

檀县长的头颅被挂在彭城西门楼上。

千张子亲眼看到了。

他眼里噙着泪水,心如刀绞。他多想把檀县长的人头取下来,可他不能。他知道只要一现身,会立刻被抓起来。他不能死,要活下去,只有活下去才能杀日本人。

他要杀人了。

地下党领导让他不要再单独行动,他扔在了脑后。老子要杀人啦!

每天,都有很多彭城百姓去西城楼下观看,每天都有人带着香烛、纸钱在城楼下祭奠。

第一天,宪兵队长松本命令枪杀了七个前来祭奠的人。

第二天,日本人枪杀了十五个前来祭奠的人。

第三天,日本人枪杀了二十一个前来祭奠的人。

日本人的枪杀并没有阻止彭城人的祭奠,反而来的人越来越多。这令末松司令感到了恐惧,这个城市的人好像全都一根筋。

但第四天,檀县长的人头突然不见了。

有人说,是游击队趁夜抢走了檀县长的头颅。

就是从这一天开始,真正令日本人恐惧的事情开始了。

一连十三天,每天都有五六个日本人被冷枪打死。

有的是在巡逻的路上,有时是在哨位上,有的甚至在军营里。

不知从哪里飞来一颗子弹,一枪毙命。

这是个神枪手。

显然,这不是彭城老百姓干的。过去,彭城百姓暗杀日本人,多是用刀、用棍、用砖头石块、用绳子,还有人是被两手掐死的。

但这次是用枪。

日本人通过对子弹头的检验,发现这个暗杀者手里起码有三种手枪和一种步枪,三种手枪分别是毛瑟 C96,勃朗宁 M1900、瓦尔特 ppk,步枪就是三八大盖。这几种枪全是好枪,不要说一般老百姓,连中国军队也很少有这类枪支。

这个神秘杀手是一个人,还是几个人?

种种迹象表明,这个可怖的杀手就是一个人。

他用精良的枪支和精准的枪法告诉日本人，这不关彭城老百姓什么事，有本事就找我算账。

而且，他专打日本人。汉奸、警备队的人，只要是中国人，哪怕再坏，他也不打。

这一招有效地分化孤立了日本人。汉奸和警备队的人虽然也按命令参与搜捕，但不会用心了。这个杀手令汉奸和警备队的人胆寒，也令他们敬佩乃至羞愧。在搜捕的过程中，有几次发现了杀手的踪迹，可他们佯装没有发现，轻易让他溜走了。

这个杀手看似一个人在作战，但他并不孤立，他有广泛的同盟军，除了伪军、警备队不真心和他作对，还有老百姓掩护。他白天黑夜游荡在大街小巷，神出鬼没。开始，很多人以为这个人可能是宋源，但宋源不是已经被日本人炸死了吗？而且据见过的人说，这人肯定不是宋源，宋源脸上有半边黑痣，这人没有，是很清秀的一个后生。也有人说不对，是个老太太。又有人说是个俊俏的小媳妇。还有人说是个伪军，因为他穿着一身伪军服装。更有人说他根本不是中国人，而是一个日本兵，穿着一身日本军装，还留着小胡子，满眼凶光。

但渐渐地，所有的猜测都指向一个人：千张子。

彭城人都知道，游击队里除了宋源，还有个千张子，两人都当过九龙山游击队队长。有几年宋源没有消息，不知去了哪里，是千张子当队长，打仗比宋源还鬼。日本人曾悬赏捉拿，出的价码比宋源还高。但后来，还是宋源当队长，他不知从哪里又回来了，在很长时间里，千张子又渐渐没了消息。但老百姓相信，千张子肯定有特殊任务，据说他善于百般变化，很可能是在执行秘密任务。这些日子，游击队损失巨大，檀县长被抓被杀，宋源和他带领的营救小组十几个人被日军炮弹炸死，彭城百姓因祭奠檀县长被枪杀四十多人，血案一桩接一桩,千张子肯定会出来报仇。

千张子一定是疯了。

千张子是疯了。他化装成各种身份,满城寻找日军,专门射杀日本人。一连十几天,几乎每天都有收获。千张子沉浸在快意复仇中。

同时,他还在打听,到底是谁把檀县长的人头从城楼上取走了。这件事肯定不是游击队干的,如果是游击队干的,他事前会知道,地下党会让他配合。是日本人吗?也不是没有可能。把檀县长人头悬在城楼上示众,本是为了恫吓游击队和老百姓,但看来并没有起什么作用,彭城百姓反而每天都去城楼下焚香祭拜,枪杀都不能阻挡,越杀去的人越多。也许日本人害怕了,担心如此杀下去会造成全城百姓暴动。这座城市是一座活的火山,随时都可能爆发。日本人一直养着侯本太,让他挂名彭城警备司令,本是收买人心,起码稳住了几千警备队员为己所用。不要为一个死人的头颅,前功尽弃。于是,他们悄悄把檀县长的人头取走了,免得不好收场。除此以外,还有什么人会取走檀县长的人头吗?千张子想破脑袋也想不出来。一般百姓肯定是取不走的,因为城楼上有警备队守着。会有警备队的人良心发现,把人头取走吗?似乎不太可能。警备队的人没这胆子,敢背着日本人做这件事,追查下来是要掉脑袋的。他们不会这么做。从事后日本人的反应来看,也不像是警备队的人干的,因为日本人好像没追查任何人,取走就取走了,就像什么也没发生。千张子断定还是日本人自己取走的。他们的确是怕了,被彭城百姓无惧生死的祭奠吓住了。百姓尚且如此,游击队会如何报复,应是可以想到的。他们想把这件事悄悄平息下来。

那么,檀县长的人头在哪里?

应该是被日本人埋在哪里了。他们不会随随便便扔掉,如果随便扔掉而被老百姓发现,只会激起更大的愤怒。那么会埋在哪里呢?

千张子知道会很难找,但他还是决心要追查下去。找不到她的尸身,找到一颗头颅也是好的。

日本人预料到游击队会报复,但没想到这么快,而且只是一个人就把彭城变成了恐怖的杀场。从第三天开始,彭城就实行了戒严,并且挨家搜索。由日本宪兵队长松本负责。松本已经猜到是千张子干的,他没想到,这个文弱如女人的人,比宋源还难对付。他的策略很明白,就是不杀中国人。所以,宪兵队出来督查搜捕时,也都换上伪军或警备队的服装。但就是这样,还是每天会有多个日本人被一枪毙命。那个神枪手似乎识破了日本人的伪装。驻守彭城的日军最多时是一个师团,有几千人,因为多年的伤亡和调动,现在总计也不过一千多人,十几天下来,已有六十多个日本人被杀死。这个神秘的枪手实在太可怕了。日军为了对付他,几乎已没有心情出城剿灭游击队了。而游击队似乎也知道彭城发生的事,不再躲着藏着,渐渐公开活动,把分布在城外各村镇的日伪据点打得不敢出门。并且时不时靠近彭城,往城头上打一阵枪,明目张胆进行搅扰,弄得日军昼夜不得安宁。一时间,千张子一杆枪困住千名日军,成为佳话,彭城百姓无不额手称庆。

日军司令末松恼火之极,严令宪兵队长松本尽快捉拿那个神秘的枪手。但松本连续多日搜索并无结果,于是他想出一个歹毒的办法,令人全城贴出告示,说只要神秘枪手再敢杀死一个日本兵,日军就会枪杀十个彭城百姓。

告示贴出第二天,果然没有日本兵再被杀死。

千张子无奈停手了。

他知道日本人说得出做得出。他不能因此牵连彭城百姓。

全城寂静无声。

松本十分得意,他相信这一招能制服那个神秘杀手。

一连三天,彭城再无日本人被杀。

但第四天清晨,彭城突然出现很多无头告示,这些告示大多贴在日本人的告示旁边,大意是让千张子不要停手,说彭城百姓不畏死,哪怕十条命换一条命也值得去换,日军不过千人,彭城百姓愿以万人之躯结果一千日军的性命!无头告示没有署名,显然是百姓自发贴上去的。

千张子看到,流下泪来。

他没想到,彭城百姓以必死之志誓要干掉日本人。决心如此之大,如此气壮山河!

日军同样没有想到,彭城人会如此疯狂。

无头告示贴出第二天,日军司令部门外站岗的两个哨兵,正笔挺地站在那里。他们还不知道,二百米外的一片垃圾场里,千张子穿着一身破烂的百衲衣,正趴在一堆垃圾后向他们瞄准。千张子的衣服和垃圾场的颜色混在一起,完全无法分辨。他隐蔽得很好,只要一搂扳机,二百米外的一个日本哨兵定会应声倒下。但他瞄准了,却迟迟没有开枪,而且手抖得厉害。他觉得这一枪放出去,打死的已不是日本兵,而是彭城百姓,并且是十个!因为日本人一定会报复。虽然无头告示要他不要停手,不要手软,彭城百姓已经做好赴死的准备,但他还是犹豫不决。非得这样做吗?付出的代价是不是太大了!换一种办法消灭日本人不行吗?

"你抖什么?"

突然身后传来一个老人的声音。

千张子猛转头,发现一个脏乱不堪的老人,手里拎着捡来的瓶瓶罐罐,正坐在他侧后方,讥讽地看着他。因为刚才胡思乱想太专注了,千张子居然没注意到这个捡垃圾的老人何时来到他身后。

千张子问,你是谁?

老人举举手里的破罐子,你看到了。

千张子说,老人家你赶快走开,这里危险。

老人说我看你的手在颤抖,是怕日本人报复吗?

千张子说你怎么知道?

老人说我还知道你是千张子千队长。

千张子吃一惊:你说什么?

老人说,我跟踪你好多天了。了不起,你是大英雄!

千张子说,我的确是怕日本人报复。

老人说,老百姓不怕,已经做好了准备。

千张子说,什么准备?

老人说,那些无头告示就是我写的。

千张子不相信,吃惊道,你写的?

老人笑笑:你还真以为我就是个捡垃圾的,没文化是不是?告诉你,我原来是彭城一中的国文老师,日本人占领彭城前退休了,我就开始捡垃圾,一是为了挣点钱糊口,二是我喜欢捡垃圾,从垃圾里捡出有用的东西,是个快乐的事。

千张子露出敬佩之情:老人家,你年岁大了,不该参与打日本人的事,这太危险。

老人说,国家兴亡,匹夫有责。你知道吗?全城贴出两百多张无头告示,都是我组织老人们贴的,一共有一百三十多人参加。他们都做好了牺牲的准备。

千张子惊呆了:老人家你是说……

老人说,日本人不是要报复吗?用十个老百姓抵一个日本人的命。我们都准备好了,你只要枪一响,倒下一个日本人,就会有十个老人走出来。现在我们已经有一百三十多人,够你杀十三个鬼子的。我们一百多人死光了,还会有人站出来。别担心孩子,搂扳机别抖,像平时一样,一枪一个。他们都在暗中看着你呢。

千张子彻底震惊了。老人的话让他不敢相信,难道真像老人说的这样?如果是真的,他会眼看着十个老人被日本人枪杀,自己能这么干吗？是不是太愚蠢了？

老人看千张子还在犹豫，突然扑过去，一把抢过他的枪，朝日本司令部方向开了一枪，这一枪没打中哨兵，却暴露了目标。两个哨兵端枪一边射击，一边冲了过来，哇哇大叫。

千张子夺过枪，情急之下一抠扳机，一个日本哨兵应声倒地，另一个赶忙趴下了。

这时，几十个日军奔出大门，正要往垃圾堆这边冲，突然从巷子里走出一群老人，横着拦住了去路。

千张子吃了一惊，他飞快数了数，是九个老人。

这时，捡垃圾的老人站起身，看了千张子一眼，冲他竖竖大拇指，整整衣裳，一步步走过去，走到九个老人中间，稳稳地站住了。

十个老人一字排开站在那里，对着日军司令部的大门，一言不发。

日本宪兵队长松本看着他们，有些纳闷又有些震惊的样子，但他很快就明白了，他们是来偿命的。他看着一张张布满皱纹的脸，这些脸上没有丝毫恐惧，甚至没有愤怒，有的只是轻蔑。这些轻蔑的表情比愤怒更让松本愤怒，他猛地一挥手，一阵枪声，十个老人倒在血泊中。

几乎与此同时，十几个日本兵一路射击着冲向垃圾场，但千张子不见了。

第二天，日军司令部大门外，只放了一个明哨，另一个岗哨撤到大门内。松本要和千张子赌一把，看他还敢不敢射杀这个哨兵。

清晨无事。

上午无事。

下午还是无事。

日本人已换了几次岗，安然无事。

松本躲在大门内，向外窥探，他相信那个枪手害怕了。

这时已到傍晚,突然一声枪响,门外的哨兵应声倒地。

这一次,从巷子里走出的是十个中年汉子。他们挡住那些准备赴死的老人,挺身而出。他们不能看着这些老人送死而袖手旁观,如果那样就枉为人子了。

不过他们没打算像昨天的十个老人那样白白送死。他们每个人怀里都揣着一把刀子。他们结伴走到日军司令部大门外,故意有站有坐,横七竖八。几个日本兵上前,想拉扯他们一字排开。一个汉子却一声喊扑了上去,大伙纷纷掏出刀子,一阵猛戳猛扎,六个日本兵瞬间被扎得浑身是血摔在了地上。宪兵队长松本这才反应过来,急令开枪,十个汉子一瞬间都倒下了。

这时,千张子正隐藏在远处一座小楼上,他从百叶窗里,看到了这一幕。他的枪一直在外伸着,他想打掉松本,这是个杀人恶魔。但松本很狡猾,他知道那个神秘的枪手就在哪里藏着,他的枪口正瞄向自己。他走出日军司令部大门时,不仅戴着钢盔,身前还总有四五个伪军,他知道那个神秘枪手不打中国人。他并不是怕死,他只是怕被算计。他特别希望那个家伙现身,自己一对一和他拼刺刀。他知道自己枪法不如对方,可对方是个胆小鬼,只会躲在暗处打黑枪,而且不惜以牺牲老百姓为代价。那好,咱们就看看谁会撑到最后。

这一夜,整个彭城都是平静的,就像什么事也没有发生。日军司令末松却一夜未眠。自从多年前踏上中国的土地,他是很瞧不起中国的,那么大一片国土,那么多人,却一盘散沙。自从日军打进来,居然有那么多中国人中国军队投降,或当皇协军,或当警备队。他们浑浑噩噩,麻木不仁,只因怕死,甚至仅为了混一口饭吃,就出卖自己的国家,随着皇军残杀自己的同胞。在他看来,这就是一个劣等民族,毁灭掉一点都不可惜。但随着战事的深入,特别进驻彭城之后,他的观感一天天在发生变化。徐州会战让日军损失惨重。彭城周围那么多游击队一次次被打散,又一次次重建,让他感到了中国人的韧性。

檀黛云被抓捕后，即使受尽种种酷刑和凌辱，也始终没有开口说过一句话，这让他感到受伤和受辱的是自己。还有几年来，彭城百姓从未屈服的抗争。这一切让他知道了还有更多不一样的中国人。而整个中国战场，从中国军队刚开始的一触即溃，到后来步步为营，如今已在不知不觉中发生了逆转。末松看得很清楚，日军已经无力再发动大的攻势，失败是早晚的事了。整个中国大地，正聚起一股强劲的风，吹得日本人已站不住脚。这风是隐性的，看不见抓不住，但它就在大地上，就在身边。这就是中国潜在的民族精神吗？的确，中国人中有败类，就像林子大了什么鸟都有，但林子还是林子。相比之下，日本的力量是显性的，飞机大炮坦克武士道，烧杀抢掠强奸，看起来耀武扬威、不可一世，却如惊天海浪撞上大陆的岩石，岩石岿然不动，海浪却被击得粉碎，只能退回去。

末松想回去了，回到大海中的那个岛上。那个岛叫秋勇留，是齿舞群岛中的一个小岛。没有多少人家，但水天一色，永远都是碧蓝宁静的。那里才是自己的家。

最近彭城发生的一系列事情，让末松感到焦虑，让他无法驾驭，甚至不知该如何应对，就把一切都交给宪兵队长松本去处理。松本至今对杀戮充满了激情，但看来杀戮并没有解决问题。末松想把事情平息下来，他害怕彭城火山爆发，而一旦爆发，自己这一千多日军根本无法抵抗。他不想死在异国他乡。可他作为一个高级指挥官，内心的隐秘不能对任何人说。他其实非常渴望手下有人能懂得他的心思。那个枪手不懂，他决意为檀黛云报仇，没完没了地射杀日本士兵，这让他很恼火。他想让松本抓住他，抓住他也许就平息了。但松本就是抓不住，还以杀死百姓相威胁。末松本以为这是个高招，可百姓的无头告示出来了，那个枪手只歇手四天，枪击又开始了。彭城百姓甘愿以十换一，让末松震惊不已。连续两天，已经有二十个百姓来到司令部大门外赴死。明天会发生什么？末松有点不敢想。他在心里有些抱怨松本,他的对策不仅没有吓住那个枪手和百姓,还让事情升级了。看来,松本也不懂他,不能平息这件事就是失策,就是失败。那二十具尸体仍摆在司令部大门外,居然没人来收尸,这不符合中国人的传统。前些天,檀黛云的头颅挂在西城门上时,那么多老百姓不顾生死前去祭奠,那是他们素不相识的一个女人。现在躺在大门外的二十个人,都是他们的亲人,为什么反而弃尸不问呢?

夜很深了。几点寒星在天际闪烁。

这个夜显得诡异。

整个彭城安静得出奇。

这个城市有二十多万人,他们都睡着了?

未松不相信。他站在窗前,看着黑咕隆咚的城市,紧紧锁起眉头。

也许,一个更大的行动正在某个地方策划着。

一只大鸟张开翅膀从窗前滑过。

未松打个寒战。

他转身回到桌前打了一个电话。

不一会进来一个年轻的日本军官。他叫木村。

木村是他的副官,戴着一副玳瑁框眼镜,文质彬彬的样子。他是两年前来到未松身边的,很得未松信任。木村曾在美留学,见多识广,时常会给他说一些外国的见闻,让未松觉得很新鲜。木村同样是一个狂热的征服者,但他并不认为仅靠武力就可以征服中国,而是应该首先征服人心。他曾几次向未松表示过,不赞成宪兵队长松本的做法,这样下去只会加剧和中国人的对立。但未松也并未采纳他的意见,因为他觉得木村有些书生气,只会说这样不行,并不能提出可行之策。

这个夜晚,未松的心情太坏了。他有一种不祥的预感,彭城这座火山距爆发不远了。他想和木村说说话,排遣一下内心的恐慌和焦虑。

未松说,明天会发生什么?

木村说,司令,我陪你下一盘棋吧。

未松看了他一眼,有点疑惑。

木村没说话,从条几上拿过围棋,摆在桌上。两人时常下棋的,棋力都不算太高,大概都是专业初段的水平,但也不算太低。因为能达到专业初段的水平,意味着已上等级,和最高九段的差距,也就在让先和授两子之间,超水平发挥甚至可以赢九段的。当然,这种概率不高。平日下棋,未松稍落下风,木村赢得多一些。

未松当然知道,下棋能让人心静。木村提议下棋,是让他冷静下来。当前彭城的局面,的确是应当冷静下来,一步棋走错,会满盘皆输。

二人落座,按规矩由长者持子,幼者猜先,木村猜得先手,捻一颗黑子轻轻放在右下方星位。

棋局就此展开。

两人你来我往,渐渐沉入棋中。外头的世界已不存在。

这盘棋下了两个小时,不知不觉间天已微明。

但棋上陷入僵局,收官时形成打劫,并且是三劫循环,你提我一子,我提你一子,谁都没有退路,否则就是死棋。

就在这时,宪兵队长松本急匆匆进来报告,说司令部被老百姓包围了。

未松倒也没有惊慌,这几乎是他预料中的事。于是中断下棋,起身走到院中,爬到院中一个高高的哨楼上。从这里可以看到半个城。

木村随后也爬了上来。

司令部大门外站满了百姓,乌压压全是人,人群一直漫延到半个城的十几条大街,粗看也有十几万之众。就是说,差不多全城人都出来了。

戒严已经很多天了,除了最初几天还可控制,百姓很少有人上街,后来就完全失控了。执行戒严任务的主要是彭城警备队。他们并不认真,一开始有人零星出门,说要买盐买油去医院,警备队员都是中国人,点头放行,只嘱快去快回,别到街上晃荡。渐渐出门的人越来越多,与警备队发生了推搡,但终究挡不住。日军宪兵队长松本曾下令,有人不听劝阻可以开枪,打死勿论。但没人开枪。后来,警备队就只是站在街头,看着老百姓出入。日本人也知道,要靠一千多警备队员看住二十多万城中百姓太难了。而且关键是,这些警备队并不完全听他的,这和几年前已大不相同。显然,这和整个战局都有关系。但他又不敢和警备队撕破脸,责之太严;毕竟还需要他们,更不能把他们逼向反叛。

未松站在高高的哨楼上,看到了更可怕的东西。在司令部大门外,老百姓抬了几十口棺材,棺材前头,有十个孩子,大都十几岁。在老百姓的队伍前头,是大批警备队员,他们倒退着,阻挡却阻挡不住,只能随着人流退着行进,最后停在大门外。

这么多人,居然鸦雀无声。

十个半大男孩子走出来,站到了队伍最前头,面朝司令部大门,双手抱在胸前,昂然站住了。

未松吸一口凉气,他们也是来抵命赴死的?

第一天是十个老人,第二天是十个壮年,今天是十个孩子。这些十几岁的孩子也有这个胆量?

未松起了一身鸡皮疙瘩。

而且这意味着,那个躲在暗处的神枪手,今天还会杀一个日本人。现在,他在哪里?

无数百姓没人说话,静静地站在那里,似乎都在等待那一声枪响。

十个孩子也在等待。有一个孩子转回头,向远处张望,好像在说,怎么还不开枪?

远处,有一排楼房,正对着司令部大门。

一千多警备队员面对人群站着,也是静得出奇。现场并没有什么骚动和混乱,不需要他们维持秩序。他们和老百姓一样,似乎也在等待。显然,他们好像都知道下面会发生什么事。

这时,松本已经调集宪兵队堵在司令部大门口,十几挺轻重机枪架在那里对着人群。只要他一挥手,就不仅是那十个孩子,而是会有无数人被打死。

松本已经血红了眼。他没想到中国人居然敢这样向日军示威。但他对他的机枪很自信,只要十几挺机枪一开火,面前的人群会变成尸山血海。何况他身后的院子里还有炮,十几门炮已经对准前方一排楼房。他已断定那个枪手就藏在前头那一排楼房里,只是不知在哪一幢。他交代炮兵,只要那个枪手枪一响,就立即向那一排楼房开炮,不容他再开第二枪。然后再把炮口对准人群,只要那些愚蠢的百姓敢向司令部大门冲击,就用排炮炸死他们,不管死多少人,一定不能让他们冲击司令部,一定不能被他们的气势压住。

松本一切布置停当,也在等那一枪。

他看了一眼司令部大门外那十个孩子。他们站在那里,有的闭着眼睛,有的腿在微微发抖。可他们还是站着,没人倒下,也没有人逃跑。

松本在心里厌恶地想,你们就等死吧!

未松仍在高高的哨楼上观望,他似乎也在等待。下头的情况他已经全部看清了,看清了那几十口棺材,看清了昨天和前天被杀掉的那二十具尸体,也看清了站在司令部大门外的十个孩子。一切都箭在弦上,他已无法掌控局面,只觉汗流浃背,头晕目眩。如果这么发展下去，必定血流成河，震惊世界，这肯定不是他的上级所希望看到的，因为这会在国际上让帝国形象大大受损。那时，作为彭城最高司令长官，将会承担全部责任。他真想一枪崩了松本。怎么把事情弄到如此糟糕的地步！还有那个枪手，你真的就不顾百姓死活，再敢开枪吗？求你了，别再开枪好不好？

但这时，枪响了："砰！"

这一声枪响十分清脆，十分清晰，所有人都听到了。未松看到大门外的人群都转过脑袋，向远处那一排楼房看去。但没人说话。

现场一片死寂。

接着，所有人又转回脑袋，寻找那个被击毙的日本兵。是的，这一枪，肯定会打死一个日本人。

松本也在寻找，看哪个日本兵被打死了。

可他飞速寻找一遍，所有日本兵都好好的，没有人被打死。他抬头看看哨楼，未松司令、木村，还有那个哨兵都好好的。

但炮声还是响了。

院内的日本兵遵照松本的嘱咐，枪声响过之后，十几门炮一齐轰向远处的楼房，一阵震天动地的炮声之后，远处那十几座楼房立即火光冲天，纷纷塌陷下去。

这一切其实只发生在几秒钟之间，但好像时间很长。

人群开始骚动起来。庞大的人流在向前涌动。警备队有点挡不住了。十几条街的十几万百姓力量太大。十几挺机枪正咔嚓咔嚓上膛。

就在这时，突然从警备队里站出一个人，对空连放三枪：砰！砰！砰！

所有人都站住了，有人认出来，吃惊地叫道："是侯乡长！"

是的，是侯本太。

侯本太冲人群大声喊道："老少爷们都别动！接下来的事都交

给我办!"说着,从警备队里拉出十个警备队员,然后带头走到司令部大门外,把十个孩子挡在身后,对着松本高声说道:"松本队长,今天那个枪手并没有打死日本人,你们的大炮轰塌了那十几座楼房,肯定会死不少人,估计那个枪手也没命了。我希望这件事到此为止,你不要再杀这十个孩子。如果你一定要杀,俺们十个警备队员加上我,愿意替他们去死!"

侯本太的举动,出乎所有人预料。

彭城百姓没想到这个汉奸司令会站出来保护孩子。

松本没想到这个草包也会有这个胆量。

哨楼上的未松吃了一惊。他没想到侯本太会在这个时候突然冒出来。但他并没有像松本和老百姓那样意外。

因为侯本太已经做过一件让他吃惊的事。

那次檀黛云挂在西城门的头颅,就是侯本太趁夜取走的。

檀黛云的头颅挂在西城门时,每天前去观看祭奠的百姓络绎不绝,松本连杀三天,已经杀了几十个人。侯本太看不下去了。只要檀黛云的头颅挂在那里一天,就会有百姓前去祭奠,只要有人祭奠,松本就会杀人。双方谁都不肯罢手。侯本太不忍心了。他到底是草民出身,心里还有着一份良善。自己身为警备司令,虽是挂名,有职无权,但现在必须做点什么了。他想到宋源,那在他心中是天神一样的人物。那时,他还以为宋源已经被鬼子的炮弹炸死了,如果宋源还活着,他一定会救百姓的。自己能做什么?不让百姓去祭奠不可能,不让日本人杀人更不可能,唯一能做的就是取走檀县长的人头。这样百姓不去了,日本人也不会杀人了。那天夜间,他独自一人去了西门城楼,见负责守卫的连长不在,就告诉警备队员说,他是奉未松司令的命令,来取走檀黛云头颅的。警备队员都认识他,虽说是个挂名司令,但他平日见人笑嘻嘻的,没人讨厌他。警备队每年都会招一些新人,但他们中的大部分人还是他的老部下。既然他说是奉未松司令来的,就都帮着取下人头。侯本太用带来的一个红包袱小心包好,又在口中念念有词,大意是说,檀县长你受委屈了,你跟我走,我会好好安葬你,入土为安。一切收拾停当,侯本太正要下城楼,一个警备队连长喘吁吁跑上来阻止,说侯司令你不能带走这女匪的人头。侯本太说为啥?连长说我没接到命令。侯本太说我传达命令还不行?连长说不行,要皇军亲自来才行。侯本太说我这有末松司令的手令行不?连长说有手令也行。侯本太就从怀里摸出一把刀子,一刀抹了他的脖子,溅出一股血,连长几乎没出声就倒下了。其余人都吃了一惊,这才想起侯乡长是干过土匪的。侯本太说,你们别怕,天明告诉日本人,就说事情都是我干的,然后捧着檀县长人头下城楼走了。

其实,未等守城楼的警备队员报告日本人,侯本太天不亮就去见了末松司令。他是抱着必死的决心去的。当时想这次死定了。但他一点也不害怕,自己总算做了一点好事,这样死比去哪里隐藏起来好,起码像个男人。人家宋源那样的大英雄都不惜命,我这半条狗一样的人还死不得吗?

但让他没想到的是,末松不仅没杀他,还夸他这件事做得好,只是叮嘱他不要把这件事的真相告诉任何人,并要他告诉城楼上那几个警备队员,严守秘密,否则一律杀头。侯本太一脸纳闷,他不知道此举是给了末松一个台阶,解决了他一个大难题。

今天让末松没想到的是,正当他眼下面临一个更大难关的时候,侯本太又站出来了。

侯本太站在司令部大门口对宪兵队长松本说的话,未松在哨楼上全听到了。他得承认,不管这个家伙出于什么目的,这一次他又帮了自己。这十个孩子无论如何是不能再杀了。他相信,松本的机枪一响,无数的百姓会排山倒海一样冲上来,那将无法收场。

松本看到侯本太率十个警备队员站在面前,十分恼火。这个被称为"侯乡长"的家伙,在他看来就是一个人渣,除此之外,他什么都不是。如今却像个人物似的站在他面前,还有点威风凛凛的样子。数日前,他就想杀他了。檀黛云颅被人取走次日,松本大怒,要严厉追查。未松司令却制止了他,说你不要查了,是侯本太干的,他已经向我报告过。松本说他胆子不小,这是通匪行为,应当杀头!未松说你别动不动就想着杀人,你三天杀了几十个去祭奠的人,也没能阻止彭城百姓再去祭奠。松本说那我就继续杀,看他们人多,还是我的子弹多。未松大怒:"放肆!"松本这才住口,一脸怒气地走了。松本有个哥哥是个中将,军衔比未松还高,一直在华北战区。未松一直对他另眼相看。而松本平日不仅恪尽职守,也能服从他的命令,并没有因为哥哥位高权重而骄横。但那天未松真的对他很失望,他似乎完全不懂自己的心事。

　　但松本却恨上了侯本太。过去,那可是个连恨都懒得让他恨的人。他甚至正眼都没瞧过他一眼。

　　现在,你不瞧也得瞧了。他就站在对面,和十个警备队员一起,像一道屏风。他看到,侯本太还冲他眨巴了一下眼睛,而且只用左眼眨巴了一下,明显带有挑衅的意味。这简直就是在调戏他!

　　松本转脸冲十几个机枪手吼了一声:"预备——!"

　　一瞬间,所有人都屏住了呼吸,惨剧眼看就要发生。

　　但就在这时,未松在哨楼上喊了一声日语,声调十分急促。

　　松本愣了愣,转身向哨楼上抬起头。他看到,哨楼上站着未松,旁边是一个哨兵,哨兵背后站着木村。只是哨兵的样子有点奇怪,一副无精打采的样子。但他无法看得清楚。这时,未松又用日语向他大声叫了一通什么,情绪十分激烈。

　　门外的警备队和老百姓都听到了,只是没人听得懂。但看样子,好像是未松在训斥松本,而且十分严厉。

　　大家稍稍松了一口气。也许,惨剧不会发生了?

　　果然,松本在向哨楼上的未松连连低头鞠躬之后,转身向十几个机枪手说了一句什么。所有机枪手立即起身,抱起机枪撤走了。松本横了侯本太一眼,也转身退回院内。

现在,侯本太和警备队以及无数百姓面对的日军司令部是一扇大门,只要一声喊,就可冲进去,踩也能把那些日军踩死。不少人跃跃欲试,这可是千载难逢的好机会。

人群又一次骚动起来。

有人高喊:"冲进去!踩死他们!"

有人喊:"打死日本鬼子,报仇!"

……

但就在这时,哨楼上又一声喊叫。所有人目光都看向哨楼。

这一声是木村喊的。

先前,他一直站在那个哨兵身后,没人注意到他。

现在,他侧身走到哨兵一旁,却一直双手抓住哨兵,那个哨兵像个醉汉站立不稳。这时木村看了一眼已经静下来的彭城百姓,突然一松手,那个哨兵连枪一下摔倒地上,下面很清晰地听到扑通一声。接着,木村又弯腰把那个哨兵抱在胸前,大家看到哨兵的双手和头部都垂挂下来。人群中有眼尖的叫起来:"那个哨兵死了!"一个十几岁的小男孩大声说:"你们看,他头上还在流血!"

所有人都愣住了,不知木村在变什么戏法。

这个哨兵的确死了。

这个哨兵怎么会突然死了呢?

底下所有人都在疑惑。

突然有人醒悟,大声说:"是先前咱们的枪手打死的吧?"

没错,是千张子打死的。他并没有放空枪。

当枪声响起时,站在哨兵身旁的未松和他身后的木村立刻就知道了。但木村反应极快,跨一步冲到哨兵身后,双手扶住他的腰,没让他倒下去,急速低声向未松说:"司令,就当什么也没发生!"未松立刻领会了他的意思。如果让下头的松本和日本士兵知道了,他们不仅一定会杀了那十个孩子,还会把机枪扫向人群。此刻,未松真是感激木村反应之快。于是他不动声色,命令松本和机枪手撤出。

但现在,百姓又起骚乱,似有冲击司令部的架势。他必须揭开这个秘密了,为的是告诉他们,你们的枪手虽然被炮弹炸死了,但他并未放空枪,他打死我们一个哨兵。如果加起来,他已经打死我们六十多个士兵,可以了。即使算上这段时间松本杀死的中国人,大家差不多扯平。你们可以不闹了吧?

在未松示意下,木村双手托着哨兵的尸体,一步步走到哨楼边缘,双手一扬,将哨兵尸体抛下二十米高的哨楼,随着一声巨大的闷响,现场响起一片惊呼。

未松的两腮动了一下。他狠狠地想,如果你们还要冲击司令部,我会命令机枪和大炮同时开火,让你们变成一堆肉泥,我自己大不了剖腹!

这时候侯本太又一次站出来,他转身冲无数百姓大声说:"老少爷们,大家静一静,都别动!我侯本太是个蠢人,本来没资格和你们说话,我也知道你们瞧不起我,连我都瞧不起自己。可我不忍心看着老少爷们这么死去,往后的日子长着呢,咱们慢慢往下过,慢慢往下过!懂我的意思吧?咱不能一天把日子过完,是不?我劝大伙把这二十具尸体收殓了,抬回去安葬。今天的事就到此为止!你们说好不好?"

现场一片安静。

这时一个老人站出来说:"好!咱们就听侯乡长一句劝。死者为上,入土为安。今天,咱们彭城的老少爷们这么收手,威风呀!"

大伙愣了愣,都鼓起掌来。

接着,那位老人大声说:"这些死者,都是咱们彭城的英雄好汉!来呀,咱们都跪下,磕个头,带他们回家!"说着,首先跪倒地上,接着,成千上万的人都跪下了,像倒下一片森林。

侯本太看着这个场景,一下流出泪来,突然,他向一千多警备队员大喊一声:"敬礼——!"

一千多警备队员向着地上的二十多具尸体,齐刷刷抬起手,许多人眼里噙着泪水。

日军司令未松和木村看到了,面色煞白,浑身的肌肉都绷紧了,像两具僵尸。如此震撼的场面,他们是平生第一次见到,十几万人跪倒,向死者致哀致敬,这比他们站着时还可怕。

接着发生了一件更奇怪的事:未松站在哨楼上,挺直身体,向着那二十具尸体,也敬了一个标准的军礼。

下面没人看到。

未松并不介意。他不是做样子,为了被中国人看到才敬礼的。这个军礼,是他发自内心向对手表达的敬畏。

后来,两人一言不发下了哨楼,回到未松的房间。那盘未下完的围棋还摆在桌上,仍是一来一往打劫的局面。

未松坐在桌前,死死盯着那盘棋,目光都是空茫的。他其实在想另一件事,先前那个神秘的枪手开枪时,自己和那个哨兵是并肩站立的,他为什么没冲我开枪呢?是为了和解吗?他应当知道,如果一个日军司令被打死,和一个哨兵被打死,当场的结果会完全不一样。

这时,木村倒了一杯茶放他面前,看了棋盘一眼,小心问道:"司令,这盘棋……还下吗?"

未松缓缓说道:"这棋已经下完了。再下一千年,还是和局。"

这时,松本大踏步走来,怒冲冲质问未松司令,为什么向他隐瞒哨兵被打死一事。未松没有回答他的问题,只命令他派人去对面那一排被炮轰塌的楼房,务必找到那个神秘枪手的尸体。松本说已经派人去了,但仍站着不动,两眼像在喷火。

未松抬起头,"你还有什么事?"

松本说:"我要杀了那个侯本太!"
"你杀他干什么?"
"他已经背叛了皇军。"
未松说:"他说过效忠皇军吗?"
松本一愣,"既然他从来没说过效忠皇军,留着他干什么?"
未松说:"这一城人都没说过效忠皇军,难道也都杀掉?"
"侯本太不一样,他已经坏了我们两次大事!"
"也许,他帮了我们。"
"你相信他是为了帮我们?他是怕我们会杀更多的中国人!"
"我倒挺佩服他的,平日这么一个没头没脑的家伙,居然敢站出来,很了不起。"
"他这么做,就是大日本帝国的敌人,和那个枪手没什么两样!"
未松不耐烦地挥挥手。他觉得无法和他对话。
松本只好退出去了。一副恨恨的样子。
但半个月后,侯本太还是死了。
那天,侯本太忽然很馋,就换上一身便装,一个人去彭城路口吃凉粉,刚走进一条巷子,被两个身穿便服的人两头堵住,一人开了一枪,一枪打在头上,一枪打在胸口,当场毙命。
事后,未松司令没有追查。
他让警备队为侯本太买了一口棺材,把他埋到了城外的九里山下。
第二天,侯本太的坟前有烧化的纸钱。据说有不少老人来过这里,其中就有那次在戏园子扇了侯本太一巴掌的老戏骨。

千张子没有死。
那天松本派人搜寻他的尸体,在一片废墟中一直找到天黑,只找到一杆三八步枪,已被砸成两截。在这把枪附近,有三具男性尸体,

171

都已差不多成了碎块,面目全非,根本辨认不出谁是谁。

但末松和松本都相信,那个枪手被炸死了,那三具尸体中肯定有一人是他。

因为之后大半年,直到日本人投降,再没人对日本人放冷枪。

但事实上,那天楼房被轰塌不久,千张子就被老百姓救走了。他当即被送到彭城最有名的医生彭先生那里。同时被送去的还有其他受伤的居民。彭先生已经六十多岁,据说是彭祖的后裔,医术高明,中西医全都精通。千张子伤得很厉害,不仅内伤严重,而且伤了一只左眼,两腿粉碎性骨折,要保命只能截肢处理。此外,他还断了五根肋骨,深度昏迷。彭先生关闭大门,当即就把他抬到地下室,亲自给他做了手术,五个小时才完成。天黑以后,彭先生又亲自护送他到一个朋友家藏起来。因为有时日本人也来他这里看病,把千张子放在他的诊所不安全。彭先生知道他是谁,护送来的百姓告诉他了。直到一个多月后,地下党才找到千张子,但怎么接出彭城是个大问题。又是彭先生亲自护送出城。他从日本人那里弄了一张通行证,说是有个乡下的亲戚来治病,没治好死了,他要亲自送去,向亲戚说明情况,赔礼道歉。千张子装死躺在马车上,出城门时,日本人和警备队员同时站岗,对马车进行了检查。千张子被炸伤砸伤,面目扭曲变形,已经完全认不出来,加上彭先生为他化了妆,一张丑脸蜡黄,完全是死人的样子。他们验看了彭先生的通行证,很快就放行了。关键是没有人想到这个人会是千张子,除了当时救他的几个居民和彭先生,所有人都知道他被炸死了。因为他死了,这一个多月来彭城才风平浪静。

其实,千张子被炸死的结局,在彭城也几乎是风平浪静的。他在普通百姓的心目中,肯定是个大英雄,他射杀了那么多日本人,他配得上英雄的称号。但彭城人也为此付出了惨重的代价。在私底下,在心底最隐秘处,有一部分百姓对他是有怨言的,认为他太贪图痛快复仇了,彭城百姓被他绑上战车,只能往死里走。那天如果不是侯乡长劝阻,不知还会死多少人。那个平日看起来像个傻瓜的侯乡长,说了一句很对的话:咱不能一天把日子过完了。可这些人不敢把心底的话说出来,而且永远都不会说。当初檀黛云的头颅挂在城门楼上,老百姓自发去祭奠的时候,和千张子并无关系。这小部分人心里很清楚,如果公开抱怨千张子,会被很多人斥责。这个城市作为古战场,人们历来有英雄情结,千张子是大家崇拜的英雄,连续两天献身的二十个百姓和差点献身的十个孩子,也是英雄。如果需要,这个城市每天都会出现一批英雄。就连那些私底下有怨言的人也会站出来成为英雄。事实上,那天十几万人站在十几条街上,就是一座英雄的森林!

已成为半截人的千张子被偷偷接出彭城后,很快就被秘密送往山东根据地了。那里有八路军的后方医院,医疗条件更好也更安全。

宋源是三个月后才知道这个消息的。

那时,他的伤刚刚痊愈,多了一身伤疤。在这之前,地下党领导曾来看过他两次,因怕他着急,什么事都瞒着,只让他安心养伤。伤好归队后,宋源接替檀黛云,被任命为县长。这也是众望所归。

宋源没有推辞。

因为他要报仇。

他当上县长,就可以调动全县十几个游击队和日本人战斗,为檀县长报仇,为死难的战友和百姓报仇。

在听说了千张子的境况后,宋源没能去山东根据地看他,主要是没有时间。但对他的行动还是很吃惊很欣赏。千张子几乎是一个人打了一个大仗,牵制了一千多鬼子,还让整个彭城百姓都沸腾起来。宋源很为千张子惋惜。现在他已经失去了双腿,成了一个半截人。他从小到大,那么爱惜自己的身体,之前打过那么多恶仗,从未受过一次伤,这次竟然一伤而成残废。他能想到千张子会多么痛苦,他会一夜夜睡不着觉,大睁两眼等天亮。天亮又能怎样?没有了双腿,一步也不能走了,他能承受得住吗?宋源在心里说,千张子你一定要撑住,你已经立下奇功,可以安心疗伤了。等以后打完仗,我会去找你,接回来照顾你,把你安置好。你救过我的命,那几乎是不可能做到的事,可你做到了。你拼了命把我从地道里背上九龙山,背回天漏村,这是战友情,你表现得像个真正的男人。我从前一直觉得你不像个男人,是我误会了你,对不起,我会用余生全力照顾你的余生。你不是从小就希望和我在一起吗?从现在起我答应你。只是我有个条件,你可以胳肢我,但不能娘娘腔,我受不了你的娘娘腔,我会浑身起鸡皮疙瘩。我想你不会了。你有过这么多年血与火、生与死的经历,一定像个真正的爷们了。男人嘛,是不是?对了,你长胡子了没有?你一直没长过胡子,现在应该长胡子了吧?应当是胡子拉碴,哈哈,我喜欢你长胡子的样子,说不定我都不认识你了,那一定很有趣。男人嘛,是不是?还有,你裆里那个东西还在吗?不会连同两条腿一块锯掉了吧?不会不会。我给你打包票,只要你那个东西还在,我一定帮你找个媳妇,你们可以生一窝孩子。特别要生几个儿子。我也要正儿八经娶个媳妇,生几个儿子。等以后日本人再打中国的时候,咱们打不动了,让孩子们去打。你我都是好枪法,这本领不能失传,一辈辈都不能失传,这是护国护家的本领。千张子,你为了给檀县长报仇,为了给彭城的乡亲们报仇,一杆枪把彭城搅得天昏地暗,了不起啊!我都不一定能做得到。不过你放心,我会继续为檀县长报仇,不仅会多杀小鬼子,还会寻找那个出卖檀县长的叛徒,他跑不了的。找一百年也要找到他,我会剥了他的皮,亲手宰了他!

宋源被任命为县长后,把过于分散的十几支游击队进行了整编,变成一个大队,三个小分队,他自己亲任队长。这样力量相对集中,作战能力也强了。他已看出,日本人已成强弩之末,离决战胜利不远了。上级也来了指示,让他的游击队准备好配合大部队行动,给日本人最后一击。

当务之急还是情报。

宋源化装成乞丐,在九里山白云洞找到千张子发现的那个地道,顺利进入彭城。

这次进城,除了搜集敌人情报,他还有一个心思,希望能找到檀县长的尸体,找不到她的尸体,找到她的头颅也是好的。地下党已经查明,檀县长的头颅是被侯本太收走的,但侯本太已被人暗杀,肯定是松本干的。未松司令心知肚明,他不会追究松本。对日本人来说,死一个侯本太就像死了一条狗。

但宋源相信,侯本太一定会善待檀县长的人头,把她安葬在某个秘密的地方。

宋源在彭城待了两天两夜,听到许多关于千张子如何每天射杀鬼子,老百姓如何从容抵命,以及十几万人上街包围日军司令部的故事,真叫惊心动魄,热血沸腾。他真的想不到千张子会弄出这么大动静。

他为千张子骄傲,一点也没有嫉妒。

他更为千张子松一口气。

老实说,自从檀黛云被捕后,他心底一直有一块阴影,总觉得这件事和千张子有关,他怀疑是千张子出卖了檀县长,所以才有那次在天漏村的追问。可他没有证据,又觉得他不应该干这种事。在天漏村,是他第一个向鬼子开枪的。在游击队,他一直干得那么出色,檀县长又那么信任他,他怎么可能会叛变呢?而且他也没有机会叛变呀。他怀疑他,又希望不是他。但不是他又是谁?有机会出卖檀县长的人并不多,因为她的行踪一直是十几支游击队的最高秘密,没几个人知道。檀县长在那个山村的隐身地,连自己也不知道。千张子知道吗?宋源曾扪心自问,自己怀疑千张子是不是因为对他有成见,是不是因为一直讨厌他,是不是因为他散布过关于自己的流言,是不是因为他去睡过七女,是不是因为他女里女气,是不是因为他屡次把自己胳肢得要死要活?

宋源承认,这些因素都有。

就是说,自己对他的怀疑是掺杂了个人成见的。

当初,千张子被调离游击队时,他就不放心他。宋源宁愿他在自己身边。他曾把这个意思告诉了檀县长。檀县长问他为什么,他却说不出理由。他只是凭直觉,认为千张子是个不靠谱的人。可见这个成见由来已久。

但一切都要证据。

这么一件天大的事,不能凭个人成见就作认定。

可现在关于千张子的所有行动都告诉宋源,他是个极为勇敢的杀敌者,是个忠诚的战士,是个大英雄!

这样的人不可能叛变出卖同志。

宋源最看重的是忠诚。

他不能因为自己的成见而怀疑千张子的忠诚。

当他心里怀疑千张子的时候,宋源曾以为揪出那个叛徒是一件很容易的事。

现在看来,事情远没有那么简单。

那么,不是千张子又是谁呢?

那两天,宋源潜进彭城,获得许多情报。他知道伪军和警备队已经全无斗志,人心惶惶,谁都能感觉到日本人快完蛋了。不断有人开小差。日本人抓到了就枪毙。未松当然知道整个战场形势不妙,他也想早日结束战争早日回到齿舞岛上的家。但身为司令,他又必须稳住军心。宋源还探得一个重要情报,最近日军要采取行动,好像有一个大动作。但还不知道他们要干什么。宋源安排他的线人继续打探,自己匆匆出了城。

宋源还是从那条巷道出来的。从九里山白云洞钻出来时,衣服水淋淋的。他事先已准备好干净衣服,藏在白云洞附近一个小山洞里。宋源换上衣服,忽然想到侯本太就埋在山下,他决定去看一看。侯本太的死,让他有些惋惜。他本来想争取他多做些事情的,可惜被日本人暗杀了。肯定是日本人干的。不过,宋源以为侯本太还是死得其所。宋源已经知道是侯本太取走了檀县长的人头,这事许多彭城百姓都知道,大概是当时守卫西门城楼的警备队员传出来的。除此以外,侯本太还救了那么多彭城百姓,避免了一场大屠杀。他做的事已经大大出乎宋源的意料。

侯本太的坟地就在九里山脚下,并不难找。旁边立了一块木牌,上头有几个字:"侯乡长本太之墓"。很简陋的一块牌子,据说是彭城几个老人给立的。前两天刚下过一场雨,但仍能看到坟前有些纸灰。宋源绕坟转了一圈,捧起一捧土,撒到坟上。

宋源回到游击队驻地,一纸命令也刚到,上级说最近有八路军两个团要从山东开过来,准备逐步解放彭城属下的各个县城,要宋源的游击队配合阻击敌人从彭城增援,并调拨来一批武器弹药。

这下,宋源高兴坏了。

宋源这个县是环城县,环绕彭城一圈,也是彭城下属最大的县,游击队的力量也最强。环城县和其他县乡镇敌伪据点基本已被游击队拔光,但各个县城还在日伪军手里。这些县城日军力量并不大,一般也就一二百人,主要是伪军在守护。每个县城都有两三千伪军,加之他们装备好,又有城墙掩护,游击队很难拿下来。这些县城和彭城日伪军互相呼应,用铁甲坦克联络,游击队一时难以得手。现在好了,八路军两个正规团从山东开过来,计划一个县城一个县城地攻克,最后孤立彭城之敌。看来,离大反攻不远了。

宋源的任务就是在八路军攻打各个县城的时候,率游击队阻击彭城之敌,防止他们增援。要把敌人堵在彭城,即使堵不住,也要缠住他,不能让他们轻松去增援。这个任务很艰巨,但宋源有信心完成任务。关键他喜欢这个打法,多过瘾啊。

后来的几个月,整个彭城地区战事频繁,八路军展开强大的攻势,各县游击队紧密配合,一个一个县城被攻克了。

宋源的游击队三个小分队两千多人埋伏在彭城四门外,等待城内日伪军出城。说是埋伏,又故意暴露目标,虚虚实实。当一个县城被八路军包围攻打的时候,彭城内的日伪军多次出城增援,多被宋源打了回去。有几次终于冲了出来,又被宋源的游击队死缠烂打,被迫在中途作战。游击队并不正面交锋,只是夹在日伪军两侧,不断袭击,噼里啪啦打一阵子,等日伪军攻过来,他们又跑,到前头等着他们。敌人行动严重受阻,只能像蜗牛样前进,常常前进一公里,就要付出十几个人的代价。而关键是那边县城十万火急,这边增援部队无法快速行动。结果是一个县城已经被八路军拿下了,增援的敌人还在半途,于是只好掉头回去。但出城难,回城也不容易。宋源的游击队已在回路上等着,不仅有枪炮阻拦,还有地雷伺候。回到彭城,不仅白跑一天,还死伤惨重。

一九四五年八月十五日,日本天皇裕仁以广播"终战诏书"形式,宣告无条件投降。

这一天,举国欢腾,被侵略的苦难终于结束了。

这一天,有多少人笑,就有多少人哭。

枪声、鞭炮、锣鼓、欢呼、哭声,响彻神州。

这个被侵略者残杀蹂躏的伟大民族,又一次从苦难中站了起来。

没有人能体味这一天中国人的心情。

那一天,当游击队员们在九龙山欢呼雀跃的时候,宋源站在一座山头上，注视着彭城的方向，既没有欢呼，也没有流泪，只是满脸的诧异和茫然。

他知道会有打败日本人的一天，可是当胜利真的到来时，他还是觉得太突然了。日本人那么不可一世，怎么就投降了呢？日本人也会投降吗？日本人投降了，他们这么多年作的恶怎么说？是一笔勾销，还是要算总账？这个账又该怎么算？

其实，在这之前，他曾很多次想象过胜利的这一天。但他希望看到的结局不是日本人投降，而是消灭这些禽兽一样的侵略者，把他们埋葬在中国的土地上。对于投降者，按照八路军的规定，是不能杀的。据说还有个什么国际公约，也是不能杀的。

可他咽不下这口气。

日本人杀人放火抢劫强奸，对中国的平民百姓犯下那么多滔天罪行，他们从来就不按国际公约行事。一纸投降书，就成了他们的护身符，就可以拿国际公约要求中国人，凭什么？

日本人宣布投降前几天，他其实已接到通知，说日本人快要投降了，除了要准备受降，上级还特别提到八路军的规定，提到那个什么国际公约，要他一定严格执行。虽说宋源已是县长，已是游击大队长，可上级知道宋源的性格和脾气，怕他不冷静做出不理智的事来。

当时，他没有吭声。

当时，他在心里说，没有任何东西能约束我报仇。

当时，他在心里说，天漏村被日本人杀害的几百个乡亲，我宋源不会对不起你们。

当时，他在心里说，彭城地区被杀害的中国无辜百姓成千上万，我宋源是为了杀日本人才当县长的，不能报仇我当这个县长干什么？

当时，他在心里说，檀县长，我一定要杀掉那个残害你的日本人，即使他回到日本，我也要想尽办法去日本追杀他。

当时，他在心里说，上级，你们都去做规矩人老实人吧，中国规矩人老实人太多了,不差我一个。中国就是规矩人老实人太多,才受人欺负的。就让我做恶人吧。我要让那些作恶多端的侵略者记住,恶有恶报,我要用恶报复恶。别指望中国人全都那么乖,全都那么大量,全都那么谨慎行事,全都那么能忍,全都那么仁慈,我宋源没那么仁慈,没那么大量,我就是个记仇的人,有仇必报。上级,你们说国家会审判战犯,下头的人不要乱来。国家审判的只能是几个大头目,那些具体杀人放火强奸的日本兵呢?他们是野兽,他们不配叫人,我要用我的刀审判他们,我是民间审判。上级,你们说如果我乱来,会处分我,撤掉我的县长职务,严重了会判刑甚至杀头。上级,我将用行动告诉你们:随便!

这时,宋源已接到命令,鲁南军区根据中共中央命令已派出三个团向彭城进发,准备接受日军投降,进驻彭城。要他率领全部游击队全力配合。

宋源立即从九龙山拔寨起营,下山和八路军会合。

他不知道日本人会怎样投降,但他一直在想如何率领他的游击队射杀那些日本人。他们是出城投降,还是开门在城内投降?是集体排好队投降,还是由军官代表投降?一切都是未知。他在行前给游击队员们训话说,到时一切随机应变,以我的命令为准,此外不要听从任何人指挥。

游击队员们从他满脸杀气上看得出来,宋源不会放过那些投降的日本人。他们都很激动。他们懂得他,他们并肩战斗这么多年,一直在第一线和日本人缠斗,和宋源一样目睹日本兵的残暴,就这么放过日本人,他们同样不甘心。

但当游击队在彭城外会合后,宋源和游击队才知道情况有变。原来在日本宣布投降前的八月十一日,蒋介石就已严令八路军、新四军"原地驻防待命",不得向日、伪军"擅自行动"。且命令日、伪军"切实负责维护地方治安",不得向八路军、新四军、共产党游击队投降。如果八路军、新四军向日、伪军进攻，要立即进行"有效之防卫"，如果日军失去驻守阵地，要求日军就地反击，收复"失地"，静候国民党军队来接受投降。同时，国民政府已将彭城内的伪军收编为国民党新编第六军，一支汉奸队伍摇身一变成了国民革命军，他们的任务就是和日军一起，抵抗八路军、新四军解放彭城。

在彭城外的军事会议上，正当大家为此气愤不已时，宋源却突然哈哈狂笑起来。众人问他为何这么笑，宋源说日本人不投降好啊。咱们可以继续杀小鬼子了！所有人一愣，随即都哈哈大笑起来。

当夜，八路军队对彭城展开了猛攻，并由宋源带领一部分游击队员从那条暗道进入城内，里应外合。但没料到，敌人防范严密，所有日伪军都出动了，除了上城守卫，还派出大批日伪军全城戒严巡逻，游击队很快被发现了，眼看被敌人包围。宋源这次学聪明了，马上要胜利了，不能再拿战士的命死拼，于是急忙下令撤退，又从暗道回到城外。正面强攻的八路军也很不顺利。这么一座中等城市比一般县城难打多了，城墙更高大坚固，日伪军火炮武器也强大得多。更重要的是，日本宣布投降后，日本军队窝了一肚子火，认为投降是天大的耻辱，与其屈膝投降，不如战死。他们特别不愿向八路军和共产党游击队投降。彭城会战后，国民党军队很快撤离这一地区。这么多年，和他们死缠烂打的就是八路军和游击队，现在要向他们投降，是绝对不可以接受的。日军是带着怨气、邪气、绝望、愤怒、恐惧投入守城作战的，因此格外凶狠。而伪军也同样展现出从来没有过的战斗力。多年来，他们虽然依附日本人作恶多端，但内心其实是畏缩的、害怕的。他们还记得自己是中国人，帮助日本人残杀同胞，到底理不直、气不壮，早晚有一天会被清算。特别近一二年看到日军大势已去，已有一些人偷偷逃离。留在军营里这些人很多都想逃离，但终于没走，是担心落单，会更不安全，留下来还可以抱团取暖，静观事变，只是内心惶惶不安。日本人宣布投降那天，他们几乎和日军一样绝望，以为死到临头了。可是没想到次日即接到蒋委员长命令,收编他们为国民革命军新编第六军,就是说他们不再是汉奸队伍,而是一夜之间变成堂堂正正的国家正规军了,这真是做梦都梦不到的天大喜事。对于蒋委员长真叫感激涕零,许多人甚至大哭着对空磕头。蒋委员长让他们守城,哪有不拼命的道理?

日伪军据守坚固的城墙,手握强大的武器,居高临下,火力全开。八路军缺少重型武器,攻城依然靠云梯,一次次爬上去,一次次被敌人打下来,伤亡惨重。眼看强攻不行,八路军部队只好停止进攻,撤出战斗。日伪军在城头得意忘形,哈哈大笑,不断挑逗戏弄。八路军战士虽然十分恼怒,却又无可奈何。经请示上级,为避免更大伤亡,八路军三个团决定撤离彭城,旋按上级命令执行另外任务去了。

宋源并没有感到孤单和失望,甚至还有点窃喜。多年来,差不多都是游击队单独和日伪军周旋较量的。他并不希望八路军正规部队一举拿下彭城,俘虏日伪军;那样八路军会按规定处置他们。现在一切由他做主了。日伪军不是不愿投降吗?正合我意。这样找小鬼子算账,就天经地义了。

宋源把游击队暂时撤回山区,他没有力量也没打算强攻彭城,他要另外想办法。把日本人引出城外已经很难,没有充足的理由,日本人是不会出城的。那么,唯一的办法还是通过暗道进城。但他对这个暗道有点不放心了,他和千张子已经使用多次了,特别这次进城,和八路军里应外合,他带游击队快进快出,转眼不见了,敌人不可能不怀疑。万一敌人找到暗道出口,不仅会有危险在等着,而且再进城就不那么容易了。

但不进城又怎么找日本人报仇呢?

宋源决定先派人从城门化装进城侦察,探探情况再说。

受派的两名游击队员,曾在前些天跟宋源从暗道进城,知道小河边的暗道出口。傍晚时分,两人扮成普通百姓,一个牵着一头驴,上头驮了几十斤小米,装作进城给亲戚送粮食。连年战乱,彭城内的居民很多人家穷困不堪,少粮断炊的事常见,不少要依靠乡下亲戚救助。另一个游击队员用小推车推了一车木柴,说是进城卖柴的。

两个人都很容易从城门混了进去。

但他们发现,城门戒备明显更严,主要是伪军也就是刚被改编成国军的士兵在把守,有三十多人,一个排的样子,他们还没来得及换服装,仍然穿着伪军服装,只把领章帽徽撕掉了。这些家伙十分神气,全像打了鸡血似的,对城门口过往百姓吆五喝六。城门内站着一个小分队,也就是一个班,大约十几个日军士兵,他们并不负责检查过往行人,只像木桩样站在那里,配合伪军守卫城门。这些日军士兵显然已没有了昔日的强横,全都表情木然。但木然中又透着倔强和不屑。现在他们成了配角,而伪军成了主角,这肯定让他们不爽。也许更主要的还是投降的结局让他们悲哀悲愤和沮丧。他们木桩样站成一排,内心一定是波涛汹涌的。

两个游击队员先后进了北城门,身后城门内却突然发生骚乱。原来不断有过往百姓对着日军叫骂和吐口水,口水吐在日军士兵脸上,他们擦也不擦,仍像木桩一样站立不动。但这时有一个刚进城的老人,步履蹒跚慢慢走近日军,突然从怀里抽出一把斧头,猛地砍向一个日本士兵,斧刃正中脖子,一股血似喷泉射出老高,日军士兵没来得及喊叫就倒在地上,半个脖子已被砍断。老人大吼一声,抡起斧子又砍倒另一个士兵,其迅猛完全不似一个老人。这一举动太突然了,几乎发生在瞬间。

日本宣布投降后,日军士兵被彭城百姓袭击报复的事已发生多起,他们作恶太多太多,老百姓终于有了出头之日,不能指望他们轻易宽恕。但日军已接到国民政府的命令,原地驻守待命,维持治安,等待受降。因此每天仍派出士兵巡逻守城,这是他们既愿意做又不愿意做的事。愿意做的原因是仍能显示他们的存在,以巡逻守城向市民示威。不愿意做的原因是,这毕竟是中国政府的命令,他们明摆着是充当看家狗的角色,这很屈辱。更何况,现在外出巡逻守城的危险更多了,连小孩都敢向他们扔石子、吐唾沫。伪军看见了,却佯装没有看到,还在偷偷发笑。这些伪军对日军同样没有好感。伪军在八路军攻城时拼命抵挡阻击,是把蒋委员长看成再生父母,坚决执行他的命令。他们知道国共两党一直面和心不和,早晚会争天下。在国民政府眼里,共产党一直是共匪,只是为了打日本人才容许他们的存在,但也一直在限制他们的发展。在伪军们看来,共产党根本不是国军对手,早晚是要被消灭的。对于日本人,伪军则更不喜欢。许多人参加伪军其实是昏昏然混饭吃的,可他们却受尽了日军的歧视、摆布、欺凌,像狗一样被利用,却不敢反抗。现在不同了,日本人投降了,老百姓向他们报复,他们不仅不会制止,还会保护老百姓不被日军报复,这正是改变他们在老百姓心中形象的时候。

头一天晚上,刚发生一件事。一队二十多个日军士兵在城内老黄河沿巡逻,路遇一个中年汉子,日军没有提防,中年汉子突然从怀里掏出一块整砖,猛地拍向一个日军士兵后脑,像拍烂一个西瓜,日军士兵惨叫一声倒下。中年汉子立即被日军抓住,一阵拳打脚踢,汉子拼命反抗,还是被打倒在地。正在这时,十多个巡逻的伪军赶到,连忙上前阻止,和日军发生冲突,汉子趁机逃走了。双方打在一起,一场混战,伪军人少,吃了大亏,一个个被打得头破血流,其中两个伪军士兵被日本人用枪托砸断了腿。这事闹到伪军司令部,伪军司令部立即向日军司令部交涉。这时日军司令未松早在日本宣布投降前几天已经调走,这是日本在宣布投降前采取的一次大面积举动,许多地方的日军将领都有调动,有的干脆调回国内,为的是保护这些高级指挥官,免得在战后作为战犯被起诉。彭城日军司令部留下一位副司令,这位副司令就把维持地方治安的任务交给了宪兵队长松本。

松本在日本宣布投降后,憋了一肚子火,他是完全不能理解天皇为什么要投降的,未松司令调走,明摆着要他承担彭城地区战争责任。他倒并不怕死,只是觉得窝火。当晚日伪军发生冲突,他得知情况后,态度十分蛮横,对前来交涉的伪军参谋长大喊大叫,说是中国人首先袭击了日本士兵,那个士兵脑袋被打烂,仍在深度昏迷中,生死未卜,要求伪军捉拿凶手,并交出参与打斗的伪军士兵。

消息传开,满城伪军和日军都来了情绪。

现在北门发生老汉用斧头砍杀日军士兵事件,其实也是伪军纵容的结果。执勤的伪军排长,一年前喝醉了酒,在大街上不小心撞到日本兵,被几个日本人按倒暴打一顿,还一脚踢掉了三颗门牙,满嘴流血。当时他刚提升排长,弟兄们为他祝贺才摆了酒场,没想到被日本人打了个半死。这个排长一直记得这个仇。当初千张子满城射杀日本人时,日伪军满城搜捕,他就曾看到过千张子,却不动声色将他放了。有人杀日本人,他都会觉得解恨。

当时在北门外,士兵搜身时,在老汉身上摸到一个硬邦邦的东西,就要老汉拿出来,老汉不肯,就和士兵发生了争执。这个排长忙走过去,问怎么回事,老汉指指怀里,说我带了一把斧头,要进城砍日本人。排长说你胆子不小,敢跟我说这话。老汉说,说这话咋的?你们也是中国人!知道吗,孩子?我一家老小七口,都被日本人杀了,俺们一个村子死了八九十口,只要是女人,都是先奸后杀,八十多岁的老太婆也没放过。你让我进城,砍死一个日本人也是好的,让我解解恨。

排长愣了一瞬,示意手下放开手。老汉就进了城门。然后他使个眼色,随后跟了过去。当老汉亲手用斧子连续砍杀两个日本兵,再要砍杀第三个时,几个日本兵举枪刺向老汉。就在这时,排长的枪响了,前头那个日本兵应声倒地。十几个日本兵全部都端起枪呀呀冲过来,但三十多个伪军立即围拢过来,全都枪口对着他们。

排长厉声叫道:"动就打死你们!"

日本人不敢动了。

伪军的枪全都子弹上了膛,日军的枪里却没有子弹。这也是规定。日军在城内执勤巡逻时,可以带枪,枪上可以带刺刀,但不能带子弹。

这时,排长威风极了,站在十几个日本士兵前训话,大意是说你们也别委屈,这是报应。这些年你们在中国杀了多少老百姓,强奸了多少女人,烧了多少房子,你们也有父母亲人,也有妻子姐妹,也有自己的房舍,如果中国军队去你们国家,杀死你们的爹娘孩子,强奸你们的妻子姐妹,烧了你们的房子,你们会有啥感想?你们会不会恼火?会不会愤怒?会不会报复?这个老人全家全村上百口人都被你们杀光了,他才杀了你们两个人,你们就不干了,你们还很恼火,你们有啥好恼火的?老子要不是国军,上头有规定,我都想一个一个全杀了你们!抬上你们的人,滚回军营去,这个北大门不需要你们守卫了!

日本人在彭城也住了多年,半懂不懂排长的话,但明白是在训斥他们,在述说日本人干的坏事,且有三十多支枪对着他们,就没敢反抗,抬起两具尸体走了。走着走着,一个日本兵突然号啕大哭起来。

排长阴冷地瞥了他一眼,转身要寻找那个老人时,老人已不见了,只有那把带血的斧子丢在地上。

两个游击队员和许多过往百姓,都看到了这一幕,纷纷朝排长伸大拇指,又拍手喊好,一片嘈杂声。

排长冲人群挥挥手说,大伙快散了吧!

两个游击队员交换一个眼色,转身进城,折进一条巷子。他们估计伪军枪杀日本人这事不算完,还会有事情发生。他们巴不得越乱越好,这样更能趁乱侦探敌情。

两人正要分散行动,忽然发现刚才砍杀日本人的那个老人快步向他们走来,走路如一阵风,完全不像一个六七十岁的老人。两人正疑惑间,老人已走到面前,低声说:"你们愣在这里干啥?"

两人听着声音耳熟,一个说:"老人家,你……是什么人?"

老人说:"混蛋,连我的声音都听不出了。"

一个醒悟过来,忙说:"你是宋县长?"

另一个也忙说:"宋大队长?"

果然是宋源。

他派二人前来侦察,自己也随后跟了过来。一是不太放心,二是相机行事。抓捕日本人,是他此行主要目的。先前在城门外和伪军排长说的那些话,虽然不是发生在他身上,却也不是编造。去年,日本人血洗一个村庄,宋源带游击队赶到时,日本人已经走了。满村已被烧成一片废墟,大人孩子尸体到处都是,许多女人都是半裸全裸躺在地上,一股浓烈的血腥味让人窒息。这时,不知从哪里爬出一个受伤的老人,老人向宋源哭诉了全村被日本人杀害的经过。老人说,日本人来这里,说是为了抓捕一个共产党地下联络点,这里哪有地下联络点?

来的一百多个日本兵大多年纪很小,像是学生娃刚当兵,十六七岁的样子,由一些老兵带着。刚开始杀人放火强奸妇女时,这些学生娃都不敢,那些老兵们就呵斥他们,用枪托打他们,然后给他们做示范,教他们杀人,教他们强奸妇女。杀人时先是用枪,后来用刺刀。后来这些学生娃就疯了,一面杀人一面号叫,强奸妇女不论年纪大小,光天化日之下,按倒了就扒衣裳,奸完了就杀,用小攮子抹脖子,用刺刀捅下身。他们哪里是抓共产党?他们是挑个村子让新兵练胆子的,一村人就这么没了……

宋源听得眼珠子都暴出来了,他跟老人说:"老人家,这个仇,我替你们报,一定报!"

刚才,他用斧子砍断两个日本人的脖子,并没有解恨。他只是没想到那个伪军排长会默许他进城杀日本人,并在关键时刻向日本人开枪。

宋源化装成一个老人,怀揣一把斧子进城,并向伪军明说要找日本人报仇,本是为了制造混乱。这当然是一步险棋,但他估计伪军再怎么坏,也不至于把一个要找日本人报仇的老人怎么样,毕竟日本人已经投降。这些伪军至多把他赶走,拒绝他进城。但没想到会是这样的结果。现在预料,日本人不会善罢甘休,北城门很快会有大事发生。他告诉两个游击队员,让他们赶快去小河边,看看那个暗道出口有没有被敌人发现,有没有敌人埋伏把守。暗道里已经潜入两个排的游击队员,他们正按照宋源事先命令,在里面等候消息。如果没有敌人,两个游击队员只守在附近等待。如果北门方向响起枪声,就立即冲进河坡暗道,引领队伍扑向北门配合行动。

两个游击队员立刻出了小巷,向小河方向去了。

宋源安排他们走后,自己又转回来,在北门一带隐蔽起来。

果然出事了。

宪兵队长松本得知北门日本兵被杀的消息后,勃然大怒,立刻带上一个小队六十多日本兵,每人配发二十发子弹,冲出军营。日军副司令阻止不及,赶忙让副官木村追上去,劝说松本回来。在军营外,木村传达副司令的命令,要松本带队回去,但此时的松本已听不得任何命令,说副司令已把全城维护治安的权力交给我,我有权决定怎么做。带领人马直扑北门去了。

木村一看不好,也赶紧跟了上去。他想如果发生冲突,自己也能缓冲调解一下。

宋源躲在一处墙角,一直在向日本军营方向眺望。当日本人远远出现在街上时,宋源立即就发现了。薄薄的暮色中,一队日本兵正跑步前来。

他知道真要出事了。

这样的结果正是他希望看到的。

宋源没有犹豫，反身就往北城门跑，看到伪军排长和三十多个士兵仍在那里。伪军排长正和几个人商量什么，也许他已经意识到先前枪杀日本兵会有麻烦，正在商量对策。宋源直跑过去，大声喊道："日本人报复来了，快，准备战斗！"

排长和伪军全都一愣，抬眼朝城内大街望去，果见远远一队日军正向北城门冲来。

排长认出是那个砍杀日本兵的老人，这会却虎虎生风，一时惊问："你究竟是谁？"

宋源一把撕开罩在脸上的猪尿泡，露出脸上一大块黑痣，把脸伸到他面前，"你看我是谁？"

排长吓了一跳，"你是宋……你是鬼是人呀？你……不是早已经死了吗？"

宋源伸手从背后拔出两把枪，"少废话！快让你的人隐蔽在工事里，一切听我号令！"

此时，已能听到日本人急促的脚步声，情况万分危急。

排长一时有点蒙，他被宋源瞬间拿走了指挥权，却无法抗拒。日本人马上就到眼前，从脚步声也听得出来，他们是报复来了。而且人数很多，也肯定枪弹齐备。排长没有和日本人打过仗，但他知道日本人的厉害。先前开枪打死日本人，只是逞一时之快，以为日本人已是死老虎，不敢反抗。但在日本人被赶走后他就后悔了，他知道惹了大麻烦，才赶紧召集手下几个班长商讨对策。不料这个威震敌胆、杀人如麻的宋源突然出现，这让他又惊又喜又抱怨，抱怨他惹了祸把他牵连进来。但此刻已没有时间抱怨，只能依靠他救急了。多年来，宋源不仅在百姓口中是英雄，在日伪军里也是传奇。关于宋源，有无数传说,仿佛无所不能。几个月前宋源被炮弹炸死在小河里,已成铁的事实。当时伪军中就有人说,宋源不会死的,但也只是猜测,甚至是一句玩笑话。没想到他真的没死。这是个能创造任何奇迹的家伙。

现在只能相信他。

希望他能救自己也能救下弟兄们。

但他还是有些怀疑,就小心问:"宋队长,就你一个人吗?"

宋源没理他。

宋源瞬间已指挥伪军洞开城门,城门内外都有麻袋临时工事。他让伪军士兵隐蔽在工事后,另派一个班的兵力上到城门楼上,居高临下,全部以他枪声为令。

伪军们本都紧张得哆嗦,日本人来报复,几乎没有活的可能。但宋源的突然出现,让他们心安不少,全都按宋源命令,枪弹上膛,伏卧在工事里,紧张地瞄着日本人扑来的方向。

两个游击队员按照宋源的命令,很快来到小河边,猛然发现暗道对岸修了一个临时工事,工事是用麻袋垛成的,工事上架着一挺机枪,枪口正对着那个暗道口方向。隐约可见工事里有伪军,也有日军,总计十多个人。两人一惊,显然敌人已经发现暗道出口,正在那里守株待兔,只要游击队员从洞中出来,必死无疑。

二人为安全进城,都没带枪。只在小车木柴疙瘩里藏了几枚手雷。怎么才能靠近敌人呢?

正在这时,突然从北门方向传来枪声,而且非常激烈。

小河边工事的敌人显然也听到了,都站起来往北门方向张望。两地相距不过一里多路,听得非常清楚。

他们不知道发生了什么事情,一时有些慌乱。

这时,突然有伪军喊:"你们看,那边有人在打架!"

果然,在距他们二百多米的地方,两个男人正在打架,你一拳我一脚,打得很凶,旁边有一辆柴车和一头毛驴。一个男人被打倒在地,爬起身从柴车上抓了一根木柴,劈头盖脑打向另一人,另一人好像被打出了血,抹了一把鼻子,也抓一根木柴打向另一人。两人一边打一边叫骂,好像是谁欠了谁的钱。忽然,一个男人转身就逃,一直向工事方向跑来,一边大叫:"救命啊!"渐渐近了,可见他满脸是血,十分狼狈。那人随后追来,也在大叫:"王八蛋,还我钱!"

日伪军正看热闹,两人已跑到距他们仅二三十步的地方。突然两人向工事扔过几颗手雷,一阵连续爆炸,工事里的日伪军全被炸翻在地。

几乎与此同时,从小河暗道口冲出一串游击队员。

原来,这两个排的游击队员早就到了。他们潜伏在暗道口,已在暗中发现了对面敌人的机枪工事,知道敌人正在等待他们。刚才北门枪声响起时,他们也听到了,知道出了事情,只是不知道出了什么事。但应当和宋县长有关。大伙要硬冲出去,两个排长认为这么硬冲,伤亡会很大,还是稍等一下,看看先期进城的两个队员能否接应。

在两个游击队员用手雷炸翻敌人工事的同时,暗道中的游击队员已急不可待地冲了出来。两个游击队员顾不上多解释什么,就大喊一声:"快去北门,宋队长和敌人干上了!"

两个排的游击队员如猛虎出洞,在暮色中扑向北大门。

北大门激战正酣。

宋源首先开枪,两枪击倒冲在前头的两个鬼子,二十多伪军枪弹齐发,敌人纷纷倒地。日本人没想到伪军敢这么猖狂。他们并不知道是宋源在指挥战斗,他们甚至不知道宋源还活着。

松本在伪军密集开枪的瞬间,除了愤怒,就是巨大的悲凉。这些曾是狗一样的伪军,现在连一句解释的话都没有,开枪就打。他现在真切体会到什么叫降国之师,什么叫异国他乡,什么叫孤立无助了。

但他已抱有必死的决心,命令日军立刻反击,双方很快陷入混战中。木村紧跟松本,还在劝说他撤出战斗,避免更大伤亡,但松本已根本听不进去。他的脑子里就是一个念头:和中国人拼了。

宋源一边指挥伪军战斗,一边焦急地张望。他不知道潜藏暗道中的游击队出来没有。如果他们来不了,靠这些伪军是抵挡不住日军的。而且时间不能久拖,日军很快会有增援,伪军当然也会增援。但伪军增援部队会支持谁就难说了。北大门的这一排伪军,只是阴差阳错,被他巧妙利用了,而自己一个人在他们中间也有相当的危险,万一有人朝自己开黑枪呢?那一阵,宋源真是眼观六路,耳听八方。

这时,伪军排长爬着凑过来,说,宋队长,这么打下去会怎么样?

宋源一边放枪,一边说,排长,你以为还有退路吗?只有消灭他们,弟兄们才是安全的。

排长说,宋队长,咱们就这么点实力……

排长还没说完,日军右后方突然响起激烈的枪声,日军纷纷倒地。

宋源兴奋起来,大喊一声:"弟兄们,援兵来了! 冲啊!"第一个跳出工事,扑向日本人。

排长看得呆了。这个宋源果然名不虚传,真是个不怕死的魔头。事到如今,的确已没有退路,也一挥手喊道:"冲啊!"带领弟兄们冲了过去。

增援的两排游击队员从后杀来,喊声震天。

一阵短兵相接,六十多个日军已全部躺下。

宋源大喊一声:"找找看,还有没有活的?"他这趟进城,除了杀日本人,最想抓几个活鬼子。他还是惦着檀县长之死,他太想知道到底是谁出卖了檀县长,檀县长是怎么被日本人残害死的。

这时,一个游击队员过来报告:"宋队长,那边还有四个活的,都受了伤。"

宋源说:"是吗?背上他们,带走!"他没想到真会抓几个活的,一时异常兴奋。

一个游击队员过来急促报告:"宋队长,日本援军快到了!"

宋源一挥手,"撤!"

伪军排长一时六神无主,忙说:"宋队长,你们撤了,我们怎么办?"

宋源说:"还能怎么办?和我们一块撤呀!"

伪军排长说:"我们是国军哎,怎么能和你们一块走?"

宋源说:"你们是屁国军!当了日军多年的走狗,今天好不容易活出个人样来,让老百姓喊出个好,还不赶紧脱离他们?跟我走,不会亏待你们,留下只有死路一条!随你们选!"

此时,游击队已和增援的日军交上了火,敌人火力很猛,很快已有几个游击队员牺牲。

宋源大吼一声:"不要恋战,快走!"

游击队边打边退,很快撤到了城门外。

伪军排长一看不妙,也赶紧命令伪军跟随游击队撤了出去。时间紧迫,容不得他多想,只能撤出去。但心里却恨宋源。他觉得自己的前程毁在他手里了。

大批日军紧追不舍,一直追出城外,还在追赶。

宋源亲自断后,带领十几个游击队员阻击敌人。好在此时已经天黑,敌人看不清楚,不敢追得太急,但一直没有放松脚步,游击队也一直没有摆脱日军。日本人也是火大了,宪兵队长松本带领六十多人全军覆没,这损失太过惨重。特别是松本,那可是日军在彭城的灵魂,没想到这时候会魂断彭城。种种迹象表明,是游击队混进城干了这一票,实在不能容忍。

宋源从枪声、脚步声判断,日军起码有一个中队二百多人在追赶。而游击队只有几十个人,还要背着伤员和几个日军俘虏,没法走得太快。几十个伪军本来最后撤出城外的,这时已跑到最前头去了。他们根本没打过这种恶仗,早成惊弓之鸟。

宋源感到身边断后的游击队员在一个个倒下,自己肩头麻了一下,也中了一枪。可他没敢声张,继续不停向敌人射击。这时,他知道自己子弹不多了,而敌人的子弹非常密集,这么下去将十分危险。

危局却在突然之间发生了翻转。

两旁山头上突然响起密集的枪声和喊杀声。宋源立刻听出来,是他的游击队来了!这叫他大喜过望。

原来,在驻地留守的游击队在宋源走后不久,越想越觉得这次行动太险,即使暗道潜伏的几十个人能进入彭城,也是势单力薄,万一被敌人包围,将无法逃脱。于是除部分留守外,集合一千多人随后下山,伺机救援。他们刚刚赶到这里,正逢宋源等危急之时,一阵猛打猛冲,终将日军赶了回去。

第二天黎明,游击队才回到九龙山驻地。清点人数,游击队员牺牲十一个,受伤十九个。伪军也死了八个人。

宋源肩胛下挨了一枪,子弹穿透了,好在没伤到骨头。

四个日本伤员却伤得不轻,有的伤了腿,有的伤了肚子,有的伤了脖子,还有一个被打瞎一只眼,仍在昏迷中,有可能伤了脑子。游击队赶紧派人去天漏村请王掌柜。

伪军是第一次到游击队驻地来。除了一些简陋的草房子,还有几个大山洞。他们没想到,这支和日本人缠斗了七八年的游击队这么艰苦。排长有点感动。正站在一块巨石上发愣时,一个游击队员跑过来叫他,说是宋队长有请。游击队员大多还是习惯称宋源队长,很少有人叫他县长。

宋源叫来伪军排长,是和他谈去留问题。

宋源说,你们可以走了。当然,也可以选择留下。

排长有点犹豫,他一时还没想清楚该怎么做。宋源在伪军中是魔鬼和天神并存的人物,而且知道他以前对叛国者比对日本人还恨,他曾亲手砍掉过许多伪军的脑袋。他在心里很怕他,担心一句话不慎也会被他砍了脑袋。但他今天也有点底气,毕竟他和宋源合作了一把,杀了那么多日本人。当然,这跟宋源和他的游击队八年抗战的功绩无法相比。不管咋说,今天不会被他砍头,他说话的语气也不像太为难他,虽然语气显得有些傲慢和不屑。排长心里有一点是明确的,他和弟兄们不能留在这里,因为他还是从心里怕他,不知道日后和这样一个人如何相处。但他又不敢说重回彭城,回到国军那里去。他已经知道,他们被改编成国军后,在宋源眼里仍然屁也不是。可他相信,迷迷糊糊多年,如今被改编成国军,终于走上了正道,蒋委员长是国家的委员长,在蒋委员长眼里,共产党就是一帮土匪,他们是成不了正果的。日本人投降后,一旦局势稳定下来,蒋委员长还会剿灭他们,留在这里不会有好结果。

排长还在心里左右盘算时,宋源不耐烦了,说你磨磨蹭蹭想啥呢?有屁就放。想留就留下,想走就赶快滚!

排长忙说,宋队长,我和手下弟兄们不懂游击队的规矩,俺们还是走吧。

宋源说,你们打算去哪里?还回彭城?

排长连忙说,哪里还敢回彭城?俺们还是各自回家种地吧,在外瞎混了这么多年,昨天碰上宋队长,是俺们一辈子的幸运,跟着游击队杀了几个日本人,也算赎了点罪,回家也敢见祖宗了。

宋源说好吧,你们回家,一人发三块大洋。

排长忙推辞,钱就不要了,你们也困难,算了算了。

宋源一瞪眼,叫你拿你就拿上。另外,走前帮我再办一件事。

排长忙哈腰说,宋队长你吩咐。

宋源说，昨晚带回来几个鬼子的伤兵，你们去看看，有没有认识的，有没有日本军官。

排长说，我认识不少日本军官，我带弟兄们去看看。

很快，排长和伪军从四个日本伤兵中认出两个人，几乎让整个游击队欢呼起来。

这两个人一个是日军宪兵队长松本，另一个是日军司令末松的副官木村，都是日军的核心人物。

这正是宋源最想抓获的两个人，特别是松本！

宋源当场命令，给排长和二十多个伪军每人发十块大洋。并且让人给他们写了证明材料，说他们打死过日本人，并且辨认出日本军官，这算立功，可以减轻他们当过伪军的罪行。

排长带上他的人，千恩万谢，很快离开营地走了。

他们下了九龙山，那些伪军纷纷表示要回家。对于未来的不确定性，让他们心里没底，还是回家保险，历经这么多年血火战争，能保住一条命回家已是很幸运，别的不敢多想了。

但排长还有些不甘心。他还想着他的前程。国军的身份让他感到荣耀，蒋委员长的召唤让他心里暖暖的。蒋委员长和国民政府是抗日的。对于自己打死日本人的事，他相信能说清楚，如果回到彭城自己的队伍里，说不定会被记功升迁。但他也说不准，只是不想回家。他决定化装成一个百姓，先混进城去，私下打探一下情况再说。

于是，当手下弟兄们四散的时候，排长大踏步向一户山民家走去，他决定先去山民家里弄一套百姓衣服。

宋源当然知道日本宪兵队长松本，就像松本也知道宋源一样。这么多年，他们是两个真正的对手，一直都想置对方于死地。

松本并没有见过宋源，只在画像上知道他的长相。

而宋源其实是两次见过松本的，一次是在日军扫荡时，宋源和游击队潜伏在一片高粱地里,松本带着几百日伪军从地头走过。两者相距百十步,又隔着高粱棵,影影绰绰,当时千张子告诉他,走在前头第二位的那个日本人就是松本。按照宋源的枪法,尽管隔着高粱棵,他完全可以一枪击毙他。但当时宋源没敢开枪,因为他身后还藏着一百多个老百姓,而他只带了十几个游击队员,如果和日本人打起来,无法保证老百姓的安全。第二次见到松本,是他第一次去找侯本太的时候,是在彭城街头碰到的。当时一个军官骑着东洋大马,带领宪兵队从大街上飞驰而过,十分威风。老百姓纷纷躲开,一边大骂,说那个骑大洋马的家伙就是松本,是个杀人恶魔。两次见到他,都在匆忙间,宋源并没有看得太清楚。这次捕获来的四个日本人,因为都受了伤,满头满脸血迹斑斑,宋源并没有认出来。当伪军排长和他手下一致指认出松本和木村后,宋源心头一震:老天有眼,这真叫报应了!

松本肚子上受了伤,起码中了两枪,肠子都出来了,动弹不得。脸上擦了一块皮,血糊糊的。

木村一只眼睛被打烂了,昏迷不醒。

四个日本人都关在一个草房里。

天漏村王掌柜带着徒弟已火速赶到。游击队员也有不少人负伤,好在没有致命伤。宋源让他们先给日本人做手术,他不能让他们轻易死掉。

宋源并没有在现场看王掌柜给日本人手术。

事实上,自从早上由伪军排长带人认出松本和木村两个日本高级军官后,他就一直没有再进那个关押看管他们的草房。他怕自己忍不住冲动会立即砍了他们。他相信,这两个日本军官不仅知道所有日军在彭城的罪行,而且知道檀黛云县长被害的经过。特别是宪兵队长松本,很可能就是亲手残害檀县长的凶手。他必须把所有的事情都搞清楚,包括是谁出卖了檀县长。他竭力压制着自己,暂时不去看他们。他面如铁板,内心却如惊涛骇浪。

当王掌柜走进那座茅草房开始手术时,宋源转身钻进附近一个山洞。他一直往里走,走到山洞最深处的一块岩石后头,静静地躲在那里。此刻,他不想看见人,也不想被人看见。

宋源背靠那块奇形怪状的岩石,缓缓坐下时,两行泪水止不住流下来。这是他此生第一次如此悲喜交加。

流过泪后,宋源心里平静了很多。

审讯日本人,将是一个艰巨的任务,也是一个全新的任务。他以前从未干过这种事,只简单审讯过伪军,然后砍头。日本人就完全不一样了。他们不会轻易招供的。

术后第七天,松本精神好了许多,伤口已开始愈合。

他知道自己已落入游击队手里,肯定是没命了。他并不怕死,死之于他来说更是一种解脱。从关东军算起,松本来中国已经十几年了,经历过这么多年战争,自己仍然活着简直匪夷所思。他杀过无数中国人,包括士兵和老百姓,他并没有刻意统计过。他和他的部队、战友都在努力杀中国人,杀得很辛苦,杀得很尽职,可还是没有换来战争的胜利。日本宣布投降,让他痛不欲生,让他觉得耻辱,这么活着回国,真还不如死去。

那天早晨,他被那个伪军排长认出来时,还努力微笑了一下。他不怕被认出来,这是早晚的事。他现在感兴趣的是,落入游击队手里,会看到宋源。当时一个半边脸乌青的人站在排长一旁,一句话没说。他想这家伙就是宋源了。八年来,他每天都想捉住他,现在自己反被他捉住了。不过这样也好,不管怎样,自己总算和他见面了。如果斗了八年,斗的只是一个影子或名字,一个真实的宋源都没见过,一定是件很遗憾的事。

传说宋源是个很暴力的人,就是个山民出身,猎手,也没什么文化。他相信这样一个家伙不难对付。他要想办法激怒他,让他一怒之下杀了自己,他不想和他啰唆,他从心里瞧不起宋源。而他不仅出身高贵,而且受过高等教育。他有资本瞧不起宋源。

审讯是在一座单独的草房里。

宋源坐在对面一张木凳上。

松本被反手捆绑着,背后站着两个游击队战士。

一个文书模样的人坐在一旁的小桌前,桌上放着纸和笔墨。

一副煞有介事的样子。

突然,松本被按倒跪在地上。

他不愿意跪,一直在挣扎。但两个游击队员很有力气,四只手像四把铁钳,钳住他的肩膀,把他按在那里。松本血脉贲张,脸涨得通红。一个大日本帝国的宪兵队长和武士,跪在一个破破烂烂的游击队长面前,让他感到极大的羞辱。

宋源面无表情,看着他徒劳地挣扎,好像这事和他无关。

松本知道这么挣扎下去不仅徒劳,而且会给宋源留下一副狼狈相。他索性不挣扎了,一下挺直身子。他想告诉宋源什么叫武士。

宋源笑了,嘴角扯了一下。

松本知道他在嘲笑自己。他当然不肯被动,于是冲宋源也笑了一下,说:"你比画像上还丑。太难看了。"松本会一口流利的中国话。

宋源说:"是吗?怪不得你们老是抓不住我。你们日本画像师太差劲了。"

松本说:"是中国画像师。"

宋源说:"噢,看来,你们被中国画像师糊弄了。"

松本说:"不,这位中国画像师对皇军绝对忠诚。"

宋源说:"别那么自信。我过去也认为,凡是跟着日本人做事的都是汉奸。后来我知道自己错了。中国人到底还是中国人,甘心当汉奸的没几个人。你们日本人就毁在盲目自信上。"

松本不服气地晃晃肩，双手被绑在身后很不舒服，说："宋队长，你这么绑着我才是不自信。怕我跑了？"

宋源说："你又太高估自己了，放开你，你也跑不出九龙山。绑着你是让你明白，你是个罪犯。你没有普通人的权利。不仅绑着，还得跪着。跪着很委屈是吧？你可以站起来。"

松本屈起一条腿，刚准备站起来，立刻被两个游击队员按住了，动弹不得。

宋源说："站起来呀！"

松本气恼地，"你应当命令你的士兵松开手！"

宋源摇摇头，"你说错了，他们不是士兵，他们只是拿枪的老百姓。我允许你站起来，只要你有力气。来，我帮你加油，他们不过两个人，你一个武士这点力气还没有吗？来，一——二，起！"宋源很认真地大喊着，一点也不像调戏他的意思。

松本憋红了脸，猛地往上一蹿，刚一离地，两个游击队员一按，啪！一声又重重地跪下了。

宋源摇摇头，"还是力气不够。"

两个游击队员忍不住偷笑起来。

宋源冲他们训斥道："笑啥笑？你们以为老子耍猴呢？"

松本盯着宋源，竭力压制着愤怒，知道这个丑陋的家伙不好对付了。他其实在戏耍羞辱自己，却装得一本正经。但自己不能愤怒。这个时候，谁愤怒谁就是失败者。

松本说："宋源，你是个胆小鬼，敢不敢放开我，咱们一对一。"

宋源摇摇头，"你现在有伤，赢了你不算什么。等你伤好了，咱们可以打一场，我保证给你这个机会。就怕到时候你会后悔。"

松本说："我怎么会后悔？"

宋源说："你力气不够。就像你们整个日本一样，也是力气不够,打到现在,还是投降。"

松本冷笑道:"我们不是被你们中国打败的,是因为美国的核弹。"

宋源说:"美国人不扔核弹,你们也要投降的,也就多拖延几天。不过,的确想不明白,你们的目的是占领中国,已经把大部分军队都投入到中国战场上,突然间又去招惹美国,不是太憨熊了吗?"

松本抬起头,"什么叫……憨熊?"

一个游击队员在背后向他解释:"就是愚蠢,笨蛋!"

松本显然同意这个观点,却又不能承认,于是狠狠地说:"那是上级的决定,不关我的事。"

宋源说:"当然不关你的事。这说明啥呢?说明你们从上到下都是笨蛋!"

松本生气地叫起来:"不许你侮辱大日本帝国!"

宋源说:"我只是说出事实。现在全世界都在说你们愚蠢,说你们不仅无德,而且是笨蛋,说你们太过狂妄,狂妄得不知道自己几斤几两。"说着从旁边拿过一卷硬纸,展开来居然是一张地图。宋源走过去把地图摊在松本面前的地上,蹲在那儿指给他看,"松本,你也不必恼火,咱们平心静气看看这张地图,日本就这么一点大,窄的地方能一枪打通气,也好意思叫大日本帝国?想把这么大的中国征服,把整个亚洲征服,还想把美国打败,你们整日泡在海里,是不是脑子进水了?不错,你们有先进的武器,有很多阴谋、很多算计、很多机巧,可那没用。知道吗?比如你是个武士,精通武技,会很多手段,你可以把一个人打翻,可以把几个人打翻,可你能把九龙山打翻吗?说到底,还是力气不够。"

宋源和松本都低头看着地图,不知道的还以为是两个指挥员在一起研究作战部署,宋源在分析讲解什么,松本是个聆听者。

显然,松本并不服气,他不能接受宋源的观点。因为宋源在挖他的祖坟。宋源一直在说什么力气,难道日本的飞机大炮没有力气吗?他盯住宋源,"你说的力气是什么?"

宋源起身收回地图,回坐到板凳上,"松本你真是个猪脑子,看了地图还不明白?力气就是无边无际的中国土地,就是这土地上的高山、大河、森林,就是四万万五千万中国人。你们杀了几千万中国人,中国还有四万万多,还有那个啥……五千年的历史!这就是力气!"

松本突然哈哈大笑起来,说你们中国人就只会卖这点老家底。鬼的力气!到处都是腐烂,我一个人就杀了你们中国一千多人,砍瓜切菜一样,没有任何人能阻挡我!

宋源吃惊的样子,说,就凭你,吹牛吧?中国人就这么无能?我不信,就一副蔫头蔫脑的样子?

松本这下得意了,立刻神采飞扬起来。他知道怎么做能打垮宋源的自尊心了。就说宋队长,你想不想听听我怎么杀你们中国人的?宋源摇头,说我不想听,又突然提高了嗓门,说不可能!你一个人怎么能杀一千多人?

松本又一次大笑起来,你不信?我可以仔细说给你听。他此时完全是一副战胜者的姿态,滔滔不绝地说起来。他说一九三一年"九一八"之前,他就来到了中国,随关东军驻扎在东北。他出生在军人世家,大学毕业,本来一入伍就是军官,可他拒绝了。他宁愿从士兵干起,接受最严酷的训练和战斗磨砺,靠真刀实枪去建功立业。所以,他从一般士兵,后来要求当机枪手,因为机枪的杀伤力大。在以后的多年,从关外打到关内,在战场上杀死无数中国军人。他还曾在一个村庄,一次用机枪射杀三百多老百姓。后来,他因战功卓著,被提拔进宪兵队。驻扎到彭城后,当上了宪兵队长。宪兵队的主要任务本是负责彭城内部治安,可他还是喜欢去野外打仗,时不时会带人出城,寻找八路军、游击队,有三个村庄被烧光、杀光,就是他带人干的。松本回忆说,还有一个村庄,被皇军杀了八九十个老百姓,一村人差不多死光了,女人全部先奸后杀。那次行动他没去,是他派人去的。松本说,说真的,后来我们兵源不足,从日本、朝鲜补充了一些新兵来,全是十几岁的孩子。他们不敢杀人,不敢强奸女人,那怎么行呢?我就命人把他们带出城,随便找个村子练练胆。这帮小孩子还行,练出来了。不过,我不贪功。这功劳应当记在那些新兵身上。松本看着面无表情的宋源,笑道,宋队长,是你给了我这次回顾战史的机会,我以前没认真统计过,现在算一算,我亲手杀死的中国军人和老百姓,加起来应有一千三百多人呢。这点成绩,让你见笑了。

宋源冷冷地看着他,说我们的檀县长也是你害死的。

松本说对,你们的檀县长,那个檀黛云,就是我亲手抓来,亲自审问的。

宋源说,你是怎么审问她的?

松本说,我并没有问过她你们游击队任何事情。我对这些不感兴趣。你们一直在我面前,我没把你们放在眼里。

宋源说,你对啥感兴趣?

松本说,我知道檀黛云在延安生活过,肯定见过你们中共高层人物,比如你们的毛主席,还有周恩来、朱德、彭德怀,这些高级将领,他们是什么样子,吃什么,穿什么,什么性格,一天一天是怎么生活,怎么指挥打仗,有些什么武器,什么装备,等等,我对延安的一切都感兴趣,比如那里的山川、河流、气候、庄稼、牛羊。这对我对整个日本来说,都是很神秘很重要的。

宋源有些意外,心里一紧,这可是共产党和八路军的核心机密。就装作漫不经心的样子:你心挺大的。她告诉你什么了?

松本说,我得承认,你们中国有了不起的女人。我用了各种手段,檀黛云始终没说过一句话。到死都没说一句话。

你用了啥手段?

松本说你想听吗？有些得意地看着宋源。

宋源点点头。

松本说,我先强奸了她。

宋源的心里抖了一下。可他忍住了没吭气。这几乎是他预料中的事。

我必须先把她的傲慢和尊严摧毁。她开始企图反抗,我连打了她几个耳光,嘴角流出血来。后来我强行给她服了大剂量春药,她像个发情的野猫,脸涨得通红,口吐白沫,大声喘气。可她还是不让我碰她,我一拳将她打晕,然后一件件脱光她的衣服。那是一个完美的裸体,像雕塑,像女神。她的肤色并没有那么白,是那种琥珀色,漂亮极了,光洁、柔滑,富有弹性,两个乳房挺拔柔软,我抚摸了有两个小时,还是舍不得把手拿开,太美妙了。然后我强奸了她,她还是个处女,下体流了很多血。她醒过来了,我看到她眼里都是泪光。可她没动,也没说话。接着,我又命令二十多个士兵轮奸了她,直到她又一次昏过去。

在述说这个过程时,松本陶醉地眯起眼睛,仍然沉浸在对往事的回忆中。

宋源的眼里是阴冷的风刀。

后来呢？

后来,我用蜡烛烧她的脚趾,一天烧一个,直到烧焦。她忍着,一直在大口吸气,还是不说话。

后来呢？

后来,我让医生打开她的胸腔,割下一片肝。又割下一叶肺。肝和肺的颜色都很鲜亮,放在盘子里还在动。没用麻药,没用。她居然没有昏迷,只是全身都在发抖,脸上的汗珠像喷泉一样从皮肤里往外射。如果不是绑在床上,她会飞起来。她咬碎了一嘴牙,满口是血。可她还是不说话。医生重新为她缝好胸腔,还是没用麻药。医生缝得很仔细,那是一流的技术。当然,为她输了很多血,她失血太多了,不然会死去。我可不能让她死去。一个人对疼痛的承受力可以这样,我从来没有听说过。我用她的那一片肝炒了一个菜,用她那一叶肺烧了一个汤,很滋补,很美味。

松本抿抿嘴唇,看着宋源整个已发青的脸,突然大笑起来,说宋队长,够刺激吧?他觉得他已经击垮了宋源,宋源该拔刀子了。

但宋源没动,只从牙缝里说,后……来呢?

后来出了意外。那天木村进了关她的房间,说要看看她。木村说檀黛云是他在美国的同学,他曾追求过她。也曾劝她不要回中国,可是没能劝阻她。木村说他不久从美国回到日本,又从日本来到中国,一半原因是为了寻找檀黛云。后来,他终于得知檀黛云在彭城地区,就申请来到彭城司令部。以前,他从未向我和未松司令说过这事,我们都不知道他和檀黛云还有这层关系。我们抓捕檀黛云,他当然是知道的。未松司令命令我审讯檀黛云,他也是知道的。可他一直没有过问,也没有来看一看。那天他突然来了,向我说他认识檀黛云,还在美国追求过她。他说他可以帮我劝劝她,说不定能让她开口说话。我同意了。我用了种种手段,没让檀黛云说一句话,木村也许能行。我要陪他进去,木村说你走吧,她恨死你了,你去只会让她反感。木村进去了,一直在呼喊檀黛云的名字。檀黛云在昏迷中,深度昏迷中。他居然把她唤醒了。事后,木村说檀黛云醒来后认出了他。可是没说一句话。木村说她已经不成人形,居然还是那么顽固,一怒之下,就把她掐死了。我很恼火,怀疑是木村在帮檀黛云解脱。我告到未松司令那里,但司令很信任木村,反骂我无能,用了那么长时间都没让一个女人开口。

后……来呢?

后来的事,你们都知道了。我命人割下她的头,挂在西城门上示众。再后来,让侯本太偷走了。

宋源突然哈哈大笑,眼泪都笑出来了。

松本很愕然,你笑什么?

宋源说你纯粹胡说八道,全是瞎编的!我相信你杀过人,但不会杀那么多。你对檀黛云动过刑,但不会那么残忍。因为你是个胆小鬼。看你的长相,就知道你从小就是个胆怯的人,两只眼睛很大,可是喜欢偷看人,目光飘来飘去,小时候一定常被小朋友推到墙角打一顿,塞一嘴垃圾,还不敢哭。再看你鼻子,塌塌鼻子,几乎没有鼻梁,一看就是个性无能的家伙,小鸡鸡长得至多像个枣子,根本不可能强奸女人。平日里洗澡,你一定都是单独去洗,怕别人看见了嘲笑你。你在女人面前完全没有自信。你经常为这个在夜里偷偷哭泣,哭着摆弄自己的小鸡鸡,摆弄半天还是个枣子。你恨不得想拿刀割掉,却又没那个胆量。对不对?

松本一时气得甩头,说你诬蔑我,我不是那样的人!

宋源冷笑一声,我诬啥蔑?你就是个胆小鬼,残废人。你先前说的那些杀人强奸的事,你根本干不出来,都是你自己臆想出来的,你越是胆子小,越残废,就越想着去杀人强奸,你把想象的事都当真的。是不是这样?

松本大叫道,不是这样!那些事都是我干的!

宋源说,你没干!

松本大叫,是我干的!

宋源说,你没干。

松本大叫,我干了!我杀了一千多人,屠杀了好几个村庄的中国人,我的机枪争气极了,我强奸了檀黛云,我割了她的肝她的肺!哈哈哈哈……

宋源说,你怎么能证明是你干的?

松本说,我敢签字画押!

宋源说,真的?

松本说,真的!

宋源说,好!你敢签字画押,我就承认你是个真正的男人。

松本说,拿笔来!

一旁的书记员赶紧拿来纸笔放他面前。松本身后的两个游击队员已麻利地为他解开绳索。松本拿起笔,一气呵成签上名字,然后把笔扔向宋源。宋源的脸上被毛笔沾了一大块黑墨。

他是愤怒极了。

他愤怒得昏了头。

宋源没顾上擦拭脸上的墨迹,走过去,弯腰拿起松本签了字的审问笔录,问小书记员:"都记上了?"

书记员说:"都记上了。"

松本一愣,好像这才发现书记员的存在,这才发现自己的话全被记上,变成了口供,这才意识到自己上当了。宋源之前的所有言语,都是为了刺激他,让他证明自己是强者,不是胆小鬼,不是性无能。这个不露声色的家伙实在太可恶了。白纸黑字,还有签名,都证实了自己的罪状。这也罢了,反正说也是死,不说也是死。他担心的是宋源会把这份记录当成大日本帝国的罪状,公之于世。他很清楚,自己做的大多数事情,都是违反国际法的,这不仅会让国家陷入被动,自己也会成为帝国的罪人,成为帝国的叛徒,成为一个让国人唾骂的胆小鬼。

松本气得全身都在抖动。

他圆睁二目,大吼一声:"你就是个骗子、魔鬼!"猛一下冲过来,要抢口供。

宋源早有防备,飞起一脚,踢在松本脸上。

这一脚聚集了全部的仇恨和全身的力量。

松本惨叫一声,仰面朝天摔在地上。过了一会,他艰难地爬起身,一低头,从嘴里稀里哗啦吐出七八颗带血的牙齿。这时宋源又扑上来揪住他的头发,一连甩了他几十个耳光,每一下都结结实实,噼噼啪啪。松本被打得头昏脑涨,脸上青红发紫,很快肿胀得变了形。

宋源丢下手,一脚将他踹倒,说,松本,你现在知道啥叫没有尊严了吧?凭你干的那些恶行,就该千刀万剐。你以为对付不了你?畜生!你忘了,我是猎人出身,又干了七年多游击队长,伪装、潜藏、等待、致命一击,是老子的拿手戏。还有一件事,老实告诉我,是谁出卖了檀县长?

松本吐出一口血,突然疯狂地笑起来,说,宋源,你也有失算的时候?我还会告诉你吗?做梦吧!我当然知道是谁出卖了你们的檀县长,可我不会告诉你的,我不会再上你的当了,你们永远都不会知道那个人是谁!

宋源心里咯噔一下,自己还是太性急了。这是他最想知道的一件事。再让他说出来,没那么容易了。

两个游击队员按倒松本,重新将他捆绑起来。

松本大喊,你们虐待俘虏,违反国际法!

宋源道,呸!你们侵略中国,杀害老百姓,强奸妇女,劫掠财物,用种种酷刑对待中国人,丧尽天良,形同兽类,哪样不违反国际法?你也好意思谈国际法?你怎么这么不要脸!

松本说日本已经宣布投降了,你们就应当按国际法对待我!

宋源说,日本宣布投降了,可是你没有投降!你们在中国屠杀了几千万人,光是南京就被你们杀死三十多万,你们犯下的罪行恶行暴行丑行不计其数,一纸投降书就可以抹掉,就可以心安理得回日本吗?你们挥舞屠刀的时候可以无视国际法,投降了却要中国人遵守国际法,有你们这么无耻的吗?不过,我相信中国政府和军队,不会像你们一样无耻,会按国际法办事。但你们别指望中国人都会那么老实,尤其对你这种罪大恶极的畜生!

松本瞪大了眼,你想怎样?

因为被踢掉一嘴牙,加上头脸肿胀,他有些口齿不清了。

宋源说,想想你怎么对待檀县长的吧。

松本眼里闪出惊恐。他不怕死,可他害怕宋源会像他对待檀黛云一样对付他。那很疼很疼,自己能忍受吗?

次日,宋源又审问了木村。

宋源问他为什么掐死檀黛云。

木村沉默良久,说,我喜欢过她。她……太痛苦了。

宋源就没有再问这个话题。

宋源让他交代是谁出卖了檀黛云。

木村摇摇头,我不知道,你应当去问松本。这件事极为秘密,只有未松司令和松本知道详情。我没有说谎。

宋源说,你就没听到一点消息?

木村说,我们军队有严格的纪律,不该知道的,一定不去打听。

宋源忽然很绝望,一身汗都冒出来了。

隔些日子传来消息,国民政府已派官员和军队接管彭城,正式接受日军投降,并且开始筹建军事法庭,要审判日军战犯,同时号召军民检举揭发日军在彭城地区犯下的罪行。

新建立的国民政府彭城绥靖公署,已经知道宋源的九龙山游击队俘获了几个日本兵,其中还有日军司令部副官木村和宪兵队长松本。这是两个重要人物。绥靖公署发来正式命令,要求宋源把他们押送彭城,接受审判。

宋源没有理睬。

他担心会有猫腻,他不太相信国民党,怕他们会放过木村和松本。特别这个松本是绝不能放过的。

松本一直在养伤。但他的伤口长得很慢,原来是看守他的几个游击队员,不断用树枝捅他的伤口,每一次都捅得他哇哇大叫。如果不是宋源有命令,他们每一个人都想亲手宰了他。他们用树枝戳他伤口上的烂肉和新生的肉芽,也让他知道生不如死的味道。

宋源发现后制止了他们。宋源说,松本真正的疼痛不在肉体上。

宋源时常去看他。宋源去看他的时候并不说话,只是坐在对面,目不转睛地看着他,一看就是两个小时。

松本读不懂他的目光,但能感到他目光里有丰富的内容:仇恨、鄙视、嘲讽、不屑……他那张阴阳脸毫无表情,只是那半边黑痣突然会跳一下。

松本不理睬他,眯着眼不吭气。他知道宋源的把戏,无非就是打心理战,这对他来说,是老掉牙的玩意。但天天如此,不仅让他恶心,而且让他厌倦和焦躁。原来这种心理战用来对付别人和被别人对付是不一样的。无论闭着眼还是睁着眼,他都知道有个魔鬼正坐在身旁,这个魔鬼会把自己送上断头台。他只是不知道自己将是怎么个死法,是枪毙还是砍头,或是被他千刀万剐。他在恍惚中想象着各种死法的过程,一枪爆头,一刀砍断脖子,一刀刀割下自己的肉,疼痛感肯定是不一样的,自己会不会疼得惨叫,会不会看上去很狼狈,被枪打烂的脑袋会是什么样子,也会像他枪毙过的中国人那样脑浆迸裂,一大团白花花的东西喷出来?如果被砍断脖子,那一瞬间会疼吗?那脑袋会滚动吗?眼睛会不会一眨一眨的?如果被千刀万剐,他们会从哪里下刀?……松本在猜想中越来越恐惧。本以为自己并不怕死,原来死亡还是很可怕的。

有一天,松本正在猜想时,突然宋源说话了。

宋源说,松本,你回不了日本了。大部分日本军人会被遣送回国,可是你回不去了。你得死在中国,你见不到你的家人了。

宋源说完就走了。

松本呆呆地坐在那里。

宋源这句话像一枪爆头,松本一身汗都出来了。是的,回不了日本了。很多人会回家,自己回不去了,自己会死在中国,再也见不到家人了。

松本眼睛里蓄满了泪水。这个王八蛋,为什么要提起我的家人!

此刻,他觉得特别凄凉,特别孤独。这些日子,他一直不愿去想家人,因为想起家人会让他脆弱,会让他难过。家里还有七十多的父母,还有一个九十多岁的爷爷,还有妻子和三个孩子。他有他们的照片,一直藏在贴身的口袋里。这张照片曾被游击队员搜身时搜出来过。宋源又让人还给了他。松本重新藏好后,就一直没敢拿出来看过,一次也没有。可今天宋源提醒他,你是有家人的,可你回不去日本了,而且再也没机会和家人见面了。

他知道,这是宋源在折磨他,在精神上折磨他。

他第二次被宋源偷袭了。

这个猎手出身的游击队长,总是击中猎物的要害之处。

他恨宋源,恨死他了。

可他不得不承认,自己曾经居高临下的心理优势已荡然无存。

他得面对这个家伙了。这并不是一个让人不屑一顾的人。他甚至有和他交谈的欲望,只是宋源很少说话,而只要说话,舌头就是刀子。他能好好和自己说一些话吗?大概不会。他以征服者自居,他以复仇者自居,他以变着法子折磨自己为快事。松本已经知道,这是一个和九龙山岩石一样坚硬的家伙,不会有任何柔软的心肠,就像自己来中国后一直做的那样。那时,自己是征服者,自己也是居高临下,如果有一个中国人想和自己好好说说话,自己会和他说吗?当然不会。征服者和被征服者,从来就不是平等的。

但出乎松本预料,宋源再来时,和他聊起了家常。

宋源说,你本来很有福气的,你不仅父母健在,儿女双全,还有个九十多岁的爷爷。

松本很吃惊,你怎么知道的?

宋源笑笑说，我还知道你很孝敬父母和爷爷，经常把彭城的特产糕点"三刀"和"角蜜"寄回日本家中，据说你爷爷特别爱吃"三刀"。那东西确实好吃，用蜂蜜、冰糖、芝麻做辅料，炸出来香甜而不腻，又酥又糯，老人都爱吃。

松本已是泪流满面。

宋源说，你比我强多了。我是个孤儿，没人疼爱，整天在这九龙山上跑来跑去，像个野孩子，吃野果，喝泉水。不过，这也很好，无牵无挂。

松本自语道，无牵无挂才好。

宋源说，你牵挂你的家人？你可以给家人写信。

松本不相信地看着宋源。

宋源说，不骗你，你可以写信。我们保证不看，给你寄到日本去。

松本摇摇头。

宋源说，还是写一封信吧。写啥都行，可以写你在中国杀了多少人，立了多少功，可以写怎么强奸女人，可以写对家人的思念。可以写被游击队捉住，被一个叫宋源的游击队长踢落一嘴牙，可以骂我咒我，说这个家伙长得很丑、很凶暴，杀过很多日本人，日后不得好死啥的。也可以和家人告别，说自己会被处死，回不去日本了，见不到家人了，让爷爷不要难过，让父母保重身体，让儿女好好读书，学好本领，等他们长大了再来打中国。这次日本战败了，还是力气不够，等日本力气够大了再攻打中国，中国没啥了不起，还是日本伟大。反正，你写啥都行，我宋源绝不看你的信，还保证派人给你寄回日本。对了，我还会派人帮你买几斤"三刀"和"角蜜"，一块寄去。你爷爷好这一口，就让他老人家吃最后一次吧。

松本看着宋源一本正经的样子，猜不透这是一个包含宽容和温情的建议，还是一个充满邪恶意图的建议。

他得想想。

宋源临走时说,过会我让文书给你送纸笔来。

几天后,松本真的写了一封家书,宋源真的没看。他派人把松本的信带到彭城,又买了几斤"三刀"和"角蜜",一块寄往日本。两个月后,松本收到游击队转来的家信。宋源还是没看。但松本接信后哭了,一边读一边发抖。宋源站在一旁,一歪头说,百感交集?松本哭着说,我爷爷自杀了。突然提高嗓门,宋源我恨你!

宋源说,你恨我干啥?

松本说,他是看到你寄的点心后自杀的。

宋源点点头说,你爷爷比你强,要脸,知耻。

转眼到了年底。

南京国民政府成立了战争罪犯处理委员会。十二月中旬后,分别在南京、上海、北平、汉口、广州、沈阳、济南、太原、台北和彭城等十处,成立审判战犯军事法庭。除南京法庭直属国防部外,其余隶属各绥靖区,分头审判各地战犯。

彭城军事法庭于一九四六年二月十五日组建完成,聘请江苏高等法院第三分院院长任军事法庭庭长兼审判长。四月一日,彭城军事法庭开始对外办公,正式办理战犯案件。

彭城军事法庭连续三次来函,要求九龙山游击队交出松本和木村,由军事法庭正式审判。

与此同时,八路军上级领导也专门派人来,命令宋源不要意气用事,军事法庭的审判是国家审判,具有国际影响力,要顾全大局。

一切都表明,这事没商量。

宋源一夜未眠。

这一夜,他脑海里的图像都是檀县长被松本摧残的场景。面前是一摊摊血迹,是檀县长极度痛苦和扭曲的面孔,是她紧闭嘴唇一言不发的坚强神态,是她被剖腹挖肝切肺支离破碎的身体,是松本和一群野兽样的日军士兵恣意强暴她的场面。

第二天早饭后,宋源令人提出松本,"今天,咱们两个单挑。"

松本一时没反应过来,"单……挑?"

宋源说:"你不是曾要求和我一对一吗?那时你身上有伤,我没答应你。现在你已痊愈,今天了你心愿。"

松本似乎已失去斗志,说:"就……不必了吧?"

"不!"宋源说,"我们都不能言而无信。"说着拿出一份协议,让松本看,大体意思是二人的对决和战争无关,和两军无关,只是两个男人的决斗,胜负由命,生死由命,双方概不负责。然后是签字画押。

松本看完协议,嘲讽道:"宋队长,你是不是觉得按照国际法,你无权杀死我,现在变个法子,以这种形式杀了我,你就合法化了?"

宋源说:"别拿国际法说事。我说过,别指望所有中国人都那么老实,我就是一个。这大半年,我可以杀死你一百次,然后向上级报告你伤势太重流血太多不治身亡,或者说你自杀了,你病死了,你绝食而亡。或者说,关押你的草房过于简陋,你被半夜里钻进来的几条野狗吃了。编个理由太容易了。可我没有这么做,就是让你好好养伤,为今天的对决做准备。"

松本说:"我要是不签呢?"

宋源说:"随你便。"说着抽出枪来,"哗"地推子弹上膛。

松本有点惊慌,"你要干什么?"

宋源说:"我要为被你杀死的一千多中国人报仇。让你以命抵命,我不会一枪打死你,我会先从你四肢打起,起码开一百枪。"

松本说:"我已经对自己的行为表示了遗憾。"

宋源说:"遗憾?这么轻巧?一句遗憾就了事啦?王八蛋,看来你毫无悔过之意。你是想一枪一枪死掉,还是和我打一场?"

松本说:"你以为你一定能赢我?"

宋源:"我没说过一定能赢你。如果你赢了,你有机会杀死我。"

松本说:"说话算数?"

宋源努努嘴:"协议上写着呢。我已经签过了,你签了字就算数了。"

松本拿起笔,很快在协议上签了名字。

游击队员们都拦着宋源,说宋队长你和小鬼子赌啥气?一枪崩了就完了!

宋源把枪递给警卫员,说你们谁都不许跟着。说着拉起松本走进一条很深的山坳里。

大伙都担心死了。

松本可是会武术的,而且是个高手。据木村说,他能以一打十,别人还无法近身。

而宋队长什么都不会,只有一把力气。

他能打败松本吗?危险!

大家都十分担心宋源的安危。但又不敢跟随。他们知道宋源的脾气。众人站在断崖上往山坳里看,下头树丛灌木密密匝匝,什么也看不到。只听到两人一阵阵吼声隐隐传上来。

正在这时,山坳里接连传来一阵惨叫。

那是一种变形的声音,你根本听不出是谁的。

众人大惊,顾不得宋源的命令,急忙跳下断崖,往山坳里滚。等大伙跑到山坳一片空地时,看到宋源一脸都是血,正背着松本一步步走来。

众人松一口气,赶忙接过松本。这才看到松本一条腿断了,一只眼睛没了眼珠,只剩下一个血糊糊的洞。

显然,松本遭到了宋源的致命打击。

但松本并没有死。他一只手里还攥着那只血糊糊的眼珠子。

大家七手八脚抬着松本,一齐爬上断崖。

松本被放到地上,大口喘着气,明显在忍着巨大的疼痛。他颤抖着抬起手,把那只眼珠子放进嘴里吞下去,用剩下的一只眼瞪着宋源,"我承认,你……力气很大。"

宋源说:"我说过,你有武技,可以踢倒几个人,可你踢不倒一座山。"

松本努力爬起,坐在地上,"请把军刀……还给我。"

宋源说:"切腹?"

松本点点头:"我要有尊严地……死去。"

宋源冷冷道:"松本,你也懂得尊严?死在你手上的中国人,你给过他们尊严吗?檀黛云一个姑娘,你强奸、烧趾、剖腹、挖肝、切肺,还把它做成汤菜,最后割下头颅挂在城门上,你给她尊严了吗?"

松本垂下头,"我已经表示过遗憾。"

一个游击队员气愤地一脚踢到他头上,"去你娘的遗憾!"松本仰面朝天摔倒了。

宋源拉住那个游击队员,对松本说:"别装模作样了!切腹并不代表你就是武士。单说你欺负凌辱一个女人,就已经让你失去武士的品格,别羞辱那把军刀了!"

松本不服气,"你三番五次羞辱一个被俘的人,又算什么?"

宋源:"凡事都有因果。任何人都不要指望作了恶没有报应。我也老实告诉你,通常中国人是很宽容的,所谓宅心仁厚。可我不是。我不是一个宽容的人,我是有恩必报,有仇必报。你不要想从我这里得到宽恕。我永远都不会原谅你,永远都不会原谅你们日本!"

松本说:"我没请求你原谅。我请求你现在就杀了我。"

宋源说:"这大半年,我每天都想杀你一次。刚才对决,你还想使招子,抠我的眼,可惜被我挡住了,你还是力气不够,反被我抓住你的手,用你自己的手指抠出你的眼珠。那一刻,我本可以拎着腿摔死你。可我改变主意了。"

游击队员们惊呼:"宋队长,你想放了他?"

松本又一次顽强地爬起身坐好,疑惑道:"你不想杀我?"

宋源说:"我想明白了,我在这里杀了你,只有这山沟沟里几个人看到。我要把你送到彭城军事法庭,让更多人看到你接受审判,听到你的供词,看到你被枪毙!我相信,那一天彭城的百姓会放鞭炮庆祝!"

松本忽然脸色大变,"宋队长,我宁愿死在你手里,你杀了我吧!"他还是最担心他的供词会广泛传播,会影响日本的国际形象,自己会被日本人骂为叛徒。

宋源鄙夷地说:"你不是一直在谈国际法吗?就让你接受军事法庭的审判。但我告诉你,如果国民政府不判你死刑,出了法庭,我也会弄死你,绝不会让你回到日本去!"转脸命令游击队员,"把天漏村的王掌柜请来,给他上点药,然后把他捆起来,结结实实捆起来,防止他自杀。明天一早押送彭城!"

在松本被押送到彭城的第二天,日军驻地发生连环爆炸,四十多个日本人被炸死,二百多人受伤。有人说这是宋源的游击队干的。也有人说是日本人的一次集体自杀。这类自杀在全国各地都有发生。

一年多后,彭城军事法庭经过复杂的程序,至一九四七年四月三十日,对彭城地区战犯的审理终于全部结束。其间共审判二十五名战犯,其中松本等八名战犯被判处死刑,并被先后执行了枪决。

松本被枪决当天,整个彭城居然异常平静。

松本跪在法场上,耸起耳朵,一只眼东张西望。

满城都静悄悄的。

没人放鞭炮。

没人欢呼。

没人哭泣咒骂。

空旷的刑场上,甚至连一个旁观的百姓都没有,只有一阵阵清冷的风。这种场面,甚至连宋源都没想到。

这怎么可能呢?我知道你们中国人一向喜欢看热闹的。

松本原指望轰轰烈烈地死去,在万众瞩目中死去,在彭城百姓疯狂的喝彩、咒骂和哭声中死去。那样,他会感觉到自己的分量、自己的价值;那样,他会哈哈大笑,死得快意而潇洒。因为那是一个日本武士所能赢得的最大荣光,那是他应该得到的。

可是什么都没有。

他完全被无视了。

他被枪决完全没人当回事。

松本不甘心,他跪在那里,一只眼睛仍在骨碌乱转,目光里却有了乞求的成分。谁都会有脆弱的时候,松本感到了自己的脆弱,喉头哽了一下。此刻,他多么盼望能有人来看他一下,来送他一程。你们来骂我一顿也好啊。

终于,他看到一条狗。

是一条黄狗,毛很长,似乎很脏。

黄狗碎步跑来,跑到刑场边缘时站住了。它显然发现了这边有什么不对,然后回头望。在它后边,出现一个老人。老人穿一件破棉袄,挎着一个粪箕子。

这是个捡粪的老人。

松本有点小激动,终归还是来了一个人。

老人匆匆走来,专注地看着前边不远处,他好像发现了一坨人粪或者畜粪。果然,他紧走几步,取下粪箕子,用粪耙扒进去,又重新挎在肩上匆匆走了。他完全应当看到刑场中间跪着一个等待枪毙的日本人。

可老人没有转头往这边看,就匆匆走了。

他的狗跑在前头。

松本哭了,老人家,我难道还不如一坨畜粪重要吗?

松本绝望地收回目光,眼里噙着泪水。他看到行刑队的人都在打哈欠,一副懒洋洋的样子。这些刽子手也太不专业了!松本没有被蒙上眼睛,他要求不要蒙眼睛的,他本想死得像回事,但一切都落空了。

他听到了口令声,也看到行刑队举起枪,看到行刑队员抠动扳机,脑袋立刻开了花。

松本连枪声都没听到。

子弹太快了。

松本没想到,其实那个捡粪的人是宋源。

松本终被枪毙,宋源并没有太兴奋。现在他更想知道的是,究竟是谁出卖了檀县长。

日本人留下的档案,已被国民政府接收,档案也许会有一些消息。但国民党已不可能让他查看那些档案,因为这时国共两党已经决裂,在战场上打起来了。

那么,就只有等待。

宋源相信,终有一天,他会找到那个叛徒。

第五章

罗玄活过来了,却一直昏迷不醒。

很快,他被送到北京一家大医院。是祢五常亲自送去的,王掌柜也一路跟随。诊断结果,罗玄成了植物人,能不能醒过来,要看以后的治疗和康复。祢五常除了派人把罗玄家人接来陪护,还让汪鱼儿留在医院,张罗和治疗有关的事宜。

这场意外事故,让祢五常措手不及,一下打乱了他的研究计划。但他的研究工作不能停手。一切安排妥当,他很快又回到天漏村。

毫无疑问,还是必须详细阅读乍册。藏在九龙洞中的一捆捆乍册,藏着大量信息。在别人看来都是些琐事,可在祢五常看来,都是宝贝。

但在翻阅的过程中,祢五常深感麻烦,这些竹简年代太久,上头的一些文字已模糊不清,这么翻来翻去,对竹简定会造成损伤。以后再有人研究,还是要翻来翻去,长此以往,会对竹简造成无法弥补的损害。

他有了一个大胆的念头,把这些竹简文字全部影印出版,便于研究,且能保护竹简。

祢五常把自己的想法向村长老车说了。老车一百个赞成,只说咱们天漏村可没这笔钱。

祢五常笑道,这个你放心,不仅搞影印的钱由我们出,而且影印出来后,还会给天漏村一大笔版权费。

老车从来没听说过版权费的事,说这版权费是啥东西?

老祢就给他解释了一番。老车似懂非懂,试探着问,你估摸能给多少钱?能给几千块不?

老祢哈哈大笑,说村长你太低估这些竹简的价值了。这么说吧,它并没有多少市场价值,一般读者不会买的,但它是国宝级的文物,是无价之宝,有极为珍贵的文献价值,我现有的专项经费还买不下它,准备向国家另申请一笔钱,估计怎么也得三百万以上。

老车听了差点跳起来,说祢先生你瞎说的吧?

老祢说,我这是保守数字。如果有较多的博物馆、图书馆愿意收藏,会卖个很好的价钱,只会多不会少,说不定会有上千万的收入。

老车心里嘣嘣跳,他没想到这些竹简会这么值钱。不要说什么千万了,如果村里有几百万,能干多少事啊!就说,祢先生,你们干吧,要不要我派些人帮忙?

祢五常说,估计你要派几个人,要心细些的,主要是帮忙搬运,然后由我的学生们拍摄整理。这些帮忙的人,我也会付他们劳务费。

老车笑说,哪能?不能啥都用钱说事,这是咱们村里的事,这个钱不能要。

老祢说,钱还是要付的,大家不能白干。另外,关于影印出版这些乍册的事,咱们还得订个合同。

老车疑惑道,还要订合同?啥意思?你信不过我?

老祢笑起来,不是信不过你,这合同对你们天漏村是个约束,对我们也是约束,咱们照合同办事,违反了就要负法律责任。

老车茫然地看着他,一时不知说什么好。

老祢说,村长,你看这样行不?合同条文你也不懂,先由我们来起草这个合同,然后咱们再一条条商定,商量好了再签。好不好?

老车点点头,没说什么。

可老车回去后,却一夜没睡着。

他忽然觉得这件事云里雾里,有些吃不透了。

一千万,把他吓住了。

他当然知道乍册珍贵,是天漏村世世代代的传家宝,但印成书能值几百万乃至上千万,是他想不到的。这会不会是出卖祖宗?竹简在九龙洞躺了几千年,一代代人都觉得踏实和骄傲,它们只属于天漏村。要是印成书传到外头去,竹简还有价值吗?天漏村的神秘还会有吗?当年,国民政府的柳先生也只是整理保护,在竹简上阅读内容,然后原封不动放进九龙洞。如果被祢先生印成书传到外头去,说不定会泄了天漏村的元气。

村长老车越想越觉得这件事非同小可。他甚至开始怀疑老祢心术不正,一开始就为窃取这一洞书简而来,所以他的学生才被雷劈,这是老天对他的警示。在天漏村人的观念里,遭雷劈的人一定是有罪的。罪有显性和隐性,就是说有的罪别人能看到,有的罪别人看不到;有的罪自己知道,有的罪甚至连自己也不知道;有的是这辈子有罪,有的是上辈子有罪。至于天雷怎么惩罚,全看罪行大小和改过程度。

老车开始对祢五常警惕起来。

三天后,祢五常拟好合同找村长老车商量时,老车只淡淡地说,这事不急,咱们以后再说。他对老祢手中的合同有一种恐惧感。

一连数日,老车都是这个态度。

老祢意识到了。但他一时猜不透村长的态度何以会突然一百八十度大转弯。这么好的一件事,他为什么又没兴趣了呢?

但老祢不敢催得太急,他要慢慢了解问题出在哪里。好在老车并没有说不让他们看竹简。刚到天漏村时,老祢曾从专项经费里拿出十万元交给老车,这是老车要求的,说历朝历代有人看竹简,都是要付钱的。老祢毫不犹豫就付了钱,他也觉得应当付钱,而且认为老车要的钱太少了。据老车说,当年国民政府柳先生带人来研究竹简时,就曾付过二百个大洋,临近结束时,又追加一百大洋。当时的村长用这些钱整修道路台阶,给贫穷人家修缮房舍,给药店王掌柜置办药品。王掌柜的药店给人看病一般是不收钱的,全是义诊,但如果你愿意付钱,王掌柜也会收一点。他主要靠上山采药,也有村民进山打猎时碰上好的药材,顺手采摘来送到药店。但这个药店并不墨守成规,传说山外有了西药,王掌柜也会去彭城买些西药来,他还在彭城学些西术。王掌柜和他的药铺,几乎是天漏村唯一对外的窗口。支撑这个药店几百年上千年不倒,其实是靠全村人的努力。历代村长都会把药店当成重点资助对象。

村长老车被几百万这个数字搅得昏头昏脑。他一时不能判断这件事的好坏,就先后找了许多村人私下询问,令他没想到的是,居然所有人都不同意把竹简印成书,所有人都没把几百万上千万当回事。他们说咱们少吃少喝啦?要那几百万干啥?一洞乍册泄出去,愧对祖宗。连药铺王掌柜都说,一动不如一静,让乍册躺在九龙洞吧。

老车甚慰。

既然谁都说不清这件事的利弊得失,那就当没这回事,日头照出,山风照刮,天雷照样响起。一切如常,地老天荒。

老车找到祢五常,正式回绝了这件事。

他没有说出原因。他也的确说不清原因。

老祢目瞪口呆。

他想不到这明明白白的一件好事,村长何以会拒绝。

老祢还不死心,说村长这是你一个人的意思?

老车也不隐瞒,说村人都不同意。

老祢说,当初柳先生给你们几百大洋,你们不也收下了?

老车说你也给过十万块,可这不一样。

老祢说有啥不一样?

老车说,你要印成书就不一样了。

老祢说,印成书让更多人知道不好吗?

老车说,为啥让更多人知道?俺不想让更多人知道。

老祢说,现在的社会不一样了,要懂得利用它的价值,才是最聪明的。

老车说,天漏村的人不想那么多。

老祢有点急了,几百万啊,几百万能办多少事!

老车说,开始我也这么想过。后来想想,没有几百万日子也照过。

老祢摇摇头。他发现按世上常理跟他说不清。

后来很多天,老祢都很郁闷。他一直在想用什么办法说服他。

那天夜晚,他睡在床上辗转反侧。窗外山风呼啸,不时发出刺耳的哨音,一场漫天飞舞的大雪正降落在九龙山。此后这个冬天,还会有几场大雪,每年都是如此。大雪过后,九龙山所有的沟壑都会填满积雪,有的会深达几十丈上百丈,人掉进去会很快窒息。即使平缓的山路也会有几尺厚的积雪。很多树枝会被压断。狼、熊等大型动物已躲进山洞。每年冬天几场大雪,是上天对九龙山固定的恩惠,几千年几万年都是如此。之后,九龙山就彻底封山了,天漏村和外部的世界也就完全隔绝,一直持续到来年三月。但天漏村人并不在乎封山带来的不便,因为即使在春夏秋季,他们也很少和山外来往。他们似乎很享受这个独特的冰雪世界。春夏秋三季,会有一些外面的人到天漏村来,他们欢迎外人来,因为天漏村人从来没觉得这地方就是他们的,他们自己的先人,当初也是从外面来的,这里只是个栖息地,所以他们不排外。但他们更喜欢外人离开。外人离开了,天漏村就更安静了。安静是天漏村的常态。曾有一对情人来到天漏村,住在九龙客栈。每天除了吃饭、散步,就是在房间做爱,动静很大,几乎杀声震天。三天后双双服安眠药自杀。幸亏马掌柜发现早,喊来王掌柜抢救。之后被村长老车好言相劝,送下山去。还有七八个小青年到天漏村来,谈情说爱,哭哭闹闹,还在山上吃烧烤,差点引发山林大火,被村民们赶下山去。

老祢渐渐想明白了,要老车改变拒绝竹简出书的想法,只是一个外人的想法,如果外头世界的常规能改变天漏村,天漏村就不是天漏村了,天漏村也许早就消失了。比如这里恶劣的自然环境,每年都被雷电劈死很多人,在外人看来早就该迁走,但他们却住了下来,一代代住了下来。外头世界的人会想方设法积累财富,渴望升迁渴望成功,为自己也为子孙后代。可天漏村的人从不积累财富,连房屋也盖得马马虎虎,更不要说去争什么功名利禄了,当初他们中许多人的祖先就是抛弃了功名利禄来这里定居的。

天漏村就是天漏村。

祢五常放弃了说服老车的打算。

但研究还得继续。

外头冰天雪地,不能进行户外调查。老祢和他的学生一头扎进九龙洞。

九龙洞并不是没人管,一直是一个哑巴在看管。所谓看管,就是看管九龙洞的木门。九龙洞有七八里长,蜿蜒曲折,如一条潜龙。洞中有不少风眼,和外界相通,封闭而干燥,冬暖夏凉。洞里有许多天然石桌石床,一朝一代竹简整齐地码放在上头,看上去无边无际,蔚为壮观,足可用浩瀚形容。如果没有耐性,如果没有对这些竹简真正的兴趣,如果没有强烈的求知欲,看上一眼也会知难而退。

但祢五常早已下了决心,要用后半生破解这些乍册。他相信这些乍册里有兴亡之道,有救世疗人的良方。他知道自己的内心,不可以做那种隐居之人,也不会去做一个清谈家,他就是要做点事。在这一点上,他觉得自己还是继承了先祖祢衡的抱负,只是自己比先祖要幸运得多,因为自己得到了各方面的支持。唯有不能把它们整理成书有点可惜。他一再告诫他的学生们,在翻动摘抄时,一定要轻拿轻放十分小心,不能有任何损害。

九龙洞透气干燥,又含微量水分,使乍册得以几千年完好保存。祢五常曾用现代仪器对九龙洞测验,发现它各项指标和现代博物馆库室都惊人相似。这个天然洞窟的温度、湿度,一年四季都是恒定的。这让他惊叹不已。

当年,国民政府的柳先生曾把竹简全部搬出九龙洞,全面进行摘抄整理修复。祢五常不想再搬动它们了。他和学生大都在原处翻看摘录。洞中有光线,可以看到字迹,但不太理想。因为担心光照会损害竹简,祢五常要求大家不要用包括手电在内的所有电气照明,实在看不清了,可以将个别竹简拿到靠近洞口的一处自然石厅进行辨识。在这一过程中,他和学生们都穿着蓝色长袍,戴着口罩、手套,不允许呼吸影响竹简,也不允许直接用手触摸。学生们都能理解这种规范严格的操作方式。但进度很慢,也很辛苦,个把小时下来,眼睛就吃不消了,必须闭目养一会,或到洞外休息一阵。几个月下来,祢五常和他的学生们视力都大为下降。他的学生柁嘉就抱怨祢五常,说老祢你应当再去说服车村长,还是应当印成书,不仅研究方便,还能永久保护竹简。祢五常说你是不是吃不消了?柁嘉说是有点吃不消了。祢五常说吃不消你可以回北京,去医院照顾罗玄,把汪鱼儿替换回来。柁嘉说老祢你什么意思?祢五常说没啥意思,你把汪鱼儿换回来,让她来这里工作。柁嘉凑到祢五常身边,小声说老祢,你是不是想汪鱼儿了?祢五常说有点。柁嘉说是老师想学生,还是男人想女人?这有很大不同。祢五常说都有点。柁嘉瞪大了眼,说老祢你变了。祢五常说我变了吗?柁嘉说你过去好像从来不想女人的。祢五常说你一直认为我是个不正常的人吗?柁嘉说很不正常。祢五常摇摇头,说别扯了,赶快干活。柽嘉看一眼走开的老祢,冲同学们做个鬼脸,赶忙又翻弄竹简去了。

祢五常知道,这样硬拼会让大家身体状况严重受损,特别对眼睛损害极大。他对时间做了调整,让大家在山洞干一天,休息一天。休息时,大家可以看书,可以爬山,也可以做些野外调查。

祢五常的视力一向很好,现在也有些吃不消了,看东西有点模糊。但他闲不住。休息时间就到处跑,到村民家里去访问,到茶馆、药房和人聊天。这期间,他有了一个重要发现,就是天漏村有不少稀有姓氏,比如,这里有"秃""儇""死""隗""难""狗""马屎""巫""工室""拔里""危""元""兀""斗""个""拾""百""千""健""俱""壶""独""红"等。其中很多是古姓,在外头的世界早已消失,天漏村却还保留着。有些明显是少数民族的姓氏,这里居然也有。问起一些人的祖籍,更让祢五常吃惊不小。有说"南越",有说"琉球",有说"南掌",有说"暹罗",还有人说是"廓尔喀",有说"苏禄",有说"坎巨提",有说"布鲁特"。当然大部分是来自国内一些地方。但居然有人祖上来自外邦,这也太奇怪了。其中南越即越南,琉球即今琉球,南掌是今老挝,暹罗是今泰国,苏禄是今菲律宾,坎巨提是巴基斯坦,布鲁特在俄罗斯境内。廓尔喀是今尼泊尔。这些人的祖上怎么会从外邦来到天漏村呢?老祢相信每一个姓氏,每一个祖先的迁徙都会有一个故事。祢五常想想也想通了,那些外邦原来多是中国属国,和宗主国在各方面都有往来是正常的。他们的祖上不远万里来到天漏村定居,也足以说明当年的天漏邑影响之大。这是个古老的村庄,对大多数人来说,它是隐秘的甚至是不存在的,但对世上那些怀有同道之心的人,自会有一种神奇的信息和通道,把他们引领到这里。就像中华鲟,它们在茫茫大海中,面对全世界无数江河,总能准确找到长江入海口,而且只找长江口,然后逆江而上,千万里不辞辛苦,一直游到长江上游的金沙江段,并在那里产卵。亿万年都是如此。它们从来不会游错地方,它们总能找到金沙江。没人说得清它们是怎么找来的,但它们就是准确无误地找到了,它们一定有自己独特的信息指引。它们也一定知道,只有到金沙江,生命才可以延续。中华鲟曾和恐龙同代,能历经地球几世几劫没有灭绝而成为活化石,实在是一个伟大的生命,也是一个伟大的谜。

祢五常的思绪又从中华鲟回到天漏村。

天漏村和中华鲟多么相像。几千年历史的天漏村,当然无法和万亿年的中华鲟相比,但天漏村能经历无数朝代兴亡更迭而依然生机勃勃,同样堪称伟大。

每一次的调查都有收获,让祢五常兴奋不已。

一天,他的学生柁嘉和乔惠从外头匆匆回来,惊恐万状地告诉祢五常,他们发现了一个奇怪的地方,让他一块去看看。

老祢说,什么地方?怎么奇怪?

柁嘉拉起他就走,说你看看就知道了。

祢五常看了柁嘉和乔惠一眼说,你们一块发现的?

乔惠点点头,表情有些不自然,但更多的是害怕。

祢五常就猜到一点什么,但他没再往下问。他知道乔惠是个腼腆的姑娘,而柁嘉却什么事都干得出来。

外头正下着雪,雪片很大,还好没刮大风。在这样的天气踏雪上山,欣赏山景,再好不过。京城永远也不会有这样的景色。两个年轻人够浪漫的。

三人出了九龙客栈,往村前走,一路都是厚厚的积雪,好在他们对天漏村的路径都已熟悉,不至于掉到路边的沟沟里。前头路上有柁嘉和乔惠先前走过的痕迹,虽已逐渐被落雪覆盖,还是隐约能看到两个人的脚洞。每往前迈一步,半条腿都会陷进雪窝里,然后吃力地拔出来再往前走。几个人走得吭哧吭哧大喘气,眼前一团团都是哈出来的雾气。

出了村往东南方向一拐，前头几百米处是一个大山包。

柁嘉说就是那里。

祢五常说那不是一山吗？一座平顶的山，有啥稀奇？

祢五常带学生来天漏村不久，村长老车带他们转转看看，就曾介绍过这座山包叫一山。老祢还曾问为什么叫一山，老车也说不清，就是这个山包距村子最近，八成是出村看见的第一座山头，所以叫一山的吧。老祢当时就笑了，说这么给山头起名倒也省事。后来知道天漏村的人生活向来散漫随意，就更理解他们把这座山包叫一山了。

这座山上会有什么奇怪的事？

乔惠一边扶着祢五常艰难前行，一边说，我们先前听到这山包上人喊马嘶，像是一个战场，很多人在打仗的样子。

柁嘉说，听得特别清晰，还有咚咚的战鼓声。

祢五常惊得停下脚步说，你们瞎说什么？

柁嘉说，老祢，我的话你可以不信，乔惠的话你总不能不信吧？乔惠可是个好孩子。

祢五常说，我就怕她被你教坏了，合伙恶作剧。

乔惠急了，祢老师，不骗你，我们再走近点，说不定还能听到。

祢五常半信半疑，在两人绑架一样搀扶下，继续往前挪动，三人的喘息声越来越大。

走到山脚下时，柁嘉站住了，说先前我们就是在这里听到的。

三人都站住了，抬头往山上看，仔细倾听，除了轻轻的落雪声，没有任何杂音。那声音轻灵、纯净、纤尘不染。

老祢说，哪有什么人喊马嘶？是你们耳朵出问题了吧？要不就是骗我的。

柁嘉自言自语，真是奇怪了。

乔惠说，先前动静好大，好像千军万马，把我都吓坏了。

柁嘉说，是啊，当时乔惠尖叫着扑到我怀里，浑身发抖，都吓哭了。

祢五常看看乔惠。

乔惠点点头,还有些惊恐的样子。

祢五常相信了,尽管这会儿没任何动静。

祢五常知道,这种现象在别的地方也出现过,只是没人解释得清楚。很多人干脆不信,认为这是不可能的。但祢五常相信。他觉得世界上无法解释的事情太多了,人对这个世界的认识还很肤浅。

祢五常还想再往上走一走,被柁嘉拦住了。柁嘉说,老祢你不能往上爬了,根本没路,前头全是灌木荆棘,又被覆盖着不知深浅,弄不好掉到雪谷里就没命了。

乔惠也说,祢老师咱们回去吧,等天晴了雪化了,咱们再上去。

祢五常抬头看看一山,有些不甘心。依他的性格,真想立刻爬上山一看究竟。他忽然想到,会不会是刮风引起的声音呢?就问柁嘉,你们先前上来时,有没有刮风?

乔惠说一点风也没有,就是雪花很大,静静地往下飘落。

柁嘉说就是因为没风,我们才来玩的。先前到达这里时,不仅没风,突然任何声音都没有了,连落雪的轻微声音都没有了,好像出现了负声音一样,好像一下回到蛮荒时代,天地之间静得压抑,静得沉甸甸的。就在这时,突然就响起了喊杀声、搏击声、战鼓声、马嘶声,惊天动地啊!

祢五常被他的描述惊得张大了嘴巴。

乔惠上前挽住他胳膊说,祢老师咱们还是回吧。显然她余悸未消。

祢五常有点失望。

但就在这时,祢五常突然觉得耳膜往里收缩,隐隐作痛。与此同时,柁嘉和乔惠也都说耳疼。

祢五常说咱们快回去吧,这里太冷。他以为是天气太冷的原因。

约略估计,此时的气温是在零下二十度左右。

三人互相搀扶着刚走出几步,突然一山上又传来喊杀声、兵器搏击的叮当声、战鼓声、马嘶声,惊天动地!

三人面面相觑,一时呆住了,又赶忙回头往山上看,大雪飘飘,一片混沌,什么也看不清。但混沌中分明有千军万马,正进行一场惨烈的厮杀,惊心动魄。

柁嘉已紧紧把尖叫的乔惠抱在怀里。

祢五常壮起胆子,反身又要上山。

但山上的声音突然又消失了。

一切又归于沉寂,无边无际的沉寂。

漫天雪花飘飘。

三人回到天漏村,祢五常急不可耐去找村长。他想问个究竟,以前一山上有没有发生过这样的事,有没有人听到过这些声音。

老车正在药铺里和王掌柜聊天。药铺里还有另外几个人。

药铺王掌柜在天漏村德高望重,一代代的王掌柜都以救死扶伤为己任,深得村民们敬重。历史上曾多次被村民举荐当村长,都被王掌柜们谢辞。王掌柜们总是笑说,村长能治病救人吗?我去当村长,谁掌管药铺?况且,我也不会当村长啊。

但这并不妨碍王掌柜成为天漏村的核心人物。每当村里有什么重大事情发生时,王掌柜的建议总是举足轻重。一代代的村长也都把一代代的王掌柜看成最可依赖的人。

村长老车没事时总爱来药铺和王掌柜聊天,或者下六博棋。六博棋是一种很古老的棋,比象棋、围棋还要古老得多,外头世界已很少有人会下,但在天漏村却几乎人人都会,只是水平高下不同。王掌柜是天漏村棋艺最高的,几乎无人能赢他。村长老车差不多是全村下棋最臭的人,平时只有资格当看客。但他又十分痴迷六博棋,总想找王掌柜下一盘。王掌柜总是说,你差得太远,一边玩去。别的人也跟着起哄,赶他出去。但你也别想真能赶他走。经不住老车软磨硬泡,王掌柜只好和他下一局,也是毫不留情,三下五除二把他弄死。老车这才心满意足离开,还一边唱着小曲。路上有村民看他那么高兴,就说村长碰到啥好事了?老车说刚和王掌柜下了一局六博。那人吃惊道,你赢啦?老车一摇小拇指说,输了。

那天老祢找到药铺,他们并没有下棋,只是在那聊天。先前一山上发出的奇怪声音,他们也听到了,正在兴奋地议论这事。老祢就请教他们,一山上是不是经常会出现人喊马嘶的现象,王掌柜说我今年六十九岁了,只在九岁时听到过,也是大雪天,整整六十多年了,没想到这声音又出现了。村长老车说,我今年五十二岁,还是第一次听到。不过听老人们说起过,说一山上打仗的声音,每隔六十年才会出现一次,所以天漏村有个说法,说人活一辈子,养不了三只百灵鸟,听不到三次战鼓声。一只百灵鸟能活三十多年,所以养不了三只百灵鸟,听不到三次战鼓声,说的就是一山上的战鼓声,六十年才出现一次。看来还真是灵。

祢五常说,你们知道这是哪一场战争吗?

王掌柜说,我看就是舒鸠国灭亡的那一场战争,也就是徐国进攻舒鸠国的那一仗。这场战争乍册上有记载。

老车说,王掌柜没事时,也会去翻看那些竹简,那是他的业余爱好。

祢五常敬佩地点点头,说天漏村藏龙卧虎啊。

老车笑说那倒没有。要说天漏村人的祖上,那可都是些能耐人。如今天漏村除了宋源、千张子,大伙都是俗人,不讲出息,连彭城都不愿去,日子过得无声无息才好。

祢五常说,今天一山上人喊马嘶,大伙也不稀罕吗?

老车说咋不稀罕?你来前,俺们正说这事呢。先前都听到了。

六十年一个轮回,能听到战鼓声,也是福分哟。

祢五常说,好像村里人没啥动静嘛。

王掌柜往外一指,这会你出去看看。

祢五常有点纳闷,转身走出药铺,突见人群簇拥,数千男女老少或站在门外的雪地上,或站在村口,全都朝着一山的方向,肃然而立,没有一个人说话。

此时,一山上又传来隐隐的人喊马嘶和咚咚的战鼓声,声音时隐时现,显得遥远而缥缈。这远古的声音早已沉入无边的时空,却在一个大雪飘舞的时刻重新出现,而且六十年才出现一次,这是多么诡异的事。它只是一种时空的记忆,还是想告诉天漏村一点什么?

数千天漏村的男女老少,因为它的召唤而走出家门,站在几尺厚的雪地上,静静地聆听。他们眼前一定重现了那场远古的战争,他们一定从隐约的人喊马嘶和咚咚的战鼓声中,听到了某种古老的信息。他们站在那里肃穆无语,却在和先人对话,向已经消失的舒鸠国致敬。那个弹丸之地的小国,曾是他们祖先的光荣和根基,他们的先人在这里以耕耘狩猎为生,和这座大山和谐相处,大概从来没有想过会有战争。但战争还是来了,在一场捍卫生存的惨烈搏杀中,舒鸠国消失了,到处都是废墟和尸体。但舒鸠国的遗民却顽强地生存下来,一直繁衍生息。征服者可以拿走王印和财富,却拿不走土地。这片浸满血渍的土地是他们永远的眷恋,守住它就是守住永远的家园。

一山上的人喊马嘶和战鼓声,突然一阵大噪,所有的声音都变得十分清晰恐怖,其间夹杂着人的哭声、惨叫声、什么东西的撕裂声、倒塌声,如此持续了约半个小时,然后声音又渐渐变小,若隐若现,似有似无,终于销声匿迹。

只剩下漫天大雪。

天漏村男女老少都成了哑人,像穿着白色铠甲的几千兵马俑,肃立在大雪之中。他们似乎在以这种方式重回远古,他们一定接收到了某种外人不懂的神秘信息,突然有几个老人哭泣起来。没人吃惊,也没人劝阻。他们只是看了一眼,就各自散去了,只留下那几个跪在雪地上哭泣的老人。

祢五常不知道几个老人为什么哭泣,但他感到了一种遥远的悲伤。六十年重现一次,好像是一种仪式,他被这莫名的仪式深深感动了,是那种发自心灵的颤动。

他相信自己目睹了一件不可思议的灵异事件。

祢五常是一个开放的人,从来不会对任何奇怪的物事说不,不会像一些人那样,轻易否定一件事,说这是不科学的,那是不科学的。人们所以会这么说,只是因为人类的认识水平还太低,不能解释某些现象。大自然的奇妙是人类想都想不到的,无论一草一木、一鸟一兽、一山一水、风雨雷电,乃至荒川大漠都有自己的生命密码。

人在大自然面前,永远都显得那么弱智。

祢五常看着那几个哭泣的老人,让他想到古时的巫觋,想上前搀扶,却又犹豫着站住了。他不知道上前说什么好,他们需要劝慰吗?他们只是在自己的世界里表达着什么,自己只是个局外人,完全不懂得眼前发生的一切。

想到这里,祢五常突然觉得冷彻骨髓,踉踉跄跄就往回走。

一连多日,祢五常都没有出门,不吃不喝。

柁嘉、乔惠几个学生很着急,敲门他也不开,而且态度异常凶狠,隔着门大叫:"出去出去出去!"

柁嘉等人十分惊诧,不知老师怎么突然变成这样,像中了魔法一样。他一向不是这样的,从来没对学生无来由地发过脾气。看样子,他心情坏透了,一定是发生了什么大事,就像罗玄被雷击一样,甚至比罗玄被雷击还可怕。

难道是一山上发生的灵异事件,让他精神错乱了?

的确。

一山上发生的灵异事情,对祢五常来说是个巨大的震动。过去,他曾听说过很多灵异事件,却从来没有亲眼见过,现在他亲眼看到了,亲耳听到了。这类事件在都市里也出现过,但很少,越是人气过旺的地方就越少,而且人们多不相信。大部分传说都发生在人烟稀少、和大自然更贴近的地方。几乎所有的灵异事件,都和阴气有关,而都市人气过盛,把阴气都逼退了,但它们并没有消失,不管你承认不承认,它都在那里,就在你身旁,就在你屋子里,就在你床底下,就在马路边和你擦肩而过。人类已经在寻找暗物质,谁能说得清在那个"暗"世界里有什么?

祢五常被这个世界的复杂、深奥、奇妙吓住了。

闭门多日,祢五常两眼通红,眼球上都是血丝,嘴唇干裂得像大旱的土地,咽喉也火烧火燎。他从未经历过如此的震撼。祢五常是个内心强大而狂傲的人,他一向以为,以自己的精力和智慧,可以弄清所碰到的所有事情,但现在他感到了自己的渺小和微不足道。人类一思考,上帝就发笑。真的是这样吗?

大自然如此,人类社会也同样深不可测,自己带一帮学生在这深山老林里,会不会把这帮孩子都耽误了?当初雄心勃勃,还以为在做一件石破天惊的事,是不是太幼稚了?在学术研究上,他从来没有怀疑过自己,而这次,他觉得自己简直是个白痴,枉为人师。他数日闭门不出,完全是因为巨大的沮丧。

祢五常崩溃了。

这在常人看来,几乎难以置信。柁嘉对同学们说,你们知道一头十吨重的野象是怎么轰然倒下的吗?是一只小老鼠无意间钻进了大象的鼻子!

其间,客栈老板、村长老车都来过,站在门外劝说,祢老师你别想不开,有啥事开开门,大家可以商量。祢五常在屋内听得苦笑,这事也可以商量吗?他一直既不答话,也不开门。

眼看五天过去,祢五常还是不开门,这样下去要死人的。

那天下午,房门一阵嘭嘭大响,然后轰隆一声被砍开了。

柁嘉手持一把利斧,一头撞进来,喝令身后的几个同学,"抬起来,送王掌柜那里去!"

祢五常还没反应过来,已被学生们抬起往外走。事实上,祢五常已经虚脱,没有反抗的力气了。他只看了柁嘉一眼,柁嘉脸上冷冰冰的,手中的斧头还沾着木屑。

老祢并无大碍,他只是五天五夜未进水米,才虚弱至此。

王掌柜说,以祢先生的身体,他可以八天不吃不喝。

柁嘉冷着脸说,你是说我救他救早了?

王掌柜说,我原想再过两天去救他的。

柁嘉说,也许你是对的。可他是我老师,我赌不起。

王掌柜说,放心吧,我调理一下,祢先生几天就好。

柁嘉说,拜托王掌柜一定把我老师治好。

王掌柜说,这天下就不该有"一定"之说,凡事尽力就好。

一直站在一旁着急的乔惠说,我们老师可是国宝级的专家。

王掌柜笑道,姑娘可别吓唬我。在我这里,病人都是一样的。我会尽力,会尽力。

一星期后,祢五常已经恢复如常。

那天,他把学生召集来,本想说说要不要从天漏村撤离的事,没想到,这个议题遭到学生们的激烈反对。

柁嘉说,老祢你脑子进水了吧?你怎么想一出是一出,老叫人一惊一乍的!当初激昂慷慨,像发现新大陆一样的是你,现在灰头土脸要撤离的也是你,你毛病啊!

乔惠也一改过去的沉默寡言,说,祢老师你关起门来五天玩深沉,怎么起了这么肤浅的念头?

另一个男生说,祢先生,你这就不像个先生的模样了,就像小孩子在地上打滚任性,成何体统!

另一个女生说,祢老师,我一向敬重你,认为你是个有学问的学者,是一个有分量的男人,现在我动摇了。

祢五常点点头,我现在也这么觉得,所谓祢五常不过如此,只是一介凡夫俗子。

不想柁嘉拊掌大笑起来:哈哈哈哈哈哈……

祢五常一头雾水,说你小子笑什么?

柁嘉说,你说所谓祢五常不过如此,只是个凡夫俗子?这就对了!过去你看起来很俗,其实内心自视甚高,总以为铁肩担道义,老鼠卖大米,可以找出什么兴亡之道,正是这根扁担把你压垮了。你一向认为世上发生的事都是科学的,几千年历史,兴也好,亡也罢,其实都叫"活该",都是道理。世上事一切如常,你着什么急?咱们在天漏村,如鱼纵大壑,你为什么不放松一点,就当玩儿不行吗?这里风景多好,空气多好,又没有尔虞我诈,争权夺利,多轻松啊!

一个女生说,是啊,不来天漏村,咱们能看到这个几千年部落式的村庄吗?

一个男生说,不来天漏村,咱们能看到这么多古代竹简吗?

一个女生说,如果在北京,能找到这么安静的地方吗?

一个女生说,不来天漏村,能经历雷电劈死人吗?多刺激啊!我喜欢这个赌命的地方。

一个男生说,那天一山上古战场的回声,我们几个也听到了,就站在村民们中间,太奇妙太惊心,这是一生的奇遇啊!

乔惠说,现在多少城里人都向往大自然,宁愿放弃都市生活,到山野乡间过清淡的日子。咱们申请了科研经费,却过着闲云野鹤一样的生活,多好啊!……

祢五常突然一拍桌子,大怒道:放肆!什么乱七八糟的,敢情你们都是来玩的?这么重要的科研经费,在你们眼里就是用来游山玩水的?我过去怎么教你们的?

柁嘉说,钱不就是花的吗?你以为国家每年拨出那么多科研经费,都能用在科研上?你太傻了。

乔惠说,就是。

另两个女生说,就是。

一个男生说,祢老师,你要是对这个课题没兴趣了,咱们就散伙。散伙前先把你手里的经费给大家分了,我们各自去谋生。

另一个男生说,我可不愿意离开天漏村,多好的地方!要散你们散,祢老师你把经费留下,我接着干,打算在天漏村找个姑娘,生一大堆孩子,就在这里终老一生了。

柁嘉猛地站起,不行!这钱不能你一个人花了,大家平分!还有,别忘了罗玄和汪鱼儿,他们两个也有份。

另几个人情绪激动,都叫起来:对对,平分!

祢五常越听嘴巴张得越大,眼睛也斜了起来。他太震惊了,简直比几天前一山上的人喊马嘶还叫他震惊,自己竟收了这么一帮没出息的学生,不是有眼无珠吗?他用手指着他们,从牙缝里蹦出几句话:"你们……别想从我手里分到……一个子儿,从今天起,我和你们断绝……师生关系,都滚出去!"

全场寂静无声,柁嘉、乔惠和另外一些学生互相看着,突然爆发出一阵大笑:"哈哈哈哈哈……哈哈哈哈……"

祢五常愕然站起,你们这群兔崽子,耍我?

柁嘉说,祢老师,我们确是逗逗你的,让你重新振作!

祢五常挤巴挤巴眼睛,一时不知说什么好。

乔惠说,老师,我发现你被感动了,是不是想流点泪又流不出来,觉得特憋?

祢五常说,乔惠,你跟着柁嘉学坏了。又指指其他学生,你们都学坏了。

柁嘉说,老祢,人得讲良心,我们要是都学坏了,还会救你?关键时候,还不得靠我们这些学生?

老祢说,算了吧,你们不救我,我也死不了。

乔惠睁大了眼说,怎么,老师你不会是夜里偷吃饼干吧?

其他几个学生也附和:肯定的,祢老师肯定偷吃东西了。

老祢生气道,我会那么不堪吗?你们也太小瞧我了。本来我是想搞个试验,看看不吃不喝能撑几天,过去说七天是个极限,我打算实在不行,第八天开始吃东西的,结果让你们打乱了我的计划,一个重要的科研项目就这么夭折了,你说你们这些毛孩子可恨不可恨?

柁嘉说,老祢你太扯了!要真是这样,咱们重新开始,从今天开始,你不吃不喝,看看你究竟能撑多少天。

乔惠说,祢老师身体这么棒,我看八天没问题。

一个男生说,你小瞧祢老师了,我看能撑十天。

另一个男生说,说不定能撑十二天。

一个女生说,你们太残忍了,怎么能同意祢老师做这种试验?柁嘉,你怎么不试试?

柁嘉一脸无辜地说,有经费吗?

大家一时又闹起来,说,柁嘉你真是个财迷,柁嘉你就是个混球,柁嘉还能有点出息吗?……

柁嘉走几步,望着窗外寂静的雪山,道:尼采说过,谁终将声震人间,必长久深自缄默;谁终将点燃闪电,必长久如云漂泊!

同学们都愣住了。

祢五常挤挤眼睛,吃惊地看着他。

转眼到了第二年春天,山上的积雪渐渐融化掉了。

但山外传来的第一个消息是罗玄在北京去世了。

汪鱼儿独自一人回到天漏村。她哭着说,罗玄是一个月前去世的,他的遗体已经火化,由家人带走了。他们听说天漏村大雪封山,祢老师无法赶来,所以就不等了。

这个消息让所有同学都哭了。

汪鱼儿非常憔悴。显然,罗玄之死,让她经历了巨大的煎熬。

祢五常更是自责不已。他没想到,这个项目会让这么一个优秀的年轻人丧命,他觉得真是无法对罗玄的家人交代。他知道罗玄在家中是独生子,而且是三代单传,家在山区,非常贫困。一家人在亲戚帮助下,倾尽所有,供养罗玄上了大学。可以想到,罗玄的去世,给这个家庭会带来怎样致命的打击。

他问汪鱼儿,罗玄的父母有没有提什么要求?

汪鱼儿摇摇头说,他们什么要求也没提,连一句抱怨的话都没有,只是哭,然后就抱着骨灰盒走了。汪鱼儿说,她送他们上火车,曾跪在站台上,请求他们收她为干女儿,她愿意像亲女儿一样供养他们,可是两个老人没有同意。

柁嘉和几位学弟学妹掏尽腰包,凑了一万三千元,由柁嘉带着去彭城,寄给了罗玄父母。同时他还带了祢五常一封信。祢五常的信是寄给单位领导和财务处的,除了为罗玄申请正常的抚恤金,还让财务处每月从他工资里拿出一半的钱,寄给罗玄父母,直到自己去世。

汪鱼儿回到天漏村,变得更加沉默寡言。罗玄的死让她心里蒙上了巨大的阴影,一时无法解脱。柁嘉和几个学生也都闷闷不乐。

祢五常也同样悲伤。可他知道这样下去不行,必须转移大家的注意力。转移注意力的唯一办法是投入工作。

一天,祢五常在安排柁嘉带着其他学生去九龙洞抄阅竹简后,独自一人爬上一山。

一山并不险峻,只是遍生荆棘灌木,几无插足之处,地上落叶陈年,腐土覆盖,连山石都看不到。祢五常小心用手扯开灌木枝条,慢慢往上爬,才爬了十几米就无法前进了,荆棘灌木太稠密了,稠得像一堵墙,手上已有几处扎出血来。看起来,这座山虽离天漏村最近,却从来没人上去过。因为上头没有风景,也没有几棵大树,倒是山崖上隐约能看到一些倒下的大树枯木,好像山上的土壤厚度不足以支撑太大的树木。因为灌木丛生,几乎密不透风,也不适合放牧。如果仅从山的丰富性上说,一山只是一座平淡无奇的山头。

但这样一座山上怎么会出现远古的人喊马嘶呢?

这一定是有原因的。

祢五常很想弄个明白。他还是不甘心在这方面的无知。

从去年冬天大雪覆盖时,祢五常就打定了主意,等春天冰雪消融时,一定要爬上山探个明白,说不定会有什么发现。

上山不成,回去又不甘心。祢五常左顾右盼间发现旁边一股冰雪化成的溪水在淙淙流淌,流水冲开腐土,露出几块岩石。他拨开树枝走过去,蹲下身子抚摸那几块岩石,突然发现岩石似有人工凿过的痕迹,就顺着流水往两旁扒,岩石呈条状往两旁延伸。祢五常的心脏在咚咚跳,他又赶紧往上往下扒,两手捧着水洒上去,模糊间仿佛是石阶,一层层叠加着往上往下。石阶虽有风化破损,但大体形状还在。扒了一阵,加上激动,祢五常浑身燥热。他索性脱去棉大衣,扔在灌木上,卷起袖子继续扒,扒开一段腐土,再捧水洒上去冲洗,更多更长的石阶显露出来,而且明显看出,石阶梯很老旧了,一直尘封在腐土下,不为人知。

祢五常抬头往山上看了一阵,又回头往山下看,无论从山势看,还是从这几级台阶看,这里都应是一条往山上去的平缓的台阶路,而且预感这条路还很宽阔。

祢五常顺山势横向移动，身旁脚下全是灌木荆棘，把身上的毛衣扯得像翻毛鸡。他急于到边上扒开腐土，看看这条台阶路究竟有多宽。正在这时，突然从身后伸出两只手把他抱住了，同时一声大叫：别动！

老祢吓一跳，听出是柁嘉，转脸看时，柁嘉一脸惊恐，正紧紧搂住他的腰。柁嘉松开双手，扯住胳膊把他拉回来说，你不要命啦？

祢五常伸头往前看，灌木丛下，是一条三十多米深的沟壑，也是一惊，我刚才没注意。咦，你不在九龙洞，跑出来干什么？

柁嘉说，不放心你才来的，你看汪鱼儿也来了。

祢五常回头，这才注意到，汪鱼儿穿一件白色羽绒服，就站在几十步远的地方，样子有点拘谨。

祢五常忙招手喊道，快过来！你们看我发现了什么！

祢五常把二人领到刚才发现石阶的地方，二人都吃了一惊。柁嘉说，老祢，这可是个重大发现，看样子台阶已经风化，有些年岁了。

汪鱼儿回来后，似乎一切都还没进入状态，此时迷迷糊糊说，这是……什么？

祢五常说，这是古代上山的台阶，初步推断，这个一山不简单，咱们要向村长汇报一下，组织人力对一山进行田野考古。

柁嘉兴奋道，我去找老车！

柁嘉找来老车，没想到药铺王掌柜也跟来了。他们听说了一山上石阶的事，都很兴奋。王掌柜说，这个一山上的石阶，我小时候见过，十多岁的时候，跟父亲上山采药经过那里，绊了个跟头，父亲当时拉起我来，看看脚底下的石头，说小心点，这里怎么像石阶。当时父亲的心思在采药上，我那时还小，没注意，就爬过一山往九龙山深处去了。这么多年，一山就在眼皮底下，反而不留意，加上长满灌木荆棘，山石又被腐土覆盖，就没人上去过。现在看来，如果真是古时石阶,就很值得花力气弄个明白。

王掌柜感兴趣,老车的劲头就来了,说,祢先生你说怎么干吧?要人手我来组织。

祢五常说,现在还很难断定石阶是哪个朝代的,上头有明显人工凿过的痕迹,应当很有价值,值得咱们弄明白。说不定整个一山都要翻一遍,工程可不小呀。

村长老车拍胸脯说,这个你不用担心,咱们多找些人来。

祢五常还是有些担心,村长,你不会又变卦吧?

老车笑道,这回你放心,王掌柜都支持了,我肯定没话说。

果然,数日后,老车组织二百多精壮后生上山来了。老祢给大家讲了注意事项和清理步骤,很快就干了起来。

这么多人吃饭是个大问题,祢五常拿出一部分经费,让老车交给天漏村两家饭店,由饭店负责伙食和供应茶水。老车本不想要老祢出钱的,但看他真诚且坚决,接过钱就去安排了。

按照村长的说法,一山上几乎全是灌木荆棘,没什么保护价值,如果需要,可以全部清除。山上有十几棵老树,几人合抱,要保留下来,一棵都不能动。这也是天漏村的传统,任何人不能在山上随意砍伐树木。老祢自然同意。

清理进度很快,几乎每天都有惊喜。

上山的石阶被证实了。从山下通往山上,最宽处三丈有余,最窄处也有两丈多宽,这么宽阔的石阶路绝非乡野村道。石阶多是凿石而成,也有一部分是用条石垒垛起来,厚重而结实。虽经岁月风化,腐土侵蚀,一经清理出来,还是十分壮阔。不要说祢五常和他的学生们,连老车、王掌柜和村民们也欣喜不已。

那么,山上会有什么呢?

所有人都抱有巨大的期待。

一山并不太高,上面是一个宽敞的平台,东西宽约一公里,南北约五百米，呈不规则长方形。三个月后，山上的灌木荆棘基本清理完毕，其间下了很多场暴雨，古迹遗存历历在目，老祢简直惊呆了。

平台上有许多石窝洞和柱石，大小不一。掏出石洞中的积土腐叶，发现不少窝洞里都有木桩残留，是那种很粗大的木桩，虽然已经腐烂，但形状还算完整。有的木桩呈焦黑色，似乎有大火烧过的痕迹。

老祢在上头走来走去，让柁嘉和汪鱼儿对石窝、柱石间距大小、呈状，进行测量绘图。老祢看来看去，初步推断这是一片古代建筑遗存，而且规模宏大。这座建筑群依山势坐南朝北，背后是延绵不绝的九龙山，前头斜对着天漏村。建筑群里有一座最大的建筑，其他建筑围绕着它。没有发现瓦砾，却发现四口石井和很多陶器碎片。这说明这些建筑比较简陋，都是草堂、草屋、草殿，用木桩支撑着。这样的建筑显然属于更久远的年代。更让祢五常惊喜的是，在清理腐土时，发现了很多石器、玉器，不少都碎了，也有的很完整。其中有石斧、石盘、玉戈、玉环、玉簋、玉圭、玉璧、玉瑗、玉琮，还有一些鸟兽形石饰、玉饰，大大小小上百件之多。这其中的玉器最重要的是玉璧、玉琮。祢五常捧在手中，有些发抖。这两件玉器是古时王室才有的。那时，王室"以苍璧礼天，以黄琮礼地"，苍璧只有国王才能拥有，黄琮中间有管孔，有女阴之形状，由王后保管，这都是身份的象征。这两件玉器一下子把这片建筑遗迹提高到王宫的等级。

在这片建筑遗址之外，一山平台的四周，又发现一些石质城墙的痕迹。墙体已几乎不存在，只在个别地方还有条石、方石摆在那里。祢五常四下看看，从平台边沿爬下沟壑，发现大量人工石块散落在沟底，这证明了他的判断，一山平台周围，原来是有围墙的，而且很高大，后来因为战争、雷电风雨原因倒塌了。这个围墙应当叫城墙。

山上有十几棵老树，都有几人合抱那么粗，仔细看，树的根基都在石洞中，石洞边缘也有人工痕迹，显然系人工栽植。药铺王掌柜看了后说,这种树叫桧柏,长这么大,应有三千多年了。祢五常推测,这十几棵桧柏和消失的建筑群,有可能属于同一时代。

一切都说明,一山上曾有一个王室,或者叫都城。

当祢五常把这个沉思已久的判断告诉大家的时候,所有人都欢呼起来。一山上沸腾了。

村长老车紧紧抓住祢五常的手:祢先生,你可太了不起了!

祢五常激动地说,了不起的是天漏村的先民。还记得吗?乍册上记载,远古时代,这里曾有一个小国家叫"舒鸠",一山上的遗址,应当就是舒鸠国的都城,它是被徐国灭亡后才逐渐破败、消失的。由此看来,你们这个一山,原来并不叫一山,而应当叫"邑山",邑为小城,山上一座小城。只是随着时间的流逝、都城的湮灭,后人已不知道这山上的故事,邑山也误叫成一山了。我之前就曾奇怪怎么会有一山这么简单的名字,现在终于明白了。一山上人喊马嘶,重现古战场的声音,就有了历史依据。但远古的声音怎么会在几千年后重现,属于自然科学,我就不懂了。

药铺王掌柜说,祢先生,你已经懂得够多了。

柁嘉、乔惠、汪鱼儿等一帮学生既为这一重大发现激动不已,又为自己的老师骄傲。柁嘉说,祢老师,我们庆幸能成为你的学生!柁嘉平日在祢五常面前没大没小,但在外人生人面前,却从来都是称祢老师的。

祢五常说别拍马屁,考古还没结束。你们几个还要抓紧查阅乍册竹简,看看有没有关于这个都城的记载。

考察还没有结束,祢五常却累坏了。这几个月,他几乎没日没夜在山上指导发掘清理,看护现场。尤其对那些玉器,几乎都是他亲自起出、拍摄、编号。柁嘉几个学生几乎帮不上忙。祢五常只让汪鱼儿给他做下手,弄得柁嘉很有意见,说老祢你以为我只能干粗活?祢五常说这都是国宝级的文物,你们毛手毛脚我不放心。柁嘉说你怎么叫汪鱼儿帮你？祢五常说汪鱼儿素来心细，肯定比你强。

事实上，在整个发掘过程中，彭城市考古队也来了。动土之前，祢五常专门去了一趟彭城，按规矩办理了挖掘手续。因为是祢五常牵头的项目，申报一路绿灯，很快就批了下来。彭城虽也派出考古队，但明确以祢五常为主，他们只做帮手。做帮手的结果是几乎插不上手，很多时候只是在清理挖掘初期做点事，一到关键时刻，祢五常必定亲自动手。其实，这种野外考古挖掘，祢五常也没多少经验，但他无师自通，似乎天生通晓这方面的知识，做起来非常专业，连彭城市考古队也佩服不已，只是在私下里对他有些议论，觉得这位大名鼎鼎的祢先生有贪功之嫌。

其实，祢五常能看出他们对自己有些意见，也能够理解。这样一个重大考古发现是要载入史册的，对参与者来说都是一种成就。但自己是发现者和主导者，不能出任何差错。不能因为平衡关系、考虑谁高兴不高兴而拱手相让。祢五常讨厌虚伪。毫无疑问，这次发现就是自己的功劳，也必将成为自己一生所有成就中最重要的成就之一。他的学生们为他骄傲，他也为自己骄傲。

当然，他在心里没有忘记感激他的学生们。去年冬天，一山灵异事件后，若不是柁嘉他们重炮轰击，自己差一点离开天漏村，也差点因此错失这次重大发现。

祢五常决定休息几天，一山考古工作也暂时告一段落。他要好好再回想梳理一下，对这次考古发现重新进行一些解析、思考和评估，尽量让结论更准确更严谨。还有一些事需要重新思索。

祢五常说是休息，其实休息不了。

他的内心一直在激动着、矛盾着，他需要平静一下。

在自己的房间里，他时而大睁眼躺在床上，时而坐在桌前沉默不语，时而在房间踱步自言自语，时而又拿出一山上的绘图，时而小心捧出发掘出来的石器玉器放在桌上,用放大镜细细观察。这些玉器包浆浑厚,沁色丰富,五彩斑斓,可以传递出很多信息。诸多玉器特别是苍璧、黄琮,证实了一山上的都城地位。可惜苍璧碎成了三块,所幸没有缺失。祢五常久久地看着它们,仿佛那场远古的战争又浮现在眼前,咚咚的战鼓声和人喊马嘶又在耳畔响起。

他无法让自己的心平静下来。

他确信自己发现了那个久已消失的"舒鸠国"。或者准确地说,舒鸠国从来就没有消失,它一直静静地躺在这里,它只是以另一种隐性的形式存在,并且每隔一些年就会翻个身,发出一些声音,那是舒鸠国曾经的声音。它是神奇的、悲壮的,也是神秘的。祢五常在整个发掘开始后,其实有些后悔、后怕。我为什么要去发掘它,想要证明什么?证明舒鸠国的存在,还是证明自己的了不起?这是不是太自私了?他特别担心的是,这么清理发掘会不会破坏它的原始状态,咚咚的战鼓声和人喊马嘶的战场古音会不会从此消失?如果消失了,自己就会成为罪人,数千年岁月没有湮灭的古国,就会死在自己手上。

这太可怕了。

祢五常把自己关在房间里,越想越后悔,越想越后怕。这种情绪甚至压倒了发现的喜悦和激动。

这是一次愚蠢的行动?

为什么要去发现呢?

这种担心和后悔,他始终不敢向村长说,不敢向王掌柜和村民说,也不敢向他的学生说。在清理发掘的过程中,他严格要求,除了清理荆棘灌木和腐土,捡起散落的石器、玉器,其他山石树木一样也不要挪动,让它们尽量保持原样。这都是他的补救措施。他不知道这些做法能不能减少一些损害。

柁嘉已经感到老祢又在纠结什么了。

但他没去打扰他。

他现在更担心的是汪鱼儿。

在清理玉器的过程中,老祢只让汪鱼儿做帮手。柁嘉其实知道他的用意,就是让汪鱼儿从罗玄之死的伤痛中解脱出来。给老祢做帮手,需要专注,老祢希望汪鱼儿专注于这件事上,也许会忘掉罗玄。但看来效果不大。汪鱼儿的注意力无法集中,只在一瞬间放在眼前的玉器上,另一瞬间又回去了。有几次玉器差点脱手,好在老祢眼疾手快。他其实一直盯着她的手,甚至双手托着她的手,只要她的手一颤动,老祢马上捧住她的手不让动弹。这是有很大风险的。但有时,她又紧盯石器、玉器,喃喃自语:"这些……远古……太美了。"让你弄不清她究竟在想什么。

现在,柁嘉要分担老师的担子,让他专心于一山上的事。

柁嘉和乔惠讨论了一下,觉得最重要的是要让汪鱼儿倾诉,把心里的疼痛压抑发泄出来。必须让她说话,说什么都行。

但汪鱼儿就是不说,什么都不说。

她和乔惠住一个房间,时常久久坐在窗前,望着窗外的群山,默默垂泪。有时,脸上又露出一种嘲讽的表情。

一天突然下起暴雨,电闪雷鸣。汪鱼儿好像一下子来了精神,她忽然站起身,转身就要往门外冲,被乔惠一把拉住,说鱼儿你要干什么?外头危险!

此时一道闪电划过,接着一声霹雳,院子里一棵水桶粗的榆树咔嚓一声拦腰折断,缓缓倒在暴雨中,发出轰隆隆一阵巨响。

乔惠紧紧抱住汪鱼儿,浑身都在发抖。刚才如果让汪鱼儿冲出去,后果不堪设想。

汪鱼儿看着外头那棵倒下的大树,突然怪异地微微笑了。

乔惠被她笑得浑身一紧,惊问,鱼儿你怎么……啦?

汪鱼儿转脸看着乔惠,说,这雨好大。她似乎又恢复了常态。

乔惠被她弄得一惊一乍的,不知道该怎么办。显然,汪鱼儿的精神有些不正常了。柁嘉让自己开导她,真不知该怎么开导。她没有想到,罗玄的死会给汪鱼儿这么大的打击。大家只不过一般的同学关系,罗玄死前,和汪鱼儿也并无什么感情交集,更没有什么轰轰烈烈。相反,倒是罗玄曾不止一次当面贬损汪鱼儿,一次次把她弄哭,罗玄根本就没把汪鱼儿当回事。而汪鱼儿也从没说过对罗玄有什么好感,常常和他针锋相对,只是一次次败下阵来。这是他们之间仅有的关系。罗玄不幸去世,大家都很难过,但不可能永远沉浸在悲痛里,就是爹娘去世,你也不可能老是难过,生活还要继续,何况大家都是年轻人。乔惠真的不理解汪鱼儿何以至此。她非常担心汪鱼儿会想不开,弄出什么意外来,就赶紧去告诉柁嘉,让他快想办法。

柁嘉向来脑子转得快,对乔惠说,你别担心,我去看汪鱼儿。她不是沉浸在悲痛里吗?这事不能回避,既然不能转移她的注意力,干脆单刀直入,就说罗玄这件事。说开了,她就解脱了。

柁嘉随乔惠进入房间。汪鱼儿正坐在窗前,听到有人进来也不转头,只是望着外头的山峦。

柁嘉厉声说,汪鱼儿,你转过身来,看着我!

汪鱼儿慢慢转回身,眼里噙着泪水,茫然看着柁嘉。

柁嘉说,汪鱼儿,差不多就行了。这些日子你一直在做悲痛状,再这么下去,过了哈。

汪鱼儿泪水一下子流出来,好像受了天大的委屈。

柁嘉说,我看你就是在装!指望大家一天到晚陪着你抹泪、悲伤,谁有那闲工夫?还要不要做别的事了?

汪鱼儿哭着说,你们太……冷血了。

柁嘉说,什么冷血不冷血?人都会死的,我也会死,乔惠也会死,祢老师也会死,你也会死,只是早晚而已,怕死就别活着。天漏村每年被雷劈死那么多人,人家日子照过,也没像你一天到晚哭哭啼啼。

汪鱼儿说别人的死和我没关系,可罗玄的死和我有关系的呀。

柁嘉冲乔惠使个眼色,汪鱼儿终于说话了,示意乔惠说下去。

乔惠说,罗玄的死和你有什么关系?

汪鱼儿说,我没有救活他,还没关系吗?

柁嘉说,屁关系!你以为你是神仙?那天,天漏村被雷劈死几个人,连王掌柜都没救活。那天我和罗玄躲进山洞,就是因为我在里头,他在外头,遭雷击更重一点,所以他死了,我活过来了,原因就是这么简单。照你的逻辑,我是不是也应当觉得对不起罗玄?如果是我在外头,罗玄在里头,他就不会死了,死的应当是我,我为什么在打雷下雨的时候跑在他前头呢?我为什么不停下来让他跑在前头呢?我为什么要躲在山洞里头呢?我为什么不把罗玄拉到里头,自己在外头护着他呢?汪鱼儿,你说我是不是也应当这样自责?

汪鱼儿有点让柁嘉绕糊涂了,似是而非地点点头。

柁嘉勃然大怒说,你混账!怪不得说你脑子里一盆糨糊。我为什么要忏悔?为什么要自责?当时霹雷闪电,危险至极,我们撒腿就往山洞里跑,这是本能,赶巧我正在他前头,正好我又跑得比他快,就先进了山洞,他随后跑进来,一切就这么赶上了,关我屁事?罗玄死了不应该,我死了就应该吗?

汪鱼儿看柁嘉火气大了,低了头说,我不是这个意思。

柁嘉说,你就是这个意思。

汪鱼儿连连摇头说,我真的不是这个意思。

柁嘉说,既然不是这个意思,就应当换一种思路,我们两个人死了一个,你以前的算账方法是只看到那个死人,老是痛惜死了一个。现在应当换一种算法,两个人死了一个,还好,活了一个。应当庆幸还活了一个,不是吗?庆幸柁嘉没死。前一种算法是痛惜,后一种算法是庆幸,哪一种合算?

可是……罗玄还是死了,怎么算都没用的。汪鱼儿喃喃自语。

柁嘉几乎要崩溃了。

乔惠叹口气说,柁嘉你太性急了,要给汪鱼儿一点时间,她一时转不过弯来的。

柁嘉卷卷袖子说,汪鱼儿,我还不信了,今天要是不能让你拐弯,我就一头撞死。他打算继续呵斥、诬蔑、栽赃,给她最强的刺激,让她大哭大怒和他吵起来和他翻脸。

但没想到,汪鱼儿冲他笑了笑,说,我也想死呢。

乔惠吓坏了,汪鱼儿你说什么?至于吗?你可别吓人,你可别乱想。

柁嘉也吃一惊,没想到说了半天,根本不起作用。他知道不能再刺激她了。依她的性格和现在的状态,她真的会去死,她一定把这件事想了很久了,不是说着玩的。她是笑着说的,这比哭着说更加可怕。这么多年相处,汪鱼儿是柁嘉师姐,他知道她是个善良的人,又了解她是个心眼很窄的人,什么事都装不下,大大小小的事情都太认真太计较,以至于认真得像是虚伪,计较得有些夹生。她和老师同学从不打打闹闹,你永远不知道她心里想的是什么,她把自己封闭得紧紧的,她小心翼翼地活着,默默地做事。你能感觉到她心里很累很累。平时沉默寡言坐在一旁愣神的情况司空见惯。究竟是什么事让她这么累呢?从前,柁嘉一直认为是罗玄对她造成了伤害,因为罗玄对汪鱼儿从来不留情面,总是用一些刻薄的话埋汰她。柁嘉曾多次劝过罗玄,让他不要这样,那些话对一个女孩子是有伤自尊的。但罗玄不听。那次遭受雷击之前,柁嘉终于确认罗玄其实是喜欢汪鱼儿的。可他又不自信,在长相如女神一样的汪鱼儿面前,罗玄一直很自卑。柁嘉还很不解,罗玄一表人才、谈吐不凡,怎么会自卑?不知道的人会以为他那么阳光帅气,那么滔滔不绝,那么言辞刻薄,一定是个过于自负自信的人,其实他是在以此掩饰内心的虚弱。

看透一个人,真的不容易。

柁嘉决定换一种策略。

他叹一口气说,汪鱼儿,罗玄有什么值得你留恋的?他从前对你好过吗?我看他连一句好听的话都没对你说过,总是打击你挖苦你埋汰你,完全不把你当回事。现在他人死了,当然不必恨他,但也完全没必要念念不忘。他和你就是一个普通的同学关系,该放手时还得放手。咱们同学里头优秀男生很多,一点不比罗玄差。罗玄对你真的不好,忘了他吧,这事就算过去了。

乔惠说,是啊,过去,他损你的时候,我都看不过去。你每次回来都在宿舍里流泪,还老是喝水,老是上厕所,弄得手忙脚乱的。

汪鱼儿说,我不在意那些。你们……都不知道,罗玄其实是……很爱我的,这一直是个秘密。

乔惠大吃一惊,爱你?罗玄爱你?不可能吧?我可一点都没看出来。

柁嘉倒是没吃惊,因为他早就看出罗玄的心思,只是不知道汪鱼儿是怎么知道的。于是问汪鱼儿:罗玄向你表达过?

汪鱼儿摇摇头。

乔惠说,那你怎么知道他爱你的?

汪鱼儿说,我能感觉到。他每次埋汰我的时候,都不敢看我。每次过后,他又会偷眼打量,却从来不敢正视,我一旦发现,他又赶紧把目光收回,装作无事的样子。别看他气势汹汹口若悬河的,其实是心里胆怯得紧,怕我瞧不起他。他是用这种方法引起我的注意。我能感觉到,他心里很挣扎,很痛苦,埋汰我又怕我生气。其实我从来没有真的生过气,过后很快就忘了。他看我没反应,一有空又挖苦我。

柁嘉说,我也埋汰过你呀,你怎么没觉得我也爱上你了。

乔惠打了柁嘉一下,你乱说什么呀?

柁嘉说,你打我干什么?

乔惠说,你不是乱打岔吗?鱼儿姐怎么会爱上你?痦了吧唧的,长得又黑。

汪鱼儿说,女人的直觉很准的。你和罗玄不一样。你是心里阳光,罗玄是外表阳光。你是有话直说,特别自信;罗玄是心理扭曲,不敢表达,但眼睛会出卖他。其实我挺可怜他的。我在心里一直盼望他能大声说出来,汪鱼儿,我爱你。可他不敢,他没有自信,怕我拒绝他。他丢不起这个面子。到死,罗玄都没说出来这句话。在北京住院期间,我经常抓着他的手守在床边,轻轻为他唱歌,他没有醒来过,但他在我唱歌的时候会流泪。罗玄的母亲守着他时,也会握住他的手,叫他的名字,可他会突然把手往回抽,像痉挛一样。

柁嘉大叫起来,你看你看!我看这小子一点都不值得你爱,倒是欠抽!怎么能躲开母亲的手呢?那是生你养你的一双手哎,哪怕是你最爱的姑娘的手,也不能和母亲的手相提并论!

乔惠异样地看了他一眼。

柁嘉凶恶的样子,怎么,我说得不对吗?

乔惠赶忙说,我没说不对,那么凶干什么?

汪鱼儿沉默了一会,低声说,母亲……母亲……每个人的母亲都是不一样的。也许,他是穷怕了,母亲让他想起那个贫穷的家,有一种恐惧感吧。这可能也是他……一直内心自卑的原因。他一直想逃离那个贫穷的家、贫穷的山区,把自己装扮成一个阳光潇洒的都市青年,一个才华横溢的学子,一个大师手下的得意弟子。当母亲的手牵住他的时候,他的生命本能让他感到了母亲的存在,他的潜意识又让他挣脱母亲的手,怕被母亲拉回去。他真的太可怜了。

柁嘉说,汪鱼儿你成心理大师了。

乔惠叹一口气,可他还是随母亲回去了。

三人一阵沉默。

柁嘉看着汪鱼儿,突然问道,如果当初罗玄没出事,或者出事后从昏迷中突然醒来,明白向你求爱求婚,你会答应他吗?

乔惠说,柁嘉你傻呀,肯定会同意的,这还用问吗?

但汪鱼儿却摇摇头。

柁嘉吃惊道,你摇头什么意思?不会答应?

汪鱼儿又点点头。

柁嘉说,你确定?

汪鱼儿又点点头。

柁嘉呼一下站起身,怒道,汪鱼儿汪鱼儿,你究竟是何方妖精?既然不会接受罗玄的爱,还做出那么多深情状干什么?还盼着让罗玄说汪鱼儿我爱你,甚至还想以死殉情,呸!你也太能装×了。罗玄活着时,你把他弄得神魂颠倒,死了还在耍他,闹鬼啊,好玩是吧?别装得深情款款了,本少爷不陪你玩了!说过转身出门,扬长而去。

乔惠看汪鱼儿面色煞白,忙追出门,带着哭腔喊,柁嘉你回来,汪鱼儿怎么办?她会出事的,我害怕……

柁嘉头也不回,大声说,让她去死吧,作死完事!

柁嘉的喊声惊动了其他同学,都跑出客栈房门,来到走廊里。看到乔惠在那抹泪,柁嘉还在挥臂怒喊:妖精!妖精!……

大家一脸茫然,不知出了什么事。

这时,祢五常也被惊动,他走出房门,看到柁嘉的样子,大声呵斥道,柁嘉你嚷嚷什么?怎么像个妇女似的,太不像样子了!

柁嘉一愣,梗着脖子说,老祢你说我什么不好,怎么说我像个妇女?这太伤人了。

祢五常一把将他扯进屋里说,你怎么回事,谁是妖精?

柁嘉看瞒不住,只好一五一十都说了,我本来想给你分忧的,我也自信能把这件事处理好,谁知汪鱼儿软硬不吃,还寻死觅活。她也太矫情了。我看她不会去寻死,做做样子而已。她这种人,就是死,也会死出个花儿来。

祢五常半天没吭声。

良久,祢五常说,你不了解。其实,汪鱼儿比罗玄还自卑,她渴望有人爱她,却又不敢接受。

柁嘉很不理解,我就不明白了,汪鱼儿怎么会自卑?一个女博士,人又长得漂亮,皮肤又白,从哪里说都是出类拔萃的女孩子,没道理自卑啊。是因为罗玄经常挖苦她打击她吗?

祢五常摇摇头,对她来说,这根本不算什么。她小时受过的伤害比这大一百倍一千倍。

柁嘉腾地站起身,祢老师,到底怎么回事?汪鱼儿受过什么伤害?平时我没有看出来呀,你能告诉我吗?

祢五常摇摇头,都过去了,但这是个永远的秘密,我不能告诉任何人。就连她小时受过伤害这件事,你也要藏在肚子里,不能告诉别人,包括乔惠。从现在起,你不能再那样粗暴对待她了。不然,真会把她逼上绝路。

柁嘉惊出一身冷汗,喃喃道,我太自以为是了。

祢五常说,你是不是和乔惠谈恋爱了?

柁嘉一愣,你看出来了?神情就有点不好意思。

祢五常笑道,你当初好像说过,陪我一起打光棍,食言了吧?

柁嘉有点尴尬,说,那次被雷击死里逃生之后,我很多想法都变了。

祢五常说,你不用尴尬。你们也都不小了,我支持你们谈恋爱。人生只有一次,该享受的该经历的,都不要回避,一切顺其自然。乔惠老实巴交,人长得也不出众,你想清楚了,不要始乱终弃,那会对她造成极大伤害。

柁嘉说,老祢,我告诉你……

祢五常挥手打断他的话,你不必向我保证什么。我并不是要你保证永远不分开,我没那么保守,也没那个权利。我只是希望你们认真对待感情,尤其是你。

柁嘉突然哈哈大笑起来,说,老祢呀老祢,你还是老了。什么叫认真对待感情?世上多少男女为情所伤,都是因为太认真了,认真伤情、伤人、害人。我和乔惠就是谈着玩的,要不是去年冬天那么大的雪,那么冷的天,我才不会去谈什么恋爱。

老祢不解道,你小子都说些什么?到底哪句话是真的?谈恋爱和天冷有关?抱团取暖?

柁嘉转身出门,说,算了,你也别那么好奇了,说了你也不懂。

天漏村村前村后,有不少零零散散的小块山地,可以种庄稼,加起来有几百亩,这也是当年舒鸠国留下的遗产。几千年来,人们就靠这些山地养活。粮食不足的部分,有山外的商人固定送来,顺便交换一些山货、兽皮之类。

春天播种季节很快过去,侍弄这点地用不了多少工夫。天漏村人除了去山地看看,去山里转转,一年中大部分时间是清闲的。

茶馆是大伙常去的地方。

别看天漏村是个封闭的村庄,并无什么过往行人,但茶馆却有十几家,而且非常热闹。

客人都是天漏村本村男女老少。

天漏村人自古养成的习惯,自己在家不烧茶水,喝茶水都是去茶馆提。隔些日子从茶馆买一些小竹牌子,提一壶水交一个小竹牌。茶水都是山泉水烧成的,茶叶是用山里采摘的各种树叶、野花制成,名字配方不同,香味有别,天漏村人各有爱好,各取所需。

平日里,茶馆里总是坐满了人,每家茶馆至少十几张茶桌,大家聚在这里,打麻将、下六博棋,或者聊天、挠痒。茶馆是天漏村最大的社交场所。茶馆除备有茶水,还有瓜子、花生、小点心。在茶馆入座,只要投缘,不分男女,皆可同桌。男女在茶馆调情是半公开的,桌上挠一把,桌下捏一把,差不多就成了。然后使个眼色,扯个故,一前一后走出茶馆上山去了。天漏村人偷情多在山上林子里。这比在家更有情趣。一对情人上山,在村子里碰到另外一对或几对,是经常的事,大家心照不宣,避开就行了,谁也不尴尬。

　　解放后,天漏村的女间渐渐少了,以至终于绝迹。原因大概有两个,一是天漏村虽说仍然闭塞,但山外的文明教化之风,还是多少吹进来一些。历任村长是村民自选出来,也都是上级承认的,上级不会同意天漏村存在妓女,尽管考虑到天漏村的历史风气沿袭,没有强行取缔,但村长带回来的信息,总是不利于女间存在的。老一辈女间又渐渐老去,年轻女子对卖身挣钱有了耻感,且女间多晚景凄凉孤单,于是不愿再走这条路,女间几乎自生自灭了。

　　但男女情爱性爱,却是人类千古不变的追求,任何苛法律令都无法禁止的,何况天漏村这样一个山野之地。于是偷情在天漏村就成了一件极自然的现象。其实,在漫长的岁月里,在天漏村这样一个来自天南地北、百姓杂居、毫无血缘关系的地方,偷情一直普遍存在。人们把生死都不当回事,那些世上的伦理道德就更不能约束他们,有的只是天性、野性。夫妻间并无严格约束,别往家里带人,是夫妻间共同的默契。

　　祢五常最初了解到天漏村这个习俗时,并没有太吃惊。在这一个山野之地,存在这样一个风气,再正常不过。《诗经》中有"期我乎桑中,要我乎上宫,送我乎淇之上矣"。《汉书》中记载燕地民俗:"燕地,宾客相过,以妇待宿。"又记载:"卫地有桑间濮上之阻,男女亦亟聚会,声色生焉。"《史记》中有更详细的记载:"州闾之会,男女杂坐,行酒稽首,六博投壶,相引为曹,握手无罚,目眙不禁。前有坠耳,后有遗簪。日暮酒阑,合尊促坐,男女同席,履舄交错,杯盘狼藉,堂上烛灭……罗襦襟解,微闻香泽……"可见,天漏村保留的其实是古风。

但在讨论这个现象的时候,柁嘉表达了自己的疑问,说,桑间濮上是亡国之相,古书上是有记载的,古罗马就亡于淫乱。天漏村如此乱交,不是乱套了吗?

乔惠也说,是呀,这么乱交会造成血统混乱,生下的孩子只知其母,不知其父,弄不好长大结婚时会兄妹成亲、父女乱伦。

另一个男生说,天漏村因与外界极少往来,自古男女成亲,基本都在本村范围内寻找配偶,这种乱伦的概率是很大的。别的不说,人种也会退化,容易生出白痴、智障、残疾人,这太可怕了。

柁嘉说,没准会长个尾巴出来。

有一个学生说,可是天漏村的人好像都挺健康的,男人健壮,女人漂亮,除了被雷所伤,没见到什么残障人呀。

柁嘉说,不对,残障人还是有的,九龙洞把守大门的那个叫什么来着……对!叫墨盒的大叔,就是个聋哑人。只是这样的残障人的确不多。

大家议论纷纷,都感到纳闷。莫非天漏村在生育上还有什么秘密吗?

柁嘉说,老祢,你怎么一直不说话?是不是还知道些什么?

祢五常说,我是导师,当然应当比你们知道得多。

柁嘉说,老祢这话我不赞成。如果总是师傅比徒弟强,不是一代不如一代吗?就像武术,你看电影或者书上,年轻人打半天不能取胜,出来个白胡子老头,一掌搞定,这都是什么呀?

祢五常笑道,姜还是老的辣嘛。

柁嘉说,那青出于蓝胜于蓝怎么回事?

乔惠说,怎么觉得古人把什么话都说了,反正都有理。

一个男生说,电视剧里经常会有个角色说,"中国有句古话"什么什么的,都听腻了。

祢五常叹口气,想想也是啊。其实……

柁嘉说,老祢你就别绕了,还是说点实际的吧,这天漏村的淫风,怎么就没造成严重后果,你有个解释吗?

大家议论道,是啊,一定有原因的。

祢五常说,我问过王掌柜。王掌柜说原因很简单,就是男女上山偷情,行事之前会采一种草摘一种树叶,合起来让女人放在嘴里咀嚼,嚼出汁水很苦,咽下去就不会怀孕。

大家啊了一声,啥草和树叶这么神奇?

老祢说,王掌柜说很普通的草和树叶,九龙山上很容易找到,可他就是不告诉我名字,说这是天漏村的秘密。

一个学生说,这还不简单?王掌柜不说,问问别的村民不就知道了?反正人人都干过这事。

老祢说,我也这么对王掌柜说过,王掌柜笑道,你问不出来的,没人会告诉你。果然,后来我问过十几位村民,都是笑而不答。还有一个村民说,你也要偷情吗?弄得我好不尴尬。

柁嘉一拍巴掌说,老祢,村民的话倒提醒我了,你干吗不去偷情呢?凭你的名望,还有这身板,在天漏村找女人,还不是一偷一个准!

几个男生起哄,是呀,祢老师,反正你也单身。这天漏村的女人真不错,一个个蜂腰熊臀的,和她们好上了,还不爽死,不愁知道那个什么草什么叶了。她要是不用药草,就让她给你生个儿子,说不定能生个圣人,孔子就是野合而出,这在《史记》里都有记载。

乔惠几个女生都咻咻笑起来。

祢五常说,你们怎么这样下流啊?

柁嘉说,这怎么叫下流呢?照你的说法,天漏村的人也都是下流?孔子爹妈也是下流?

一个男生说,祢老师,这也是工作需要,因公下流。你要真是不好意思,我替你去,关键时候,学生得懂得替老师分忧是不是?我不怕你们说我流氓。孟子曰:这和流氓有本质区别。

柁嘉说,孟子说过这话?

大家又笑起来。

男生说,孟子说食色性也,反正意思差不多。

老祢摇摇头说,我教不了你们了。

柁嘉说,别闹了。老祢你有没有发现,天漏村还有一个更有趣的现象,据说比男女做爱更有快感,你知道是什么吗?

老祢说:挠痒。

几个学生都啊了一声,是呀,好像天漏村人出门,手里都有个痒痒挠,有的掂在手上把玩,有的插在脖子里,有的拢在袖筒里,不时拿出来在身上挠一挠,挠痒的时候,龇牙咧嘴,你弄不清他是极为痛苦,还是极为快活。

老祢说,极端痛苦时必极端快乐,极端快乐时必极端痛苦,比如大哭如笑,大笑如哭,比如男女做爱,共达峰顶时,男女极端快乐,却面目狰狞极端丑陋喊叫说要死了……

柁嘉忙打断他,老祢你别说了,你简直诲淫诲盗,我们这帮学生都没结婚,不知做爱是怎么回事,若日后犯了错误,你要承担责任的。

老祢看乔惠几个女生,全都面颊绯红,呼吸急促,两眼迷离,连忙道歉说,对不起对不起,是我失言了,我也是听来的。这事不扯了,咱们还说挠痒好不好?你们谁能说清楚什么叫痒?

大家面面相觑,一时都难住了。这个人人都有过都知道最熟悉不过的东西,要用准确的语言表达,还一时找不到词。

一个男生挠挠头,痒嘛……不就是……就是……身上……皮肤上……发痒。

另一个男生说,废话。等于没说。我以前还真查过词典,说痒是皮肤或黏膜受到轻微刺激需要抓挠的一种感觉。

柁嘉说,还是废话。需要抓挠的一种感觉,什么感觉?没说明白嘛。

祢五常笑道,其实,很多东西都是没法说明白的,比如酸、甜、苦、辣、咸,谁能说明白?但人人都分得清酸甜苦辣咸,为什么?就是约定俗成,大家把一种感觉定为酸,定为甜,定为苦,定为辣,定为咸,如此而已。这种感觉是只可意会,不可言传的……

柁嘉打断他,老祢你又扯远了,有卖弄之嫌,还是说说天漏村的痒吧,他们怎么回事?就不能讲点卫生吗?这里又不缺水,经常洗洗澡,身上还会痒吗?

老祢笑道,你们有没有觉得,咱们自从来到天漏村,虽然经常洗澡,身上还是老会发痒,甚至皮肤会出现溃烂。怎么回事?

这么一说,大家顿时都痒起来,男生还好,可以大幅度扭动身体,用手抓挠。女生们可就受罪了,又不好当着人挠痒,浑身难受,如坐针毡。祢五常双手抓紧袖筒,身体使劲扭来扭去,一时痒得受不了,忙吩咐一个男生,快去外头捡些小树枝来!

男生赶忙下楼,到院子里捡来一把柴棒分给大家。男生们很快把柴棒伸进衣服里,使劲刮挠,女生却还扭捏不动。

祢五常说,今天谁也别不好意思,这也算一堂课,体会一下天漏村人挠痒的快感。

祢五常这么一说,女生们都笑起来,还是乔惠带头,拿树棒伸进衣服里,一边笑,一边挠起痒来,个个舒服得张牙舞爪。

大家一阵好挠,随即爆发出一阵大笑:哈哈哈哈哈……哧哧哧哧哧……嘻嘻嘻嘻嘻……咯咯咯咯咯……

柁嘉大叫,挠了这么多年痒,都没今天这么痛快,真的是舒服呀,挠痒可称天下第一快事!

大家纷纷赞成,又都笑起来。

祢五常说,我就这事也问过王掌柜,王掌柜说天漏村常年暴雨,空气潮湿,人容易得痒疥疾。这种疾病古时就有,《周礼·天官·疾医》中就有记载:"夏时有痒疥疾。"在《礼记·内则》中说:"疾痛苛痒而敬抑搔之。"何也？原来，这种痒疥疾因潮湿引起，洗澡会加重病情而至溃烂，因此天漏村人守着水却不敢多洗澡，让身体干爽才不会溃烂脱皮。但依然会痒，天气如此，所以千百年来，挠痒就成了天漏村人日常最重要的一件事，而且是"敬抑搔之"，可见庄重得很。

乔惠说，这太痛苦了，难道就没办法治吗？

祢五常说，当然有办法治，王掌柜说采集九龙山的草药就可治疗，但大家都不愿治。原因是治好很快又会复发，因为这里空气太潮湿了，治好又发，干脆就不治了。而且大家还发现，挠痒是一大快事，比男女做爱还快乐，男女做爱只是一时之快，而挠痒却是随时随地可寻到的快乐，想快乐一下，就拿起小竹耙往身上挠几下，立马快活得要死。

一个学生说，这都是什么人啊，他们的生活方式太奇怪了。

另一个学生说，都什么年代了，不可思议。

乔惠却眼睛湿润了，说，世上有那么多快乐的事，都和他们无缘，这点快乐却让他们享用了几千年，太可怜了。

柁嘉说，乔惠你怎么流泪了，他们真的比世上人更可怜吗？

祢五常叹口气说，这并没有什么标准。幸福不幸福都是自我感受。你觉得幸福就是幸福，哪怕一贫如洗；你觉得不幸福就是不幸福，哪怕高官厚禄。有人做过调查，说普通人的幸福指数比富人高，也比当官的高。我们看到，有些贪官被揪出来后，最希望的就是做一个普通人，过平常日子，去看门，去种田，去捡垃圾。

老祢说，至于你们担心的近亲繁殖，也不会发生。外头的世界有法律规定，三代之内近亲不得结婚。天漏村是五代！这是他们自定的规矩，自古如此，比外面还严格。

柁嘉说，我晕。这个世界太复杂了。

他们讨论这个话题时还是冬天，冰雪还没有融化。

春天汪鱼儿从北京回来后，乔惠曾告诉她冬天那次对痒的讨论，她原以为很有趣,汪鱼儿却一点都没笑,沉默良久,只问了一句,乔惠你说人是活着快乐,还是死了快乐?

乔惠吓了一跳。

就是从那天起,乔惠发现汪鱼儿格外不正常了。

邑山的发现,让所有人都很振奋。

柁嘉也终于查到竹简上一段关于邑山的记载,证实了所谓一山,确实应当叫邑山:"邑山因筑城而名,为舒鸠之都,方圆百八十丈,九百户……毁于徐国……"

柁嘉有点失望,这个舒鸠国也太小了,哪里像个国家,倒像一个土围子。

祢五常说,这就对了。那时候国家都很小,《战国策》里说:"古者四海之内,分为万国,城虽大无过三百丈者,人虽众无过三千家者。"何况,舒鸠国本就是小国。当然,一个国家的居民百姓,并不都是住在城内的,城内主要是王室、贵族、将军、工匠、士兵居住的地方,大部分百姓还是住在城外。

一个学生说,祢老师,你如果生在那个年代,说不定也能做个国王呢。

祢五常笑道,你别说,那个时代,做个国王还真没啥了不起的,有点实力,吆喝几个部落,就能当国王。在古时《帝王世纪》里有一段记载,说:"涂山之会,诸侯承唐虞之盛,执玉帛亦有万国……至桀行暴,诸侯相兼,逮汤受命,其能存者三千余国……至周克商,制五等之封,凡千七百七十三国……其后诸侯相兼,当春秋时尚存千二百国。"春秋末期到战国初,总人口不过三千万左右,按千国计算,平均一国人口不过三万,就是现在一个乡的人口。一个国王相当于一个乡长,你们也干得了。

乔惠叹道,那时人口太少了。

祢五常说，春秋战国时，人口还不算太少，大约有三千万。从战国末期到汉初，经过连年征战杀伐，加之瘟疫饥荒，人口仅剩一千三百万左右。之后，每一次改朝换代，人口都会大量减少。西汉中期，人口恢复到六千万。西汉末年到东汉初，人口仅存两千万。东汉极盛时，人口又恢复到五千七百万。到三国时，人口又仅剩一千六百万。西晋"八王之乱"后，更只剩一千二百万。隋唐宋莫不如此。可见战乱动荡是人口锐减的主要因素。

柁嘉说，这么说，天漏村一直隐居在山中，逃过历次改朝换代，才是它一直人丁兴旺的主因。虽然清苦，虽然每年雷电都会劈死人，但无伤大局。

一个男生说，战争、饥荒、瘟疫一定都是坏事吗？如果没有这些东西，地球上的人类会不会多得已经盛不下了？

祢五常看着他，你说呢？

男生有点吞吐，我……不知道……怎么说……

祢五常鼓励他，你尽管大胆说，咱们是闲聊，没人给你扣帽子。

男生说，我以为这些东西对个体的人当然是灾难，但对地球或者对人类，从根本上说其实是好事。

柁嘉说，我们设想一下，如果没有战争、瘟疫、饥荒，地球人繁衍得每个角落都是人挤人，人挨人，摩肩接踵，哈气相闻，地球上的资源已经无法养活这么多人，也没有那么多空间，人类会怎么解决？

一个女生说，那时地球上还有森林和农田吗？

另一个女生说，森林会逐渐被砍光变成农田，人类要种粮食吃才能活下去。但随着人类越来越多，需要更多的地方住宿，农田也逐渐被压缩，最后消失。

女生说，还有放牧的地方吗？比如牛羊猪的牧场。

柁嘉说，呔！连人住的地方都不够了，全盖房子了，哪还会有牛羊的地方。

女生说，那可怎么办？人吃什么？

一个男生说，很简单，饿死。

乔惠说，全都饿死呀？能不能少死一些人？

柁嘉说，要么人吃人，要么抽签决定一部分人自杀，要么大家互掐，把身边的人卡脖子掐死。再不行，杀死一部分人，让胜利者活下去。

一个男生说，这不是世界末日吗？

祢五常说，如果人多得真到那一步，一定是世界末日。但那一天永远不会到来。

乔惠说，为什么？

柁嘉说，一切都是由自然法则决定的。天灾、人祸都属于自然法则，隔些年打仗死一批人，饿死一批人，病死一批人，不间断疏减人口，所以地球人口饱和那一天才永远不会到来。祢老师，你说是不是？

祢五常说，奇怪，你今天怎么称我老师了？

柁嘉笑道，你在我心里一直都是老师。

祢五常说，这够残酷，也够残忍的。世上没人会承认这个观点。

柁嘉说，可这是事实。

乔惠突然说，历史上改朝换代也是自然法则吗？

柁嘉说，当然是。

乔惠说，那咱们在天漏村的工作还有什么意义吗？

祢五常一愣，猛然起身走了。

柁嘉知道那天的讨论，说来说去无意间又刺激到祢五常了，以为他又要玩绝食，又要绝望一次。但没想到，第二天一早，就发现他扛着一把镢头上了邑山，走起路来一阵风，像是在和谁赌气。

柁嘉看着他的背影，松了一口气。

柁嘉转身去敲乔惠和汪鱼儿房门。他想和乔惠带上汪鱼儿也到邑山去,看看能帮老祢干点什么,主要还是想让汪鱼儿散散心。

汪鱼儿一直很少出门,大家讨论什么,或者打打牌玩一玩,汪鱼儿从不参加,只是一个人坐在房间里发呆。有人进来打招呼,她总会惊鹿一样看着你,迟几秒才回答,或者冲你笑笑。前几句话还行,和正常人没什么差别,几句话过后就又走神了。然后会拿起十字绣,低头在那里绣什么,非常安静。柁嘉曾提议把她送回北京,到医院住些日子,别出什么意外。可是祢五常不同意,说把她送到医院去,没有任何好处。你不能把她当成病人,更不能让她意识到大家已把她当成病人,尤其不能让她自己觉得自己是个病人。特别不能让她感到我们大家放弃了她,那只会加重她的痛苦。她内心的伤痛太多,要让她生活在大家的关爱中。

老祢的话,柁嘉似乎懂得,知道老祢话中有话。他一定知道汪鱼儿更多的事情,除了罗玄之死对她的刺激,还有另外的事情瞒着大家。可他又不敢细问。老祢不说就是不应当说,特别关于女孩子的事,是不能去瞎打听的。

但他理解老祢的话,的确不能冷落了汪鱼儿。其实,别看柁嘉平日没心没肺的,他还真的是非常心疼她。她居然为一份在大家看来并不能确定的爱而痛苦得精神错乱,罗玄活着时曾经对她的言语伤害,她竟然一点都不计较,她的单纯和善良宽容,没哪个女孩子比得上。连乔惠也比不上。乔惠比汪鱼儿小五六岁呢,平时老老实实,不言不语的,可她心里有数。过去罗玄活着时,和柁嘉他们老是对老祢开些没轻没重的玩笑,乔惠只是笑,从不插嘴。可汪鱼儿就不同,她一直激烈反对他们这么做,并因此招致罗玄他们一次次奚落,可她还是坚持反对,可见汪鱼儿的天真和纯净。这样一个可爱的女子要是在眼前毁了,就是自己的罪过。他不能袖手旁观。

柁嘉又敲敲门,你们起床了吗?

乔惠在房间里答应着说,你等等。

又过一会,乔惠把门打开一条缝,她已穿好衣服,起这么早?找我有事?

柁嘉说,我找你们俩有事,汪鱼儿起床了吗?

乔惠回头看一眼说,还没。她每天睡得都很晚。

不料汪鱼儿在屋里说,是柁嘉吗?没关系,你进来吧。

接着汪鱼儿又在里头喊,柁嘉,我是你师姐,你怕什么呀?进来吧,我不会吃了你。

柁嘉转回身,看着乔惠,似乎在征求她的意见。

乔惠把门拉开说,进来吧,她盖着被子呢。

柁嘉迈进屋门,一股别样的带着少女气息的味道在空气中飘散,有些不习惯地捏了一下鼻子。

汪鱼儿已从床上坐起来,笑道,柁嘉你脸皮这么薄啊?

柁嘉抬起头,看到汪鱼儿披一件水红色上衣靠在床头,藕荷色胸罩露出来,两个乳房鼓鼓地撑在里头,雪白的肚皮露出一截,薄被已被她蹬开,一条白白的腿搭在被子上,完全没有了平日的庄重。

柁嘉尴尬地把头转向一边说,汪鱼儿你怎么回事?

乔惠忙说,鱼儿姐,快穿上衣服吧。

汪鱼儿却突然笑起来,柁嘉你不敢看呀?我知道你想看的,罗玄活着时你们男生都想看我的身子。罗玄死了,再也看不到了,你就替他看一看,我知道你们是好兄弟。我的身子真的很美,我从小就是个漂亮姑娘,身材好,皮肤好,还有一双会自然放电的眼睛。我并没有想给任何男人放电,可是男人会认为我给所有人放电,并对我产生邪念。我真的很无辜,我小小年纪,哪懂得勾引男人。我从小胆子就小,我三岁时父亲就死了,没有父亲的孩子都胆小,别的孩子欺负我时,我哭都不敢哭,怕人家打我。母亲知道了,不仅不会帮我,还会向人家道歉,其实我没有一点错。所以老有人欺负我,连大男人也欺负我。我十二岁就长成个了,有一米六七,胸前鼓得很高,只是没有现在这样饱满,但比现在挺拔,很多大男人都爱盯着我看。我生活在一个遥远的小县城,那里美女很多,可我从小就是最引人注目的。一些男人不仅会盯着我看,还会动手,擦肩而过时,会在我胸前捏一把,走在马路边人少时,会有人摸我屁股,还有更大胆的,从后头突然抱住我,乱摸一气然后撒腿就跑。我受过无数欺负,可小县城的人都骂我是小妖精。我知道,我全部过错就是因为我长得漂亮。我恨他们,瞧不起他们,那些男男女女。可我不敢反抗,也无力反抗,就只能遭受更大的伤害……

　　柁嘉和乔惠都惊呆了,他们没想到汪鱼儿会有如此的经历。

　　柁嘉瞪大了眼说,师姐,过去从未听你说过啊。

　　汪鱼儿笑笑,我没说的事还多着呢,你们要不要听?

　　乔惠捂起耳朵连连摇头说,师姐你别说了别说了!我害怕……

　　汪鱼儿说,不说也罢,你们听了会难过会受不了的。可我从来不认为我的漂亮是罪过。上帝给我这个美丽的躯体,一定是有用处的。一是用它引诱那些恶人露出真面目,它已经做到了。这个躯体虽然受了很多委屈,可它值得,很了不起,我不觉得它肮脏,它是神圣的,依然是美丽的,而且更美丽。它的第二个价值是让真正爱它的人看到它,欣赏它,为它欢喜,为它迷醉,为它骄傲。爱我的罗玄死了,可惜他无福欣赏。你们也是爱我的,祢老师、柁嘉、乔惠,我所有的师弟师妹,你们都是爱我的,我想让你们每一个人都能看到。女人的身体是天造之物,拥有它不是罪过,看到它更不是罪过。它和蓝天、白云、彩虹、明月一样,都是自然之物,它就是给爱惜它、懂得它的人看的。柁嘉乔惠,我今天就全裸了给你们看……

　　汪鱼儿说着一下蹬脱薄被,从床上站起来,露出雪白肉感的身体,甩掉披在身上的水红衬衣,她居然脱去胸罩,一对活脱脱的白兔跳出来……

乔惠大惊失色,赶忙扑过去阻止她,鱼儿鱼儿你别这样!……

柁嘉愣了一瞬,转身跑出门去。

汪鱼儿见柁嘉吓得跑了,突然大笑起来,咯咯咯咯咯……你看你看乔惠,你的小情郎原来不解风情,我还以为柁嘉是个人物呢……闹半天还是个小屁孩!咯咯咯咯咯……

乔惠想转移她的注意力,故意吃惊道,鱼儿姐,你看出来我和柁嘉谈对象了?

汪鱼儿说这事能瞒过我的眼睛?我可是曾经沧海啊!知道什么是曾经沧海吗?

乔惠摇摇头,拿过她的双手,又为她披上上衣,扶她躺下,拉过薄被为她盖好,说,鱼儿姐你再睡一会吧,你精神太疲惫了。

汪鱼儿任她摆布,静静地躺在床上,眼角却流出泪来。

柁嘉真的吓坏了。

他不是被汪鱼儿的裸体吓坏了,而是被她的举止吓坏了,这说明汪鱼儿的精神已经严重失常,说不定真要出人命了。

柁嘉在房间里稍微平复了一下紧张的心绪,决定去找老祢。他必须尽快把汪鱼儿的现状告诉他,看看还有没有什么好办法能拯救汪鱼儿。

柁嘉气喘吁吁爬上邑山时,却不见老祢的身影,一时急得大喊,老祢!老祢!祢老师!……

柁嘉跑到邑山平台四周,继续大声呼喊。在转到邑山平台北面时,柁嘉似乎听到一个微弱的声音:我在下头呢,快来救我。

柁嘉忙探头往下看,斜坡下是一个很深的沟壑,足有四五十米深。中间有许多灌木挡着,完全看不清沟底有什么,但明显声音是从下头传出的。

柁嘉大喊一声:是祢老师吗?

269

老祢在沟底回应:是我,快下来……救我。

柁嘉大吃一惊,看来老祢是从平台掉下去遇到危险了,急忙抓住灌木,急促往沟底滑动,一些带刺的灌木把他手脸都划破了。可他顾不上疼痛,一直下滑,一边大声说,老祢你别怕,我来了!

原来,老祢独自上山,是想更仔细搜索一下,看看邑山上还有什么遗漏。他相信一定会有,特别是邑山平台四周的沟壑里,肯定会有从平台上掉落的东西。几千年下来,经过无数次雷电洪水和自然坍塌,平台周边已不完整,城墙几乎全部塌落到沟壑里,城墙内也会有东西掉落下去,说不定还会有重大发现。

老祢沿平台四周走了一圈,发现主殿右前方的平台塌下去一个大角,应当有半个网球场那么大,这么大的塌方应当有东西随之掉落。老祢很兴奋,没有太多考虑危险,就一路扯着灌木滑落下去,没想到半路一块石板被他蹬动,也一路滑落下去,掉到谷底时,那块石板重重地砸到他的双腿上,一阵剧痛差点让他昏过去,老祢刹那间意识到腿断了。但他又庆幸没有砸到头上,如果砸到头上,肯定就没命了。

老祢试图用手推开石板,却完全推不动,双腿被死死压住,一点劲儿也使不上。剧痛一阵阵钻心。他告诉自己不能着急,一定要冷静下来。现在自救已无可能,就只有等待。他相信自己老是不回去,会有学生来救他。他记得出门时,柁嘉是看到的,凭他的机灵,不会没有感应。

果然,柁嘉真的来了,而且时间并不太长。

柁嘉下到谷底,才发现情况比他想象的严重。老祢完全被一块石板撞倒了,仰面朝天躺在地上,两条腿都在石板下,一直压到大腿根部。

柁嘉忙说,祢老师你别怕,我来救你!说着又认真打量了一下这块石板,估计一下有多重,自己能不能抬起来。这块石板有点奇怪,从泥土中露出的部分非常平滑光洁,明显是人工打磨过的一块青石板,长约两米,宽约一米,厚约二十厘米,呈长方形,这样一块石板,怎么也得上千斤,自己硬抬肯定抬不动,如果勉强抬起一点再砸下去,会对祢老师造成二次伤害。但他看到老祢痛苦和狼狈的样子,又想能不能先减轻一点石板的压力。就在旁边找了一块小石头,弯下腰使出吃奶的力气抬起有拳头高,用脚把石块踢进去,又慢慢放下石板。就这一抬一放,柂嘉憋出一身汗。

祢五常用虚弱的声音说,快去……叫人,你一个人……不行的。

柂嘉抹一把额头的汗水说,老祢你别急,我这就去叫人。

但就在这时,头顶突然一串炸雷,震天动地,柂嘉身体被震得晃了一下,还没等他抬头看天,暴雨已铺天盖地浇下来。

我的天爷爷!

肯定刚才自己一阵喊叫,又引来雷暴雨。

柂嘉大叫一声,你在最不该也不能下雷暴雨的时候下雷暴雨了。祢老师躺在谷底不能动弹,转眼就会有山洪冲下来,躲都无法躲,只能活活被淹死!

柂嘉这次真是急了,那次自己和罗玄躲雷电暴雨时也没这么急过。他俯下身护住祢五常,大哭道:老师!咋办啊?

祢五常倒还冷静,大声命令道,别管我,你快跑!往高处跑!柂嘉连连摇头,一边急急脱下上衣,盖在老祢上身,说老师我不能丢下你不管,我不走!

祢五常挥手打了他一个嘴巴子,混账!你陪我淹死啊?快跑!快去村里喊人,说不定还能找到我的尸体,快跑啊!

柂嘉恍然大悟,守在这里是救不了祢老师的,跑去喊人说不定还有一线生机。他猛站起身,大声说,老师你挺住,我很快就会回来!转身就跑。

此时,巨雷仍在一串串爆炸,暴雨如瓢泼般漫天泼洒,十步以外都看不清山石树木,就像到了世界末日。

柁嘉大体辨了一下方位,跌跌爬爬拼命奔跑。他知道祢老师肯定没命了,只是不甘心这么让老师死去。他一路不知摔了多少跟斗,手脚脸全破了,居然没觉得疼,只是跑跑跑!等他跑到村口时,两只鞋子早已跑丢了,上身的背心和下身裤子,全扯得一缕缕的。

炸雷还在响,一串串的。

暴雨还在下,白茫茫一片。

天漏村乱成一团。这一次雷暴雨,瞬间被天雷劈死七个人。村长老车和王掌柜都在忙着救人,除了劈死的七个人,还有十几个受了伤的。乔惠等四五个同学也参与到救人的行列中了。只是乔惠心里更急,因为她不知道柁嘉和祢老师去哪里了。这么大的雷暴雨,他们能去哪里呢?

乔惠把自己的担心给村长老车说了,老车吓一跳,训斥道,你咋不早说呢?

乔惠一下子吓哭了,说,他们能去哪呀?

老车说,你再想想,别哭别哭。

乔惠想了想说,他们……不会是去邑山了吧?

老车一拍大腿:我这就喊人去找!

老车很快吆喝了十几个人,刚到村口,就看到柁嘉跌跌撞撞跑来,急忙迎上去,问他怎么回事。柁嘉抓住老车,大哭道,村长快走,祢老师怕是被洪水淹死了!

一行人在雷电暴雨中急急奔跑。

这时候,山洪已呈万马奔腾之势,低洼处已经积满了水。如果按照柁嘉说的方位,祢先生必定已淹没在洪水中没命了。老车一路狂奔,一路在想,心里痛惜得很。他和祢五常并无私人交情,但自从祢五常带人来到天漏村,他们的一举一动都看在眼里。在老车看来,祢先生和当年的那位柳先生,都是可钦敬的人,有大学问,如果被淹死在这里,天漏村就造了大孽了。

一行人急急忙忙赶到时,祢五常所待的地方已是一片汪洋,洪水一直往下泄,眼看水位还在上涨,水深至少三四丈,别说祢五常,连山谷下的岩石都不见影了。

老车和村民们全傻了眼,呆呆站在那里。

柁嘉和乔惠跪在暴雨中号啕大哭:老师!老师!……

老车摇摇头,也掉泪了,惨。

他走过来拉起柁嘉和乔惠,起来吧,孩子,等洪水退下去,我带人去山里找,一定把祢先生尸体找回来。

柁嘉悔恨万分,哭着说,我就不该离开他,让他活活淹死在这里。

乔惠哭着说,村长,你说祢老师的尸体还会在这水里吗?

老车叹口气,难说,这山洪力道太大了,大石头都冲得翻跟斗,祢先生怕是被山洪冲走了。

乔惠又跪下大哭……

老车又把她拉起说,咱们走吧,我估计暴雨一停,这洪水一天一夜就退下去了。山洪来得快也退得快。你看,这暴雨说停就停了吧。你们放心,我明儿一早就带人来,进山里寻找祢先生尸体。就是把九龙山的沟沟壑壑翻个遍,我也得把他找到。

柁嘉抹一把泪说,村长,你们先回去吧,我就在这守着。

乔惠说,我也不走。

老车看看山谷里的水,已成一个环形狭长水库,浊浪翻滚,就说,这水量很大,没一天一夜退不下去,你们在这守着也是白守,赶紧回去换身衣裳,这么下去会受凉生病的。

柁嘉一屁股坐在一块石头上,眼睛死死盯着水面说,我不会走的,你们赶紧走吧。

乔惠也坐下了,一言不发。

老车看劝不动,叹口气,正要安排两个村民留下来陪他们,祢五常另外四五个学生飞奔前来。他们也是刚刚闻讯赶来。看着山谷里洪水滔滔,都知道祢老师没命了,一个个又哭又叫的。

村长老车一时手足无措,不知怎么劝慰他们。

正在这时,柁嘉站起来突然大叫一声,都别哭了!

所有人都愣住了。

这时柁嘉把手指竖在唇上,做了个闭嘴的手势,同时偏转头把耳朵竖起来,声音颤抖着小声说,都别吵,我刚才好像听到远处有人喊叫。

大家赶忙往远处看,同时也都竖起耳朵。

可是既没看到什么,也没听到什么。

老车说,柁嘉,你肯定产生了幻觉,除了水声,没别的声音。

乔惠急切道,柁嘉你真听到什么声音了?

柁嘉说,我也不确定,但刚才确实有一个不同的声音传过来,像是有人在喊叫,远处的声音和眼前的声音是不一样的,那个声音像是飘过来的。

突然,远处又传来一个声音:哎——

这一次,所有人都听到了,所有人都起了一身鸡皮疙瘩。

接着,那个声音再一次传来:哎——我——在——这里——

这一次,大家不仅听到了,而且听出是祢五常的声音!

尽管还没有看到人,但所有人都跳着欢呼起来:

是祢先生!

是祢老师!

是老祢!

祢老师还活着!

……

大家跳了一阵,又赶忙朝传来声音的方向看,越过峡谷的滔滔洪水,对面峰峦叠嶂,山影憧憧,根本看不清哪里有人,再加上暴雨刚走,水汽雾气浓重,一切都模糊不清。

大家又着急起来,纷纷朝远处的山峦大喊:

祢老师——

祢先生——

老祢——

大家喊了一阵,对面又没声音了。

柁嘉回头问,你们……先前……是不是确定都听到对面的喊叫声了?

大家说,听到了,都听到了!

柁嘉又问,是不是祢老师的声音?

大家说,是啊,肯定是,这么多人都听出来了。

柁嘉喃喃道,咱们刚才这么没命喊叫,按道理他应当能听到,咋就没个回音呢?

一个村民犹豫一下说,我怀疑是祢先生的魂在叫。

老车瞪起眼,你是说祢先生人已经淹死了,他的魂在喊咱们?

那个村民退后一步,我是……瞎猜的。

一个男学生说,不可能,灵魂还能说话?迷信!

可是几乎所有人都有些毛骨悚然。

柁嘉不甘心,向着对面的山峦又喊起来:祢老师——我是柁嘉——你在哪里——

空谷回音,柁嘉的喊叫有些凄厉。

还是没有回应。

大家正焦虑不安时,汪鱼儿悠悠走来了。这之前,她一直不在,现在突然出现,而且像是飘来一样,又让众人吃了一惊。

乔惠说,鱼儿姐,你不在房间里,怎么跑出来了?这里危险,你快回去吧。

汪鱼儿看了众人一眼说,你们在找祢老师吧?他不会有事的,就在对面的一个山洞里。

众人又是一阵骚动,窃窃私语说,她怎么会知道?

是啊,先前她又不在。怎么像个女巫?……

柁嘉愣愣地看着她说,汪鱼儿你相信祢老师没死?

汪鱼儿也不搭话,转向对面的山,两手卷起圆筒放在嘴边,用清亮的声音喊起来:祢老师——,你出来吧——

大家都尽力把目光投向远处,仔细搜索。

突然,从斜对面一座细瘦的山峰半山腰,传来一声清楚的回音:我在这里——同时,一个红色的东西在拼命摇动。

大家几乎同时都看到了,那里!我看到了!

我也看到了!

是祢老师!

他好像在挥动一件衣服!

柁嘉大喊一声,那是我的上衣!祢老师真的活着!哈哈哈哈……

众人一阵狂欢:噢噢噢噢……

乔惠望着对面的山峰喃喃道,祢老师怎么会爬上去的?那么高。

乔惠这么一说,大家也都困惑起来。是啊,他是怎么爬上去的?

老车看着那座山说,这山峰叫竹竿峰,因为它细瘦、险峻,很少有人上去,祢老师在半山腰那个位置,下头是绝壁,到谷底起码有八百米。祢先生怎么上去的?这完全不可能。

乔惠说,可祢老师确实就在那儿啊。

老车说,是啊,这事太奇怪了。

柁嘉说,不要说他爬上竹竿峰不可能,就是他从石板下脱身都不可能,我曾试着抬过,用尽吃奶力气才抬起拳头高。当时他被石板压住双腿,根本使不上力气,山洪下来时,他怎么脱身的?

汪鱼儿似乎毫不觉得意外,说,村长,啥奇怪不奇怪,天漏村哪样不奇怪？别说这些没用的了,祢老师还活着,想办法救他下来吧。说完又悠悠走了。

柁嘉望着她的背影摇摇头,都成半仙之体了。

老祢是第二天才被救下竹竿峰的。

经过一天一夜,山谷的洪水下去后,村长老车组织了上百名青壮年,绕道来到竹竿峰下。这上百名青壮年都是采药高手,时常在险峰间攀爬,但上过竹竿峰的只有三个人。他们说从正面直接爬到半山腰根本不可能,只能从山背后爬上峰顶,再用绳子拴住人往下吊放,才能到达那个位置,把祢先生拴住,拉上峰顶,再从后山下来。

老车指挥人如法操作,大伙从后山往上爬时,根本就无路。山势陡峭,几乎直上直下,有几次险些掉下人去。一路险象环生,终于上了峰顶。又选一个胆大心细的后生,把绳子系在身上,十几个人拉着垂吊下去,慢慢往下放,终于放到半山腰,才发现果然是一个小山洞,乍一看像个神龛,里头居然有石桌石凳,只是龛台上没供奉什么神仙,而老祢正光着膀子躺在上头呼呼大睡。

后生把他摇醒说,祢先生,你咋还在这睡觉呢,都把人给急死了,快走吧!

祢五常忙穿上衣服说,让大伙操心了,咱们走!

后生把祢五常和自己绑在一起,出洞口往山顶大声吆喝一声,一根粗大的绳索缓慢拉了上去,二人悬在空中,让山上山下的人看了心惊肉跳。

众人终于把祢五常救下竹竿峰,又背回村子,直接送到王掌柜的药铺里。王掌柜仔细检查完毕,除了有些皮外伤,居然并无大碍。柁嘉原以为他两条腿会被压断的,也是虚惊一场。

大家围住祢五常,七嘴八舌,一通乱问。祢五常张口结舌,不知该怎样回答。

柽嘉说，大家别吵了，还是我来问吧。祢老师你是怎么从石板下脱身的？那石板足有一两千斤呀。

祢五常摇摇头。

柽嘉说，脱身后那么大的洪水，你又是怎么穿过峡谷到竹竿峰的？

祢五常又摇摇头。

柽嘉说，从竹竿峰下爬到半山腰，根本就没路，全是悬崖，采药人都上不去，你怎么上去的？

祢五常还是摇摇头。

柽嘉说，当时雷电暴雨，不辨路径，我回村里喊人，跌了不止一百个跟斗，全身都是伤，你居然就这么几处皮外伤，你到底怎么回事？你会腾云驾雾呀？

祢五常沉默不语，似乎在回想什么。

王掌柜摆摆手说，柽嘉你别问了，把祢先生送回客栈，让他休息一下回回神再说吧。这事不当紧，没事就好。

老车也说，大伙散了吧。

几个同学搀起祢五常回客栈。乔惠一路上一会哭一会笑。

祢五常说，乔惠你怎么啦？

乔惠说，你把人吓死了。

祢五常说，我这不没事吗？

当晚，大家都没去打扰祢五常。但柽嘉和同学们却几乎一夜未眠，他们百思不得其解，不知道怎么会发生这样的事。这也太奇怪了。联想到之前邑山上古战场的回声，加上老祢的经历，这让他们感到恐惧，因为这超出了他们的人生经验。在人间社会之外，还有一种或无数未知的东西同时存在。天漏村有太多奇怪的事，谁知道还会发生什么？

倒是柽嘉想得开，不管发生什么事，反正老祢得救了，这说明那个神秘力量并无恶意,咱们不做亏心事,不用担心。

天明以后,大家迫不及待拥进祢五常的房间。老祢睡了一觉,精神已完全恢复,也没什么异常。

柁嘉说,老祢你确定你就是老祢?

祢五常说,废话,难道我改了容颜形象,不认识我了?

柁嘉说,倒是什么都没发生,只是我认为你是必死无疑的,怎么又活下来了,这太叫人难以相信了。

祢五常说,我也觉得。

乔惠说,祢老师到底怎么回事?

祢五常说,我也不知道发生了什么。当时霹雷闪电,暴雨倾盆,眼看山洪要下来,我知道被石板压着已无法脱身,就把柁嘉赶走了,说是让他去叫人,实际上叫人根本来不及。可我不这么说,根本赶不走他。不然只能让他陪着我死。柁嘉走后不到三分钟,山洪就下来了。那势头排山倒海,第一股水头冲过来时,就像一个巨大的竹排冲过来,一下就把我撞晕了。当时我还有意识,本能地挣扎,可是根本动不了,两条腿被石板压着,一点劲都使不上,仿佛那根本不是我的腿。这时洪水已漫过头顶,整个人已泡在水里。我记得喝了几口水,就什么也不知道了。等我重新醒过来时,发现自己已在一个山洞里躺着,就躺在那个神龛样的石台子上。我爬到洞口往外看往下看,吓得心里发麻。那是绝壁,足有几百米深,下面的峡谷里,山洪如万马奔腾,吼声贯耳,霹雷一个接一个,山洞里不断有石头冒出火光,暴雨如注,还在不停地倾泻,就赶紧退回山洞里了。是谁把我救出来送到山洞里?不知道,我只知道,这绝非人力可为。

柁嘉脱口而出,如有神助!

乔惠犹豫着,真有神吗?

一片沉寂。

祢五常哈哈大笑说,大家别瞎猜了,咱们该干什么还干什么。

柁嘉说,你把人吓得半死,好笑吗?

祢五常道,我死里逃生,还不值得一笑吗?都笑笑,大家一齐笑。

可是没有一个人笑得出来。

六七双眼睛全盯着他,像盯着一个妖怪。

隔天,九龙洞又出了一件不大不小的事,把祢五常惊了一下。

一个男学生在收拾竹简时,不小心把一片战国时的竹简碰落地上。竹简年岁太久了,已经风化,落地碎成三截。学生当时吓坏了,正要弯腰捡起,却被人从背后抓住领口,一使劲摔出几步远,重重地倒在地上,额头也流出血来。学生转头一看,原来是看守九龙洞大门的哑巴正冲他哇哇大叫。他们平时都认识,却从来没说过话。哑巴从不出声,看着这帮人进进出出,脸上都是冷冰冰的面无表情。平时,哑巴就是坐在大门内的石厅里削制竹简,竹子都是经过蒸煮晾干的,做成模样后再细细打磨,一片新竹简他能摆弄一天。其实他眼睛时常盯着这些学生,十分警惕的样子。

今天哇哇大叫,是学生们听到他第一次发声。

祢五常闻讯赶来,也非常生气,批评学生怎么这么不小心。他的严厉程度超出学生们的想象。接着祢五常又让柁嘉把村长老车喊来。老车倒没有像老祢那么疾言厉色。竹简在洞里堆成一座座小山,损坏一片不是什么大问题。可老祢不这么看,说每一片竹简都是不可复制的,都有独特价值。老祢向老车表示,对这片竹简除赔偿一万块钱,他会亲手把它修好。之后又连连向哑巴鞠躬道歉。哑巴仍是不依不饶,呜哇大叫,气得脸色发紫,像是割了他一只耳朵。

老车劝住哑巴,把老祢拉回客栈,在祢五常住处坐下。

老车说,祢先生,你不是问过我几次,九龙洞几千年的竹简都是谁在上头刻字写字的吗?

祢五常连连点头说,是啊。

自从祢五常带人来到天漏村,看到这一洞竹简,就有个疑问,这一代代一朝朝的竹简是谁制作,特别是由谁在上头刻字写字的,上头记载的内容由谁决定的。村里每年都会有很多事,哪些事该记下来,哪些事可以忽略不计,是由村长说了算,还是由一个类似于什么委员会讨论决定。就像现在为领导人写报告,向上级汇报材料,或者编杂志,编地方志,编这史那史,都会有人牵头,组织个什么委员会,反复讨论之后才能决定。可到天漏村之后,却从未见过这类组织,也没人谈起过。这其实是一件很大的事,完全算得上一个伟大而浩繁的工程。编史向来不易,孔子写《春秋》,是依据鲁国史官所编《春秋》加以整理修订而成,不能算孔子一人的功劳;《吕氏春秋》是吕不韦集合门客共同完成;《资治通鉴》由司马光主编,帮助编撰者有刘攽、刘恕、范祖禹等人,亦非一人之力。

那么天漏村这一洞竹简是由谁主编又由哪些人辅助呢?

肯定是由天漏村历代有学问有名望的人主持的。

祢五常问过村长老车多次,老车都不说,只说这没啥这没啥。好像这根本不算个什么事。

可是怎么能不算个事呢?天漏村几千年的历史都记录在案,这是个多么了不起的工程。

现在老车终于要告诉他了。

老车挠挠头说,九龙洞的竹简,大都是由天漏村的哑巴刻制书写的。

祢五常一下跳起来,愣愣地看着老车说,村长你说什么?哑巴?

老车拉他坐下,倒上水喝一口,慢慢道,你肯定不相信,就是由天漏村历朝历代的哑巴刻制书写的。

祢五常吃惊道,哪有那么多哑巴?

老车说,几千口人的村庄,隔十年八年生一个哑巴,是很正常的事。天漏村从来不缺少哑巴。

祢五常越发不解,这种大事怎么能交给哑巴来做呢?而且哑巴大多耳聋,所谓十聋九哑,十哑九聋,他们和人几乎没法交流,怎么能做这种事?这太荒唐了!

老车笑道,他们又哑又聋,可他们有眼睛,把自己看到的认为应当记下来的就记下来。很简单的事。

老车这么一说,老祢才回想起来,管理九龙洞的哑巴,的确经常出现在一些重要场合。

老祢说,他们记什么不记什么,别人不管不问?

老车说没人过问这事。

村长也不管不问?

村长也不管不问。

他要是把村长或什么人不好的事记上呢?

那也由他。

他要是胡说八道呢?

不会。他会秉公而书,实事求是。

哑巴是村里最有学问的人?

那也不一定。

那他怎么会做这些事呢?

由老哑巴教小哑巴。从哑巴接手竹简,他就开始物色接班人,然后教他制作竹简,教他读书,教他做人,教他刻字,教他书法。等他成了老哑巴,就交班给小哑巴了。天漏村的村长也是这么选拔培养的。

祢五常还是不解,这事交给正常人不是更好吗?可以听到,可以说话交流,可以搞得更全面一些。

老车摇摇头,我也不知道古人是怎么考虑的,反正一代代都是这么做的。也许由哑巴来做,正是看中了他们又聋又哑,可以不受干扰地独立做这件事。

天漏村的刀笔吏居然是哑巴!

祢五常一时无语。

天漏村历代看似荒唐的行为方式,似乎又蕴含着一种风骨。这让他一下子想到《史记》。司马迁也是个残疾人,只是后天残疾,因为替投降匈奴的李陵辩解而受腐刑入狱,其耿直之志不改,以一己之力写出《太史公书》,后称《史记》。此书开创了纪传体史书先河,班固曾评价说:"是非颇缪于圣人,论大道则先黄老而后六经。"在所有史书中独树一帜,光照千秋,被后人称为"史家之绝唱,无韵之离骚"。天漏村的竹简没那么伟大,只是些流水账式的记录,但他们的做法却无疑是传承,令人称道。

祢五常再有想象力,也没想到九龙洞一洞竹简乍册,竟是由一代代哑巴完成的。

怪不得学生弄坏一枚竹简,哑巴会那么生气了。

几天后,祢五常又要村长老车组织了几十个青壮年,跟他来到邑山下的山谷,寻找那块差点让他丢命的青石板。

他认定那块青石板是一件古物,肯定是从邑山平台跌落半山腰,又被他碰落谷底的。

几十个人在谷底搜寻,很快就找到了,只是距原先的位置移动了三十多米,可见当日洪水力量之大。

祢五常当即让人弄来一些水,把青石板清洗一番,发现四角有些破损,但整体还算完整。青石板表面光滑如镜,但在一面有一道横着的凹槽,而且凹槽外窄里宽,很像明清家具中的卯洞、卯槽。

这太不寻常了。

祢五常按捺住内心的激动。他一时还不能判定这块青石板是个什么物件,但有一点可以肯定,它只是一件器物的一部分,既然有"凹",就应当有"凸",既然有卯槽,就应当有榫穿,合为一体,才是一件完整的器物。

周围的人都看着他,没人知道这是个什么东西。

老车笑道,祢先生,你又发现啥宝贝了?

祢五常说,这块青石板就是个宝贝。然后指着它光滑的表面和一道深深的凹槽,给大家解释了一番,说大家再辛苦一下,应当还有一块青石上头有突起的一道石板。这块为阴,那块为阳,穿插进去就完整了。我猜那块石头也应当在这条山谷里。

老车说,那还不容易,咱们大伙动手找找。

老祢说,几千年了,找到它并不容易,也许就淤埋在这附近,也许已被经年洪水冲走,也许早已破损。

老车说,祢先生,只要你说有用,咱们掘地三尺,把这一带山谷翻遍,也要找到它。随即挥手吩咐村民,大家都听明白了?赶快分头去找吧!

等大家分散走开,柁嘉凑过去说,老祢你这么有把握?

老祢说,肯定有。

柁嘉说,你看它是什么东西?

祢五常摇摇头,现在还看不出来。

寻找另一块青石,费了九牛二虎之力。

几十个青壮年翻遍了这条峡谷的每一个角落,又逐一挖开谷底,历时近一个月,终于在二里外的谷底碎石中找到五块疑似碎青石。祢五常把它们拼起来,居然十分完整,中间一条凸梗清晰可见,就像明清家具中的隼穿。村长老车和村民们都高兴坏了,一个月总算没有白忙。

老祢指挥大家把这些青石抬上邑山平台。有凸梗的青石已经碎成五块,必须进行修复。祢五常开了一个单子,让柁嘉去彭城买来专用黏合剂,在大家帮助下,将五块碎石牢牢黏合在一起,往地上一立,更像一块四方石柱,非常稳固。祢五常又指挥大家把有凹槽的青石板抬起来,挂上石柱的凸梗,一个完整的器物就立在平台上了。

可是大家实在猜不出这是个什么东西。

连祢五常也看不懂。

乍一看,像个不太规范的十字架。

可是怎么会是十字架呢,基督教传入中国是后来很晚的事,几千年前舒鸠国是不可能有十字架的。

又像一块挂在石柱上的黑板。

柁嘉开玩笑说,老祢,我知道是什么东西了。

老祢说,是什么东西?

柁嘉说,当年舒鸠国很注重文化教育,这个东西挂在王宫大殿前,是用来扫盲,教人识字用的,而且是免费教育,谁愿听谁来。

老车和村民们都笑起来。

乔惠说,大家别笑,咱们接着想。春秋战国时有诸子百家,那时,很多有学问的人到处讲学、辩论。舒鸠国年代更早一些,会不会已经出现有学问的人讲学的事,这个挂在石柱上的青石板,怎么看都是写字用的,会不会就是那些有学问的人在这里讲学用的?

老车听了连连点头,向村民们称赞说,你们听听,强将手下无弱兵,祢先生的学生们都这么有学问。

村民们连连冲乔惠伸大拇指,弄得乔惠脸都红了,说,我也是瞎猜。

祢五常仍在那里沉默不语,两眼盯着这个十字架一样的器物。柁嘉和乔惠的猜想,让他打开了思路。这石柱上的青石板,除了写字还能干什么用?只能是写字用。关键是谁在那上头写字。器物放在宫室大殿前,写给谁看?写给……谁看……写给国……王……看?柁嘉说是扫盲用不大可能,如果真要扫盲,也应当放在别的地方,不能在王室大殿前扫盲。乔惠说有学问的人讲学,放在露天的地方,而且是在大殿前,有这个可能,可是又好像不合适。那么,在这大殿前的青石板上写字,如果不是讲学,就只能是写给国王看的。

祢五常突然大叫一声:有了！噌地跳将起来,冲所有人哈哈大笑,说我知道这是什么器物了！

众人全都被他吓了一跳。

柁嘉说,老祢你没事吧？

祢五常围着器物连转几圈,又转头看看大殿遗址位置,说,这个器物应当是从那块塌落的平台上掉下去的,它在大殿的前面。这个青石板的确是用来写字的,这个器物的名字应当叫"诽谤木"！

大家都愣了,不知道什么叫诽谤木。

村长老车说,祢先生,你说的诽谤木是啥玩意儿？

老祢笑道,这诽谤木还真和你有关。

老车吃惊道,不会吧？这玩意儿几千年了,我才几岁,和我能有啥关系？

老祢道,你别紧张,听我慢慢道来。汉代有一部书叫《淮南子》,是淮南王刘安组织人编写的,里头记载说:"尧置敢谏之鼓,舜立诽谤之木。"是说帝尧时代,在皇宫门口,竖一面大鼓,百姓有意见可以敲鼓提意见。到舜时,又立一根"诽谤之木",木柱上钉一块横板,专供百姓书写对天下政事国计民生的意见,让国王看见,下情上达,十分通畅。这个做法,一直延续到春秋战国。那之前,"诽谤"二字一直是指议论是非,指责过失,是褒义词。直到秦统一天下之后,才变成贬义词,秦始皇"退诽谤之人,杀直谏之士",诽谤变成罪名。后来,这诽谤之木仍然立在宫门外,但没人敢在上头议论是非、指责过失了。再后来,诽谤木就成了皇家威严的象征,令人望而生畏,再后来就演变成了华表。你们看,现在北京天安门外立着的华表,就是明清留下的,华表上仍有一根横木,就是"诽谤之木"原始形态的残存。

大家都听呆了,原来这玩意儿还有这么多名堂。

一个青年村民说,这也不对呀,你说"诽谤之木"应当是木头,这是石头啊。

祢五常笑道,这很好解释,"诽谤之木"原来确实是用木头做的,但木头容易朽烂,后来就换成石头,才能长久使用。

村长老车说,你说了半天,和我还是没关系嘛!

柁嘉说,怎么没关系?舒鸠国早就不存在了,你是天漏村的村长,差不多就是当年舒鸠国的国王。这诽谤之木上,老百姓提的意见就是说给你听的。你能听进去吗?

大家都笑起来,七嘴八舌道,虽说舒鸠国早就不在了,诽谤之木掉落山谷几千年了,可这意思倒传下来了。咱们天漏村的村长,从来就不摆臭架子,老百姓有啥意见,随时都能讲,只要对,村长准听……

老车被大家夸得不好意思,说,行了行了,别夸我了,我那么好,需要你们夸吗?还是夸夸祢先生吧,为了找到这个宝贝,差点把命丢了。

老祢说,如果真有一天,把命丢在天漏村,也是造化。

一个青年说,我外出采药,老是经过那片日本人的墓地。当年那些日本人死在咱们天漏村,也是造化吗?

老车道,当然是造化!如果有来世,他们会成好人的。转身走了。

大家面面相觑,不欢而散。这是大家都不愿回忆的一件事。

汪鱼儿的突然失踪实在是一件诡异的事。

那天清晨,不知谁最先发现,邑山上发现异常,云气沉浮中出现万千景象。

所有人都被惊动了,纷纷跑出来看。

只见邑山上出现宫室、大殿、房舍、城堞、人物、车马、冠盖,熙熙攘攘。其中宫室、大殿、房舍,全是精致整齐的草顶,人物则多是古衣古帽,也有的打着赤膊,往来走动。大殿前一个十字架一样的器物清晰可见,正是不久前发现的那个诽谤木!

所有人目不转睛,都惊得呆住了。

村长老车喃喃道,我的天,这是咋回事?

祢五常也极为吃惊,这应当是海市蜃楼。这种现象一般出现在大海上或沙漠里,山区出现这种景观,我也是第一次看到。

老车说,那上面出现的是舒鸠国当年的情景吗?

老祢说,应当就是。以前出现过这种现象吗?

老车摇摇头,从未听说过。

老祢突然兴奋了,说,咱们前些日子考察邑山古迹,把几尺厚的陈年积土都清理掉了,我还一直担心会破坏古代的信息,现在看来,不仅没有破坏,还让它重见天日了。

老车不解道,怎么会再现当初的景象呢?

老祢摇摇头,我也解释不了。

正在这时,一旁的柁嘉忽然大叫起来,你们看,那里有个女子!

大家也几乎同时发现了,在众多古衣古帽的行人中,出现一个现代装束的年轻女子,穿一件薄如蝉翼的桃红色连衣裙,在山岚流云中轻盈起舞。她形体曼妙,曲线毕露,美轮美奂,跳得忘情而痴迷。那些古装行人似乎并没有特别在意她,从身边经过时也就看一眼,又匆匆走开,似乎也有些奇怪这女子从何处来。

乔惠惊叫道,怎么看着像汪鱼儿!她就有一件这样的桃红色连衣裙,因为太薄从来没有穿出来过。

柁嘉忙说,我看也像汪鱼儿!

老车和村民们惊诧莫名,怎么可能?

可那女子和汪鱼儿的确太像了,他们都见过她的。

祢五常急促地喘着气,对乔惠说,你赶快回房间,看看汪鱼儿还在不在!

乔惠拉上另一位女生做伴,赶忙跑走了。她有点害怕。

二人跑回客栈,推开房门,汪鱼儿真的不在。乔惠又赶忙翻动汪鱼儿的箱子,所有东西都在,就那件连衣裙不见了!

乔惠哭起来。

那个女生还算镇静,拉起乔惠出门,快走!现在哭有什么用?

二人很快返回人群,报告了汪鱼儿失踪的消息。

所有人都没有说话。

此时,那个女子的舞蹈变得狂野起来,一头长发披散开,随着身体剧烈的扭动弯曲,长发甩来甩去如同狂风。那些古衣行人显然被惊动吸引住了,都远远地站住了看,没人敢上前。

一阵狂舞之后,那女子又突然安静下来。只见她把披散的长发捋好了送到身后,久久注视着大殿,一副无限敬仰的样子。然后,跟着一个古衣古帽的老人,在山岚缭绕中移动脚步,袅袅而去。

祢五常突然大叫道,快去救她,她就是汪鱼儿!

柁嘉等人稍愣了一下,立刻飞奔上山,无数人也跟了上去。

祢五常浑身酥软,已迈不动脚步,站在原地没动。

这时,他看到,邑山上的海市蜃楼正逐渐消退,那些宫室、房舍、城堞、车马、冠盖、人物,也渐次模糊不清,终于完全消失。

邑山又成了一座光秃秃的大平台。

柁嘉一行几十个人喘吁吁爬上山时,一切都不见了。

邑山平台上没有任何人迹。

几十个人连忙从四周下到谷底,一边不停呼唤汪鱼儿,没有任何人回应。大家又以邑山为中心,向多处搜寻呼唤,还是不见汪鱼儿踪迹。

村长老车又发动更多人,有七八百人进山寻找,找遍九龙山,还是踪迹全无。

一连找了七天。

祢五常说,别找了。

柁嘉和同学们全都疲惫不堪。

乔惠哭着说,鱼儿姐能去哪里?

祢五常沉默良久说,她去了她该去的地方。她不是失踪,她是走了。

柁嘉说,走了?回家了?

祢五常摇摇头,她早就没有家了。

大家都吃了一惊,怎么回事?汪鱼儿的确从来没有说过有关家的事,连妈妈也没提起过。

祢五常说,这本来是个秘密,永远都不能说的。现在她走了,我说出来只希望大家能理解她。汪鱼儿家在西部一个很偏的小城,这个小城只有两千多人。她爸爸在她出生不久就病死了,她母亲在鱼儿九岁时又嫁了个人。那个男人是个酒鬼,喝了酒就打人,鱼儿母女经常被打得遍体鳞伤。鱼儿母亲性格很懦弱,从来不敢反抗。在鱼儿十二岁那年,那个酒鬼继父强奸了她。母亲在同一间房,鱼儿拼命反抗呼救,母亲惊慌了,也知道在发生什么事,可她没有去保护她,任凭那个酒鬼祸害鱼儿。从此,鱼儿的灾难就开始了。隔不几天,就会被酒鬼强奸一次。每次强奸时,手里都拿一把刀子。他跟鱼儿说,你不能反抗,也不能说出去,否则我会杀了你母女俩。为了防止事情败露,每次强奸后,都逼鱼儿吃一种避孕药。鱼儿不能不吃,她也怕怀孕,否则就不能上学了。后来发展到酒鬼会带他的酒友强奸鱼儿,鱼儿被十几个男人强奸过。鱼儿母亲一声不吭,还会为他们做饭做菜打酒。鱼儿向母亲求救,母亲眼皮也不敢抬,她怕他杀了自己,也怕失去这个男人。汪鱼儿随着年龄渐大,越发长得水灵漂亮,酒鬼和他的酒友就一直没停过手。鱼儿的坏名声也传了出去,多少人背后指指戳戳,骂她小妖精。鱼儿低着头走过去,噙着泪不说一句话。要说这汪鱼儿也真能忍,她哭过求过,没用。于是她就剩下一个念头,好好念书,考上大学,离开这个地方。有时候,她在被强奸时,手里还拿着一本书在看。那时,她就是一块木头,身体已经麻木,可她的灵魂是清醒的。她知道自己在干什么。终于,在她十七岁那年,考上了北京一所大学的历史系。她选择历史系,是为了逃避现实,可一个月不到,酒鬼又追到北京。

柁嘉大骂,这个王八蛋,太可恶了!

老祢说,那天,我外出办事,回来时刚到校门口,就见一男人拉着一个女学生又踢又打,女学生哭着使劲往外挣,就是挣不开。女学生大喊妈妈救我!十几步远的地方,站着一个中年妇女,缩在那里一声不吭,听到女学生喊,还把身体背过去了。这么一来,那个男人更来劲了,一脚把女学生踹倒,弯腰抱起来,扛上就走。我那时还不认识汪鱼儿,一看这场面,真是气坏了,不管什么事,不管他是什么人,也不能这么对待一个女学生啊。这时,有几个经过的学生看到了,上前拦住那个男人不让走,问他是什么人,怎么光天化日之下抢人?男人说我是她爸,你们管不着,滚开!扛起女学生又要走。我忍不住走过去,一把抓住他肩膀,喝令他把人放下来。那个男人被我死死抓住,走不动了,放下女学生,反身就来打我。他以为这还是他那个小城呢。我看他一拳打过来,一闪身来个顺手牵羊,把他摔倒在地上。正在这时候,学校保安闻讯赶来,几个人上前把他按住了。我接着报了警。警察来后,把那个男人、中年妇女、女学生和我都带走了。另外还有几个学生,他们都是目击者。

这样,我认识了汪鱼儿,并且知道了汪鱼儿的全部遭遇。我自己花钱请了两位律师,把那个酒鬼送上法庭。说起来,那个王八蛋也是不走运,本想追到北京继续作恶的,结果没有得逞。因为情节太过恶劣,加上还有别的犯罪行为,最后被枪毙了。汪鱼儿的母亲也自杀了。那时,汪鱼儿还在上本科。我告诉她,你上学的全部费用,我来承担。你本科毕业后,如果还想继续读书,就继续读,考博士的时候,可以报考我的博士生。汪鱼儿绝顶聪明,也争气,后来顺利考上了我的博士生。

这么多年下来,我知道汪鱼儿对我有报恩的心情,对我有很强的依赖感。可我一直在拒绝她,不让她有非分之想,我能给她的只能是一个老师的爱。我鼓励她找一个年纪相仿的男朋友。我从来不提她过去的遭遇,为的是让她忘记过去。慢慢地,她差不多已经忘记了。也感受到罗玄在爱她。可惜罗玄也是自卑心太重,老是用另一种方式吸引她的注意。应当说,罗玄对鱼儿的喜爱是很深的,可是表达出来的却极为稀薄。但鱼儿感受到了,并且非常非常珍惜。她太需要爱了。可是罗玄死了。

柁嘉和学生们都低下头,什么话也说不出口。他们永远不会想到,汪鱼儿曾遭受过那么大的苦难。

祢五常叹口气,一个人总有承受不了的时候。我一直以为,她会慢慢忘掉过去。可实际上,她根本就不可能忘掉,怎么能忘掉呢。最后,一片树叶就把她压垮了。

乔惠又哭了,说,祢老师,我们还要去找她。

祢五常摇摇头,不要找了。找不到的。不论自杀,还是隐居,对她来说,都是解脱。

柁嘉说,祢老师,那天邑山上出现的景象太诡异了。汪鱼儿不会真的跟那些舒鸠国的古人走了吧?

祢五常苦笑了一下,眼睛却湿润了,缓缓说道,在她读博士的时候,最喜欢的就是人类早期的神话。回到远古去,也许是鱼儿一直以来的梦想,如果真的那样,她从邑山消失,和羽化登仙没什么两样。让她去吧。

第二天,柁嘉来到祢五常的房间,说,老祢你太虚伪了。

老祢正坐在床边发呆,没理他。

柁嘉说,你把自己打扮成圣人,却把一个鲜活的生命害了。报恩也是美德,你连报恩的机会都不给她,你觉得很高尚吗?

老祢两眼空茫,看着窗外,缓缓说道,还是在北京的时候,有一天晚上下着雨,她敲开我的房门,浑身都淋湿了,形体毕现,和裸着差不多,肩胛、乳房、小腹都若隐若现,美极了。加上她娇羞惶恐的神态,老实说我动心了,纯粹是本能的反应,我特别想把她抱到怀里,抱到床上。多年来,我因为在女人面前的自卑、压抑,早就成了阳痿。但那一刻忽然苏醒了,浑身热辣辣的,所有的肌肉都坚硬如铁。我有点不知所措,如果立刻冲上去抱住她,一切都不是后来的样子了。可我却在慌乱中从衣橱里拿出一套干净衣裤递给她,让她快去换上。她接过衣服,脸红红地看了我一眼,转身去了卫生间。我犹豫了一下,在外头为她泡了一杯热茶放在茶几上,又去卧室整理了一下床铺。那一会儿我很慌乱,我在想上床以后怎么做呢?因为我从来没和女人上过床,完全不懂得怎么做。而她和许多男人做过,会不会笑话我?我走出卧室时,她也走出了卫生间。可她什么也没穿,就那么全身赤裸着站在我面前,红着脸很害羞地冲我笑着,在等待我张开手抱住她。可我突然觉得不行了。在我看到她下体的那一瞬间,猛地浮现出曾经强奸过她的那些男人和一堆肮脏的生殖器,很丑陋地在她下体那儿摇晃蠕动,我一下子呕吐起来,把晚上吃的东西全部喷到地上。她吓坏了,赶忙穿上衣服扶住我,说,老师你怎么啦?我慌忙骗她说,大概我先前在外头淋雨受了凉。她扶我坐在沙发上,端来水杯让我净口,拿来湿毛巾让我擦脸,又把地上打扫干净,才像什么事都没发生一样告辞离开。

柁嘉吃惊地看着祢五常,你觉得她已经脏了?

我是觉得那些家伙脏。

还不是一样,因为那些家伙脏,她被玷污了,所以她也脏了。

我是这么认为的吗?

当然是!起码你潜意识里是。平时,你从理性上会认为她是清白的,可到了关键时刻,你的潜意识暴露了。你那晚喷射状的呕吐对她的伤害,比打她几个耳光还厉害。

可她后来还是像以前一样尊敬我。我能感觉到她是真实的。

这更说明汪鱼儿是个善良且内心真正宽广而强大的人。以前我曾认为她心里很窄，真是大大错了。当年她那么小的时候，那么多男人不断强奸她，她居然都能忍着，心无旁骛地上学，甚至在强奸的过程中还能拿一本书在看，为了就是有一天脱离那个小城，这得多大的意志力。后来，她仍然尊敬你，是因为你做过值得她尊敬的事。她懂得感恩。你当场呕吐，以她的冰雪聪明，不会不知道为什么。可她装作不知道，只是让她加深了对男人的认识。这件事对她的伤害虽大，但没法和小时被强奸相比，她能承受。而且不会因此而恨你，你的反应只是一般男人都会有的反应。她也由此知道，你仍然是个俗人。可她内心是骄傲的。那天，我和乔惠找她交谈时，她已精神不正常，也只有在那种情况下，她才能真实表达内心的骄傲，她相信自己是干净的，是冰清玉洁的。可惜这样一个奇女子站在面前，我们都竟然不识。

祢五常叹口气，真是的，说到底还是我们愚钝、俗气。历史上有个杜顺和尚，每天白天种地，夜晚读《华严经》，弟子不以为然，认为师父太普通了，要求去五台山朝拜文殊。杜顺劝而无果，让他带去两封信，一为青娘子，也就是妓女，二为猪老母。却最终发现那个妓女就是观音，猪老母是普贤菩萨。而师父杜顺正是文殊菩萨。等弟子知道时，三人都圆寂了。

柁嘉苦笑说，老祢你有学问，道理全懂，也就不必太自责了。汪鱼儿离开，只是不屑与咱们为伍，她是菩萨，不怪咱们的。这么说，你会不会好受一点？

祢五常说，你还不如扎我一刀。

第 六 章

不知不觉,祢五常和他的团队已在天漏村住了五年多。

五年的时间说长不长,说短不算短。寂寞、孤独、压抑、恐惧,有几个学生受不了,提出要离开。

时间能改变很多东西。

祢五常没有挽留,他理解这些年轻人,他们应当有自己的生活,能在这里陪他几年,已经很不容易了。

但这样一来,人手就不够了。祢五常就换了一种方式,从本科生、硕士生、博士生里,挑一些愿意来的学生,到天漏村实习,时间可长可短,来去自由,不受限制。这么一个灵活的方式,居然吸引了几百人报名。祢五常从中挑选了五个学生补充进来。

乔惠也走了一段时间,她需要完成她的本科学业。之后又考上硕士研究生,然后就匆匆赶回了天漏村。她对这里有了感情,她不喜欢都市的喧嚣,大家全都那么着急。在天漏村,你什么事都不用着急。乔惠本就是个慢性子,她喜欢这样的生活节奏。祢老师主持的这个项目百年不遇,她不愿放弃。她已打定主意,等硕士毕业了,接着就考祢老师的博士生。

当然,促使她重回天漏村的原因还有柁嘉。

柁嘉早就说过,会一直陪着祢老师。在最早来的几个学生中,罗玄死了,汪鱼儿失踪了,他觉得自己有一份责任,必须陪着老祢。尽管内心也有过波动,年复一年枯燥的生活也曾让他萌生退意,可他最终打消了这个念头。他想,走了又能做什么呢?还能碰到这样的导师、这样的项目吗?在那个花花绿绿的世界,自己可能更会受不了,会更加空虚。以自己这么吊儿郎当的性格,很难和别人处得好。而在天漏村,在老祢身边,你根本不用顾忌任何事。

唯一和最初承诺不相同的是,自己和乔惠谈了对象。原说和老祢一样终生不结婚的,看来要食言了。乔惠是个老老实实的好姑娘,能包容他。两人都有青春的冲动。柁嘉没想到,青春的冲动是那么难以遏制。老祢一直认为是柁嘉这个坏小子勾引了乔惠,柁嘉大喊冤枉,说老祢你真是搞错了,恰恰是乔惠先找了我,有一次去山里,就我们俩……柁嘉正要描述那天的情景,被老祢打断,说去去去去!我不想听你那些事。

柁嘉说,老祢,对不住了,我当初可是发过誓的,跟你在天漏村干,一辈子不结婚。

老祢说,你当初就不该发这个誓,干事业和结不结婚有什么关系?你以为我不想结婚啊?我也想结婚,可是没有合适的女人哪。

柁嘉说,当初汪鱼儿不是想嫁给你吗?

老祢说,她是报恩思想,我要是接受了,祢五常还是个人吗?一世英名哎。

柁嘉说,你还挺高尚。

祢五常说,我就没想过高尚的事。年轻时想找个女孩子结婚,可没人看得上我,五短,又其貌不扬,我恨得呀。有一次,别人给介绍个对象,一见面,那个女孩子好像吓了一跳,很生气,说你怎么长成这样?整个一残疾,要是和你结了婚,我还怎么见人?其实那女孩子长相也是一般,没曲线,就是个儿高,比我高一头。

柁嘉说,你该打她一顿。

祢五常说,还打人家呢,我当时无地自容,心里恨却不敢吭声。伤自尊啊。后来,我真是心灰意冷了,就下决心不找对象了,再找就是自取其辱,安心搞学问吧。这么一拖几十年,那个心早就没了。不过也好,无牵无挂。

柽嘉点点头,看来我是成不了大器了。

祢五常说,为什么?

柽嘉说,你就是因为不结婚才能专心做学问,成为中外知名学者。我要是结了婚,混到老,也就是一个中外知名学者的学生。

祢五常说,你知足吧。

其实,祢五常也会感到压抑。

他感到生活在天漏村,就像生活在古代,天漏村的人都是古人。

天漏村真正能称得上现代人的只有两个人,一个是宋源,另一个是千张子。

祢五常来天漏村几年了,当然知道这两个人。

他一直在留意收集这两个人的资料。这两个人活得惊天动地,和天漏村其他人的无声无息完全不同。这两个人的故事常常让他热血沸腾。祢五常原本就是个有激情的人。

宋源和千张子的故事,很多都是从七女那里听来的。

七女已经很老了。

她本来有机会成为现代人的,可是后来的几十年,她一直生活在天漏村,没有跟宋源走出去。可她并无怨言。对千张子,她更是无可抱怨。千张子只和她睡过一次,还是为了报复宋源。

对于宋源,七女几乎扮演着情人和母亲双重角色,投入了全部身心。是她把宋源变成一个男人的。在她和宋源如胶似漆的那些年,宋源成了她的全部。但她一直清醒地知道,宋源终有一天会离开她。他有更大的事情要做。自己拦不住他,也不应当拦他。

她对祢五常说,我不怨他,就是想他。

祢五常说,想他怎么办呢?你咋不去彭城找他?

七女摇摇头,我走不动了。就是走得动,也不能去找他。他忙着呢。

祢五常说,日思夜想,多难受啊。

七女说,没办法。白天,我就屋里院子里转转看看,我家里每样东西,都有他的气味。这么多年了,我还能闻到。夜里……夜里,七女说着,颤颤抖抖走到床边,从被窝里掏出一个小板凳,你看,这个小板凳是宋源帮我做的,他也常坐,我夜里就搂着这个小板凳睡,就像搂着他一样。不然,心里太空。

祢五常吃惊地看着这个小板凳,又看看七女,七女竟像个小姑娘似的红了脸。祢五常还是第一次见到一个这么老的老女人红脸的样子。这一瞬间,他被感动了。

七女说,先生你别笑话,我把小板凳搂在怀里,夜里睡觉就踏实了。你别以为我老太太花痴,这把年纪,那些事不想了,就是想疼他。人一辈子,你得喜欢一个人,要是谁都不喜欢,就会慌慌张张,活得不安稳。你说是不是?

祢五常连连点头说,老姐姐,你觉得宋源喜欢过你吗?

七女说,看你说的,他不喜欢我,会跟我那么多年?他可喜欢我了。打个山羊,也会隔着篱笆扔我院子里。

祢五常又点点头。

七女忽然神神秘秘压低了声音,他在床上是个角色,就担心他栽跟斗栽在这上头,别的我不担心。

祢五常叹道,老姐姐,你可太为他操心了。

七女说,没办法,我老想这件事。我知道他的底细。

事实上,宋源在出任彭城公安局局长不到一年就结婚了。

那女人叫武玉蝉,是一个剧团的演员,演刀马旦,名角,人称武大侠。不仅戏演得好,人也漂亮丰满。他们是在剧团慰问演出时认识的。那时武玉蝉二十六七岁,因为高不成低不就,结婚算晚的了。

宋源的名字在彭城如雷贯耳,是个大英雄。武玉蝉有英雄情结,对宋源一见倾心。有要好的姐妹劝她说,宋源是大英雄没错,就是太丑了。武玉蝉说,男人不讲丑俊的,我漂亮就行了。戏班里小生个个俊俏,我不喜欢,我就喜欢宋源脸上那块黑痣,多威风啊。

宋源当然也看上了武玉蝉。

战争年代出生入死,顾不上男女之事。现在不打仗了,他的身体又苏醒了。武玉蝉和当年的七女相比,完全是别一种神采,不只是更年轻。这是另一个世界的女子,宋源有点把持不住了。认识不到半年,两人就结了婚。

婚后的武玉蝉春风得意,满脸滋润,私下里跟剧团里要好的姐妹说,我真是嫁对人了,老宋五码三刀,我这个武大侠快被他揉搓成面团了。姐妹们笑话她,你真不害臊。武玉蝉说,这有啥害臊的,我又不是偷汉子。

宋源并没有忘了工作。

对他来说,工作永远都是第一位的。

解放初的彭城公安局,是最为忙乱的。一方面,三座监狱里关了大量犯人,早已人满为患。所谓犯人,有些是从晚清时关进来的,有些是民国初年关进来的,有些是日伪时代关进来的,有些是抗战胜利后关进来的。各色人等,其中有大量冤假错案,有十几岁的孩子,也有七八十岁的老人。宋源组织专门人员重新登记、调查、甄别,夜以继日,花了大量精力。最后,三座监狱一万余人,有九千八百多人被释放了。这事惊动了整个彭城。放人那天,人山人海,都来看热闹,很多百姓夹道鼓掌。有些老人是被家人抬走的。有一个十七八岁的孩子叫石头,已在监狱里关了五年。他是因为十二岁时向一个国民党官员扔炮仗被关起来的。那天许多被释放的所谓犯人家属,跪在公安局门口磕头感谢。宋源躲在人群里,戴一顶老棉帽子,用一条灰色围巾捂住半个脸,没人认出他来。他不想接受这种感谢,这不是他个人的作为。但他又知道无法阻止。亲人被无端关进监狱多少年,有的冤死在里头,百姓的心情,他能感受到。在组织调查、甄别的那些天,工作人员都熬红了眼,有的病倒了,不免有人发牢骚,说这些都是牛鬼蛇神,历朝历代关起来的,干吗花这么大气力。宋源火冒三丈,说不调查清楚,你咋知道人家是坏人?要是你爹妈孩子被无端关进来无端判刑,你就不会这么说了!现在他躲在人群里,亲眼看到老百姓对这件事的拥戴,心里踏实了。他相信自己做了一件好事,共产党做了一件好事。当然,他在人群里也听到一些不同的声音,说宋源这家伙也真敢干,监狱里什么人没有?杀人放火的,偷盗强奸的,这下好,全放出来了,往后等着瞧吧,没个安宁了。这些话他也听到了,觉得老百姓的担心也不是没道理。后来他又建立了回访制度,密切关注。果然有个叫郑五的家伙,日伪时期因邻里不和纵火被抓。这次被释放后不久,为了报复邻人,一夜又纵火三家。宋源毫不犹豫又把他抓了起来。

但三座监狱总是空了下来。

宋源向上级打报告,撤销了两座监狱,把剩下的二百多个犯人集中在一个监狱里管理。大大减轻了各方面的负担。

祢五常追踪宋源行迹,在彭城了解到这段往事,大为感慨,就给他的学生柁嘉等人讲了一个故事。说北宋中期,有一位当时很有名的官员叫赵抃,这人先后担任过殿中侍御史、知御史杂事、右司谏大夫、参知政事等职,并出任湖南、福建、广西、四川、安徽、江西、浙江、山东、河北等地知府。此人不仅是个清官,还是个谏官。在中国成语中,有两个成语都是称颂他的,一个叫"一琴一鹤",是说他外放赴任时,从来不带家眷,只携一琴一鹤,任期结束回朝,不添一物,仍只有一琴一鹤。另一个成语叫"铁面御史",是说他不畏权贵,敢于死谏。宋仁宗至和年间,宰相陈执中宠妾一月之内虐杀三名丫鬟,赵抃闻讯大怒,上奏朝廷说,"正家而天下定,前训有之。执中家不克正,而又伤害无辜。欲以此道居凝丞之任,陛下倚之而望天下之治,定是犹都行而求前,何可得也"。要求罢免陈执中宰相之职。可这个陈执中深得皇上喜爱,赵抃连奏十二道本,都未能准奏,赵抃又奉上第十三道奏折,这次他是弹劾自己,说身为殿中侍御史,自己却无力无能参倒无德之相,不配此职,请求罢免自己的官。皇上终被他一身正气、犯颜直谏的精神感动,终于罢了陈执中宰相之职。就是这个赵抃,在放任睦州知府时,巡察各县,发现别的县监狱里都是人满为患,知县都以此作为政绩,唯独分水县监狱里只关了五个人,而社会上却一派繁荣祥和景象。就问分水知县治县之道。原来,分水知县重社会治理,及时掐灭各种犯罪苗头,监狱里人自然就少了。赵抃大为赞赏,说很多官员总以为关人越多政绩越大,实则应当是关人越少才政绩越大。后来,赵抃保举这个知县做了京官,认为这样的官员才是治世之能臣。

祢五常对学生们说,宋源没什么文化,未必知道历史上这个赵抃的故事,可他能保持本色,站在老百姓的角度感同身受,大量释放那些所谓的犯人,让监狱一空,很值得称道。

解放初,宋源另一个更艰巨的任务是清剿国民党残匪和特务。这些人隐藏在城市、农村、山区,搞起破坏来,十分凶残。暗杀基层干部,刺杀高级领导,投毒、爆炸,炸毁工厂、铁路、桥梁,制造各种谣言,一时人心惶惶。许多人担心共产党长不了,国民党还会打回来。

解决这个问题的难度在于,那些残匪和特务在暗处,宋源和他的战士在明处,这和当年打游击时的情形完全翻了过来。宋源说,这些王八蛋,我不信藏不过你们,老子过去就是专在暗处干事的。他迅速成立了十几个小分队,并且亲自上阵,全部乔装打扮,白天以脚力、乞丐、樵夫、采药人、小商小贩等身份,在街巷、村庄、集市、山野转悠、私访。夜晚就在城乡到处潜伏跟踪。仅仅半年时间,就抓捕三百多人,全部关进了监狱。那些骨干分子几乎一网打尽。在多次抓捕过程中,击毙敌特上百人,有八名战士牺牲,包括一名公安局副政委。对这些凶残的敌人,宋源毫不手软。一次在围剿一伙残匪时,彭城地区最大的残匪头子眼看逃不脱,露出半个脑袋向宋源喊话:宋源你威风,久仰大名了!我身为彭城地区特别纵队司令,也是个大人物了,我提议咱们两个单独决斗,用枪也行,用刀也行,如果你赢了我,我率手下全部投降。这个家伙曾带这伙人一夜杀害乡里干部十七人,罪大恶极。宋源眯眼看着他,突喝一声:狗杂种你也配!闪电出手,一枪掀开他的天灵盖。接着下令攻击。二十多个残匪拼命抵抗,后来,眼看无用,从山石后用棍子挑着一件白褂子举起来。有战士说,宋局长他们投降了!宋源说,放屁!投降应当打白旗,那是白旗吗?那只是一件白褂子,打!宋源当然知道他们想投降,可他不能接受这些恶魔的投降。当年国民政府接受日军投降,曾让宋源遗恨无穷,那些杀人不眨眼的鬼子犯下滔天大罪,打得赢时无恶不作,打不赢了就投降,以逃脱惩罚。在宋源看来,这是流氓和懦夫的行径,为他所不齿。现在他可以自己做主了,这伙残匪想投降保命,门都没有。那天,他率战士一阵猛攻,半个小时之内,将二十多个残匪全部打成了蜂窝。

经过一年多夜以继日的工作,清理监狱和清剿残匪特务的工作,已经取得巨大成功。这两件事不仅得到上级表扬,而且得到老百姓赞誉。整个彭城地区各县都安稳下来。虽然还有少数敌特分子漏网,但都暂时不敢轻举妄动了。宋源没有放松,组织专门力量,继续深挖漏网的敌特分子。他不能容忍肉里有刺,哪怕只有一根。有一人漏网,都是他的耻辱。

这一年多,宋源经常吃住在公安局,或者和剿匪小分队一齐潜伏追踪,很少顾得上回家。武玉蝉不高兴了,有一次直接找到公安局,说,你要个老婆当摆设啊。宋源很抱歉,说我也想回家,这不是忙吗。武玉蝉说你就从来不睡觉吗?宋源说哪能从来不睡觉,我又不是铁人。武玉蝉说睡觉的时候还办公吗?宋源笑起来,说睡觉的时候当然不能办公。武玉蝉说既然睡觉时不能办公,在哪睡不是一样?今晚就回家睡。宋源看下属都在偷笑,说别闹了,我这不是还在忙着吗?武玉蝉看看手表,说那好,现在是晚上十点了,我在这大门外等你,等你忙完了一块回家。说着大步走了出去。

那天晚上,宋源一直忙到夜里一点多,他想武玉蝉肯定不会等了。此时正是冬天,北风呼号,还下着大雪。就打发下属人员下班,自己重又在火炉里添上木炭,准备盖件大衣躺在椅子上睡觉。但正在这时,一位下属又跑回来,说,宋局长你快走吧,嫂子还在大门外等着呢,浑身上下全是雪。你回家睡觉,今夜我在这值班,保证不会误事,有紧急情况再去叫你。

宋源有点生气,又有点感动,只好穿上大衣出了门。

到了大门外,宋源看到武玉蝉成了雪人,在微弱的雪光下浑身直抖。宋源什么话也没说,背起她回家。后半夜,他们几乎没睡。两人都是久渴,又都年轻,一直折腾到快天亮时,才沉沉睡去。他们住的是剧团的宿舍。因为武玉蝉是名角,一直单独住宿,内外两间。公安局没这个条件,两人结婚后就在这里安了家。但宋源对家没有概念。从小到大,从来就没有过家的感觉,除了小时候和瞎眼老太太生活过几年,后来就一直是孤身一人。参加游击队后,更是居无定所,风餐露宿。他习惯那样的生活。现在有家了,有一个固定的房屋,有一些家具,有一个固定的女人,就有一种被束缚的感觉,浑身不自在。当然,他喜欢武玉蝉的身子并且十分迷恋,他回到这个家时,不会做家务,不懂得打扫卫生,不会做饭,几乎唯一会做的事情就是和武玉蝉做爱。这个比当年七女更年轻的身体,让宋源得到极大的满足。但她和七女有很大的不同。过去和七女在一起时,都是直奔主题,而且都是他主动,七女永远都是任他作为。可武玉蝉不同。她总是像洗猪大肠一样先把他洗干净,从头到脚,洗得没有一点异味了才停手。然后要他刷牙,要他刮干净胡须。在这之前,宋源从来没刷过牙。打游击时,他倒是有一次见过檀县长刷牙。那次檀县长在游击队过了一夜,早晨起来在山泉边刷牙,嘴里全是白色泡沫。所有游击队员都在远处看,大张着嘴很恶心的样子。宋源很快挥挥手,无声地把大家赶走了。他当时认为檀县长肯定是因为嘴巴里生病了,在用药物治疗,女人生病是不好乱问的,更不应当看。事后,他装作什么都没看见的样子。只是在檀县长离开时,宋源漫不经心地说了一句,咱们天漏村药铺的王掌柜辈辈相传,啥病都会治。檀县长说,是吗?你怎么说起这个?宋源反应很快,说,我想……请他给游击队当队医,你看行吗?檀县长笑起来,这事你还要问我呀。

直到和武玉蝉结婚当晚,宋源才知道那叫刷牙,不是因为嘴巴里有病,而是讲卫生。讲卫生的事,宋源还勉强能接受,洗干净全身毕竟舒服,牙膏的味道也不难闻。可是接下来的事,仍然很麻烦。宋源以为可以脱衣解带办事了,可是不行。武玉蝉要让他先穿上睡衣,那也是武玉蝉亲手缝制的。当然武玉蝉自己也会换上睡衣。然后要宋源拥抱她,和她接吻,互相抚摸,先是隔着睡衣,接着把手伸进睡衣里抚摸全身。宋源像个木偶,完全不懂这些程序有什么必要。特别是亲嘴让他很不以为然,还讲卫生呢,把舌头伸进对方嘴里卫生吗?一人弄一嘴唾沫不脏吗?他和七女就从来没有亲过嘴。不过,他记得七女曾想和他亲嘴的,但他拒绝了,从此七女不敢再和他亲嘴。新婚那晚,宋源只让武玉蝉把舌头伸进自己嘴里一次,就把头扭开了。但他接受了互相抚摸。他在抚摸中被武玉蝉年轻光滑富有弹性的肉体弄得浑身冒火,抱起她扔在床上,扒光衣服就扑了上去。武玉蝉在他身下哇哇大叫,像是被强奸一样。当时宋源的感觉是,她比七女浪多了。七女在床上从不吭气的。那时他们并不知道,门外的黑影里,剧团里十几个年轻男女正在偷听。武玉蝉的叫床声把那些女孩子全吓跑了,只剩下一群男孩子一直在听,一直听了几个小时,屋里才没动静。他们离开时腿都蹲麻了,说这个游击队长哪是结婚,是杀日本人呢。有人说,武玉蝉这下惨了。另一个小伙子哼一声说,等着瞧吧,还不一定呢。新婚之夜,武玉蝉并没有流血。天明起床时,宋源往床单上看了一眼,武玉蝉赶忙红着脸说,我可真是处女啊,没流血是因为我学的是刀马旦,从小练功,劈叉踢腿,不知哪天破了,你可别怀疑我。宋源诧异地看着她说,你说什么?他往床单上看一眼,是看看床单弄脏了没有。对于处女不处女,流不流血的事,他从来就不懂。武玉蝉说,你相信我?宋源说,为啥不相信你?武玉蝉跳起来搂住他脖子说,我还要!

后来的日子里,武玉蝉在床上越来越疯狂。做爱时她会突然翻身骑在宋源身上左右晃荡,像在使劲拔一根桩。这也罢了,有时候,她会在床上连着几个后空翻,把自己卷成一个圆圈,稳稳地扎在床上,然后喊宋源来做。因为头脚相连,宋源竟一时找不到地方。还有更甚的,武玉蝉会突然一个倒立,就是拿大顶,两腿在上劈开,让宋源来做。宋源常常目瞪口呆,他不知道做这事还有那么多花活。

可他不喜欢。这都是什么呀?

女人怎么可以这样。

武玉蝉有时候还会缠着他,让他带她去逛马路,逛商店。宋源一次也没答应过。

武玉蝉有一次哭了说,你这个人一点情趣也没有。

宋源说,对不起,我实在太忙了。

他知道自己不懂女人,也不会哄女人。

宋源在带人整顿监狱、释放犯人的过程中,安排专人整理解放前的档案,特别对日伪时期的档案进行仔细查阅。他想找到有关当年檀县长如何被捕的信息,哪怕蛛丝马迹也好。遗憾的是,居然片言只语都没有。檀黛云当时是共产党的地下县长,一个大人物,在抓捕、审讯和残杀她的过程中,日本人搞得惊天动地,尽人皆知,并引发后来的一系列大事件。这么大一桩案子,居然没有档案记录,实在太离奇了。日本人投降后,国民党曾接管过这批档案,会不会是国民党销毁的呢?但国民党为什么要这么做?销毁档案无非是为了掩盖罪恶,但这事和国民党无关,他们何必多此一举?是为了保护那个叛徒?似乎也没充足理由,保护一个出卖抗日志士的叛徒,只能给国民党抹黑。宋源想起当年审讯日本宪兵队长松本时,松本说过一句话,他说你们永远也不会知道他是谁。这样看来,还是日本人搞的鬼,他们销毁了所有的档案。保护那个告密者,也许是他们当初对叛徒的承诺,他们严守这个秘密,就是为了显示自己的信用,所谓盗亦有道。或者,日本人想埋一颗地雷,万一这次战败了,将来有一天再打进中国,这颗地雷会起作用。日本人对于征服中国,一直都是从长谋划的。再或者,这就是日本人一个恶作剧。

但宋源不死心。

他必须找到那个叛徒,为檀县长报仇,不然无法对檀县长的亡灵交代,也无法对彭城百姓交代。当初彭城百姓为祭奠檀县长的人头,前赴后继死了那么多人,这件事必须弄明白。

与此同时,宋源也一直寻找檀县长的头颅。

当初,它是被侯本太取走的,他会把它安放在哪里?

宋源好几次去侯本太的坟前。他已经为侯本太换立了一块石碑。宋源不想评价他的一生,但他死前的作为值得人们记住他。

他坐在侯本太坟前,说,侯本太你这是做的啥事,一辈子糊里糊涂,檀县长这件事你又办成了无头案,你能留个两寸的纸条也好啊,告诉我哪里去找……

宋源带人找过很多地方,侯本太住的那个院子,里外被他翻了个遍。院子外的小树林,城郊的各个坟场,都去找了,没有任何发现。

后来,宋源又费尽周折,派人找来当初在那个院子为侯本太做过警卫的七八个人,这些人吓坏了,以为是找他们算旧账的。宋源说你们别害怕,只是向你们打听一件事,那年侯本太把檀县长头颅从城楼上取来,埋在什么地方了。你们谁能提供线索,我有重赏。这些人全愣住了,接着又都摇头。宋源说你们先别摇头,再回想一下,那几天,侯本太有没有让你们做过啥特别的事情?一个人想了想,很快举手说,报告宋局长,我帮他做过一件事。

啥事?宋源眼睛一亮。

好像是檀县长人头失踪的第二天一大早,他让我去找彭城最好的银匠,做一个银匣子。

做银匣子干啥?

我也不知道,他只嘱咐我,这件事不要告诉任何人,否则就枪毙我。

你去定做了吗?

我去了。我找到最好的潘家银匠铺定做的,按照侯乡长的要求,让他们一要保密,二要次日交货。

银匣子多大?

一尺二见方。

第二天你取来了?

我去取的,一手交钱,一手交货。为了不让人发现,我把银匣子装在一个硬纸箱里。抱回来时还有人问我,里头装的什么东西。我说侯乡长让我去买了一个铜火锅……

这时,另一个人站出来说没错!那个问你的人就是我。我记得你抱回那个纸箱子是中午时分。

宋源深吸一口气,他立刻想到银匣子和檀县长头颅的关系,就继续追问那人,后来那银匣子做啥用了?

那人摇摇头说,我把银匣子交给侯乡长后,他就让我出来了,还给我三块大洋的赏钱,又再次嘱咐我不要告诉任何人,老婆孩子都不能说。

宋源说,你们后来见过那个银匣子没有?

众人都摇头。一个说,到侯乡长被暗杀,我们整理他遗物时,也没见过那个银匣子。

宋源心里有数了。

这是个重大线索。现在基本可以判定,侯本太做那个银匣子,很可能就是为了装殓檀县长头颅的。如果能找到那个银匣子,就能找到檀县长的头颅。

可是,这么大一个城市,周围又是群山环抱,他会把它埋在哪里?

宋源以前一直认为侯本太是个很混蛋很糊涂的家伙,但在这件事上却万分精明,而且精明得过了头。他把这件事做得极为隐秘,不让任何人知道。但他总得让一个人知道吧?他应当明白,他做这件事会得罪日本人,特别是那个宪兵队长松本,他不会放过他的。那么,如果自己被日本人害死,总得有一个人能猜到埋在哪里。这个人一定是他最信赖的人,也一定是他和那个人都知道的一个秘密地点……

燕子楼!

我的天。宋源突然跳起来。

他几乎是灵光一现,燕子楼就蹦了出来。

他曾让侯本太去燕子楼下埋过一颗鹅卵石,那是他和侯本太唯一共有的秘密。宋源想不到,绕了那么大圈子,最后又回到了自己身上。就是说,侯本太把自己当成了最可信赖的人,也是日后唯一能揭开这个秘密的人。

宋源在心里说,侯本太,你这是考我呀!

宋源当即带了一些人去了燕子楼。

燕子楼其实已经不存在了。一九三八年五月,日军飞机轰炸彭城时,很多地方都被炸毁了,燕子楼也成了一片废墟。但人们仍习惯把这里叫燕子楼。燕子楼本是彭城一处古建筑,传说是唐代彭城张仆射为爱妾关盼盼修建的,雕梁画栋,富丽堂皇。这里有一个凄美的爱情故事。传说此楼建成不久,张仆射奉旨西征,关盼盼写了许多思念的诗。十年后,关盼盼才知张仆射已死在边关,痛苦绝望中焚掉诗稿,绝食而亡。唐代大诗人白居易到彭城,曾写过几首关于燕子楼和关盼盼的诗:"黄金不惜买蛾眉,拣得如花四五枚。歌舞教成心力尽,一朝身去不相随。""满床满月满帘霜,被冷灯残拂卧床。燕子楼中霜月夜,秋来只为一人长。"等等。自此,燕子楼名声大震,成为历代文人墨客争相瞻仰歌吟的胜景。白居易在世时,他的这些诗句甚至还传到高丽和日本。高丽据此故事也建有燕子楼。日本古代著名诗人大江千里,拟白居易的《燕子楼》诗,还创作了和歌两首,其中一首是:"仰望明月辉,遗物种种依然在,令人不胜想。顾影惟有我一身,秋来夜冷守空闺。"关于燕子楼,后人还根据关盼盼的故事,创作有小说《钱舍人题诗燕子楼》,广为流传。

宋源并不知道历史上关于燕子楼的种种传说故事,他只知道这座一千几百多年的古楼是被日本人炸毁的。眼前一大片废墟触目惊心,许多精美的瓦片和砖雕残件到处散落着。宋源叹一口气,环顾一周,很快确定当年让侯本太埋藏鹅卵石的方位,立刻命手下人开挖。果然不大会就挖出一颗孤零零的鹅卵石。宋源捡在手里,急急抹去附着的泥土,一道道花纹清晰可见,光光滑滑,很普通的一块石头。宋源依稀记得它的模样,随手装进口袋里,让大家继续挖。这次挖的范围有所扩大,大体还在燕子楼西南角。因为长年荒无人迹,到处长满灌木野草,挖起来很吃力。十几个人挖了半天,翻开很大一片废地,也没有见到银匣的影子。

宋源心里嘀咕,难道我的猜测有误,银匣子并没有埋在这里?就在他抬头间,突然看到不远处的灌木丛里,几只黄鼠狼直立起来,向他张望,两只前爪呈作揖状。宋源擦擦眼再看时,黄鼠狼都不见了。

宋源一惊,民间称黄鼠狼为"大仙",莫不是在指点我?

随即大踏步赶过去,来到刚才黄鼠狼现身的地方,发现有一个洞。立即向众人招手,快过来,就在这里挖!

众人不知他发现了什么,很快都赶过来,这才发现是个黄鼠狼洞窝。宋源大声喝道,还愣着干啥?挖呀!

众人一阵急挖,不久露出一个两尺见方的砖函。全是用精美的砖雕垒成的,这些砖雕显然是从燕子楼废墟捡来的。掩埋似乎很匆忙,砖雕摆放并不整齐,但仍能看出这方砖函制作者的用心,他已经在匆忙甚至惊慌中做到最好。

银匣子肯定就藏在砖函里了。

宋源心里一声感叹:侯本太,谢谢你!

众人闪到一旁。

宋源眼含热泪,小心取下函上几块砖雕,一个精致的已经发暗的银匣子就呈现在面前了。宋源用颤抖的双手小心捧起时,泪水再也止不住地掉下来。

半个月后,彭城各界为檀县长举行了隆重的公祭安葬仪式。原计划各单位各街道派三千个代表参加的,没想到彭城百姓全城出动,二十多万人参加了祭奠。大多数人去不了现场,各条街道都挤满了人,人们就在马路上为檀县长送行。十几个响器班吹着唢呐、笙箫、红笛,如泣如诉如咽如歌。上百张八仙桌摆在各个路口,人们用最古老的跪拜仪式向檀县长致敬。白色的冥箔如雪花飞舞,飘落得满城满地。当年,彭城百姓为了祭奠檀县长,一次次付出血的代价,今天终于可以尽情表达他们对这位抗日女英雄的爱意和景仰了。

檀县长头骨安葬后,追查叛徒的呼声一下子高涨起来。人们或打电话,或寄书信,或亲自跑到市政府、市公安局,要求尽快查到出卖檀县长的叛徒。市委市政府很快给公安局下达了命令:务必抓紧破案!

宋源知道,这个任务已经十分紧迫。

这之前,他已下过很大功夫,企图破解这个谜,没有获得任何线索。现在必须调整侦破方向。

宋源想到千张子。

自从抗战结束前千张子被日本炮弹炸断双腿后,就一直在山东军区后方疗养。解放济南后,住进了一个伤残军人疗养院。因为失去了双腿,整个解放战争都没有参加。宋源经常会想起他,可他实在没有时间去看望。现在各方面工作有了一些头绪,应当去济南一趟了。一是看望他,最好能把他接到彭城来,也好方便照顾;二是想从千张子那里获得一点讯息,哪怕一星半点儿也好。毕竟当年檀县长被日军残害后,千张子进行了疯狂报复,并引发一系列大事件。他是那一系列事件的参与者、推动者,并因此成为彭城人心目中的大英雄。

宋源临动身前夜,武玉蝉突然兴奋地告诉宋源她怀孕了。

宋源吃一惊说,怀孕啦?啥意思?

武玉蝉笑道,你真是忙昏了头还是不懂?怀孕了就是咱们要有孩子了,我要当娘你要当爹了。

宋源几乎是脱口而出,不行不行!咋能有孩子呢?如果说宋源对家庭没概念对老婆没概念,对有孩子就是惊慌乃至恼火了。以前和七女在一起时,所有这些都不存在,除了和七女上床,最多也就是在七女屋里喝喝茶,或者高兴时帮她在院子里劈劈柴。他不需要承担任何责任,也从来没想过生孩子的事。怎么和这个城里女人结了婚会有这么多麻烦?

宋源越想越恼火。

他觉得自己掉进一张大网里了。

武玉蝉生气了,说,你不想要孩子?

宋源说,为啥要生孩子?

武玉蝉啼笑皆非,两个人结婚生孩子,不是所有家庭都这样吗?

宋源说,我不管别人,我就是不要孩子,你去医院把孩子弄掉!

武玉蝉对他的激烈反应很不理解,说,你好像很惊慌,为什么这么害怕要孩子?

宋源说,扯淡!老子死都不怕,还怕一个孩子?

武玉蝉说,那不结了。咱们有个孩子不是很好吗?

宋源说,我就是从来没想过有孩子这事。你怎么会怀上孩子?荒唐!不行不行!

武玉蝉说,你太可笑了,光知道和我睡觉,不知道睡觉能怀上孩子?

宋源说,我和七女睡了那么多年,也没听说她怀上孩子,人家根本就没说过怀孩子的事!

武玉蝉一惊,七女是谁?

宋源也是一愣。他以前从没和武玉蝉说过七女的事,倒也不是有意隐瞒什么,而是他从没觉得那是个多大的事,况且已经很多年和七女没那种关系了。现在冲口而出也是急了。就说,你别管七女是谁,反正和你没关系。

武玉蝉愤怒了,不行!你必须给我说清楚,怪不得你不想要孩子,你是不想要我,不想要这个家,你在外头有女人!

宋源生气道,你胡说什么?我忙得头稀昏,还有工夫找女人!

武玉蝉说,那七女是谁,你咋不说?

宋源也不吭气,他知道几句话说不清,气呼呼拿点衣服往包里一塞,就要出门。

武玉蝉张手拦住,你欺负我是吧?别以为你是大英雄,就可以欺负老婆,你给我说清楚了,七女到底是谁?

宋源一把推开她,吼道,你干啥?老子要出差!

武玉蝉冲上来伸手抓住他,你不说清楚就不能出差!

宋源又一次推开她,说,你信不信老子毙了你!

武玉蝉一愣,到底是刀马旦,身手极快,一跃上前,伸手摸住宋源腰间的枪匣,就要拔枪,说,你毙了我呀!

宋源一巴掌将她打倒在地,怒目圆睁吼一声:你敢拔我的枪!

武玉蝉大哭起来。她在剧团从来都是被宠着的,真是从来没受过这样的委屈。

哭闹声惊动了剧团的人,许多人跑来,拉起武玉蝉劝解。

宋源趁机走了,去公安局连夜坐吉普去了济南。

吉普车在黑暗中颠簸跳跃,灯光在前头引着,不时能看到一条野狗或一只狐狸从土路上蹿过去。宋源两只小黑豆眼注视着前方,心里也像这吉普车一样颠簸。他有点后悔,不该伸手打武玉蝉。这是他平生第一次打女人。怎么能打女人呢?这一巴掌下去,她细皮嫩肉的怎么受得了?

宋源有点走神。

正在这时,车子突然嘎的一个急停。宋源坐在副驾驶位置上,身体往前栽,差点撞到玻璃上,忙问司机小王:"咋啦?"

司机小王同时熄了灯,转头小声说,宋局长,我刚才看到前边好像有两个人影一闪,又不见了。

宋源立刻来了精神,说,你确定看到了?不会是野狗?

小王说,肯定是人,在路两旁,一边一个。怎么办?

宋源略一沉吟说,把灯打开,加大油门冲过去!

两人同时拔出枪。

小王突然开灯,一手抓方向盘,一脚油门,车子轰一声如野马冲出去。就在这一瞬间,宋源和司机把枪伸出窗外,几乎同时开枪扫射。子弹飞向路边的草丛,两个黑影在草丛中翻滚。等车子冲过去几十米,那两个家伙才爬起来从后头开枪。但这时车灯又熄灭了,黑暗中根本看不清车子,只能胡乱射击。

车子跑出几里地以后,两人停车检查,才发现只有一颗子弹打中车屁股。

有惊无险。

车子继续上路后,小王说,宋局长,又是暗杀你的。

宋源没吭声。

之前已发生过两次针对宋源的暗杀行动。一次是夜间下班的路上,突然一声枪响,宋源迅疾倒地,子弹擦着耳朵飞过。宋源很快判定枪击方向,一个翻滚站起身,猫腰追过去,两个人影晃几晃消失在一条巷子里。宋源持枪追进巷子,却发现这条巷子四通八达,硬是让他们跑掉了。事后,耳朵有点疼,宋源在路灯下抬手抹了一把,黏糊糊的一手血。还有一次是在出差回来的路上,时值傍晚,车子开到距彭城七八里的地方,突然有人从一大片高粱地里打枪,从枪声判断,也是两人同时开火。当时宋源倒是没事,司机小王肩胛上中了一枪,还有一个轮胎被打爆,车子一斜栽进路边的沟里。宋源迅速爬出来,趴在沟沿拔枪观察。小王也随即爬出来,不顾伤痛拔枪趴在一旁。对方停止了射击,似乎也在观察。此时天色渐暗。宋源对着高粱地开了一枪。他这一枪是告诉对方我没死。他知道此时追进高粱地不仅太危险,而且根本不可能抓到他们。宋源相信对手一定知道他的枪法,所以只能搞偷袭才有机会,此时只要宋源告诉他们自己还活着,他们就会有所顾忌。果然,高粱地里再没动静。两人趴在沟沿约半小时,直到确定对方已撤走才站起身。后来,两人在路上拦了一辆卡车回到城里。吉普车第二天才拖回来。

今晚是第三次遭到袭击了。

宋源相信还是那两个家伙干的。看来他们是决心要杀死自己。可是他们怎么会知道自己今天出差去济南?还有那次在高粱地,看样子都是事先埋伏好的。

重新上路后,司机小王说,宋局长,咱们局里肯定有内奸。

宋源说,这个事就交给你办了。你把那个内奸给我找出来。

小王说,我?我行吗?我又不是侦查员。

宋源说,就是由你来办,秘密一点,不要告诉任何人。

次日下午,宋源到达济南,在距吕祖庙不远的地方找到那个疗养院,也顺利找到了千张子。

两人见面,都有些激动。面对面看着,竟一时不知说什么。

千张子头发花白坐在床上,两只手搓来搓去,眼睛看着宋源,笑得像个孩子。

宋源上前一步抓住他手,翻过来掉过去看了又看,你的手怎么成这样了?千张子伤得比传说中还重。除失去双腿,脸上还有几块疤,左眼似乎瞎了一样,上面的眉毛也没有了,只是一块带疤的光皮。两只手像鸡爪,又干又硬,很难弯曲。宋源抓在手里冰凉冰凉的,左手少了拇指,右手少了中指、无名指和小拇指。

千张子使劲抽回,笑笑说我已经习惯了,一样拿东西。

宋源看着他的眼睛,说左眼……是瞎了吗?

千张子说动过手术,还能看见一点,就是眼睛小了,做手术缝的,那时候……还是条件差。没事,我右眼好好的。

宋源眼睛湿润了,说,我早该来看你的。

千张子说,你忙,我知道你忙。日本人投降后,又和国民党打了几年仗。听说你解放后当了公安局局长,多少事要处理。不过,你当公安局局长挺合适的。

宋源说,在这里生活咋样?还适应吗?

千张子说,很好,疗养院有医生、护士,定期检查身体。生活也有人照顾,洗衣服啥的都有专人。吃的也好,每星期都能吃一次肉。

宋源说,我想把你接回彭城,也好就近照顾你。

千张子一时没说话。良久,低头喃喃道,有你这句话就够了。又忽然抬起头看着宋源,我总要回彭城的。我死也要死在彭城。

宋源心里抖了一下,说,你瞎说个啥?咱们都还不到四十岁,离死还早着呢。

千张子冲他笑笑说,我和你不一样。

宋源看他伤感,就打断了这个话题,咱们不说这个了,说点高兴的事。

之后三天,宋源一直陪着千张子,或者说千张子一直陪着宋源。

千张子像个真正的东道主,热情向宋源介绍济南各种名胜古迹,并带他逐一去看。宋源对这些东西本无兴趣,可那几天,他却出奇地耐心。外出时如果路远,千张子就让疗养院安排一辆吉普车。如果路近,宋源就用一辆木轮小椅推着千张子,散步一样走过去。他们先后去了吕祖庙,去了附近的趵突泉、观澜亭、漱玉泉,去了千佛山、大明湖。千张子对这种地方历来好奇,来过不止一次,向宋源介绍时如数家珍。宋源一边听,一边在心里佩服,这家伙懂得真多,比我强多了。

当然,这三天,他们聊得更多的话题还是过去,天漏村、童年、少年、天漏村的雷暴雨、天漏村的乡亲,自然也会聊到七女。聊到七女时,两人居然没什么尴尬,像在聊一个共同的亲人。

千张子说,可惜我只和七女亲热过一晚。

宋源说,七女后来告诉我,你那一晚要了她五次。

千张子说,我那时只想证明我是个男人。

宋源说,你以前一直不够自信。

千张子说,你也一直瞧不起我,认为我女里女气。那晚我去七女那里,都不知道自己行不行。七女说你是个男人,你当然行!她一直在鼓励我,用各种办法刺激我,弄得我根本像换了一个人,天明还让她传话给你。你气坏了吧?

宋源笑笑,当时是气坏了。我也不知道为什么生气。后来,我就没和她在一起过。可我并没有恨她,心里还是时常想起她。回想这么多年,只有她给了我家的感觉,只有在她那里,才能踏踏实实睡一觉。

千张子说,你不是已经结婚有家了吗?

宋源说,你怎么啥都知道?

千张子笑道,济南和彭城相距不远,从防区上说都属济南军区,来来往往的人很多,关于你的消息不断传来。怎么,现在的家不合意吗?宋源一愣,连说,合意,没……啥不合意。

千张子笑了,说,算了,你不会说谎。城里女人事多,娇气,不比天漏村,像七女那样的女人,在彭城是找不到的。不过,你得慢慢适应。进城了,是一种完全不同的生活。

宋源说,我还算适应。公安工作很适合我。

千张子说,这我相信,你快刀斩乱麻,从旧监狱里放出来上万人,又迅速消灭残匪特务,彭城一派祥和。

宋源说,没那么祥和,这次来济南,出彭城不远,就有杀手在等我,差点中招。

千张子说,你得小心点,你杀人太多,仇人也多,你甚至都不知道有多少仇人,谁在暗中算计你。干公安,你一辈子都得小心。

宋源点点头说,我会小心。

这三天,是宋源和千张子相处最温暖的三天,从小到大直到在游击队共事,也没这么相处过。那时,他们总是若即若离,像隔着一层什么。这三天,他们像真正的兄弟那样聊天、游玩。宋源用木轮椅推着千张子,抱上抱下,抱进抱出。每当宋源把已经无腿的半截人千张子抱在胸前时,鼻子都会有点酸酸的。

但他们之间依然隔着什么,似乎都在小心翼翼地不去触碰一个话题,不去谈一个人,就是檀县长之死。宋源本来就为这事来济南的,想从千张子这里获得一点信息。可不知为什么,从见到千张子那一刻起,他就一直在犹豫要不要向他问这件事。他有点不忍心。千张子都这样了,他是为了给檀县长报仇才被日本人炸成这模样的。他已经面目全非,成了一个半截人,太惨了。他不想再问,严格说来,是不敢问。因为他心里埋着一个可怕的念头,他一直隐隐觉得这事和千张子有关,而且不仅是知道一点线索的问题。这预感越来越强烈。这是一颗地雷,足以把一切都炸得粉碎。

这一次决定不问,是他还没有想好,还没有准备好。

看到千张子的一刹那,他就意识到自己还没有准备好。

他多么希望千张子不是那个人。

可强烈的预感让他越来越觉得他就是那个人。

他陪了千张子三天,付出了所能付出的全部亲情、兄弟情、战友情,这些都是真诚的。他想在真相揭开之前,给他一些弥补。他知道自己冷血,从小到大都是如此。千张子从小就想和自己亲热,追着自己,黏着自己,到游击队后还是如此。那年在彭城被鬼子包围,十几个兄弟都死了,自己也被鬼子炸成重伤,如果不是他拼死相救,自己肯定没命了。这是救命之恩!可我给过他什么?除了冷漠还是冷漠,自己一天也没有喜欢过他。这不公平。千张子在自己面前委屈了几十年,可他对自己的信赖和感情一点都没变。这三天的相处,宋源每天都能感受到他的满足和快乐。

宋源要回去再想想,再想想。

他还存着一丝侥幸。

万一不是他呢。

万一。

千张子知道宋源明天一早要回彭城,吩咐疗养院做了四个菜,买了一瓶酒,都送到他的住处。千张子是抗日英雄,又是重度残废,疗养院一直很照顾他。除了住一个单独小院,还有一个专门服务员,是一个四十多岁的妇女,从济南郊区来的一个寡妇,人很健壮,平时常用小轮椅推着千张子到处走走,也是抱上抱下,抱进抱出,照顾得无微不至。院里领导曾撮合他们,想让千张子娶了她,更方便照顾。寡妇很愿意,但千张子执意不肯。他说我是个废人,什么事也做不了,别拖累人家。但寡妇依旧对他很好。她崇拜这个大英雄。

当晚,酒菜摆放好,寡妇就知趣地要退出。千张子说,你今晚回家去吧,不要急着回来。我和我的战友聊聊天。千张子还告诉她,这个客人才是真正的大英雄。寡妇冲宋源点点头。不知怎么,她有点怕他。转身快步走了。

宋源和千张子对面坐下,两人喝了三杯酒,宋源就不再喝了。宋源不善饮,平日滴酒不沾。他说,都说酒是好东西,我就从来没喝出好来。你别管我,你只管喝你的。

千张子笑笑说,我平时每天晚上都会喝几杯,但不会喝醉,喝醉就没意思了,喝醉了会不清醒,会做错事。

宋源朝门外看了一眼,笑道,是怕对人家动手动脚?

千张子说,动脚不会,两条腿都没了,哪还有脚?动手也不会,没心思想那些事了。再说,我一辈子对女人都没兴趣。说着倒上酒,自己又喝了一杯。

宋源忽然觉得没词了,不知说什么好。

千张子看着宋源,明天真的要走?

宋源说，家里一大堆事情，得赶快回去了。

千张子说，听说檀县长的头颅找到了？

宋源稍微一愣，他没想到千张子会主动提起檀县长。说，找到了，也安葬了。彭城几十万人都出来送她。

千张子点点头，又喝下一杯酒，说，檀县长配得上大家的尊敬。

宋源说，檀县长被日本人抓去，受到的是非人的折磨，她死得很惨很惨。

千张子看着宋源，你能详细……说说吗？

宋源倒一杯酒，一口饮干，慢慢把日本宪兵队长松本的供词说了一遍。

千张子泪流满面，喃喃道，知道她会遭罪，没想到她会遭那么大的罪。现在，该是那个叛徒还债的时候了。

宋源说，我这趟来济南，一是为了看看你，另外就是想让你回忆一下，有没有一点那个叛徒的线索。这么多年，我一直在寻找他，可是一点头绪也没有。宋源说这些时，一直低着头没敢看千张子。他怕看到千张子紧张尴尬恐惧的表情，那是他希望看到又最不想看到的。

千张子只迟疑了不过一两秒，说，宋源你不用再费力找了。那个出卖檀县长的叛徒就在你面前。

宋源心里一惊，慢慢抬起头，看着他，真的是你？声音有些颤抖。

千张子也看着他，认真点点头，真的是我。

宋源说，你是喝多了吧？却眼冒金星，一阵晕眩。

千张子摇摇头，没错，是我出卖了檀县长。

宋源霍地起身，一把掀翻桌子，伸手一个大耳刮子，把千张子打翻在地，同时暴吼一声：畜生！

这一耳光太重了，千张子耳朵轰鸣，连同凳子翻倒地上，半天没有动静，似乎一瞬间昏了过去。

宋源两眼喷火,死死地看着他,恨不得踢死他。

千张子慢慢醒过来,摇摇头,动了一下,又动了一下,两手扶地,艰难地爬起来,又一下摔倒。千张子吃力地撑起身体,坐在地上,抖着手扶正小板凳,想坐上去,却怎么也坐不上去,又把板凳碰倒了,只大口喘着气,低着头,不敢看宋源。

宋源哼一声走过去放好板凳,双手掐住他的腰,将他提起来,重重地放了上去,又反身坐下,厉声说,为啥出卖檀县长?

千张子咽一口唾沫,说,宋源,这么多年了,我一直等你来,我会把一切都告诉你,我终于可以不再受煎熬了,你看我头发已经白一半了。

那年檀县长把千张子从游击队带走后,一直让他做侦察员。因为千张子善于百变化装,就安排他时常进出彭城。货郎邹大爷是檀黛云最信赖的联络员。只有邹大爷知道檀黛云住在哪里。邹大爷的一个重要任务就是接收千张子的情报,然后转交檀黛云。千张子曾很别扭,认为檀县长不信任他。有一次见面时,千张子说,檀县长我直接把情报交给你,不是更安全吗?檀县长说,地下工作是有规定的,这是纪律。千张子说,你不信任我,你是不是听宋源说过什么?檀县长笑道,你别多心,这和宋源说过什么没说过什么都没关系。单线联系,对双方的安全都有好处,斗争很残酷,我们要自觉遵守纪律。其实,那次檀黛云带走千张子前,宋源一番吞吞吐吐的话,还是起了作用,她在对千张子的使用上有所保留。

但还是出事了。

那天,千张子在彭城探得部分日军次日调防的消息,这是游击队在城外打伏击战的好机会。这天下午,邹大爷按照事先约定进城接头,不料碰上街头骚乱,两个彭城青年突然从巷子里跳出来,用菜刀砍杀两个巡逻的日本兵,然后拔腿就跑。日军发现后一路追赶扫射,邹大爷恰巧经过,不幸被流弹击中肺部。邹大爷挑着货郎担,一手捂着流血的胸口,踉踉跄跄坚持来到接头地点。千张子大吃一惊,问过伤情,急忙把他送到附近一家私人诊所。大夫说现在出血不止,必须立即手术,估计子弹还在胸腔里。可是他做不了,要赶快送大医院。千张子也是一时情急,赶忙叫了一辆黄包车,把邹大爷送去医院。千张子紧紧抱着邹大爷,血流了一身。邹大爷觉得自己要不行了,就附在千张子耳朵上,说出檀县长的隐身处,让他自己亲自把情报送过去,并说去大医院危险,要千张子不要再管他,赶紧脱身。千张子不肯,坚持要把邹大爷送去医院。当时千张子化装成一个少妇模样,自信不会有人认出他。黄包车从一条巷子出来,突然看到医院门外有几个日本兵站岗盘查。原来日军在追赶那两个行刺青年时,打伤一个,还是让他们跑掉了。日军随即封查各个医院,可疑者一律抓起来。千张子有点犹豫,邹大爷也看到了,低声说赶快……回去!但黄包车在犹豫掉头之间,已被日军发现,几个日本兵持枪追来,枪声响成一片,黄包车夫吓得弃车而逃,千张子和邹大爷束手就擒。

邹大爷因为失血过多,当晚就死了。

而千张子被认了出来。

宪兵队捉拿千张子的布告,一直都是贴在街上的。布告上说千张子会化装成各种人物,尤善化装女人。当天日军抓捕了很多人,带到宪兵队逐一脱衣检查,这一查,千张子露馅了。再对照布告上的画像,日军确认这个男扮女装的人就是他们多年来一直在捉拿的千张子。

宪兵队长松本兴奋得跳了起来。

当夜提审千张子,要他交代檀黛云和宋源的隐身地。

千张子嘲讽说,宋源和游击队一直在九龙山里,你们有本领去抓呀。

松本又问檀黛云住处,千张子说不知道。

松本没有再问,让士兵一连扇了千张子七十多个耳光。千张子脸肿得像冬瓜,满嘴流血。但千张子还是没说。

松本冷笑道,你不是很会装扮女人吗?好,今夜就让你真正做一回女人。

千张子惊慌道,你们要干什么?

松本喝令士兵把千张子衣服扒光,赤裸裸站在明晃晃的灯光下,一群日本人哈哈大笑,不时用手去撩拨他。然后松本命令士兵把千张子按住,让二十多个士兵对他进行轮番鸡奸。千张子开始还大喊大叫着反抗,后来就完全没力气了,羞愤、疼痛、屈辱,千张子趴在那里泪水直流。后来,他就昏了过去。不知过了多久,他又醒了过来,是被一阵阵的疼痛弄醒的。他躺在地上,发现松本正用一枚子弹在刮他的肋骨,一根一根地刮,那种疼痛无法言说,千张子疼得浑身抽搐发抖,大汗淋漓。松本很专注,也不看千张子表情,熟练地把子弹贴在他肋骨上刮上刮下,隔着皮肉都能听到子弹和骨头的摩擦声,很闷,很沉,肋骨一根根断裂。千张子一次次昏死过去,又一次次被疼痛刺醒。他觉得自己快坚持不住了,他希望松本弄死他,可松本显然并没打算让他死。又用竹签扎进他十个手指,千张子一次次昏死过去。松本哈哈大笑。千张子用虚弱的声音大骂,松本你不得好死!松本招招手,从门外进来一个宪兵,手里拿着一根二尺多长的木橛子,木橛子刚刚砍好,还带着棱角,带着毛刺。松本也已满头大汗,他接过木橛子,在千张子面前晃了晃,说,你要赶快说出檀黛云的住处,不然我就用这根木橛子从你屁股里穿进去。千张子喘息着摇摇头。松本喝令士兵按住千张子,把木橛子从后头一下穿了进去。千张子惨叫一声又一次昏死过去。日军用冷水把他泼醒,松本猛地拔出木橛子在他面前晃了晃,上头全是鲜血,说,千张子你还不说吗?不说我还穿进去。千张子绝望地看着松本,大口喘息一阵,终于点点头。松本笑了,说你本该早说的。当即喊医生为千张子治伤,他不能让千张子死掉。

第二天夜间,日军带着千张子去抓捕檀县长。当时,他被押解着,和日军指挥官及一众士兵,就站在那座院落后头的山坡上。当檀黛云和她的两个警卫用机枪反击,包围的日军用火炮轰击时,千张子在大雨中趁乱滚下山坡一侧,在黑夜中逃走了。

宋源吼道,你有没有想过,因为你的出卖,檀县长会遭受更残酷的折磨?

千张子说,当时没想那么多,我只想活着出来。

宋源说,你就那么怕死?

千张子说,我不怕死,怕疼。疼得实在受不了。当时我就明白了,很多像我一样的叛徒,都是因为疼得受不住才叛变的。

宋源说,你这么活下来不觉得耻辱吗?

千张子说,我知道这很耻辱,可是我必须活下来。活下来才能报仇!

宋源说,你已经投降叛变了,还要向谁报仇?

千张子说,我当然向日本人报仇。知道吗?日本人给我的屈辱、折磨、痛苦,你无法体会的,我比以往任何时候都更仇恨日本人,也比你,比所有游击队员更仇恨日本人,因为我亲身体会了日本人的兽行,而你们只是旁观者,这根本不一样。

宋源说,叛徒还会仇恨敌人?

千张子说,我敢说,所有因为酷刑而叛变的人,都比一般人更仇恨敌人。

宋源说,这不是原谅叛徒的理由!

千张子说,我没想被原谅。我知道我有罪,我出卖了檀县长,让她遭到了比我还残酷的折磨,我痛恨自己为什么那么怕疼,檀县长一个女子比我要勇敢得多。是我害了她。我逃出来后,疯狂地报复日本人,就是想为檀县长报仇,为自己报仇,为千千万万被日本人残杀的中国人报仇。

宋源冷笑道,你还把自己打扮得很高尚?

千张子说,我没有打扮自己。我怕疼,可我仍然相信我的信仰,我叛变出卖了同志,可我仍然爱我的祖国。没有国家了,人活得连畜生都不如。你觉得这不可信,可我知道这是真的。那一刻,我比以往任何时候都更爱檀县长,更爱战友们,更爱我们的国家。

宋源说,千张子,你说这种话不觉得好笑吗?

千张子说,听起来是很好笑,像是无耻的谎言、无耻的狡辩,可我没有说谎。你不会懂得。所有人都不会懂得。

宋源确实不懂。

当了叛徒,出卖了同志还相信自己的信仰,还爱自己的国家,这怎么可能?这一切都是因为疼,因为疼得受不了。很多同志被敌人抓去,受尽酷刑,不也没有叛变吗?檀县长更是受尽非人的折磨,不是也没叛变吗?千张子怎么就没有坚持住呢?

宋源纳闷道,你说很多叛徒都是因为疼得受不了才叛变的,就这么简单吗?

千张子说,我相信是,就这么简单。

宋源说,檀县长为什么没有叛变。

千张子说,我不知道。我只能说她真的了不起。

宋源突然吼道,千张子你别装了!你就是个胆小鬼,你就是怕死!

千张子也提高了嗓门,我不怕死!我从来就不怕死!可我怕疼!!宋源你别大喊大叫的,你如果被敌人抓去,用各种酷刑折磨你,你敢说你一定能受得了吗?你敢说你不会叛变吗?你说!

宋源大叫道,我当然不会叛变!

千张子说,凭什么?你怎么知道你受得了?你怎么知道你不会叛变？我凭什么相信你！

宋源一下愣住了，是啊，我怎么知道我能受得了，我用什么保证自己不会叛变？

千张子看宋源愣住了，叹口气说，宋源，我们俩人都曾经被日本人悬赏捉拿多年，最后我被日本人捉住了，成了叛徒，所有浴血杀敌，所有战功都归零了。你比我幸运，你没有被日本人抓住，你仍然是个英雄。

宋源很生气，你认为我的幸运就是没被敌人抓住？你以为如果我被敌人抓住，也会像你一样叛变投敌，出卖同志？

千张子看着宋源，久久地看着，终于摇了摇头。

宋源说，你摇头是啥意思？

千张子说，我先前也是气话。说真的，我觉得你如果被日本人抓住，也会像檀县长一样勇敢，你能承受所有的疼痛，不会叛变。

千张子这么说，倒叫宋源无话可说了。他挥挥手说，算了，咱不扯这些假设的事了。还是说说你吧。你为啥不早点向组织坦白交代你叛变的事？

千张子说，起初，我是又惭愧又害怕，想把这件事瞒下来。当初日本宪兵队长给我承诺过，不会留下任何审讯记录，甚至连抓捕我的事都不会记下来，让这件事成为永远的秘密。可我自己良心不安，我自己心里过不去。一想到檀县长因为我的出卖遭到残害的场景，一想到檀县长的头颅挂在城门上的场景，我就寝食难安，一夜夜睡不着觉。那种煎熬，你无法想象。后来，我终于下了决心要坦白这件事，要老老实实向组织交代。

千张子用两只手爬进卧室，不大会又爬出来，交给宋源一个小巧的木盒，上头锁着。他又从裤腰带上解下一把钥匙递给宋源。

宋源说，这是啥东西？

千张子说，打开看看。

宋源用钥匙打开木盒,上头一层是用红绸布包着的三枚勋章。下头是一个自制的牛皮纸信封,里头装着千张子的交代材料,下头署名"千张子"三个字上按着血手印。

宋源捧着,久久没有说话。

千张子说,这些都交给你了。

宋源说,为啥没交给当地组织?

千张子说,我一直在等你。我知道你会来。我相信你不会忘了为檀县长报仇,你会用一生追杀那个出卖檀县长的叛徒。这份交代材料是日本人投降那天写的。当时,这里根据地一片欢腾,大家都在没日没夜地庆祝。我没有出去,就窝在房间里写这份材料,交代我全部的罪行。然后,我把它封了起来,等你来取。

宋源说,你怎么知道我会来找你了解这件事?

千张子苦笑道,我说过了,日本人没留下任何线索。你最后肯定会来找我。其实,你心里一直在怀疑我,可是又怕证实真是我干的。你把能做的都做了,最后才来找我的。这三天,你陪着我玩了那么多地方,却一句没提檀县长的事,从小到大,你从来没对我这么耐心过。我知足了。你尽了兄弟情,也尽了战友情。明天一大早,你可以把我铐上带走了。

宋源沉默着。

千张子也沉默着。

终于,宋源又说话了,你知不知道会怎么判你?

千张子说,死刑,枪毙。

宋源看着千张子。他坐在那个圆板凳上,因为没了双腿,像放在上头的一根肉桩。他的两只手叠放在胸前,像是已经被铐上了。

千张子说,我必须死在彭城,必须在你手里结案,这样才能平民愤,才能解你心头之恨。

宋源忽然转过身去,眼里涌出泪水,好一会才说,这些年……你为啥不自杀?

千张子愣了一会,说,自杀很容易,一了百了。可我坚持等你来,就是想接受审判,我不想再逃避。

宋源缓缓转回身,看着千张子,这一次,你像个爷们。

千张子摇摇头,泪水流出来。

第二天早饭后,宋源把千张子抱到吉普车上。

他没给千张子戴手铐。

宋源对疗养院院长说,千张子是彭城的大英雄,大家都很想念他,我带他回去住些日子。

千张子冲院长笑笑,说我想念彭城了,也想家,回去住些日子,你不反对吧?

院长说,哪能?彭城毕竟是生你养你的地方,也是你战斗过的地方,回去看看应当的。啥时想回来,就捎个信,我去接你。

车子离开济南不久,千张子就睡了,睡得很沉、很安稳。他终于放下所有,给自己也给所有人一个交代了。

宋源拉一条毛毯为他盖上,百感交集。大睁眼,一路无眠。

吉普车开到彭城郊区时,宋源让车子停了下来。千张子刚刚醒来,他一连睡了十几个小时,转头看着窗外,说,到了吗?

宋源说,这是彭城郊区,下来撒泡尿吧。千张子点点头。宋源双手把他抱下来,走到距车子十几米远的路边,千张子痛痛快快撒了一泡尿。宋源也撒了一泡尿。千张子说,很多年没在野地里撒过尿了,真过瘾。

宋源犹豫了一下说,要不要回一趟天漏村?我陪你去。

千张子想了想,说,算了,又不是衣锦还乡。回到村里,我跟乡亲们说什么?

宋源抱起千张子,重新回到车上。

司机小王并不知道发生了什么事,也不知道这个没了双腿的人是谁,就问宋源,局长,去市招待所吗?

宋源说,不,直接回公安局。

市公安局在彭城旧衙门里,和监狱大院紧挨着,中间有一个小门相通,昼夜都有四个士兵持枪站岗。从小门进出监狱都要验证登记,十分森严。

当天夜间,千张子就由这个小门带入,被直接关进了监狱。

一个尽人皆知、万人景仰的大英雄,一夜之间成了大叛徒,消息一旦传出,对社会的震动可想而知。宋源粗中有细,他在悄悄把千张子关进监狱后,连夜去市里汇报。

敲开雷市长家的门,雷市长还不知道发生了什么事,一见宋源,先是劈头盖脸一阵训斥,骂他简单粗暴,不懂家庭生活,还动手打老婆,要他好好反省,回家向老婆认错,并且保证以后不再发生这种事。宋源没想到武玉蝉来市长这里告状了,就有点生气,夫妻闹点矛盾,值得向市长告状吗?可他没心思在这件事上多费口舌,连忙说好好,我回去认错。

雷市长这才想起,都过半夜了,你敲开我的门,不会是被武玉蝉赶出来了吧?

宋源忙说,市长,不是家里事,你坐好,听我汇报一件重要的事。就把这次去济南带回千张子的事和盘端了出来。

雷市长大惊,腾地站起说,宋源你疯了!怎么把这么大个抗日英雄抓回来啦?胡闹胡闹!

宋源说,市长我没有胡闹,从檀县长被日本人杀害,我就在苦苦追查这个叛徒,现在终于抓到了。

雷市长说,宋源,你和千张子是彭城抗日双雄,人人都知道的。我虽然没见过千张子,但也早闻其名,如雷贯耳,你不会弄错了吧?这可不是开玩笑的事。

宋源说,市长我不会弄错。我也不愿相信是千张子出卖了檀县长,毕竟我们都是天漏村的人,从小一块长大,又一块出来打鬼子,他还救过我的命,当年如果不是他冒死相救,我早就死了。可是,没办法。我这次去济南疗养院看望他,他主动承认了。

雷市长又是一惊,他主动承认啦?

宋源点点头。

雷市长说,他亲口告诉你是他出卖了檀县长?

宋源又点点头。

市长说,他就这么一说,你就相信?是开玩笑的吧?

宋源说,他还交给我一份坦白材料,是一九四五年八月十五日日本人宣布投降那天写的,下面有他的签名,还按了血手印。同时交给我的,还有几枚勋章。他说这些勋章都还给组织。

雷市长呆了一样坐到椅子上,久久没有说话。

宋源看到这件事对市长震动这么大,一时有点紧张,他忽然觉得这事办得有点唐突了。

忽然,市长说,千张子呢?

宋源说,我已经把他关到监狱去了。

市长指指他,你……也太急了吧!

宋源低下头没吭气。

市长又伸出手,千张子的坦白材料呢?

宋源说,在公安局,我已经把它锁在机要室保险柜里了。

市长说,明天一上班,我就去看这份材料。这件事先不要走漏消息,一定要严格保密!弄不好要出大乱子的你知道吗?

宋源说,市长你放心。

市长挥挥手,宋源赶紧告辞转身。出了市长家大门,夜风一吹,他才意识到刚才出了一身汗。

几天后,千张子是出卖檀县长的叛徒,并且已被宋源从济南抓回来的消息,还是不胫而走,传遍了彭城大街小巷。

机关、工厂、学校、街道、茶馆、路边,几乎所有人都在谈论这件事。人们情绪激动,却立场不同。一部分人说大快人心!当年檀县长一个女子被日本人害成那样,永远都不能忘记。那个叛徒终于露出狐狸尾巴,被揪出来了,真是知人知面不知心,千张子就是个软骨头、王八蛋,他骗了所有人!另一部分人却强烈质疑,千张子是个大英雄,怎么会是叛徒?当年为了给檀县长报仇,他一杆枪把日本人打得晕头转向,把整个彭城搅得昏天黑地,为此他失去了双腿,全身是伤,他是怕死的人吗?宋源一定是弄错了。当年两个人都是大英雄,都是彭城的骄傲,现在怎么会这样呢?一定是哪里出了差错!相信千张子是叛徒的人争辩,听说他自己都承认了,还写了坦白材料,怎么会有假呢?这种事可开不得玩笑,要杀头抵命的!不相信的人说,这事太复杂,据说宋源和千张子虽是同一个村长大,又一块参加革命打鬼子,可他们一直不和,宋源从小就瞧不起千张子。在游击队时,两人就为谁当游击队长闹翻了脸。有一次千张子和宋源开玩笑,宋源甩手一枪,差点打死千张子。就是因为他们不和,檀县长才把千张子调离游击队当侦察员的。千张子调离游击队后,宋源每次带人杀鬼子,都是以千张子的名义,让日本人更恨千张子,这是借刀杀人啊!另一拨人说这都是些屁话!你们从哪里听来这些闲言碎语?完全是给宋源脸上抹黑。这一拨人说怎么是闲话?当年的游击队员很多都转到地方工作了,是他们平日说出来的。宋源还要人抹黑呀,他本来就是个鬼脸,看样子就又狠又阴。另一拨人说你们这是人身攻击,宋源和千张子即使性格不合,宋源也不至于杀他。当年千张子离开游击队去当侦察员,是正常调动,宋源仍以他名义杀鬼子,是为千张子当侦察员打掩护,让鬼子以为千张子还在游击队里。这叫什么?这叫兄弟情,战友情!另一拨人说宋源欠千张子更多,当年宋源被鬼子炮弹炸开了花,是千张子把他从暗道里爬行十几里背出来,才救了宋源一命。现在宋源把千张子弄成叛徒,是恩将仇报,太没人味了!这一拨人说,怎么是宋源把他弄成叛徒,他本来就是叛徒,这是他自己承认的,个人感情不能代替原则,宋源铁面无私,这才叫好官!另一拨人说千张子自己承认?还不定宋源使的啥招数。听说千张子当年不仅失去双腿,脑袋也受了伤,一阵清醒,一阵迷糊的,这里头肯定有猫腻。

类似的争论一直在持续,双方谁也说服不了谁,倒把两人的陈年老账都翻了出来,真真假假,云山雾罩。有几次甚至在大街上在茶馆里打了起来,打得头破血流,不得不出动公安人员维持秩序。

宋源很快就知道了街上老百姓的反应。

那天,司机小王告诉他,那两个几度暗杀他的残匪都抓到了。公安局确有内奸,就是负责修理管理公安局车辆的一个老头。这个老头原是彭城一家车行的老伙计,因为技术好,解放后被公安局招进来。公安局有几辆吉普、卡车,都是从国民党军队缴获来的,全是些旧车、残车,时常要修,索性就把他招进来,负责修理维护管理车辆。两个残匪用重金收买了他,让他提供所有出行信息,这才接连发生针对宋源的暗杀事件。司机小王首先怀疑到他,设了两次圈套,就让老头原形毕露,然后顺藤摸瓜,和几个公安人员一起,连夜在城郊一个骡马客栈,将两个匪徒一举抓获。

宋源听完,说,我知道了。小王站着不走,宋源说,你还有啥事?小王就把这些天街上人的议论都告诉了宋源。其实,宋源已从维持社会秩序的公安人员那里了解到一些情况。他知道这事会有麻烦,但没想到会有这么大的麻烦。

雷市长已来公安局亲自看过千张子的坦白材料,还去号房里见过千张子,当面核对了材料的真实性。去见千张子时,市长没让宋源陪同,只带了一个姓高的秘书前往。见过后叫上宋源直接去了市委,让宋源向市委书记汇报这件事。市委书记老宋也是大吃一惊,连夜召开市委市政府主要领导会,商讨这件事该怎么办。大家都沉默着不说话,显然都意识到这事情棘手。宋源也列席会议,十分尴尬,好像是他惹了祸,给领导添了麻烦。宋源见各位领导不发言,冷冷地站起身,说我在这里不便,先告辞了。但我有一句话,这个案子必须按原则办!说完转身出门去了。

所有人都看到宋源动怒了。

这个黑煞星一样的公安局长,虽是他们的下级,但没人愿意当面惹他。宋源走了,大家开始畅所欲言。有人说,宋源这案子办得不够慎重,千张子在济南承认后,宋源应当先回彭城向市委市政府汇报再决定下一步行动。现在麻烦了,直接把人抓来投进监狱,连回旋余地都没有了。有人说,你要什么回旋余地?千张子自己都承认了,就是铁板钉钉的事。再说,抓不抓人也是公安局局长的权力,不立即抓起来,千张子逃了怎么办?那人嘲笑道,逃跑?咋逃跑?人家连双腿都没了。又有人说想逃没腿也照样逃。有人说宋源还是游击习气,遇到情况习惯自己做决定,不请示不汇报。市长插话,这话不公平,宋源那晚是连夜向我汇报的。有人说,市长,这件事还是要仔细分析一下,千张子是抗日英雄,在老百姓中威望极高,受过政府、部队多次嘉奖,已经写进了彭城抗战史,现在忽然成了叛徒,怎么向老百姓交代?怎么向部队交代?怎么向历史交代?有人插话说,据说宋源和千张子在战争年代一直不和,宋源曾两次冲他开枪要杀他,这里头有没有私心夹杂,应当好好调查一下。一人拍案而起,说,扯淡!没抓到这个叛徒时,市委市政府给他万钧压力,抓到叛徒了又怀疑宋源公报私仇,叫他这个公安局局长怎么干!市委书记老宋一直静静地听大家发言,这时说话了。他先是咳了一声,等大家安静下来,说,这件事事关重大,弄不好会撕裂社会,影响大局稳定。但事情还是要搞清楚。我建议由雷市长牵头,成立一个工作组,索性把宋源和千张子历史上的恩怨搞清楚,再决定这个案子怎么办。总而言之,一切按党性原则、按组织原则办。在事情没搞清前,不能把千张子当成犯人对待,他仍然是抗日英雄、革命功臣。为了避免外界干扰,也为了千张子安全,不要让他住市委市政府招待所,就在公安局院内,打扫几间房子,建一个临时招待所,派专人伺候吃住。这件事由宋源直接负责。有人说,宋书记,重新安排食宿,让宋源负责合适吗?刚才还有人怀疑他公报私仇。宋书记笑笑,正因为这样,才要宋源亲自负责。这样,千张子才最安全。

事情就这么定了。

公安局临时招待所很快就弄好了。因是旧衙门,大院里小单元很多,错落有致。给千张子住的地方是一个小院三口瓦房。千张子住堂屋,东厢房住了三个公安人员一个厨子。西厢房做厨房兼餐厅。公安人员除了警卫,还负责照料千张子起居和日常生活。

宋源常来看望。

他们通常会泡上一壶茶,慢慢聊天。

千张子已养成喝茶的习惯,喜欢喝绿茶。他说绿茶败火。

宋源平日不爱喝茶,嫌苦,渴了就喝生凉水,舀一瓢咕咚咕咚一气大饮,之后能一天一夜不喝水。千张子说,你这是骆驼肚子,这个习惯得改改,喝凉水不好,会对肠胃造成伤害,还是学着喝茶吧。宋源就从茶叶店买来绿茶,陪着千张子喝。千张子会泡茶,很有讲究,先用开水把空壶内外冲洗一遍,再放茶叶,然后用八成烫的开水浇到壶里,晃一晃旋即倒掉,说是洗茶。之后再倒进开水,只倒三指深,浅泡。千张子说,绿茶叶嫩,浅泡一下让茶叶适应一会,才不会伤叶,大约三分钟后,再加注开水,稍停就可以倒出来喝了。当千张子一边讲解一边操作的时候,宋源像个小学生坐在一旁,静静地观看。千张子把泡好的茶水倒入两个小玻璃杯,茶色嫩绿晶莹,很是诱人。千张子端起喝了一口,说,你尝尝,这种绿茶叫毛尖,一芽一叶,或一芽两叶,如果有大一点的玻璃杯,直接在玻璃杯里泡就更好了,可以观赏。第二天,宋源就带了两个大一点的玻璃茶杯来。千张子很高兴,直接在玻璃杯里泡了给宋源看。宋源趴在桌上仔细观察,还真是好看,被泡开的茶叶旋转着轻轻落下,一簇簇像从天而降。宋源端起来小心喝一口,笑着说,有点清淡的香味,还是有点涩。千张子说,习惯了就好了,这是头泡,二泡三泡就不涩了。宋源哦了一声,不敢多说,怕说错了被千张子笑话。千张子说,可惜彭城水质不够好,要是用咱们九龙山的泉水泡茶,味道就更好了。没过几天,宋源就让人从九龙山拉来几桶泉水,放在千张子屋里,说,这下够你烧水泡茶了。千张子有点感动,说,宋源你不必这样的,我一个该枪毙的人,不需要对我这么好。宋源说,能不能枪毙你还不好说呢。千张子说,怎么了?

宋源就把这些天全城老百姓的议论和争执,甚至为此打架的事,都告诉千张子了。

千张子叹口气说,没想到会这样。

宋源说,好像上级领导也是意见不同。

千张子说,这事不能听闲话。宋源你是啥想法?

宋源说,你当然得枪毙,这件事没商量。

千张子说,对!宋源你得坚持原则,不枪毙我怎么都说不过去,必须要对檀县长有个交代。不然,我自己也过不去。

宋源说,我一定会坚持,你放心。

千张子说,你这么说我就放心了,我怕你受大家影响,那些七嘴八舌的话不能听。还有,我担心你会手软。

宋源说,兄弟是兄弟,叛徒是叛徒,两回事,我不会手软。

千张子笑着说,宋源你老实说,对我除了对叛徒的仇恨,还有没有私人成分?

宋源抬起头看着他,你啥意思?

千张子咳一声,有点不好意思地说,从小到大,你其实从来没把我当兄弟,你一直不喜欢我,咱俩闹了很多别扭,你曾两次冲我开枪。当然,我相信那两次开枪,你并不是想真的杀死我,只是厌恶我到了极点。现在,我成了叛徒,是必死之罪,枪毙我既能为檀县长报仇,也让你个人很快意,对不对?

宋源愣了一下说,千张子,我没那么下作。我再讨厌你,也不会因为你将被枪毙就会感到快活。这些天,我想的最多的是,这一切都没发生多好。

千张子点点头,我信你。我还要再问你一句话。

你问吧。

你是不是一直暗恋檀县长?

宋源抬起头,自嘲道,我不过是癞蛤蟆想吃天鹅肉,即使檀县长不死,也不会有结果的。我明白。

千张子说,檀县长知道吗?

宋源摇摇头,她不会想到这一层。

千张子说,错。女人是很敏感的,她应该能感觉到,只是装作不知道。

宋源有点意外,说,是吗?

千张子说,因为你对檀县长有异样的感情,所以檀县长被日本人抓去,被摧残,被轮奸,你才特别愤怒,特别不能接受,也就特别恨那个出卖她的叛徒,对吗?

宋源说,我承认,有这个因素。檀县长太惨了。

千张子惭愧道,要不是我因为疼得受不了……

宋源突然大怒,疼疼疼!你能不能说点别的理由?

千张子嗫嚅道,真的没别的原因,就是因为疼得受不了……那不是一根木棍,就是一根劈柴,毛扎扎地从屁股里捅进去……

别说了!宋源呼地站起身,指着千张子,你就是个孬种!疼疼疼!你就不能忍一忍?

两人说话又回到原点。

千张子也火了,大声说,宋源你说得轻巧!如果摊你身上……

千张子说了半截,突然停下了,眼睛里却噙着泪。

宋源指着他,千张子,你觉得委屈是吧?你认为你遭了罪受了酷刑,所以叛变有理对不对?

千张子说,我没说叛变有理,我只是想说,我不是因为信仰改变才叛变的,不是因为不爱国才叛变的,不是因为不恨日本人才叛变的,我是因为更恨日本人才叛变的。叛变是为了活着出来,活着出来是为了杀死更多日本人,我做到了!

宋源说,你还是觉得委屈。我告诉你,我不会因为你杀了那么多日本人就能原谅你!说罢甩手而去。

宋源回到家里,黑着脸也不说话,满脑子都是一个字:疼疼疼疼疼疼疼疼疼疼……武玉蝉已知道他抓到叛徒的事,满城人都在议论。她不知道他为什么心情会那么坏,这些天每次回家都这样。她有点后悔为自己挨打的事去市长那里告状,当时以为那是天大的事,现在看来那根本就是夫妻间的一点小事。市长说得对,宋源打人是不对,自己也应当多一点耐心,他在枪林弹雨里那么多年,野性惯了,让他转入正常的家庭生活,不是一件容易的事。崇拜英雄是一回事,和一个英雄组建家庭是另一回事,也许当初的追求有些草率了,毕竟对他了解得太少。现在说什么都晚了,还怀上了他的孩子。看来,只能试着重新适应了。这些天,武玉蝉除了喊他吃饭,并不去打扰他。自己帮不上什么忙,不能再给他添乱。她甚至不敢问一问千张子的事。

宋源眼前老是出现千张子那张噙着眼泪的委屈面孔。他一直在咀嚼千张子的那句话,如果摊在你身上……是啊,这事得好好掂量一下了,如果是自己被日本人抓去,像千张子、檀县长那样受刑,自己真的能挺过去吗?他闭目想象着自己受刑的场景,一幕一幕,一幕一幕……武玉蝉突然惊叫一声,宋源,你怎么一头大汗?

第二天，宋源又去看望千张子。他又买了一包绿茶带去。

两人喝着茶，宋源说，你一直说，如果我被日本人抓去，受尽各种酷刑，说不定也会叛变，是吗？

千张子忙说，你别当真，我是瞎说的，你和我不同，我知道你一向硬骨头，怎么会叛变呢？

你真的这么认为？

千张子坚决地点点头，我真的这么认为。

宋源摇摇头说，这无法猜测。也许，我能忍住那种剧烈疼痛，像檀县长一样坚强。但说不定也许会像你一样叛变。这都无法证实。

千张子有些感动，说，宋源你能这么说，说明你是个真人，不说假话。但我还是相信你不会叛变。

宋源笑道，你忘了，我连痒都怕，曾经被你挠得满地打滚，口吐白沫。

千张子也笑了，说，怕痒不一定怕疼，那次你被日本人炮弹炸开了花，我背你从隧道里出城，一路上都没听你哼一声。

宋源忽然想起一件事，你当初为啥没有出卖我，偏偏出卖了檀县长呢？我宁愿你出卖的是我。

千张子说，我也出卖你的，我说宋源就在九龙山里，你们去抓呀。

这等于没说，我和游击队藏在九龙山区，是公开的秘密。

日本人要抓的就是你和檀县长，如果他们一个都抓不住，我就没有机会逃出来。

于是你就出卖了檀县长。

是，当时我疼得死去活来，迷迷糊糊盘算，就像一次战斗，战局不利时，大部队要撤离，总会留下小部分阻击敌人，这部分留下的人是要牺牲的，留下的人都知道，下命令的人也知道，但这部分人还是得留下。就当檀县长掩护我撤离吧，我会加倍打击敌人，为她报仇。

宋源眯起眼，你当时就这么想的？

千张子说,我当时就这么安慰自己的。我想,要说发动群众,组织领导,我不如檀县长,但要说个顶个杀日本人,檀县长比我差得远。

宋源说,你是说你比檀县长更有价值,更应当活下来?

千张子看了宋源一眼,又赶忙躲开他凌厉的目光,没吭气。

宋源说,这和打仗时需要有人留下来掩护部队撤离,是一回事吗?那是组织行为,你这是个人行为。千张子,你把自己的罪行快开脱干净了。

千张子忙说,宋源我不是这个意思!我说这些,是把你作为兄长、战友私下里说的话。你放心,到了法庭上,到公判大会上,我不会为自己作一个字的辩护。这些年,我活下来生不如死,就是为了等待审判,等待以死谢罪的一天。

宋源哼了一声,说,听起来,你还有点悲壮的意思。

千张子摇摇头,都到这个份上了,哪还有悲壮。

宋源说,千张子,说真的,这些天我都差点被你打动,觉得你情有可原,觉得你委屈。如果当初不是为了救邹大爷去医院,日本人抓住你很难很难。如果不被日本人抓去,后面的一切都不会发生。你就是个很不幸很倒霉的人。你因为受尽酷刑出卖了檀县长,我现在相信你比我更恨日本人,你逃脱后近乎疯狂地杀日本人,在整个彭城惊天动地。你认为个顶个杀日本人,你比檀县长厉害得多,我也相信这一点。可是千张子,你要知道,这根本就不是谁活着更合算的问题。你的叛变和出卖,是一个人失去了做人的底线,是一个战士的操守出了问题。我们都是在组织的人,当初加入组织是怎么宣誓的?永不背叛!这一条是铁的纪律,不能变也不能通融的,如果可以通融,任何背叛都可以找到理由!

千张子突然激动起来,哭着大喊,宋源我以为你理解了我,你还是不理解!你一辈子都在欺负我,一辈子都叫我不好受,我都是要死的人了,你就不能让我好受一点吗?你就不能说点理解我的话吗?

你别给我唱高调,别给我上课!告诉你宋源,我没有背叛组织,我仍然相信我们的信仰!我没有背叛祖国,我一人一枪杀了那么多鬼子!我只背叛了檀县长一个人!我的叛变没你说的那么复杂,就是因为疼!疼得受不住!!高谈阔论,豪言壮语,嫉恶如仇都很容易,在酷刑面前试试看!你能告诉我,从大街上随便拉来一千人,如果让他们遭受我一样的酷刑,有几个能保证不叛变?

宋源说,我谁都不能保证,甚至都不能保证我自己。可是你叛变了就是叛变了,出卖了檀县长就是出卖了檀县长,不能拿疼痛当理由!

千张子抹一把泪,喃喃道,从今往后,我不会再说了,不会再说了……我认倒霉还不行吗?

宋源也放缓了语气,其实,很多事我也说不好,我也说不清。我只知道,千千万万牺牲在前线的烈士,有很多也是倒霉的,因为他们没有躲过敌人的子弹。但更多的战士,是迎着子弹上去的。当他们迎着子弹冲向敌人的时候,没有一个人会认为自己是倒霉蛋,你觉得呢?

千张子低下了头,又轻轻摇了摇头。

市长领导的调查组一直在紧张工作。先后分头和宋源、千张子谈了话,又找到很多老游击队员,让他们回忆当年宋源和千张子的关系,以及他们之间发生过哪些矛盾和冲突。事情基本搞清楚了,两人确实不和,但多是些鸡毛蒜皮的事。千张子从小就爱黏着宋源,到游击队还是如此,千张子有些女里女气,宋源不喜欢他,也不喜欢开玩笑。宋源脾气火暴,两次拔枪打他,都是因为千张子开玩笑过了头,并不是大原则。当时,檀县长为这事批评过宋源,也批评了千张子,并把千张子调出游击队做侦察员。但这并没有影响抗日工作,相反,两人一直配合得很好。千张子去做侦察员,宋源为他打掩护。宋源身负重伤,千张子冒死相救。这些事大家都知道的。

但有一件事,让调查组很费了一些周折。就是当年宋源奉命护送一个高级干部去延安,三年未归。千张子散布了一些谣言。宋源回来后应当是听到了,但他没有追究,起码表面上没有追究也没有责怪千张子,宋源会不会一直怀恨在心?这件事的真相到底如何,宋源三年未归去了哪里一直是个谜,连老游击队员也说不清。

调查组首先单独问了千张子,问他当初关于宋源的那些传言从哪里来的。

千张子似乎不愿多说,吞吞吐吐说都是我瞎编的,我怕宋源重回游击队夺我的权,有意臭他的。

调查组不相信,说,千张子你是有什么顾虑吧?你能主动承认自己出卖了檀县长,说明你还是有勇气有良知的。关于宋源的那些传言,你有责任帮助组织搞清楚。

千张子犹豫了一阵,说,如果那些传言是真的,组织会处分宋源吗?

调查组说,都过去这么多年了,又是战争年代,不会再去深究。我们主要是把事情搞清楚。

千张子说,你们是担心在抓叛徒这件事上,宋源是挟嫌报复,有意整我?

调查组说,你觉得呢?

千张子赶忙否认,这不可能!我了解宋源,他不高兴的事,会立刻当面表达出来,就像两次冲我开枪一样。他不会算计人的。抓叛徒这件事,如果我是宋源,也会追杀那个叛徒!檀县长确实太惨了,谁都不会容忍叛徒逍遥法外。

调查组说,你到底从哪里听来宋源那些传言的。

千张子回忆说,一次受檀县长委派,去山东解放区领受一个任务,到达约定地点后,门外空地上正有几个人在说笑,其中一个人是刚从延安派来的,正说到宋源的名字,我一下被吸引了。很久没有宋源的消息了,我想这人怎么会认识宋源,他说的宋源是我们游击队长宋源吗?就在附近偷听。听来听去,还真是这个宋源。什么护送高级干部去延安途中夜宿山村,什么强奸一个年轻寡妇,都是那次听到的。因为人家说得支离破碎,我也没听得完整。只觉得很兴奋,宋源终于有下落了,因为在这之前,大家都很担心他的安全。我从山东解放区回来后,就给大伙说了。说了也就说了,宋源回来后肯定也听到了这些传言,但他从未找过我,也没责备过我,更没说过他三年在哪里。这件事你们只能问宋源。我真的说不清。

后来,调查组就单独找宋源谈话,专门就这件事让他说清楚。

没想到宋源并不配合,说,这件事没啥好说的。

调查组还是很耐心地解释说,宋局长你别生气,我们只是顺便调查一下这件事,我们相信你不会有什么问题,你说清楚不就完了吗?

宋源说,你们既然相信没问题了,还问什么?

调查组有点尴尬,说,你既然没问题,为什么不能说一说呢?

宋源有点火了,有问题我才应当说,没问题让我说个啥?你们是不是吃饱了撑的没事干!

调查组也生气了,宋局长请你说话注意分寸,不要以为自己过去曾是英雄,就可以对抗政府调查,英雄怎么啦?千张子也曾是英雄,现在不是成叛徒了吗?

宋源转脸打量这个一直代表调查组说话的人,长颈高颧,一脸鳞屑,身体瘦得像麻秆,两只眼一闪一闪的。宋源并不认识他。宋源不喜欢和人打交道,虽然也常去市政府开会,但极少去注意会上的人,更不打听什么人什么职务。就把脸凑上去看了又看,忽然哈哈大笑起来,你是谁呀,怎么长得比我还丑?

调查组另几个人都笑了,一个忙介绍说他是市政府高秘书,刚才不是介绍过吗?宋局长你没听啊?

高秘书尴尬地摇摇头说,宋局长请你严肃点,我们是受雷市长委派来的,请你认真回答我们的问题。

宋源说,我刚才听明白你的话了,你是不是希望我也像千张子一样,出点啥事?

高秘书眼睛一闪,架起二郎腿,一边抖一边笑眯眯地说,出不出事,就看你有没有事了。

宋源看着他的二郎腿,又看看他的脸,说,你那么想知道我那三年的事?

高秘书点点头,这件事必须说清楚。

宋源想了想说,那好吧。那三年我干了啥,请你去问×××!

当宋源说出这个名字的时候,所有人都愣了一下,高秘书疑惑道,请你再说一遍。

宋源眯起眼又说了一遍,×××。

另一个调查组成员吃惊道:"宋局长,你说的这个×××,不会是……北京的那个……×××吧?"

宋源点点头,就是他。当年,我就是护送他从山东根据地去延安的。

高秘书噌地跳起来,说,宋源你吓唬人的吧?我警告你,不要拉大旗作虎皮!……这个人也是你随便说的吗?

宋源起身往门外一指。

高秘书一愣,你说……什么?

宋源突然拔枪指住他的脑袋,大喝一声,我让你滚!

高秘书吓得慌忙做举手投降状,好好好!我滚我滚……

调查组当即回到市政府,向雷市长汇报,高秘书还狠狠告了宋源一状,说他拔枪指住自己脑袋,差点让他崩了。

不料雷市长哈哈大笑,说,这才是宋源!高秘书你肯定狐假虎威,挤对宋源了。放心,他就是吓唬吓唬你这种人,不会真开枪的。

不过,你也要接受教训,以后和他打交道,不要装,不要摆架子。不然天王老子他也不怕。宋源说的北京这位领导,当年从山东解放区去延安,的确是宋源护送的。我当时在山东军区,听说过这件事,只说护送的人是个神枪手,半边脸黑痣,铁血冷面,十分了得。直到解放后,我到彭城来工作,才见到宋源。不过,他没说过这事,我也从未问过。这次如果不是被你们逼急了,估计他永远都不会说出来。好了,关于宋源的事到此为止,不要再调查了。至于千张子这个案子,实事求是,就事论事,按原则办,按程序走。

市委、市政府听取调查组汇报后,很快统一思想,千张子一案不存在宋源打击报复问题,同意公安局把案件交由市法院审理。

散会后,宋书记把市长留下,两人在会议室坐了很久。好像都有很多话想说,却都欲言又止,加起来也没说几句,而且都语焉不详。

宋书记说,真没想到会这样。

然后是一阵长久的沉默。

过了差不多半小时,两人都只抽烟。空旷的会议室就他们两个人。

宋书记望望黑黝黝的窗外,说,天不早了。

老雷也望望窗外说,天不早了。

宋书记看看雷市长,就这样了?

老雷也看着宋书记,只能这样了。

宋书记站起身,很疲惫的样子,说,咱们也走吧。

老雷也站起身,说,走吧。

千张子被重新关进监狱,并由检察院、法院开始审理。

这消息很快又传遍全市。

人们的情绪又被点燃,仍然是截然不同的两种观点和争论,只是更加激烈。彭城人爱憎分明的火暴脾气展露无遗。

法院也深知这个案子不能久拖,市委市政府也是这个意见,怕拖久了会造成社会的动荡。

好在此案虽已久远,但案情并不复杂。当事人千张子不仅有口供,还有详细的亲笔交代材料。在法庭审讯时,宋源没有去旁听。

千张子果然信守承诺,没有为自己做一个字的辩解,只有真诚沉痛的认罪,并要求尽快判处自己死刑。宋源听说后,把自己关在办公室,一天都没出门。

消息传开,满城争议戛然而止。

原来不相信千张子是叛徒的一方,哑口无言。还有什么好说的呢。这是在法庭的审讯,应当是公正的。不是由宋源审讯的,听说宋源连旁听都没去,一切对宋源的怀疑都没什么道理了。其实,他们原本也知道,怀疑宋源陷害千张子,本来就很勉强,他们只是不能接受一个抗日英雄成为叛徒。更何况,当年千张子就是在他们眼皮底下一次次射杀日本人的。

原本相信千张子是叛徒的人,也并没有任何人喜形于色,反倒扼腕叹息,怎么会这样呢?因为从根本上说,没有人希望千张子是叛徒。只是当年檀县长的惨死和由此引发的一系列惨案,让他们恨死了那个叛徒,他们需要一个发泄点,就像无数移动的枪口,都在寻找一个靶子。当靶子突然出现的时候,所有的子弹都飞了过去。但当他们冷静下来,确认这个靶子真的是千张子时,他们的心疼了。毕竟,千张子和宋源一样,是所有人心中的英雄。

法院很快就判决了,判处千张子死刑,并报请省高院批准。

当这个消息传开时,虽在百姓的意料之中,但还是引起巨大的心理震动。居然有人发起联名请愿,要求赦免千张子死罪。其中有数人联名,有几十人联名,也有几百人联名,分别送往市委、市政府、市法院、市公安局。似乎,当年因檀县长被日本人残忍杀害和由此引发的一系列惨案所积攒的仇恨,此刻都被消解了。特别是当目击者传出千张子每次受审,都是被人抱着出庭时,很多人心里不忍了。为了杀日本人,他失去了双腿,失去了一只眼睛,当年一个俊俏的后生变成了一个满脸伤疤的半截肉桩,向来嫉恶如仇的彭城百姓心软了。不能以功抵过吗?

那天傍晚,宋源刚下班回到家,就有一群人随后拥来。宋源回头一看,大吃一惊,原来都是天漏村的乡亲,真不知他们怎么找来的。此时,由村长带头,十几个人站满了屋子,其中居然还有七女!

武玉蝉愣住了,不知是些什么人,忙上前护住宋源说,你们要干什么?她以为是彭城市民来闹事的。这些天,她一直担惊受怕,虽然从不向宋源打听千张子的事,但满城风雨声声入耳,很怕一些人会对宋源乱来。

宋源拉开武玉蝉,说,你别怕,这些都是天漏村的乡亲们,快去烧茶!

武玉蝉这才松口气,却也诧异,不知他们来干什么,也不好多问,就赶忙去烧茶了。

宋源招呼大家坐下,屋里也没那么多板凳。村长说,也别坐了,就几句话,俺们一会就走。

宋源笑道,村长你们来找我有事?

村长说,你看这样,解放后你在彭城当了大官,咱们全村没一个人来找你麻烦、找你办事的,对不?

宋源说,我倒是想念乡亲们了。只是太忙,实在抽不出时间回去。你们有事尽管来找我,只要我能办。

村长说,这次来找你,就是想请你帮忙办一件小事。

宋源很爽快,说,村长你说。

村长说,俺们是受全村人委托,想把千张子带回天漏村。

宋源心里一紧,真没想到他们是来说这事的。看来,关于千张子的种种说法已经传到天漏村,只是不知道他们想怎么样。就小心追问一句,村长,你是说想把千张子带回天漏村?是死后……带走吗?

村长笑道,看你说的,自然是带走活人!俺们想今晚就带他走。

宋源说,这肯定不行!你们还是不了解情况,这事很复杂。

村长说,有啥复杂?你把他放了,俺们把他带走,趁着天黑,进入九龙山,神不知鬼不觉,连夜就回天漏村了。

大家七嘴八舌说,宋源你放心,咱们天漏村山高林密,当年日本人进去都出不来,不会有人找到那里去。你就装作不知道,说一伙强人把千张子弄走了,也不会给你添多大麻烦。

武玉蝉一头撞进来,厉声说,你们这些人也太异想天开了!千张子是个叛徒,已经判了死刑,宋源能放吗?还说不给他添麻烦,宋源要是放了他,自己得蹲大牢!

村长笑道,你是侄媳妇吧?你要是怕宋源蹲大牢,没事,我去蹲!

十几个村民都抢着说要去蹲大牢。

这时七女说话了,七女说,要蹲大牢也是我去,我是个单身女人,无牵无挂。再说,千张子和宋源都是我最心疼的人,千张子要救,宋源也不能受牵连。大伙别争了,我情愿去蹲大牢!

武玉蝉好奇地说,你是谁?

七女说,我是七女啊,宋源没跟你说起过?我是宋源年轻时相好的。大妹子,你不要心里别扭,那都是以前的事了,我不吃你的酸醋,你也别吃我的酸醋。先前进门时,我看你一下子护住宋源,放心了。宋源就像一根甘蔗,我也就吃了个头,剩下的全归你了。咱们都心疼宋源,我替宋源去蹲大牢,你和宋源在外头好好过日子。哎呀,大妹子,你是怀孕了吧?好好好,大喜呀!我更不能让宋源去蹲大牢了!村长,就这么定了,我去!说着就往外走。

村长一把拉住七女,你干啥去?这不还在商量吗?

武玉蝉看着这个已经五十多岁的女人,一时有点晕,转脸问宋

347

源,这都是些什么人啊？好像三百年没出过山林!

宋源也被气笑了,说,不是三百年,是三千年。

武玉蝉哼一声转身出了屋门,刚出门又转头冲宋源叫,宋源你可不能犯浑!

宋源冲她挥挥手。

村长看武玉蝉走了,也松一口气,说,宋源,这会没外人了,你看这事咋说?

宋源坐下来,招呼村长坐下,黑着脸说,村长,这可不是一件小事。你们是真的不知道外头的世道了。我告诉你,千张子犯了死罪,必须枪毙,谁都不能带他走。不要说我没权力放他,有权力也不能放他。第一个要杀他的就是我。这么多年,我一直在追杀这个出卖檀县长的叛徒。他把一个女人出卖给日本人,让她受尽酷刑、轮奸、割肝割肺、割头示众。当年彭城百姓为祭奠她,又死了很多人,这都是千张子的出卖造成的。罪不可赦,他必须死!

村长说,宋源,你说的这些我都懂,千张子是犯了大罪、死罪,可他是咱们天漏村的人呀,咱们天漏村是啥地方?几千年就是个罪人聚集的地方,历朝历代一些犯了大罪死罪的人,并不都是杀头了事,而是把他们流放到天漏村交给老天爷。咱天漏村没有王法,可是有天雷!要是罪不可赦,自有天雷劈死他,前世今生的罪都逃不掉的。要是老天爷留下他,就是让他忏悔、赎罪,有啥不好呢?

十几个人都吵吵说,宋源你也是天漏村的人,可不能坏了祖上的规矩。

七女流着泪说,宋源,你饶恕他吧。听说千张子腿都没了,眼睛也瞎了一只,太可怜了。

宋源面无表情,一字一顿说,我会抱着他上刑场。大伙请回吧!

众人面面相觑,知道没人能说服宋源了。

村长叹口气说,我记得你小时候,收养你的瞎眼老太说过,日后你能掌生杀大权。也罢,这都是天意。俺们不再逼你。走,咱们回吧。

众人走出屋门,七女又回头哭着说,宋源,真要枪毙千张子,我希望你亲自动手,让他少害怕一点,行吗?

宋源点点头,我答应你。

很多人的请愿求情,并没有让法院改变判决。而且奇怪的是,彭城并没有发生骚乱,起码表面是这样。在千张子一天天逼近死亡的这些天,彭城百姓的沉默让人琢磨不透。谁也搞不清这种沉默意味着什么。也许,那些请愿要求赦免千张子的人,内心其实是复杂的纠结的。所有人都无法忘记檀县长的惨死和彭城百姓为祭奠她付出的惨重代价。可是当确定千张子这个心目中的抗日英雄要对此负责时,他们的心中是痛苦的。死者已矣,既然枪毙千张子已不能挽救檀县长的生命,又何必再杀千张子呢?毕竟他是立过大功之人。于是一部分人参加了请愿联名,但也只是尽人事,还是一切由政府去决断吧。但沉默也许会有另一种可能,就是说多了无用,等待行动。彭城人向来说得少,做得多。比如到枪毙千张子那天去劫法场。如果是这样,沉默就非常可怕。

市委书记老宋几天前去省城开会去了。走前告诉市长老雷,有什么动向及时通气,特别是省高院批复后,哪天枪毙千张子一定要提前告诉我。

老雷说,怎么,你想赶回来?

老宋说,不一定,要看省委会议哪天结束。

这天老雷刚一上班,市法院院长就来到他办公室,告诉他省高院已经批复同意,枪毙千张子的时间定在三天后。老雷点点头说,把宋源叫来吧。不大会儿,宋源赶到,三人随后商定,为了防止意外发生,就不举行公判大会了。这个任务由公安局完成。宋源说由我来亲自执行。老雷吃一惊,说,宋源你行吗?宋源说,我答应过天漏村的人,由我执行,千张子会少一点害怕。老雷点点头说,也好。你们赶紧回去准备吧。

院长和宋源走后,老雷立即要通了省城一个电话。这个电话是宋书记告诉他的,他说会让秘书日夜守住这个电话。果然,老雷要通后,很快找到了老宋,并向他通报了情况。老宋有点吃惊,说,这么快?然后立即说,你告诉宋源,枪毙千张子那天我会回去,开枪前一定等我,一定等我!中午十二点前我会赶到。我要亲眼看到那个场面!老雷电话里答应着,心里却想,这个老宋,也是从枪林弹雨里钻出来的人,怎么还这么喜欢看热闹!

通常枪毙人,老百姓都喜欢围观,会随着囚车跑,常会给现场带来麻烦甚至隐患。这次枪毙千张子不开公判大会,也不是秘密处决,只按常规做。囚车从监狱出来时,总会有老百姓等在那里,囚车一出门,就立即追赶,还会有人骑自行车,甚至觅黄包车、马车一路尾随。为了安全起见,一般会选择三个刑场,其中两个是备用,囚车在城里绕来绕去,甩开尾随的人,突然向真正的刑场开去,然后尽快执行。

这是深秋的一个傍晚,外头下着细雨。宋源从街上买来一只烧鸡、几个猪蹄、羊肚等一大包卤菜和一瓶高粱酒,来到千张子的监号,一一摆好。

千张子一看就明白,明天要上路了。可他没问,撕开烧鸡就大口大口吃起来。

宋源倒上酒,说,千张子,今晚喝个痛快,先把这一杯酒喝了。

千张子一只手抓一条鸡腿,另一只手端起酒杯,一仰脖子干了。

宋源又把酒倒满,说,咱们喝三杯。

两人一连干了三杯。

千张子把每样菜都吃个遍,抹抹嘴说,饱了。宋源,明天是你动手吗?

宋源点点头说,前几天,村长和七女他们都来了,要我把你放了,交给他们带走。我当然不能答应。后来七女哭了,说到那一天,让我亲自动手。我答应了。

千张子眼睛湿润了,说,把我的尸体送回天漏村吧。

宋源说,一定。

千张子看着宋源说,将来你会回天漏村吗?

宋源说,会。我死后也回天漏村,和你的坟挨着。

千张子伸出一只手,一言为定?

宋源也伸出一只手,和千张子击了一掌,一言为定!

第二天上午十点一刻,囚车准时出发。在监狱大门外,有两千多人等在那里,周围街巷仍不断有人拥来。雨仍在下,紧一阵慢一阵,有的打着伞,有人披蓑衣,有人戴着斗笠,也有人什么雨具都没有,就站在雨中。这在宋源意料之中。

囚车缓缓从人群中驶过,没人阻拦,也没人说话。头天在彭城布置了很多警察,还从驻守彭城的野战军借了一个营的兵力,部署在各交通要道。监狱大门外是重点布防地点。但看来秩序很好。囚车离开大批人群后加快了速度,人群也骚动起来,有的原地散去,一部分人开始追赶。囚车在彭城街道上绕了几个圈,虽然摆脱了大部分追赶的人,但还是有一批人紧紧跟着,而且沿途不断有人加入。这些都在预料中,宋源一直绷着的心慢慢松弛下来。他转头看看千张子,千张子一直痴痴地望着窗外,倒是没有任何惊恐的神态,只是有点留恋的样子。他身上披了一床薄被,外头下着雨,天气有些阴冷,是上车后宋源让人拿来的。

囚车终于出了彭城,来到九里山下,停在一块山坡地。

这时,雨停了。

千张子看着窗外,忽然说,那不是侯本太的坟墓吗?

宋源点点头。

千张子苦笑了一下,说,此地好玩,埋着一个汉奸,又枪毙一个叛徒。

宋源说,你们俩有一点是相同的。

千张子说,我会和他相同?

宋源说,你们俩,我都不懂。

千张子说,是啊,这世上不懂的事太多了。

宋源看看表,才十一点二十分。没想到一路这么顺利,心想,出来太早了。

千张子说,怎么还不下车?

宋源说,再等会。你先打个盹吧。说着跳下车去。

千张子差点笑出来,心想你还真逗,这时候还让我打个盹?

宋源刚一下车,就发现跟来不少人,大约有几百个。后面还在源源不断往这里跑。这架势有点紧张。几十个警察已在持枪警戒,百米之内的地方不准任何人靠近。

法院院长、检察院检察长都已带了人来,候在一旁。宋源走过去和他们打招呼。之后,大家就很少说话。就是在等待。他们事先已知道宋书记会在十二点之前赶到现场,所以枪毙千张子的时间定在中午十二点整。

不到半小时,现场已聚集了上千人,秩序乱了。有人在大声喊叫:

千张子是抗日英雄!

放了千张子!

枪下留人!

……

这时,从彭城方向又来了两辆马车,一前一后跑得很急。很多人回头看。马车停在人群外,陆续下来七八个老人。老人们没人说话,一脸肃穆,磕磕绊绊来到人群前头,从怀里掏出香烛、纸钱,一一点燃,然后对着囚车的方向,弯腰一拜,用老迈的声音颤抖着高声叫道:"千张子……你一路走好!"

他们是活祭千张子,并为他送行来了。

领头的几位老人,正是当年在侯本太坟上添土立碑的人。怎么评说侯本太、千张子,不是他们的事。但他们记得在那个腥风血雨的年代,侯本太和千张子曾经挺身而出,彭城的父老乡亲不会忘记,就冲这些,他们值得一拜。

上千人在短暂的沉默之后,突然爆发了,大喊大叫着往前冲:

放了千张子!

以功抵过!

枪下留人!

……

上百名警察组成人墙,在拼命阻挡。

秩序大乱,万分危急。

宋源又看看表,十一点五十分。

检察院检察长和法院院长也都十分焦急。这么拖下去要出事的。可是宋书记还是没来。

宋源问法院院长,还等吗?

法院院长和检察院检察长低声商量几句后,检察长说,宋书记也就是来看热闹的,肯定有事耽误了,咱们不等了,按时执行!

宋源大步转回身,回到囚车上。

千张子还真是迷迷糊糊睡着了。这些天,他一直没睡好,十分疲惫焦虑。如今死到临头,反而安心了。一切终于结束了,对于死,他真的并不害怕,只有一种归去的安静。他甚至瞬间想起九龙山杜鹃的叫声:不如归去。

宋源推醒他说,千张子,该上路了。

千张子揉揉眼,说,好！你抱我下车。

宋源双手抱起他下了车,说,你看,这么多人来送你。还有七八个老人为你活祭,烧了香烛纸钱。

千张子回头看了一眼,冲人群拱拱手,泪水一下涌出来。

现场瞬间安静下来。没有人再冲撞喊叫。他们知道,一切都无可挽回了。

宋源把无腿的千张子抱在怀里,一步步走向一片荒岗。

人群中传来抽泣声。

宋源说,我这会儿更像个恶人。

千张子抹一把泪说,别管那些,快走！

这片荒岗上长满了草,不少已经枯萎了。宋源用脚把草踏平了,才轻轻把千张子放下。不知是紧张还是什么,宋源头上沁出一层汗珠。他抹了一把汗,低头看着千张子肉桩一样的残躯,终于忍不住流泪了。他蹲下身子,说,你想看着我开枪吗？

千张子说,当然,我看着你开枪。

宋源说,你别怕,不会疼的,一秒钟就结束了。

千张子说,我不怕,我相信你的枪法。

宋源伸开双臂,最后一次把千张子揽在怀里,拍拍他的背,咱们……来世见。

千张子拍拍他的肩膀,哥,咱们来世见。

宋源松开手,转身掏枪,大踏步往山岗下走。他想走出十几步,突然转身开枪的,这会减少千张子的恐惧。

但就在这时,从远处骤然传来三声枪响:"砰！砰！砰！"

所有人都吃了一惊,循声望去,只见两人两骑正从彭城方向飞驰而来。

人群又一次骚动起来,大家预感到有什么意外的事情要发生了。

宋源提着枪,急急来到囚车旁,法院院长和检察长都快步走过来问宋源,怎么回事?什么人打枪?

宋源也不知道,他想也许是宋书记来了。因为刚解放不久,书记、市长身上都带着枪。

所有警察都把枪端了起来,迎着飞驰而来的两人两骑。难道真有人会劫法场!

忽然院长大叫道:"是我们法院的同志,大家不要开枪!"

这时,骑在马上的一人高声喊道:"宋局长,枪——下——留——人——"

转眼间,两人冲过人群,在宋源面前跳下马来。

院长惊奇地叫道:"王科长,小张,你们怎么回事?不是让你们在家值班的吗!"

王科长手里还提着短枪,气喘吁吁看了不远处的千张子一眼,老天爷,总算来得及!

宋源一阵纳闷,怎么回事?

王科长把枪插回枪套,说,刚刚接省法院紧急电话,要我们立即停止执行枪毙千张子!

所有人都呆住了。

宋源一把揪住他,怒吼道:胡说八道!

王科长说,宋局长你别发火,这种事我敢瞎说吗?不信你问小张,我怕你们不信,就把小张也拉来了。

小张赶忙说,这是真的!长途电话来时,我俩都在,一块听的。先是省高院刘副院长传达了命令,要求停止执行。后来又听宋书记说了几句,说他赶不回来了,要我们立刻赶到现场,传达命令,不得有误!

王科长说,院里没车,我俩赶紧跑到大街上,拦了一辆马车,解开两匹马就往这赶,幸亏赶得及时!

宋源一把将王科长推开几步,大叫道,为什么?为什么?

王科长摇摇头说,不知道。

院长说,就凭一个电话?

小张说,宋书记说,他会把省高院的正式文件亲自带回来,明天凌晨五点坐火车赶回彭城。

因为这一阵对话像在吵架,双方声音都很大,那边的人群似乎也听到了,顿时欢呼起来:噢噢噢噢噢噢……

次日一上早班,宋源和两院之长就接通知赶到宋书记办公室。市长老雷已在那里。显然,他们已经交谈过了。

办公室气氛有点严肃。宋源一进门就问宋书记:"为啥?"

宋书记招呼大家落座,微微点头说:"你们别急,人没枪毙就好,不然就出大问题了。我带回来一份高院文件,请院长看一下。"说着从公文包里抽出一个大信袋,交给法院院长。

法院院长接过,从信袋里抽出一份文件,略看了一下,然后念道:经审查卷宗,发现千张子一案没有证据,仅凭口供,不能认定其为叛徒。特撤销此前死刑命令,发回重审。

宋源叫起来:"千张子自己都承认了!还要啥证据?"

宋书记说:"口供只是一个方面,证据一定要有!人证、物证,直接证据、间接证据,一样都没有,怎么定案?当年我在法国留学时,研究过西方法律,他们有一个很好的东西,就是重视证据,对口供反而不重视。因为重口供容易产生错案冤案。如果办案人员对嫌疑人进行刑讯逼供、诱供、骗供,这个口供就靠不住了。所以重证据才更科学。现在,我们刚刚建立新政权,法律程序一切都不完善,杀人要慎重,宁愿错放,不能错杀!"

宋源脸上有些挂不住,说:"宋书记我知道你懂得多,可你应当知道,我没对千张子做过任何刑讯逼供!我去济南看他,是他自己主动坦白交代的。这些天,我天天像伺候爷一样伺候他,从不为难他……"

雷市长打断他的话,"宋源,我们绝对相信你对组织的忠诚。你一直想抓到那个出卖檀县长的叛徒,我们也一样。在千张子这件事上,你没有做错任何事。宋书记刚才说的这番话,不是针对你的。但他说的这番话,让我感触良多。在旧社会,我们老百姓得罪了权势,他们可以随时把人抓起来,随便栽个罪名,你不承认就上刑,把人打得死去活来,多少人屈打成招,最后还是丢了性命。我当年参加革命,一开始并不懂得什么理想,就是因为被保长冤枉了,说我偷了他家一只羊,就打断我三根肋骨。这家伙身上有七八条人命,不杀他不解恨。我就把他杀了,这才逃出来投身革命。那时候,我只是把咱们的队伍当成保护穷人的地方,懂得理想是后来的事。宋源,你从彭城一解放就当公安局局长,做的第一件事,就是从旧监狱释放所谓犯人,释放了上万人,他们多是被冤枉的,被栽赃陷害的,受尽酷刑,多少人已经死在监狱里,没等到这一天。老百姓叫你宋青天。你所做的,既是代表咱们政权,也体现了你本人的正义感。你在全省都是有名的。组织上充分信任你。千张子这个案子怎么了结,会影响到很多事情。宋书记去省里开会,去找了省法院,去找了省委领导,事前我也不知道。但我觉得他做得对,比我看得远。宋源,你不要有什么委屈,咱们按省里要求办,重新找证据!"

宋源摇摇头说,从抗战结束,我就一直在找证据,任何证据都没有。是日本人有意销毁了所有证据。

宋书记说,那还是没有证据。

法院院长说,如果这么说,千张子一案就只能是个悬案,永远也无法结案。

宋书记说,世上的悬案还少吗?很多已经放了几千年也没搞明白,不差千张子这一案。

检察长说,我们下一步该怎么办?

宋书记说,公安、法院、检察院,你们三家商量决定。

半个月后,宋源三人又来到宋书记办公室,说,研究过了,这个案子作为悬案放在那里,等有了证据再重新审理。

雷市长说千张子还关在监狱吗?他已经是半截人,关在里头还要专人照顾。

法院院长说,决定给他办个保外就医。

雷市长很高兴,说,这个办法好。

宋书记说,保外就医也要给他找个地方呀。

宋源说,他想回天漏村。我已经通知天漏村来接他了。

宋书记点点头说,很好。你们那个天漏村有意思。哪天有空闲了,我也想去看看呢。听说天漏村人的祖先,不是古代被流放的罪犯,就是罪己之人。那是个叫人忏悔的地方。这个村子很独特,要尊重他们的文化风俗,不要轻易打扰和改变,让他们按照自己的方式生活。让千张子回天漏村,是个合适的安排。宋源,你以前打仗很鬼,从千张子这件事的处理上看,你的确不笨!哈哈哈哈!……

宋源面露尴尬,好像要说什么,却被雷市长阻止了,说,好了好了!这件事就这样。散了吧。说着率先起身,伸个懒腰就往外走。

宋源三人愣了一下,也只好跟了出去。

宋书记在后头说,宋源,以后有什么事,你可以直闯我办公室,也可以半夜敲我家门。

宋源没回头,径直走了。他已经看出来,宋书记和雷市长都不想杀千张子。他们说出来的理由冠冕堂皇,无法反驳。但他总觉得还有另外的原因,可他不懂,只是觉得憋气。

宋书记看宋源气冲冲走了,摇摇头苦笑了一下。

几十年后,当祢五常了解到这段历史后,才终于明白天漏村何以能在历次政治风暴中保持安静独立,原来,除了它的偏僻闭塞,还有解放初那个宋书记的一番话。

祢五常跟他的学生开玩笑说,在中国,最早实行一国两制的地方不是香港,是天漏村!

学生们哈哈大笑。柁嘉说,老祢你可算得上发明家了。

老祢哈哈腰,做谦卑状说:是发现,发现。看来,咱们要发现的事情还多着呢。

一个新来的学生说,后来呢?

老祢说,后来复后来,咱们慢慢调查研究吧。

千张子被天漏村村长带人接走时,宋源没有去送行,也没有见千张子。但千张子留下一封信给宋源,大意是说我之前的供述都是真实的,的确是我出卖了檀县长。对此,我永不翻案。我仍会继续等待对我的审判。立此为据。云云。

宋源有些气恼,本想随手撕掉的。想了想,又把它放在柜子抽屉里。之后,他坐在办公桌前,脸上的黑痣连续抽搐了几下,终于渐渐平静下来。再之后,他又从抽屉里拿出千张子的信,喊来机要员,交他登记存档。

他知道,这件事只能放下了。

武玉蝉为他生了个儿子,足有八斤。

宋源当时正忙案子,没去医院,还是剧团两位女同志一直陪护,并送回家来。

那天傍晚,宋源刚到家门外,就听到一阵婴儿的啼哭声。心里一惊,这才意识到自己有孩子了。在这之前,他完全没有感觉。现在,他有点好奇,又有点恐慌,犹豫了一下才推门而入。武玉蝉头上包着毛巾,正弯腰站在床前摆弄婴儿,转头看宋源进门,既没看出生气,也没看出高兴,说,忙完啦?快来看看你儿子吧。

宋源有点内疚,急忙快步走过去,看到床上一个赤裸的婴儿正在蹬动哭叫,声音洪亮,屁股下一摊黄屎。宋源慌忙上前,一把抓住他两条小腿提溜起来,大吼一声,他屙屎了!

武玉蝉扑上去把儿子双手托起,责怪说,你干什么冒冒失失的?还这么大嗓门,吓着孩子了!

宋源手足无措,说,我……不知咋弄。

武玉蝉说,快拿两块干净尿布来,先给他擦屁股!

宋源不知尿布在哪里,左右寻找,急得什么似的。

武玉蝉用下巴示意,那边那边,床头!

宋源这才发现床头叠着厚厚一摞尿布,有十几片,探身一把抓过来,全捂在婴儿屁股上擦起来。

武玉蝉说,你一次用光了,下次用什么?一片一片擦呀!

宋源说,下次洗干净了再用呗。

武玉蝉说,你洗呀?

宋源没有应答,皱着眉为婴儿擦干净了,又按武玉蝉吩咐,把所有弄脏的尿布丢到门外盆里,手上已黏得像糖葫芦,全是婴儿屎。他在外头洗干净回到屋里时,看到武玉蝉正在给孩子喂奶,一个雪白的大乳房露在外面。宋源脱口而出,这小子好福气!

武玉蝉下意识地掩了掩,说,快给儿子起个名字吧。

宋源说,我哪会起名字?你有文化,你起吧,叫啥都行。

武玉蝉说,你是当爹的,还是你起个名字好。

宋源真是犯难了,说,不行不行,起名字比打仗都难。哎,要不就叫打仗!

武玉蝉说,这叫什么名字,何况现在又不打仗了。

宋源挠挠头皮,想了想说,我先前第一次见他,就抓住小腿把他提溜起来了,要不就叫他提溜?

武玉蝉笑起来,说,你怎么想起来的?提溜……提溜,叫起来还行,就是什么意思都没有,人家给小孩起个名字,总要有点含义的。提溜……提溜……武玉蝉念叨着又笑起来。

宋源窘得脸涨红了,说,我说不行吧,我哪会起名字,你随便叫吧,男孩子小狗小猫都能叫。

武玉蝉又想了想说,名字定了!

宋源说,我就说让你起名字,看,你一下就想好了。

武玉蝉说,就叫提溜!

宋源吃一惊,你不是……不满意吗?啥意思都没有。

武玉蝉说,世上人给孩子起名,都有个心愿在里头,有几个能实现的?反倒日后给孩子压力。算了,咱不给孩子压力,像他爹,由他去。这个名字是你们的父子缘分,一见面就提溜起来,还大叫一声他屙屎了!这是缘分,就叫提溜!

宋源像个受到鼓励的孩子,高兴得直搓手,说,好好好!

武玉蝉说,不过你以后说话得改改,拉屎别叫屙屎,城里人不这么说的,干脆就说一个拉字,连屎字都不说的,屙屎屙屎,多难听,人家笑话。

宋源说,这有啥笑话的?俺们天漏村的人都是说屙屎。

武玉蝉说,这不是在彭城吗?

宋源偏又较上劲了,梗着脖子说,扯淡!拉屎不就是屙屎吗?拉屎不笑话,屙屎笑话,难道城里人拉的不是屎吗?

武玉蝉看着他摇摇头。这人真是轴,想改变他太难了,一个字都很难。就说,好好好,屙屎!行了吧?

当晚,宋源睡在家里,却一夜未眠。

提溜每隔一会就要哭闹一次,刚要睡着,就被他吵醒。武玉蝉要不停喂奶,一时又是弄屎弄尿。宋源坐在床头满是恼火,他不知道是在生提溜的气、武玉蝉的气,还是在生自己的气。他只知道这不是他想要的生活。想要女人,却来一堆麻烦。

天亮时,提溜终于安静地睡着了。

宋源一脸疲惫,这一夜比打一仗还累还烦。就强压住火气说,你生的孩子你来弄,从今晚起,我要在局里睡!比他更疲惫的武玉蝉叫起来,你说什么屁话!你不是他爹呀?

宋源没吭气,简单收拾了几件衣服,就出门去了。

武玉蝉气得哭了,追到门口说,你就是个毫无人性的男人,走了就永远别回来!我真是瞎了眼!

在以后的十几年里,宋源真的很少回家。

也不是完全不回家。隔些日子,他会回去看看,顺便把粮食送回去。刚解放时,实行供给制,不发钱,发粮食。他把自己吃的粮食尽量少留一些,剩余的全部送回家。后来实行工资制,他则把生活费留下,把钱放到家里。顺便看一下孩子。提溜一年年长大,对他几乎是陌生的,从来不喊他爸爸。他也并不计较。如果提溜喊他爸爸,说不定很不适应。这样挺好。有时宋源冲他笑笑,提溜会转脸就跑。他同样不生气,他想自己脸上的半边黑痣太丑陋了,笑起来很难看,从此就不再冲他笑。他怕吓到提溜。但他板着脸的样子,对一个孩子来说,同样可怕。父子俩就从来没有亲热过。

武玉蝉每次见他来,也几乎不和他说话。既不轰他走,也决不留住他。宋源觉得无趣,常常干坐一会就走了。但有两次,他厚着脸皮住下了。半夜里有了欲望,伸手拉扯武玉蝉,武玉蝉会一把甩开他的手。武玉蝉似乎并没睡着,一直警惕地等在那里。宋源忍不住了,翻身压在武玉蝉身上。武玉蝉有几年是憔悴的,自从提溜渐渐长大后,又变得水灵了,而且比做姑娘时还水灵,加上又是演员,很注意保养,又恢复了练功,一个少妇的无穷韵味让她更加性感。宋源一接触她的身子,瞬间就燃烧起来,伸手就往她胸前摸去,却被武玉蝉一个大耳光打上去。宋源已不能自持,压低了声音怒吼说,你是我老婆!武玉蝉展现功夫，身子一屈，双腿猛地把宋源蹬下床去，狠狠地说，宋源你永远都不要再想！这是我的家，滚！

类似的场景还有一次。

头一次，武玉蝉踹在他胸口，第二次踹他裆里。宋源坐在床下，好一阵不能动弹，但强忍着没有发作，慢慢起身，开门走了。

武玉蝉和宋源都曾提出过离婚，但雷书记不同意。宋书记调去省城任省高院院长去了，老雷由市长升任书记。他亲自分别和两人谈话。老雷严厉批评了宋源，说夫妻关系弄成这样，责任全在你！工作归工作，家庭还是要照顾的，你是父亲，是丈夫，应当有责任心。你不再是孤身一人，要完成角色转换，不能在家里还当游击队长。你是大英雄，是公安局局长，如果离了婚，会给社会造成恶劣影响。市委肯定不会同意！

雷书记又把武玉蝉叫到办公室，也同样批评了她，说宋源工作压力极大，担负着整个彭城地区的安全治理，暗藏的敌人和犯罪分子恨透了他，有几次差点被人暗杀，他没告诉过你吧？他不是个不能担当的人，只是从小是个孤儿，战争年代又野惯了，对组建一个家庭没有做好准备，不适应不懂得家庭生活，也不懂得疼爱你和孩子，这当然是他的不对，可你也要多给他一些时间，多给他一些理解，多给他一些支持，不能一回家就给他冷脸，要让他感到家庭的温暖。你是个名演员，喜欢你的观众很多，我也特别爱听你的戏。你想想看，如果离了婚，不仅会给宋源脸上抹黑，也会给你自己脸上抹黑。一个大英雄，一个大名人，要给社会做什么榜样？回去吧，好好过日子，你肯定要多辛苦一些。嫁给一个大英雄、一个公安局局长，不是仅仅嫁给荣誉，而是嫁给了责任和担当！

雷书记不批准，两人就无法离婚。

刚解放，革命队伍里有一股离婚潮。一些同志是包办婚姻，童养媳，没有感情也是事实。后来参加革命走了，多年不见，更是形同路人,解放后提出离婚,也就同意了。但也有一些是喜新厌旧,嫌弃先前的老婆土气、没文化,想娶个城里人,甚至是洋学生。老雷对此很恼火,严格规定,凡中层以上干部闹离婚的,都要上报市委、市政府批准。

宋源当然不属这类情况。但宋源的身份更加特殊,而且他和武玉蝉是自由结婚的,想离婚就根本不可能。

两人名义上仍然是夫妻,宋源每个月也回去一两次,除了送钱,也想看看孩子。对男女之事,他已经不想了。自从两次被武玉蝉踹下床,宋源好像突然对女人没了任何欲望。但他对儿子却渐渐有了一种陌生的亲情。那是一种从未有过的感觉。他回家一般在晚上,这时已吃过晚饭,武玉蝉时常不在家。他不知道她干什么去了,也不想知道。只有提溜在家,正在埋头做作业。提溜看见宋源来了,抬起头看他一眼,继续做作业。宋源就坐在远处,点上一支烟默默看着儿子。宋源学会抽烟了。忽然儿子头也不抬说一句,你能不抽烟吗?我讨厌烟味。宋源就赶紧把烟掐灭,把烟头攥在手里,也不敢丢在地上。稍坐一会就起身离开。他怕打扰他做作业。儿子冷漠、叛逆,和他没有亲情,甚至很排斥他,让他看到了小时候的自己。正因为这样,才让他第一次感到自己和这个城市有了血缘联系。

在这之前的岁月里,不论是抗战时期、国共对决时期,还是解放后当了公安局局长,宋源一直把彭城看成一个战场,只是一个战场,打完仗就可以转移的地方,彭城和他个人没啥关系。但现在不同了。那个叫提溜的小家伙,就住在剧团的那个大杂院里。他有了牵挂。

宋源一直是一个工作狂。

他不是那种甩手客、只会讲官话的领导。他平日说话极少,就是拼命干事,连抓罪犯都是亲力亲为。宋源经常不穿公安服,而是一身百姓服装,混在人群里很难发现他。他脸上那块标记性的大黑痣是唯一的破绽。冬天,他会和街上行人一样围一条围巾,遮住脸上的半边黑痣。夏天,他会歪戴一顶斗笠,巧妙挡住半个脸,或者再用一块破毛巾捂在脸上,像个害牙疼的人低头走路,两只眼却四处扫描。他亲自抓了很多罪犯,纵火犯、偷牛贼、杀人犯、强奸犯、小偷小摸、抢劫犯等等。在抓捕这些人后,宋源决不殴打,更不用刑。旧监狱那些刑具,都被他收集来放进一个展室。千张子叛变一案对他刺激太大了。很多年过去,他耳边还是经常会响起千张子说过的话:疼!千张子是因为疼得受不了才叛变的。他慢慢相信了。在他甄别旧监狱成千上万关押的所谓犯人时,多少人曾向他哭诉,自己如何受尽酷刑、屈打成招。宋源就给自己定了一个规矩,对犯人永不用刑!这就大大增加了工作量和工作难度,因为你必须拿到证据。

在逮捕一个外号叫鬼手的惯偷时,宋源就抓了他七次。这个叫鬼手的家伙专好在街上、医院、车站、庙会、商店等人多的地方行窃,神不知鬼不觉。老百姓连连报案,一年不下上百起。公安人员下力侦查,一直没有线索。宋源亲自上街,第三天就在街上发现了一个可疑的人。宋源悄悄跟踪,当鬼手偷窃得手转身要走时,宋源蹿上去一把抓住,却在他身上找不到赃款,连忙喊住被偷的人,那人发现身上的钱的确被人偷了,可是钱去哪儿啦?宋源明明看到他偷钱的,可是鬼手不承认,又无证据,只好放人。之后,宋源就盯上了他。不忙时就到处转。在三个月时间里,宋源又抓到他数次。第六次抓到鬼手时,还是找不到赃款,回到局里才吃惊地发现赃款居然在自己身上。他不知道鬼手何时把钱放进自己口袋里的。直到第七次,宋源闪电出手,人赃俱获。宋源问他,前几次你把钱放哪啦?鬼手这才老实承认,有的放在路人身上了,有的又放回失主身上了。宋源笑了,说,你真是称得上鬼手。鬼手也笑了,说,局长,我栽在鬼脸手上了。宋源说,你这是不劳而获,谁挣点钱都不易,有的还是买口粮的钱、治病救命的钱,你好意思吗?鬼手就有点惭愧,说,习惯了,没想过这些。宋源说,那就在牢里待着,好好反省。后来,鬼手被判了三年。

那个长胡子犯人说,凸是阳,凹是阴。譬如男女,譬如天地,譬如昼夜,譬如晴雨……万物负阴而抱阳,一阴一阳谓之道。长胡子是个阴阳先生,通周易,演八卦,看宅基,算命相。他说他能知生死、卜未来。不知怎么弄出一桩人命案,被抓进监狱。宋源亲自破的案,发现责任并不全在他,只判了三年刑。刑满释放时,他不愿出去。他说,我肩不能担担,手不能提篮,出去还会干这个,干了还得抓,说我搞封建迷信,大家都不愉快,何必呢?于是留在公安局劳改农场放羊,挥一根鞭子,走来走去,口中念念有词,很享受的样子。宋源每次去劳改农场,总会看望他,说,你念念有词的,是给羊算命呢?阴阳先生说,可不,我在算哪只羊能活到哪天,不然功夫就废了。宋源听他海吹一通,一愣一愣的。

宋源办案之余,爱和犯人聊天,听他们胡说八道。很多犯人都有些旁门左道,他们既是渣滓,又是天才。宋源挺佩服他们的。那个六指是个孤儿,从十二岁就偷,而且是飞檐走壁,撬窗开锁,入室盗窃。任什么锁,只用一根铁丝,一捅就开。捕获时上了铐子,一路押到监狱。看守人员要为他取铐,他笑嘻嘻一抖手腕,铐子哗啦啦脱落下来。他早弄开了,铁丝都没用。宋源又让他当场表演,果然玩魔术似的,铐子又开了。宋源哈哈大笑。

六指和鬼手关在一个号子里,他知道鬼手这个人,很瞧不起他。说他就是个小偷小摸,什么人的钱都偷。而且没有师父传承,无根无基。而自己专偷富裕人家,偷闲钱、偷珠宝。而且他不仅有师傅,还师出名门。师傅是天津的一个老太婆,从晚清到民国,都是响当当的江湖侠盗。进号第一天,六指就把鬼手揍了一顿,骂他是个刮地皮的,专在大街上丢人。宋源听说后,又是一阵大笑,说,这些家伙也有行规呢。

但有时候，宋源听得极不开心，脸便阴阴的。那个杀人女犯，才二十多岁，身材匀称挺拔，凸凹有致，一张圆圆脸，两道柳叶眉，因为看不上丈夫，和人通奸。丈夫明知却捉不住她。这女人鬼得很。她对丈夫说，我恶心你，就喜欢那个男人，你捉不住的。丈夫说，我非捉住你不可。女人笑了，说，这样吧，咱们打个赌，三天之内，我要和他睡一觉，你捉住了，我就永远收手，哪怕你是一头猪、一条狗，我也认命了。你要捉不住，以后就别管我。丈夫同意了。找一根铁丝拧住她手腕，另一头拧在自己手腕上，白天干活牵着她上地，晚上睡觉牵着她上床。两天两夜相安无事。女人说你这么玩就没意思了。男人就很得意，说，你以为我真没办法治你？第三天夜里黎明前，女人从床上坐起来，丈夫机灵醒了，说，你干啥？女人说，憋一夜，尿尿不行啊？丈夫摸摸铁丝，系着呢。去吧！女人摸索下床，不一会就听尿声叮咚，时紧时慢，持续很久，果然是憋了一泡长尿。丈夫就笑了，躺在床上说，天快亮了，你没戏唱了吧？女人呻吟一声，说，我正唱戏呢，你快来看吧。男人骨碌爬起，忙往床下看，朦胧中看到一个男人，正裸着下身躺在踏脚板上，女人光屁股坐在上头一起一伏，一只手端着茶壶，正往尿盆里倒茶。丈夫勃然大怒，跳下床一斧头把那男人砍了。女人愣一愣神，夺过斧头，把丈夫也砍了。然后，她来投案。她跟宋源说，她挺后悔的。她本来没想过杀死丈夫。如果当时丈夫说，罢罢，我管不住你，你跟他走吧。我会心软，把那个男人打发走，说一句你别再来了，下辈子再嫁你。局长你不知道，我这人吃软不吃硬，长得太俊，又太聪明，丈夫越是管我，我越恼火、烦心，在外头和别的男人说句话，他都会盘问半天，怕让人勾了去。其实，那时候我没那些事，硬是让他管出外心来了。女人真要下决心偷男人，一偷一个准。俗话说，男人勾女人口干舌燥，女人勾男人一个眼神。哎，不说了，说啥都晚了。说着流下泪来。宋源说，你大概得判死刑。女人又笑了，说，那当然，他俩都死了，我得抵命。又叹口气，说起来丈夫蛮疼我的。他爱我太深,才管得太严。看起来,夫妻间爱到自私,不是个好事。

后来,那女人果然被枪毙了。枪毙那天,许多人跟去看热闹,骂那个女人是女流氓。

宋源没去刑场。他说牙痛。

那天晚上,宋源特别想回家,可是走到半道上,犹豫一下,又回来了。

当夜,他住进了监狱。

宋源时常在监狱里过夜。有时办案晚了,半夜归来,懒得回办公室收拾床铺,就去监狱,让看守随便打开一间囚室,又让看守把囚室锁上,和囚犯住在一起。犯人说,局长你咋又来了?宋源说,我老婆关门了。别搅了她的梦。他当然不会告诉犯人自己和老婆早已分居的事。但犯人都知道他娶了个漂亮老婆,是剧团的名角,有的还听过她的戏。犯人们就起哄说,局长这不公平,你怕搅了老婆的梦,就不怕搅了俺们的梦?你看,半夜三更的全被你惊醒了。宋源挤挤眼,招手让他们靠近了,压低了声音说,明儿晚上我请客,一人一包烟!犯人们说,你也太小气了,每次请客都是一包烟,还是最便宜的。不行不行,就往外推他。宋源忙回头说,王八蛋!我再加一只酱猪蹄,行了吧?犯人们欢呼起来。宋源赶忙制止,说,别吵!都记住了,别他娘的说出是我给的,犯监规呢!

一次,雷书记让宋源汇报工作。汇报完了,雷书记突然问起千张子一案,这么多年过去了,找到证据没有?

宋源摇摇头,这个已成死案,永远找不到证据了。

雷书记说,就这么悬着?

宋源说,还能咋办?

雷书记说,既然找不到证据,就把案子销了吧。

宋源说,无所谓。

雷书记说,宋院长也就是咱们的老书记,问起过这个案子,他也建议说,如果没有证据,就不要老挂在那里了。

宋源说,为啥?

雷书记摇摇头说,这事有点深奥,我也说不好。

宋源说,这个案子可以销。但销了案子,还会在我心里挂着。

雷书记说,你还在恨他。

宋源说,每个人都必须为自己的行为负责。檀县长被日本人轮奸,被割肝割肺,被砍头,至今尸骨未全,我不能忘。永远都不能忘!千张子说,他受尽酷刑,疼疼疼疼!我也不能忘。所以,我在抓捕犯罪分子时,从来不用刑,不殴打,不辱骂,不恐吓,就是找证据。是他们让我变成了现在的宋源。

雷书记点点头说,你这么做,我真的很欣慰,你还是以前的宋源,又不是以前的宋源。哎,千张子他现在身体怎么样?听市院的同志说,他家里没人了,在天漏村是一个叫七女的女人在照料。

宋源说,我也听说了。

雷书记说,咋?听说?这么多年,你没去看看他?

宋源摇摇头说,那年在刑场上要枪毙他的时候,我和他告别过了,来世再见。

雷书记拍拍他的肩头,没再说什么。

宋源走出门外时,忽然停下脚步又转回来,说,雷书记,我还有一件事。

你说。

你还是批准我和武玉蝉离婚吧。

你们怎么……

我们一直分居,都这么多年了。她还年轻,久了会出事的。

雷书记吃一惊,你是说……

宋源赶忙摇头,雷书记你别多想,我是说老这么拖着,对她太残忍了。

其实,宋源在分居一年后,就听说武玉蝉有了相好的,而且不止一个,有剧团的,也有外面的。宋源第一次听说这件事的时候,非常愤怒。谁这么胆大包天,敢勾引我宋源的老婆!就想立即回家找武玉蝉问清楚。可他匆匆走到街上后,又慢慢转回局里。他在办公室一直呆呆地坐到四更多天,终于做了一件事,就是从身上取下枪,锁进抽屉里。而且从此以后,除了办案,他再不随身带枪。别人觉得奇怪,公安局局长怎么能不带枪呢?何况他和枪打了一辈子交道,那么爱枪。只有宋源自己知道,这个规矩,是他专为武玉蝉定的。他真怕自己哪一天不冷静时会杀了她,或者去杀了她相好的男人。

这些年,他经办的案件中,不少罪犯被判了死刑,其中就有多起是奸情杀人。但除了那次押送千张子上刑场,后来枪毙人,宋源一次都没去过。别人觉得奇怪,有人说,宋局长怎么像个菩萨?宋源笑笑,只说,我过去杀人太多,不想再看这种场面了。

对于武玉蝉找了不止一个相好,宋源渐渐弄清了,不是别人勾引武玉蝉,是她勾引人家。她不能和任何一个男人认真相处,更不能认真谈情说爱,因为她有丈夫。她只能游戏于男人之间,以满足精神和身体的一时空虚。

这些事,他当然不会告诉雷书记。既是出于男人的自尊,更是为了武玉蝉的名誉。不知为什么,尽管武玉蝉的行为让他很愤怒,可在心里还是迷恋她,爱惜她。但雷书记已能猜到一些什么。事实上,他也确实听到过一些风言风语,也一直担心他们会闹出什么大事来。

雷书记哑哑嘴说,是我害了你们。

第七章

宋源没想到,有一天,他会真的成了囚徒。

那一年冬天,奇寒。

他躺在两间小黑屋里,身上一阵阵发冷。外头正下着雪,雪粒打得窗户沙沙响。这间小屋原是公安局食堂的柴房,平日放些劈柴、刨花和煤炭,现在成了他的囚室。遍体的伤口不知是封冻了,还是结痂了,反正周身皮紧,像束了一身冰凉的铁衣,动弹不得。稍一动,就像几十处皮肤被撕开一样疼痛。

"文革"开始后,彭城很快分成两大派,居然是以宋源和千张子划分的,一部分人支持宋源,一部分人支持千张子。当然,雷书记也被揪了出来,他被定为宋源的黑后台,说宋源陷害千张子,都是他支持的。这一派的造反派头目就是当年市政府的高秘书。高秘书长期不受重用,干了十几年才干到市政府办公室一个科长,他一直都很生气,在大院里第一个站出来贴了雷书记大字报。另一派是保宋源的,说他抓千张子没错,千张子就是叛徒,连他自己都承认了。他们到省城法院请宋院长回来说明情况,宋院长跟他们刚回彭城,就被扣起来了,说当初没能枪毙千张子,都是他从中作梗,用资产阶级法律,为一个叛徒开脱,必须打倒。

在千张子一案上,潜伏了多年的矛盾,到"文革"又重新爆发了。

两派各说各的理,尖锐对立。由辩论、争吵到武斗,一步步升级。

其实,敢把宋源揪出来,还是和北京有关。"文革"开始不久,北京的那个大领导×××就被打倒了。他在宋源背后是个无形的存在。以前知道这个背景的人并不多,但高秘书知道。高秘书非常不喜欢宋源,不仅因为他曾经说自己比他还丑,曾经用枪指着他的头让他滚蛋,还因为宋源在彭城的强势存在。一个公安局局长,在彭城太显眼了,每破一个大案,每枪毙一个人,宋源都会成为舆论关注的焦点。更可气的是他还有北京那么大一个后台!

好了,"文革"如一场突如其来的风暴,一下把北京那棵大树刮倒了。高秘书欣喜若狂。这时,整个彭城已乱成一团,学校停课,工厂停工,机关停摆,连公检法的人也分成两派,斗得你死我活。高秘书从一开始就成了风云人物。当他揭出北京那个大人物是宋源的黑后台这个内幕时,几乎所有人都惊呆了,因为全彭城也没几个人知道他有这层关系。高秘书很快成了一派的总头目。

宋源被抓起来游街示众,罪名很多,比如:北京那个大人物的孝子贤孙、强奸犯、牛鬼蛇神的庇护伞、陷害抗日英雄的阴谋家等等,每一条罪状都能把宋源置于死地。

事实上,高秘书就是想把他弄死。因为他突然发现,过去环绕在宋源头上的所有光环,不仅在一夜之间消失了,而且都成了罪状。

现在的宋源,屁也不是。

每次游街,宋源都被五花大绑,头上戴着用铁皮制作的高帽子,足有三十多斤,衣衫褴褛,满脸是血,被人走一路打一路。

宋源始终一言不发,打倒了再爬起来,继续走,一根绳子牵着,面无表情。

宋源每一次游街,武玉蝉都会跟着跑。她哭喊着多次冲上去,想保护宋源。十几年的怨气,在宋源遭难之后,仿佛一下子全消失了。她不管宋源被安上什么罪名,她只知道这个男人是她丈夫。也许她终会和他离婚,但现在必须和他站在一起。武玉蝉的侠女气质让她不顾一切危险。一次,宋源在街上被人踢倒在地,武玉蝉疯了一样扑上去护住他。一片吵闹喊打声中,宋源趁乱附在她耳朵上说,带着提溜离开彭城!快走!!宋源已感到这是要弄死他的架势,他怕武玉蝉和儿子被株连。

那天,街上发生了大规模武斗,支持宋源的一派要抢走宋源,双方打成一团,结果十几个人被打死,几百人受伤。

这一次,双方的仇结大了。

高秘书从此不敢再让宋源游街,只押着宋源东躲西藏,唯恐被抢了去。最后决定把宋源藏在公安局高墙内两间黑屋里。这是个最易想到,又最不易想到的地方。

公安局大院已被这一派占领,昼夜都有人值班看守。

高秘书几乎天天带人批斗宋源,地点放在公安局大会议室。

高秘书说,宋源你是隐藏在公安战线上的一头狼,长期专无产阶级的政。

宋源一指隔壁监狱,你敢把大门打开,把犯人全放出来?去呀!你不说我关的是无产阶级吗?

高秘书上去就是一个耳光,宋源一口血水吐他脸上,立刻招来一顿拳打脚踢。

然后又有很多人发言,有社会上的,也有公安局的。有人说,宋源你整天和犯人混在一起,敌我不分,还偷偷给犯人带烟带烧鸡,太过分了!

宋源说,公安局局长不和犯人混在一起,那是失职。至于烧鸡,牢里伙食不好,他们馋了,我偶尔带一次怎么了?香烟也是,有些人烟瘾很大,憋得烦躁不安,也不利改造呀,是不是?

有人说,你包庇坏人!

宋源说,我包庇谁啦?哪位该判刑的没有判刑?哪个该枪毙的没有枪毙？

又有人说，枪毙犯人你从来不去刑场，什么道理？

宋源说，不就一声枪响吗？我听的枪声，比你放的炮仗都多。

有人说，你是北京那个×××的孝子贤孙。

宋源说，我为他当了两年警卫，他是我尊敬的老首长！

高秘书说，就凭你这句话就能枪毙你！

宋源说，别拿这个吓唬我，你会用枪吗？你知道扳机在哪吗？

高秘书说，你不要狂妄，会有人枪毙你的！在枪毙你之前，你还要好好交代问题，交代好了，会让你死得体面一点。

宋源哈哈大笑，说，高秘书，你把体面不体面看得太重了，这么多年，你总觉得自己活得不体面，可你现在就体面了吗？大伙叫你一声司令，你就肩膀抖抖的，狗屁司令！你打过日本人？你打过国民党反动派？当年，老子打了那么多年仗，才混个游击队长，你也配！害臊不害臊？

下面有人偷笑，高秘书却脸涨得像红公鸡。他不得不承认，这家伙在任何时候都有强大的气场。他不说话的时候，铁面冷霜；他说话的时候，刀刀见骨。必须打掉他的嚣张气焰。现在，高秘书要拿出他的杀手锏了。心想你不是一身正气吗？你不是以过往的历史为荣吗？好，咱们就揭揭你的老底，那是一桩悬案，也是所有人都感兴趣的话题，揭出来你就颜面扫地了。

高秘书清清嗓子说，宋源你别老做英雄状，怎么不说说你干过的那些龌龊事？说出来你就是个流氓！

宋源一歪头，两只小黑豆眼转了一下，说，没有啊，我怎么流氓啦？

高秘书笑了，说吧！你隐瞒了几十年的一桩罪恶，该说出来了。以前，你以北京那个大人物×××做庇护伞，一直不肯交代，现在没人护着你了，还想再瞒下去吗？

在场一百多人都愣住了,他们不知道宋源历史上干过什么龌龊事,所有人都伸长脖子,等待下文。

高秘书得意地转向会场,说,同志们,这个披着英雄外衣的家伙,其实是个大流氓。抗战期间,正是他护送北京那个×××,从山东军区去延安,一天夜晚住宿在陕北山区一户人家,强奸了一个寡妇。这件事不久就传遍了延安,传到山东军区,又传到九龙山游击队。可是宋源装作什么也没发生,三年后回来,从没向组织交代过。解放初,因为千张子一案,我曾带调查组奉命调查这件事,他仍然不说,几十年就这么隐瞒下来了。咱们让他说说怎么耍流氓的好不好?

会场上一片响应:宋源彻底交代!宋源是个大流氓!

宋源转头看着会场,迟疑了一下说,本来呢,这是存在我心里一段不能忘的记忆,美着呢,只属于我,别人无权分享。当时延安好多人知道,也是我美过头了,一次酒后向一个朋友炫耀了一下,谁知那家伙传了出去。尽管这样,那位老首长都没问过我,因为人家懂得尊重人的隐私。你们看来连这点都不懂。特别是这个高秘书,自从五十年代听说后,大概十几年来都在惦记这件事,弄得抓耳挠腮,心里头痒痒的,用你们识字分子的话说,他一直在偷窥,可是又窥不到,就着急。高秘书,是这样吧?

高秘书有点尴尬,大声呵斥说,废话少说,赶紧交代!

宋源说,你们看,高秘书真急了。好吧,看来今天不说是不行了。我也正好重温一下那一次的经历,享受享受。首先坦白告诉大家,我喜欢女人。我这辈子除了喜欢枪炮,就是喜欢女人。不然后头的事不会发生。

台下哄地笑起来。有几个女同志害羞地低下了头。

高秘书说,你们听到了吧,他已经承认了自己喜欢女人,一副流氓嘴脸!

宋源转向高秘书,诧异道,你不喜欢女人?

台下又笑起来。

高秘书说,我……当然……不喜欢女人!

宋源一指他:有病!你不是心理有病,就是身体有病,或者就是虚伪。一个正常的男人怎么会不喜欢女人呢?我建议你还是去医院看一看,究竟属于啥病。

台下哄地笑起来。他们忽然发现,这个平日刻板阴沉的家伙,不仅说话刻毒,而且不缺少幽默。此时许多人在心里承认,自己也是喜欢女人的,但平日谁也不敢承认。其实在场的许多女同志也在心里说,男人喜欢女人,女人还喜欢男人呢,只是没谁会挂在嘴上。这个宋源还真是实诚。

高秘书说,宋源你怎么那么多废话,你赶紧交代强奸寡妇的事。

宋源一本正经说,是详细交代,把过程都仔细说了,还是简单说一下?

高秘书说,当然要把过程都说清楚了,大家说对不对?

会场上一片响应声:要说清楚了!仔细交代!

宋源挠挠头皮,往会场上看了一圈,说,在场有不少女同志,我建议你们回避一下,说出来有点那个,是不是?

一些女同志红着脸,开始往外走。

高秘书也冲她们挥挥手,让她们赶快离开。他有些迫不及待了。

宋源看女同志一瞬间全走光了,突然变脸,那块黑痣抖了一下,转身一脚把高秘书踹下台去,怒斥道,你就是个人渣!老子会听你摆布?

接下来的事可想而知,宋源遭到一群人痛打,疼痛的部位告诉他,起码断了三根肋骨。

这是他预料到的,也正是他想要的。

先前他把会场上女人赶走,是不想让她们看到自己挨打的样子。在街上没办法,让武玉蝉看到自己一次次狼狈挨打,让他比挨打本身更痛。

他当然不会说出当年自己和小寡妇的一夜情,他不担心成为罪状,但他不能让这件事成为笑料,这对自己特别对小寡妇都是一种侮辱,一种背叛。

几个月来,他已被殴打了无数次,遍体鳞伤。开始,他极度愤怒。但忽然有一天,他觉得这对自己是一个难得的机会,就是亲身体验一下自己对疼痛的承受力。千张子因为疼痛而叛变,疼痛究竟能疼到什么程度而不能忍受?以前,他曾多次想象过自己受刑的场景,但那到底是空想。而自己又无法对自己施刑,如何验证?现在不正是个机遇吗?

谁也不知道宋源为何一直这么强硬。没人会想到宋源在做一个关于疼痛的测试。他不断刺激、激怒高秘书和他的同伙,他不怕挨打。可是几个月打来打去,无非拳打脚踢棍棒耳刮子,虽然也流了不少血,留下一身伤疤,但他感觉还是太轻了,这种疼痛不足以让任何人叛变。

宋源在公安局会议室被重新架起来时,几根折断的肋骨似乎在戳他的肺,一阵阵钻心。他想这有点意思了。但还是远远不够。于是他对高秘书说,你们这么打,我是不会再说任何事情的,你得换个法子,也许我会说点啥。

造反派都觉得新奇,他居然在帮着出主意。

高秘书说,什么法子?

宋源说,监狱里有个展室,里头有全套旧监狱使用过的刑具,剁手刀、竹签、老虎凳、烙铁、油锅、皮鞭、骨头压碎机,好多。当初日本人、国民党弄这些刑具的时候很用心,质量不错,我去看过几次,都还能用。你们不妨拿来,在我身上试试,说不定我就开口了,不仅会说出我的流氓行为,还能提供一些×××的事情,你们会更感兴趣,这些材料可有价值了。

高秘书还捂着胸口,宋源那一脚太重了。他怒目对宋源说,你以为我们不敢对你动刑吗?

宋源说,不是不敢,是你们不会用。这些刑具从解放后就没用过,我一直放在那里教育犯人也教育警察的,用法失传了。你们得研究研究,再培训一下,有些刑具还是有技术含量的。比如那个皮鞭,看起来简单,往身上抽就是了,其实有讲究。解放初一些老囚犯说过,皮鞭要蘸水,水又分清水、油水、辣椒水、硫酸水、毒药水,很多种类。抽前要剥光衣服,大十字绑在一根柱子上,抽时不要整条鞭子打下去,看起来吓人,其实不会太疼。要用鞭梢点抽,一点一个血洞,辣椒水、硫酸水、毒药水就渗进血洞里,那个疼啊。技术好的甩过去一鞭子,能把一颗眼珠子带出来。所以啊,高秘书,你得和手下人下点工夫,不是谁都能当行刑人员的,得好好练练。

宋源像一个刑具工程师,耐心向他们介绍讲解。

大家居然都听得很认真,一个个骇然的样子。

宋源扫视了一眼会场,说,我看今天有些公安局的同志也在这里,你们参加我的批斗会还行,我一直脾气不好,又没文化,动不动训斥你们,有怨气,今天喊喊口号,动动手,打我一顿还行。但我知道你们都不会使用刑具。这么多年,我教过你们很多东西,怎么潜伏,怎么侦察,怎么破案,怎么擒拿,就是没教过你们怎么用刑,对不住了啊。不过,我看你们也是些笨蛋,教也没用,学不会的。学不会就不要学,耽误事。你们看高秘书,虽然人长得和我差不多,可一看就是个聪明人,啥东西一看就懂,一摆弄就会。还有他手下十几个弟兄,全是王八蛋级别的,下得了手……

高秘书怒极说,宋源你别怪我们对你动刑,这可是你要求的,也是你教的!

宋源说，当然，我希望你把所有的刑具都用上！

高秘书说，放心，我会让你尝个遍！转脸向会场说，请大家报名，谁愿干这件事？对宋源这种死硬分子，决不能心慈手软！大家立功的时候到了！

会场上稍静了一下，立刻有十几个人举手：

我愿意！

我报名！

我参加！

弄死他！……

举手的差不多都是平日跟着高秘书前呼后拥的一伙人。这也太爽了！以革命的名义，给一个公安局局长上刑，而且还能立功，为什么不干呢？这都是些平日怨气憋成屁的人，生活得极为压抑。现在北京的那个×××被打倒了，宋源已经没有任何后台，尽可以在他身上出一口恶气了。人心里憋气，总得找个宣泄口不是？宋源和他们并无个人恩怨，宋源只是个倒霉蛋、发泄品。

这一派的公安人员没人报名参加。他们听懂了宋源的话，就是让他们不要参与这件事。一旦动用酷刑，再加上高秘书的凶狠，弄不好他命都没了。这事将来是要追究的。他们到底是公安人员，比社会上的人更懂得这件事的轻重。宋源这是在保护他们。这些参与批斗的公安人员的确对宋源有意见，无非提拔、晋级、工作方法简单粗暴、动不动训人骂人之类，但没人想整死他。即便当年有强奸妇女这件事，又事过多年，也不至死罪。何况听起来还有些蹊跷。宋源在这种时候，还想着保护他们，让这些公安人员心里惭愧了。

当晚就有几个公安人员开始串联，说得赶快想办法阻止这件事，不然宋局长会遭大罪，弄不好真的把命丢了。

他们最不能理解的是，宋源为什么要求对他动刑？而且还急不可待。散会时，高秘书说，宋源你等着吧，三天后对你动刑！宋源居然还讨价还价,两天!高秘书说,好,依你!

只有两天时间了。

宋源命悬一线!

此外,高秘书还派人去把武玉蝉母子抓来。他准备在给宋源动刑时,让他们母子亲眼观看,必定会让宋源崩溃。可是,这一计划落空。派去的人回来说,武玉蝉母子不见了。

但就在当天夜间,宋源却被一伙来路不明的黑衣人抢走了。大门明明锁着的,几十个人却悄无声息进来了,然后突然出手,打倒十几个看守人员,把宋源蒙头抬走。接着三辆大卡车嘎嘎飞驰在空旷的大街上,穿城而出,不知去向。

高秘书天不亮得到消息,慌忙率手下十几个人赶来,小黑屋没留下任何痕迹。他先是怀疑出了内奸,是本派公安人员抢走了宋源。白天的批斗会上,他已注意到这些公安人员不是那么踊跃,当时还以为他们仍忌惮宋源的余威。当即派人去查,发现本派公安人员都在家中,都还没有起床。接着就断定是对方一派抢走宋源保护起来了。当即通知本派人马,早饭后集合去对方总部要人。

高秘书带几千人赶到时,口号震天,要对方交出宋源。保宋源的一派莫名其妙,紧急通知本派人马赶来增援。两派上万人对峙,互喊了一阵口号,决定谈判。高秘书说,只要你们交出宋源,万事大吉,否则烧了你们总部,还要追究幕后策划。保宋源的一派非常激动,说,你们肯定把宋源弄死了,现在倒打一耙,转移目标,嫁祸于人,你们必须交出凶手!

谈判很快破裂。

接着又是一场惨烈的武斗,数万人打成一片。

这一次,谁也不知道双方共有多少伤亡。

事后双方都派出专门人马搜寻宋源。一派搜寻活人,另一派搜寻尸体。

早在运动开展几个月时,分别被双方关押的省高院宋院长和雷书记,在同一天夜间,都被一个连全副武装的野战军士兵强行带走了。两派都曾试图阻拦,可是带队的军官说,他们是奉命执行任务,必须带走。两派头目不知道他们接到什么人的命令,但看他们凶巴巴的不容商量,只好放手。造反派虽然厉害,但没人敢惹野战军。

千张子一直生活在天漏村。高秘书的对立派也曾派出二百多人的队伍赶到天漏村,试图把这个叛徒揪回彭城批斗,却被天漏村两千多人团团包围,然后一个个抓起来,送到九龙山下的一条小路上才放开。天漏村的百姓没有打他们,但村长很和蔼地告诉他们说,不要再来了,天漏村埋了几十个日本鬼子,怪吓人的。

宋源和千张子都是天漏村当代历史的重要部分。

祢五常当然不会放弃追寻他们的人生轨迹。

有一次,他问早已卸任的老村长,后来千张子到底怎么了?因为祢五常曾问过很多村民,他们几乎都笑着摇头说,俺没啥好说的。平日,他们的确没有说起过他。

老村长已经耳聋、眼花,看到祢五常大声打招呼,你又来啦?还是那个事?

祢五常也大声说,老村长,又打搅你了!

老村长长长叹一口气说,祢先生你也真是!好吧,我知道你一直都在打听千张子后来怎么啦,其实后来真的没啥好说的。他回天漏村又活了差不多二十年,全靠七女伺候得仔细。千张子一直都在等宋源把他带走,等待对他的审判。可到死都没等来。他是死在七女怀里的,当时就我一个人在场。千张子死前对我说,村长,你把我埋到哪个山旮旯里吧,别留坟,谁也别告诉,谁也找不到。

祢五常有些诧异,就这?

老村长说,就这。

祢五常有点失望,确实太平淡了。祢五常曾多次去天漏村周围的坟地,都有个木牌,让人知道死者是谁。甚至当年那些侵犯了天漏村被打死的日本兵也都有坟墓,却唯独找不到千张子的坟地。

祢五常还不死心,说,老村长,你能带我……偷偷去看看吗?我不会告诉人的。

老村长笑着摆摆手,我答应过千张子的,不能带你去。再说,这么多年,尸首都化成泥土了,找到也就是一把土,没啥意思。

祢五常知道只能这样了。

关于宋源后来的下落,祢五常带着柁嘉、乔惠几个学生,在彭城走访了一百多人,终于大体有了答案。

但也只是大体。

那天夜间,宋源被一伙黑衣人劫持后,一直没有下落,两派人马找了一年多,活不见人,死不见尸。宋源就这么突然消失了。

直到多年后,才由一个老人说出真相,这人外号六指。他说,他就是当年劫持宋源的黑衣人之一,并且是组织者。六指说,那夜劫持宋源的不是别人,全是从监狱刑满释放的狱友。当初,他们几乎全是被宋源亲自抓捕、判刑后关进去的,有偷牛贼、纵火犯、强奸犯、抢劫犯、盗窃犯、小偷小摸等等。各人犯罪不同,刑期不同,陆续释放后,大伙联系也不多,偶尔碰上打个招呼,至多一起吃个饭,就赶紧散了。毕竟不是什么光彩的经历。"文革"乱起来后,大伙相继听到宋局长挨打的事,有点坐不住了。虽说大伙都栽在他手上,可大伙服他。他们聚在一起议论这事,都有点着急,可又不知道咋办。如果去大街上公开出头保护宋局长,反会给他添乱。毕竟这些人属于牛鬼蛇神。六指说,突然有一天傍晚,公安局一个姓王的科长急匆匆找到他说,六指,宋局长要上酷刑,说不定命都没了!你有什么办法?还能翻墙开锁不?这个王科长就是解放初宋源的司机,六指从牢里出来后还帮他介绍过工作,只是六指没干,在街上摆个摊,当了一个配锁匠。当晚,六指一听宋局长有生命危险,一下就急了,问清情况后说,公安局大院我翻进去没问题,打开锁也没问题,可我一个人不行,他们有十几个人看守呢!

王科长说,我和你一起去!再邀几个公安局的老同志。

六指摇摇头,想了想,突然一拍大腿说,有了!这事你告诉我,已经功德无量,剩下的事交给我,你们就别掺和了,我能找到人。

王科长说,你有什么打算?

六指说,你就别问了,知道多了对你不好。我保证,今天夜里就把宋局长救走!

王科长有点担心,有把握吗?

六指拍胸脯保证,王科长你放心,我这帮弟兄对付那些造反派,小菜一碟,我有百分之百把握!救不了宋局长,我一头撞死!

其实,王科长已经猜到他会去找什么人帮忙了。但六指不让问,是好心,只能心照不宣。于是嘱咐说,救宋局长时,遇到那些看守,下手注意分寸,别弄出人命来。六指点点头说,王科长,你心细呢,我有数。

王科长突然含着泪,一把抱住六指,说,兄弟,宋局长的命交给你了!

后来六指说,他当夜紧急联系了六十多个狱友,那真叫一呼百应,人人摩拳擦掌,说这一票必须干!有人开来三辆卡车,悄悄停在距公安局大院外不远处的路边。六指首先翻墙入院,顺利拔下门闩,打开大铁锁,又往门轴上抹了一点油,大门就悄无声息拉开了。六十几人一拥而入,等看守发现,他们已经扑到小黑屋前。一阵搏斗,干净利索将十几个看守全都放倒,冲进黑屋子,把一个黑头套往宋源头上一罩,架起就走。他们所以要为宋源套上头套,是怕宋源认出他们会生气,乱喊乱叫。当夜,三辆卡车冲出彭城,开出一百多里,来到九里山一个只有三户人家的小山村"三棵树"。这里是六指的一个舅舅家,是个猎户,人很忠厚。突如其来的这件事,没让他惊慌,当即答应让宋局长在这里隐藏起来。

宋源一路没有挣扎。开始时,他以为是高秘书不等动刑,要连夜处死他。挣扎也是徒劳。车子拉着他出城,一路急奔,久久没有停下,他又觉得不对。就在黑暗中厉声问,你们是谁?可是没有人回答,却听到有人偷笑。直到来到三棵树,被人扶进屋,为他拿下头套,一群人哈哈大笑,宋源才辨认出是六指他们。

六指得意道,宋局长你没想到是俺们吧?

不料宋源勃然大怒,说,王八蛋,是你们啊!谁让你们干的?

六指说,俺们自发干的,没人指使。

宋源气得一屁股跌坐地上,咬牙切齿道,你们这些狗娘养的,知不知道坏了我的大事?快送我回去!快送我回去!

六指上前一边扶起他,一边笑嘻嘻说,宋局长,什么坏了你的大事?给我通风报信的朋友说,他猜到了你的心思,你主动要求上刑,就是还想着千张子叛变的事,是想让自己测试一下,各种酷刑到底有多疼,你傻呀?都过去多少年了,拿自己身体做实验,天底下有这样的公安局局长吗?你就是个傻蛋!

宋源吼道,我的事你们别管!

这时,一个曾是纵火犯的大汉走过来说,宋局长,你这话不对,咱们可是当过狱友的,睡过一个牢房,吃过你带的肘子、烧鸡,抽过你带的香烟,咋能不管你的事呢?我差点想一把火烧了他们!

屋里站满了人,都看着他,目光里都是关切、敬服。

宋源扫了一眼,摇摇头,喃喃道,你们不懂……你们不懂。

六指说,宋局长,啥也别说了,俺们别的不懂,只知道当初俺们这些人被抓后,犯啥罪的都有,你没给任何人动过刑,俺们就不能看着他们给你动刑!人心都是肉长的,就这么简单!

宋源仰天长叹,天意啊!

屋里屋外几十个人,也都学着宋源的样子仰天长叹,天——意——啊!

接着一阵大笑,哈哈哈哈哈哈……

六指的舅舅因为是个猎户,平日跌打损伤是免不了的,家中有现成的药草。猎户为宋源检查了一下,全是硬伤,除断了三根肋骨,胳膊小腿还有骨裂,皮外伤更是遍布全身,再加上过去全身的老伤疤,一道道一块块的,触目惊心。猎户惊叹,宋局长你这是铁人啊!

很多年后,六指向祢五常回忆说,宋源在三棵树养伤将近一年,才算渐渐痊愈。他们这些狱友怕走漏消息,都一齐咬指发了血誓,同时排班轮番守护,以防不测。整个彭城为宋源的事闹翻了天,他们担心再出意外。

六指说,有一天晚上,王科长忽然偷偷带武玉蝉找到我,要我带他们去看望宋源。我知道武玉蝉是宋局长老婆,就弄了一辆卡车,连夜就带他们去了三棵树。武玉蝉抱住宋源号啕大哭,说,宋源,我已经把儿子转移到一个安全地方了。那地方很远很远,老百姓都很厚道。我带你去,咱们去和儿子会合。你轰轰烈烈一辈子,该吃的苦都吃了,该做的事也都做了,最后没想到是六指这帮兄弟救了你,你应当知足了。咱把彭城一切都舍弃了,去过老百姓的日子。你现在虽说治好了伤,可你身体真不行了。新伤不说,光说老伤,你低头看看,当年从胸腔到肚子,全是重新缝起来的,就像个破草屋,到处漏风,不能再干了。过去十几年,咱俩一直闹别扭,你有错,我也有错,以后不闹了,再也不闹了,我伺候你,一块看着儿子长大,行不?

对宋源来说,这是一个艰难的抉择。

就像一匹任性奔驰的烈马,让它突然停下来,会是一件多么难以做到、多么痛苦的事。

　　一连三天,宋源很少说话。武玉蝉陪着他,我和王科长在后头跟着,在山上转来转去。他有时站在高处,向远方眺望,久久不动。这一带仍属九龙山,在山的那一头深处,就是天漏村。那些天,不知他是不是想起过天漏村,想起过在七女那里苦度残生的千张子。

　　武玉蝉也不催他,她用足够的耐心和温柔等着他。如果宋源决定不去那个遥远的地方,她也会坦然接受,留在彭城陪着他。经历过十几年的风风雨雨,她的心静了。这个男人曾让她心碎和失望,但她终于发现他是个有担当有包容的男人。自己再不能三心二意,不然连儿子也对不起。事实上,她和那些男人短暂的欢愉,从没有给她带来过真正的快乐。宋源在外头每天都有生命危险,自己却在和别的男人约会,一想起来就有深深的负罪感。这么多年,他不可能不听到一点风声,可他从来没有责问过她,还多年如一日把工资送到家里,摸摸儿子的头,转身离开。有很多次,她想喊住他,却始终张不开嘴。自己也是太斗气了。现在他如此落魄,无论如何不能再离开他了。

　　出乎预料,第四天一大早,宋源对武玉蝉说,走,咱们去看儿子!

　　武玉蝉几乎不敢相信自己的耳朵,直直地看着宋源,泪水夺眶而出。

　　六指说,临走那天,我二舅为他们准备了几大包腌制好的野味,煮好了,让他们路上吃,武玉蝉千恩万谢。宋源紧紧抓住我二舅的手说,老哥,你救了我一命,可惜不能报答你了。我和王科长用卡车拉着他们夫妻俩,离开九龙山,连夜送到一个偏僻的小火车站。

　　临上车时,王科长掏出二百元钱交给武玉蝉,哭了。宋源把他搂在怀里,拍拍他的肩,一句话也没说出来。王科长又掏出一把枪给他。宋源接过,抚摸了一阵,重又还给他,叹口气说,今生和枪无缘了。说着又看了一眼那把枪。

六指说，我站在一旁，也哭了。宋局长走过来，紧紧抱住我的肩，说，六指兄弟，告诉那帮王八蛋，都好好的。我谢谢你们！

祢五常听得热血沸腾，当即脱口而出，你们称得上义士！

六指也不谦虚，说，那是！我们这帮兄弟每次聚会喝酒，都会回想过去的日子，说到劫持宋局长那一段，都骄傲呢！说是这辈子干过的最漂亮的一件事！

祢五常说，人这一辈子，总得做一件让自己特别满意的事，对不？这么多年，他就再无消息了吗？

六指说，据说，"文革"结束后，上级曾派专人找过宋局长，找双方造反派了解情况，就是没有找过俺们弟兄，因为没人想到会是俺们干的。别看俺们这帮牛鬼蛇神，都是经宋局长训导过的，仁义呢！全都守口如瓶，所以至今还是彭城的一个谜。哈哈哈哈！后来，寻找宋局长的事没了声息。只是那个高秘书被判了死刑，缓期执行，后来不知什么原因又不断减刑，在牢里待了十七年，出来时疯了，逢人就说，我没杀宋源，那天夜里很黑……

六指说，其实，我知道一点宋源后来的落脚地。

祢五常忙问，他在哪里？我能找到他吗？我想和他聊聊。

六指摇摇头说，你找不到的。十年前，彭城有位周师傅，开大货车专跑长途。一次去云南临沧山区运货，在路边店刚吃完饭，出门见一辆四十吨的大货车刚刚停下。驾座上跳下一个中年汉子，紫红脸膛，戴一顶牛仔帽，一脸风霜，一看就知道是长年在外跑的人。接着从副驾排椅上扶下来一对老夫妻。他们先是站着说了一阵话，一边活动腰身。周师傅听到他们说话口音和自己差不多，就有些留意。他们叫那汉子提溜，又说起青海格尔木什么的。周师傅还在想，这辆货车要去格尔木？可是够远的。但就在这时，周师傅忽然注意到老头右脸一大块黑痣，人显得很衰老，走路也不稳，老太太时不时扶他一把。那老太太虽然也老了，却仍然很有风韵，身子也很挺拔，看得出年轻时一定是个大美人,再联想到他们刚才说话的口音,心里猛然一惊,这不是宋源一家人吗!可他又不敢确定。这时,三个人相跟着去了一趟厕所,不大会出来往大货车走。周师傅心里嘣嘣跳,宋源一家失踪的事,彭城尽人皆知,他们怎么会在这里?而且儿子搞货运,老夫妻跟着押车,这和他们原来的身份差别太大了。周师傅是个稳重的人,正犹豫着要不要上前探问一下时,三人已经上车。周师傅急了,忙跑过去拍打车窗,大声喊,宋局长!你是彭城的宋源局长吗?车子已经发动起步了,老头听到喊声,好像愣了一瞬,慢慢摇下车窗,痴呆呆看了周师傅一会,脸上那块黑痣跳了几下,终于缓缓摇上车窗。大货车转眼开走了。

老祢说,周师傅不会认错人吧?

六指说,不会。周师傅还听到提溜这个名字,提溜正是他们的儿子。提溜跑长途,带上父母到处看看。是这一家人,错不了!

祢五常感慨万端,却呃呃嘴一句话也说不出,也是痴呆呆坐了很久,才和六指告别。

那天,祢五常带着学生们刚回到天漏村,村长老车就来了,说,你们这些天不在,那个搞气象的裴专家又来了,还是坚持说要给市政府再打一份报告,强烈要求天漏村搬迁,说无论如何,这地方不能再住人了。

老祢说,你同意啦?

老车说,我生气了。

乔惠笑起来,说,村长你也会生气啊,你怎么生气的?吓人吗?

老车摆摆手,有些不好意思,说,反正裴专家一看我的样子,赶紧带人走了。

祢五常说,也许,我们也该走了。

老车赶忙说,我可没有赶你们的意思,你们和他不一样!

老祢说,我是说,我们的工作该告一段落了。

老车嘿嘿一笑,说,祢先生,五六年了,我一直不好问,也不懂,你们到底要研究个啥?搞清楚啦?

老祢说,咱们天漏村,就像那一洞乍册,其实很浅,其实很深。

老车不明白,到底是浅还是深?

老祢哈哈大笑,浅即是深,深即是浅。

老车扬扬手说,我脑壳疼。转身走了。

柁嘉说,老祢你有意思吗?跟人家村长玩禅?欺负人是不是?还是故作高深?

老祢说,这不是玩禅,也不是故作高深,是一言难尽啊!

柁嘉说,你什么意思?

祢五常看一屋子二十多个纸箱,说,这些是咱们五六年来搜集的材料,有社会调查、田野调查,也有从乍册上摘抄的资料,很丰富。我想,咱们可以动手写个东西了。

乔惠平日最怕写东西,这时为难道,怎么写?写什么呀?这么大一篇研究论文,足以写成一本厚厚的书!总得讨论一下吧。

祢五常说,不用讨论。

柁嘉说,你已经想好了怎么写?你亲自主笔?

祢五常说,不不,大家各人写各人的,独立完成。

学生们都惊叫起来,啊!怎么这样?

祢五常说,咱们合作写一个东西没意思,很难形成一个统一的观点,你们看像柁嘉这样的,你们能和他合作吗?即使勉强捏合一起,也是一锅夹生饭,而且算谁的?我一生从不和人合作写东西,你们是知道的。这种研究论文,必须各人写各人的。面对同一件事物,各人有不同的视角、不同的观点、不同的结论。这就精彩了。

柁嘉说,老祢,你这主意好,随心所欲!

祢五常笑道,你终于不和我捣乱了。

柁嘉说,能不写吗?

大家一愣,乔惠说,你干什么?刚说你不捣乱了。

不料,老祢稍愣了一下,突然一拍桌子说,随便!起身出门去了。

大家都呆住了。看着柁嘉。

柁嘉却一脸不在乎,吹着口哨也走了。

第二天,老祢就像什么事也没发生,招呼他的学生们说,今天,我带大家去山里看一个人。

大家好奇说,看一个什么人?

柁嘉诡异一笑说,我猜到了。走吧。

乔惠靠上来,拉他到一旁问,看谁呀?

柁嘉小声说,看柳先生。我也早想见见这个人,搞得那么神秘。

乔惠想了想,你是说当年国民政府的那个专家?

柁嘉点点头说,我只见过他一个背影,还是两年前,一身黑衣,瘦得像纸片,肩上挑一个很细的竹杖,挑的东西不过四五斤重,一颤一颤上山去了。

乔惠说,怪吓人的,怎么像鬼魅一样出没。

老祢一行人刚要上山,村长老车来了,说,祢先生,我陪你们去吧?显然,他知道这次行动。

老祢说,不用,我们就当一次秋游。忙了几年,也叫大家放松一下。

祢五常带着七八个学生,浩浩荡荡往山上爬。老祢去过一次,还记得路,只是山深林密,格外吃力。老祢走在前头,手拄一根棍子,不时拨打前头的草丛,他怕有蛇。

柁嘉赶上来说,老祢,我在前头吧。

老祢说,不用。头也没扭。

柁嘉说,你以前不是说过,柳先生不愿见任何人吗?这次去这么多人,他肯见吗?

老祢说,到地方你就知道了。

柁嘉看他冷淡,笑道,你还在生我气呀?

老祢说,我生你气了吗?

柁嘉说,那我就真的不写论文了。

祢五常说,能说说理由吗?

柁嘉说,没劲。

祢五常说,什么叫没劲?

柁嘉说,无语。

祢五常说,什么叫无语?

柁嘉说,你考我?

祢五常说,算是吧,你也可以不回答。

柁嘉说,我还是说吧。我这些年,其实看了不少书,对照天漏村,也没少动脑,想来想去,就是觉得没劲。关于兴亡,关于社会人生,关于种种,忽然觉得差不多都让古人说完了,我们能懂得就不错了。我无法说出新东西,至多炒炒剩饭,就像前人说李白伟大,我们说真他妈的伟大。学界多少人都在干这种事,这论文还有必要写吗?

祢五常说,是啊,历来亡国之君,其实不是不懂兴亡之道,只是因为种种原因,他做不到,只好眼睁睁看着大厦倾覆,这叫什么?

柁嘉说,无奈。

祢五常说,人世间有太多的无奈,你知道世上最大的无奈是什么?

柁嘉说,还是无奈。

祢五常说,你的论文可以不写了。

柁嘉就有点小得意,说,老祢,你是不是觉得我们白干了几年?还一死一失踪,你也差点丢了命。

老祢说,我没觉得白干。我对历史、社会、人生、生死、生命、自然,有了很多新的感悟。我说过,我是个想做点事的人,不想一切归于虚无而无所作为。无奈不应是终结。因此,我还是会把它写出来。

柁嘉像被打了一闷棍,沉默一阵子,说,老祢,你觉得你是高人吗?

祢五常哈哈大笑,说,其实做高人很容易,像你现在的见识,足可坐以论道,往山洞里一住,就是高人了。自古常把隐士称为世外高人,其实大谬。在我看来,真正的高人还是在世上,因为他不逃避,直面社会,直面人间,不屈不挠,哪怕碰得头破血流,这才是真正值得尊敬的高人。所以,我宁愿效仿世上捡垃圾的老太,也不会去做山中隐士。

柁嘉看着祢五常拄杖前行的背影,忽然心生惭愧。五六年时光过去,经历那么多事,老师有点老了,腰有点佝偻,爬山也有点气喘。虽然他也曾彷徨,也曾痛苦,可他依然奋不顾身,依然走在学生前头。相比之下,自己还是浅薄了。

乔惠几个学生被远远落在后头。祢五常站住了回头望望,擦一把额上的汗,说,等等他们吧。

一阵山风吹过,祢五常弯腰咳嗽起来。柁嘉忙上前扶住,祢五常摆摆手说,没事……没事,你应当去照顾一下乔惠。

乔惠怀孕了,已有五个月身孕。他们还没有领证。祢五常没有责备他们。

柁嘉说,没事。我已让几个女生照顾她。乔惠让我照顾你的。

祢五常笑笑,说,你们要做父母了,不知准备好没有?

柁嘉摇摇头说,这完全是一个意外。

祢五常说,别这么想,所有的意外都不意外。

柁嘉又是一愣。

翻过几架山梁,终于到了。

学生们围在祢五常周围,站在一面山坡上往下看。前头不远处一片竹林,竹林旁三间茅庐,已经塌了一半。茅庐前一片空地,一张石桌,一方石凳,被荒草没了半截。几个学生就有了不祥的预感。

突然一个女生惊叫一声,有狼!

大家同时都看到了,在石桌旁的草丛间,卧着一群狼,有七八头之多。听到动静,一下都站了起来,警惕地往他们看。一只健壮的头狼往这边走了几步,又站住了,两耳尖尖耸起,全身绷着,似乎随时准备发起攻击。

显然,这里已是他们的领地。

几个女生都吓坏了,纷纷往老祢身后躲。

柁嘉赶紧站到老祢前头,伸手从他手里抓过棍子。

老祢低声说,都别动,就看着它们。

双方在对峙。

气氛十分紧张。如果这群狼扑过来,他们根本不是对手。

如此过了大约三分钟,像是十分漫长的时间,那只头狼往后退了几步,转身和狼群离开石桌,缓缓走进附近竹林去了。

乔惠抹一把额上的汗,我的妈呀,吓死我了,这里怎么是个狼窝!

柁嘉疑惑地说,祢老师,这里好像没人住了,柳先生呢?

大家也都疑惑,说这不像有人住的样子。

祢五常说,柳先生已经去世了。

所有人都张大了嘴巴。

一个男生说,祢老师,怎么回事?你早就知道他去世了,还说带我们来见他?

祢五常说,我也是昨晚才听村长说的。昨晚,我去村长家,打听柳先生最近的情况。我想我们要结束了,还是想拜访一下,也算告别。不料村长说,柳先生三个月前就去世了。那一段时间,我们都还在彭城。村长说,那天夜间临睡前,他忽然有个感应,柳先生快不行了。他已经几个月没来天漏村了。这么多年,除非他来天漏村能见到他,平日不让任何人看望。村长说,他每隔一段时间,还是会去一趟,只是偷偷地不让他发觉,躲在远处看看他。那一夜,他没睡着,老人家一百多岁,该走了。天不亮他就上山,赶到这里时已近中午。门前没看到人。村长直奔草庐,果然看到柳先生穿一件打着补丁的黑色长袍,几缕白发梳得整整齐齐,干干净净地躺在一张竹床上,已经奄奄一息。村长一阵喊叫,又喂了几口水,柳先生终于悠悠醒来。看到村长,他没有任何激动,只是吃力地说了几句话,说不要告诉别人,不要收尸埋葬,也不要看着他咽气,让他快离开。村长敬重这个老人。他在天漏村山林里,独自生活了半个世纪。村长说,这么多年,他虽然不知道柳先生在想什么,关于人间世事,也没有留下一言一字,但他相信他一定在守着一个什么东西。他临终前的话是不能违背的,不然就是大不敬,说不定会在最后毁了他一生的信念。而且看样子,他并没有什么痛苦,只是气若游丝,安静地走向另一个世界。村长说,他噙着泪向柳先生鞠了三个躬,就退出茅庐,掩上门回来了。

柁嘉、乔惠几个学生全都眼圈红红的,说不出话来。

祢五常说,我现在可以断言了,柳先生当初来天漏村,和咱们今天研究的是同一个课题。是受国民政府委托来的。他一定有了结论,说不定曾向蒋介石当面汇报过,可是一切都晚了。差不多一座江山压在柳先生身上,他一定深深自责过,痛苦过,失落过。但也许终于解脱了。《论语》里说:"天何言哉?四时行焉,百物生焉,天何言哉?"柳先生活着时,不在这里见任何人,是不想再说任何话。只有他去世了,我才能带你们来。走吧,我们下去看看。

一行人很快走下山坡,来到那片空地的石桌旁,先在草丛里发现两根人的大腿骨,又在茅庐里的地面上发现几摊干涸的血迹、一个头骨,只是已不完整。另外,还有好多撕破的衣片,一些碎骨、毛发之类。

显然,这都是柳先生的残骸。从血迹判断,柳先生是在死后不久被狼吃掉的,甚至极有可能是在他还有气息时被狼群拖下来撕碎的。

乔惠和另两个女生都捂住嘴哭了。

祢五常已料到会是这样。柳先生活着时,肯定会想到自己死后会被狼、熊、豹之类吃掉。以身饲兽,这一定是他为自己安排的最终归宿。

一个男生小心问,祢老师,我们把柳先生的骨骸收起来,埋上吧?

祢五常摇摇头,不用。这是自然。就让它们保持原状,千万别碰。

就在这时,突然从屋外的山坡上传来一阵阵声嘶力竭的号啕和吼叫:啊啊啊啊啊啊啊啊啊啊……哇哇哇哇哇哇哇……

大家吃了一惊,忙出门看去,是柁嘉!谁也没发现,他何时又跑上去的,正在那里弓着腰痛哭吼叫。

祢五常说,要来雷暴雨了。

话音未落,猝然一串惊雷,地动山摇,所有人都被震倒地上。柳先生的半截茅庐轰然倒塌,紧接着暴雨伴着闪电、狂风,轰轰哗哗,从天而降。瞬间,天地间已是白茫茫一片,山坡上的柁嘉连个人影也看不见了。

几个学生惊悚万分,从泥水中爬起,紧紧抱成一团,一边四下大喊:"祢老师!祢老师!你在哪里?……"

祢五常扶着石桌踉跄起身,突然迎着雷暴雨和一串通天闪电,张开双臂,厉声高叫:"天——下——雷——行!物——与——无——妄!"*

似乎与他呼应,在杂乱的雷电暴雨声中,从附近的竹林里,隐隐

---

* 《易·无妄》象曰:"天下雷行,物与无妄。"孔颖达注疏:"今天下雷行,震动万物,物皆惊肃,无敢虚妄。"

传出几声凄厉的狼吟。

"呜——!"

"呜——!"

……

2016年6月9日16时46分初稿于紫金山下琴鹤堂。

2016年6月19日11时30分一改。时窗外阴云密布,闷热难耐,雷雨将至乎?

2016年7月5日再改。近日连降暴雨,雷声隆隆,不知天下惊肃者几?

《列子·汤问》："天地亦物也。物有不足，故昔者女娲氏炼五色石以补其阙；断鳌之足以立四极。"